PRIVATE LOS ANGELS

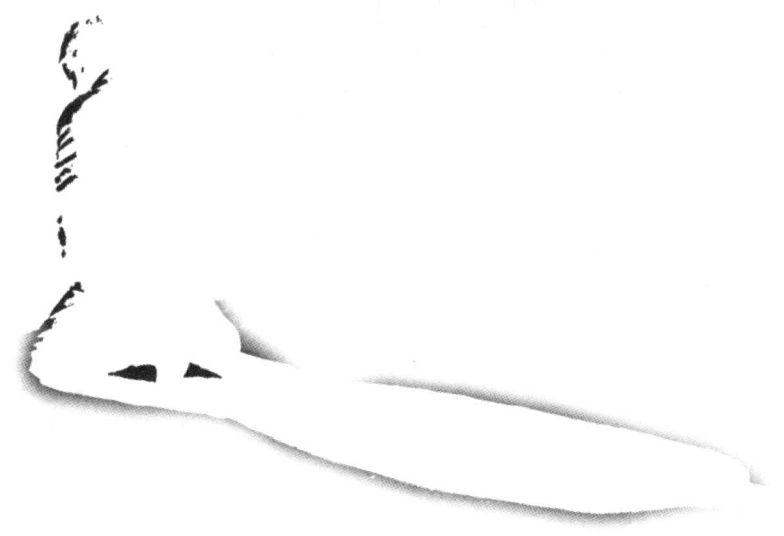

# 消失的演员

[美]詹姆斯·帕特森 马克·沙利文/著　曾雅雯/译

PRIVATE L.A.

Copyright © 2014 by James Patterson
This edition published by arrangement with Little, Brown and Company,
New York, New York, USA.
All rights reserved.
版贸核渝字(2014)第227号

## 图书在版编目(CIP)数据

消失的演员 /(美)詹姆斯·帕特森著；曾雅雯译. —重庆：重庆出版社，2017.11
书名原文：Private L.A.
ISBN 978-7-229-12182-2

Ⅰ.①消… Ⅱ.①詹… ②曾… Ⅲ.①长篇小说—美国—现代 Ⅳ.①I712.45

中国版本图书馆CIP数据核字(2017)第077240号

### 消失的演员

XIAOSHI DE YANYUAN

[美]詹姆斯·帕特森 马克·沙利文 著 曾雅雯 译

责任编辑：陈渝生
责任校对：刘艳
装帧设计：刘颖

重庆出版集团 出版
重庆出版社

重庆市南岸区南滨路162号1幢 邮政编码：400061 http://www.cqph.com
重庆出版社艺术设计有限公司制版
重庆市国丰印务有限责任公司印刷
重庆出版集团图书发行有限公司发行
全国新华书店经销

开本：889mm×1194mm 1/32 印张：11.25 字数：298千
2017年11月第1版 2017年11月第1次印刷
ISBN 978-7-229-12182-2
定价：36.00元

如有印装质量问题，请向本集团图书发行公司调换：023-61520678

**版权所有 侵权必究**

**本书献给贝蒂·简**

——马克·沙利文

## 目录 CONTENTS

**序　幕**　我叫格布　　　　1

**第一部**　失踪之谜　　　　7

**第二部**　进退维谷　　　　55

**第三部**　挫折连连　　　　123

**第四部**　无路可退　　　　199

**第五部**　直捣黄龙　　　　285

**尾　声**　　　　　　　　　345

# 序幕
## 我叫格布

### 一

十月末的一天夜里,临近午夜时分,在马里布①一片黑漆漆的海滩上,五名人生失意的冲浪爱好者正围坐在一个便携式不锈钢火炉的四周,他们的身下是湿漉漉的沙子。

看上去不怎么稳固的悬崖峭壁之上,修建着一栋栋价值数百万美元的房屋。这些房子的照明灯都没有打开,只有光线微弱的长明应急灯还亮着。在炉火的映照范围之外,黑暗海域不断传来浪涛涌动的声音。一阵风拂过,气温开始下降,离岸不远的天空中正酝酿着一场暴风雨。

冲浪爱好者们面对炉火,背靠着插入沙地中的冲浪板,一面啜饮桃乐丝王冠干红葡萄酒,一面传递着吸食一支来自加州洪堡郡的上等大麻烟卷。

"这可是大麻啊,格布。"威尔逊语带哽咽地说。他以军人身份去过两次伊拉克,最终在二十六岁的时候回到了自己的家乡,但却沦为一个无力去爱也无力去承担责任的人,整日醉生梦死,花大把大把的时间在海上冲浪,脑子里充满了各种常人无法理解的高深想

---
① 美国地名,位于加利福尼亚州。

法。"刚才吸的那一口让我神清气爽,头脑无比清醒,伙计。"威尔逊接着说,"我觉得自己似乎能参透全宇宙的所有秘密了。"

格布坐在威尔逊对面,两人隔着炉火。格布身着一件印有"洛杉矶湖人队"字样的连帽运动衫,两只手都塞在衣兜里。尽管光线很暗,可格布仍然戴着一副反光太阳镜,满脸胡楂的他朝威尔逊笑了笑,鼻孔张得很大,金色长发随风飘动着。

"我明白那种感觉,威尔逊。"格布边说边伸手轻敲了一下自己的帽檐,发出"啪"的声响。他的嗓音有些嘶哑,并带有一丝南方人的口音。

"真希望我在经济危机爆发之前就能搞到如此货真价实的大麻。"桑迪神情恍惚地将手中的烟卷递了出去,"这样一来,我就能提早看清形势,卖掉股票,然后过上一种每天都有美酒、美女和音乐,还有你慷慨带入我们生命的这种大麻相伴的日子了,格布。"

桑迪在经济大萧条中失去了一切:布伦特伍德①的房产,如花似玉的老婆,以及那份能赚大钱的工作。如今的他,却只能卑微地在马里布海滩旅馆照料酒吧,勉强度日。

"从前的日子早已远去了。"格林德说道。他是个胸肌发达、皮肤晒成深棕褐色的男人,蓄着一头看上去有些骇人的长发绺。"就如同那些古老的历史一般,老兄。"他顿了顿,"再多的唏嘘感叹也没法换回你的钞票和我的冲浪板商店。"

第四位冲浪爱好者名叫亨特,他留着短发,皮肤黝黑。亨特皱着眉头吸了一口大麻烟卷,说道:"人的确不该向后看,格林德。桑迪,你想拿回你损失的钞票吗?"

桑迪直直地盯着炉火,"谁会不想呢?"

亨特朝格布点了点头,随即将手中的烟卷递给了后者,"正如威尔逊所说的那样,格布,这大麻真的能打开人的视野。"

格布再度笑了笑,接过烟卷,把烟蒂衔在嘴里,"你看到什么

① 美国纽约州东南部城镇。

了?"

亨特说:"我看到我们发动起义,冲进了国会,把那里的所有人都拘禁在众议院会议厅里作为人质。由于我们是在总统发表国情咨文的当天晚上采取行动的,所以被我们拘禁起来的人当中有总统、军事领袖以及最高法院的大法官。然后我们让这群可怜的家伙在足够长的时间里吸食了足量的大麻,他们便开始彼此交谈起来,并着手处理工作上的事务,而不是像往常那样为彼此在什么地方花了钱而不住地相互埋怨、争闹。"

"你说众议院议长吸食大麻?"威尔逊笑着问道。

格林德轻声一笑,"没错,他总是把冠冕堂皇的道德观念强加于人,但其实他的内心也充斥着一些不合常理的怪异想法。"

"这主意倒是不错。"桑迪说道,精神略微振作了一些,"一群被大麻麻醉了的国会成员或许能让国家得到复兴。"

"瞧,我说得对吧,这大麻烟可以让人的头脑更加明晰。"威尔逊指着格布说道,随即他脸上流露出了一种略显困惑的神情,"嘿,朋友,我倒是很想问一句,你究竟是从哪儿来的?"

格布大约是在一个小时之前来到这儿的,他说倘若有人愿意享用他带来的高品质大麻烟——无疑是曾获得过全国大麻杯冠军的品种——的话,他就打算在这儿喝上一两瓶啤酒。

此时格布面带微笑,将戴着太阳镜的脸转向威尔逊,答道:"我是从马里布海滩的清醒生活会所一路走来的。"

说完这番话,所有人都注视了他好一会儿,随即不约而同地大笑起来。"去他妈的清醒生活!"威尔逊喊道,"噢,朋友,看来你还真分清了事情的轻重缓急哩。"

格布和他们一同大笑起来,接着他查看了一下炉火周围更远处的情形。他看到这片海滩依然空旷无人,峭壁上的房子里仍然没有亮灯。他得把握住机会了。

格布站起身来,新朋友们仍然还在高声笑闹着。

他们都是对人无害的好人。

不过格布并没有对他们产生一丝一毫的怜悯之心。

## 二

"格布?"桑迪用手揉了揉眼睛,"你的名字究竟是什么含义呢?"

"格杀勿论,不留活口。所以,简称格布(不)。"格布回答道,他的两只手又塞进了连帽运动衫的衣兜里。

"格杀勿论,不留活口?"格林德嗤之以鼻,"这听起来像是某个大人物的标签,你到底是什么来头啊?"

格布再次笑了笑,"这是我给自己起的江湖名号。抱歉了,伙计们,有些时候人出于形势所迫,不得不采取一些强硬的行事方式来达成自己的目的。"

说完,他从衣兜里掏出了两把装有消音器的格洛克9毫米手枪。

第一个看到枪的是威尔逊,也许是军人的直觉使然吧,这名参加过伊拉克战争的退伍军人快速转动着眼珠,晃动了一下身子,试图赶紧离开现场。

格布事先就料到威尔逊会是第一个作出反应的人,于是他先瞄准了十米开外的威尔逊,朝其颈部连开两枪。退伍军人重重地倒在地上,在血泊中颤动着身子。

"这是怎么……"桑迪刚尖声喊出这几个字,便被子弹击中了喉咙,随即躺倒在地。

"嘿,我的朋友。"当格布同时用两把枪指着格林德的时候,后者哭丧着脸如是说道。紧接着,格林德用两只手做出了祈祷的手势,"别朝我开枪,兄弟。"

杀手面无表情地同时扣下扳机,子弹在格林德的胸膛上打出了两个洞。

"仁慈的天父……"

亨特出其不意地朝格布猛扑过去，格布转而将枪口瞄准了他。当他冲到距离格布还不到二十厘米远的地方时，左侧太阳穴中了一枪。亨特倒在炉火中，渐渐地全身都着了火。

杀手抬起头来看了看峭壁上离自己最近的一户人家，那里依然没有亮灯。他把两把枪重新放回衣兜，然后将另外三具尸体拖到炉火旁。在做这些事的过程中，太平洋上刮起了西北风，海滩上的沙子被风席卷着刮在他脸上，刺痛了他的皮肤。他将那些尸体脸朝下扔进火里，空气闻起来就像头发被烧焦的味道，不过要浓烈得多。这样也不错，更能增加恐慌感。

格布从衣兜里掏出了一个装三明治的透明小塑料袋。他蹲在地上，打开袋子，从里面抖出了一张看起来像名片的纸片。纸片有字的一面朝下，落到了沙地上。他将纸片踢到桑迪的一条腿下面，随后捡起了先前散落在地上的六枚9毫米子弹壳，将它们塞进了衣兜里。接下来，他捡起自己带到海滩的啤酒瓶，将其擦拭干净，用力掷入了海水中。

他心满意足地轻敲了一下戴在头上的湖人队帽子的帽檐，抬脚跨进了齐膝深的海水。他沿着与海滩平行的路线，朝太平洋海岸高速公路所在的方向涉水而行。风渐渐大起来，不时卷起海浪中咸涩的水雾，暴风雨就要来了。

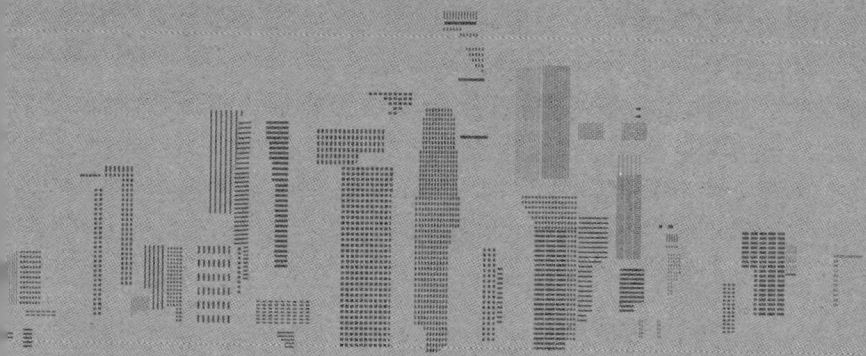

# 第一部
## 失踪之谜

## 第一章

午夜刚过,本季度第一场真正意义上的暴风雨正愈演愈烈。可爱的吉恩·斯科特·埃文斯和我一同坐在我家的沙发上,一边注视着煤气暖炉里的火焰,一边喝着一瓶上好的红葡萄酒。与此同时,我们还笑逐颜开地探讨着我们认为最性感的电影情节。

我要声明一点,这是吉恩发起的话题。

"《邮差总按两次铃》。"她宣告道,"我指的是翻拍的那部。"

"你认为它的情节是所有电影中最性感的吗?"我问她。

"当然了!"她一本正经地说,"它以绝对优势胜出。"

"愿意说说你选这部影片的理由吗?"

她将双臂交叉在胸前,点了点头,笑着说道:"我乐意之极,摩根先生。"

我喜欢吉恩。我上次见到她是在一月,当时这位女演员遇到了一些麻烦,而我则负责在她参加"金球奖"颁奖典礼的那天晚上扮演陪同者和保镖的角色,那晚她赢得了"最佳女配角"奖。尽管当时她身处危险之中,或者说正是由于这个原因,我和她之间产生了一些美妙的化学反应。不过,在当时的处境下,我们对这份暧昧关系的看法都不甚明了,不过将其视作泛泛存在于异性之间的彼此倾慕之情罢了。

不过今天晚上早些时候,在她准备从华特·迪斯尼音乐厅大厦里一家名为"帕提那"的豪华餐厅离开时,我碰巧和她相遇了。她刚在那儿参加完一场为她的经纪人筹办的生日派对,我和她在餐厅吧台各点了一杯葡萄酒,喝着酒谈笑风生。在我们看来,我陪她参加"金球奖"颁奖典礼仿佛不是十个月前发生的事情,感觉就像才刚过去短短一个星期而已。

明天她就要离开这里去伦敦出外景了,眼下有好多事情需要张罗。不过她最终还是来了我家,我们新开了一瓶葡萄酒,讨论着这世上最性感的电影情节。

"《邮差总按两次铃》,你确定吗?"我语带怀疑地问道。

"我非常确定,杰克。"吉恩坚持道,"影片中最性感的场景是杰西卡·兰格和杰克·尼克尔森———那个希腊老人的年轻妻子和流浪汉——在厨房里独处的那一幕。起初,观众会认为尼克尔森是强行与她发生关系的,两人搏斗了一番之后,他将她推倒在摆满了面粉和烘焙用具的台面上,而她嘴里则喊着:'不!不!'

"但是后来尼克尔森突然恢复了理智,意识到自己可能误读了兰格的意思,便放开了她。兰格躺在厨房台面上喘着粗气,红扑扑的脸颊上沾满了面粉。看到这里,观众大概会认为眼前所见到的情形跟他们的猜测是一致的:尼克尔森的确误解了兰格。

"随后兰格说:'等一等,稍等一下。'随即她一把将台面上的烘焙用具全都推到了地上,好让她有足够大的空间来释放自己压抑已久的原始欲望。"

"好吧。"想到这一幕,我表示同意,"那的确很性感,非常性感,不过我不确定那是不是最性感的一幕。"

"噢,不是吗?"吉恩回应道,"那赶快把你认为最性感的情节从实招来吧,让我看看你心里到底在想些什么,杰克·摩根。"

我假装哆嗦了一下,"什么?你现在就打算让我把内心世界暴露在你面前了吗?"

"你总有一天会这么做的。"她咧开嘴笑了笑,又为自己倒了一杯葡萄酒,"快说啊,把你心里想的情节说出来呀。"

"我认为最性感的情节应该不止一幕。"我老老实实地回答道。

"那你就把它们全都说出来吧。"

"《要命的吸引力》怎么样?我是说这一整部戏。我是在阿富汗看完这部电影的。在我印象中,戏里的威廉·赫特和凯瑟琳·特纳好像总是置身于很热的环境之中,不过我之所以这么想,或许是因为那时我正置身于遥远沙漠中吧。"

吉恩毫不害臊地大笑起来,"你说得对,他们所处的环境既炎热又潮湿。你还记得他们的皮肤总是湿漉漉的,还发着光吗?"

我一面点头,一面将瓶子里剩下的葡萄酒全都倒进了我的杯子里。我说:"我还想到了《英国病人》里的一幕场景。拉尔夫·费因斯和克莉丝汀·斯科特·托马斯待在一个有条状阳光透进来的炽热房间里,他们在那儿共浴。"

她举起手中的杯子,"这一幕着实性感。你觉得《洗发水》怎么样?"

我向她投去了戏谑中带点狡黠的一瞥,说道:"那时的华伦·比提正处于演艺事业的巅峰时期。"

"茱莉·克里斯蒂也一样。"

我们之间有一种莫名的情愫在暗自涌动着。突然,我的手机响了。

吉恩对着我摇了摇头。我低头看到了来电人信息:谢尔曼·威尔克森。

"该死!"我说,"这是我的重要客户,非常、非常重要的大客户。我……我得接听这通电话,吉恩。"

她抗议道:"可是我正打算提《大开眼戒》里的化装舞会呢。"

我用饱含着歉意和同情的目光看了吉恩一眼,随即按下了手机上的接听键。我转身背对着她,小声说道:"谢尔曼,你好吗?"

"不怎么好,杰克。"威尔克森在电话那头回答道,"现在我家门前的海滩上聚集了好些警察,我能看到那儿至少躺了四具尸体。"

我又看了吉恩一眼,尽力流露出哀伤而惋惜的表情,然后对着手机说:"我马上就过来,谢尔曼。最多十分钟。"

## 第二章

我开着一辆大众途锐越野车驶上了太平洋海岸高速公路,一路向北朝马里布海滩飞驰而去。这时天突然下起雨来,我似乎还能嗅到吉恩身上的气息,而她搭乘出租车离开我家之前所说的话仿佛还在我耳边萦绕:"彩排结束了,可我们却等不到正戏上演,杰克。"

当我把车停在谢尔曼·威尔克森的家门前时,我突然觉得丢下吉恩径自离开的行为简直就像个白痴的做法,我甚至想立马调转车头前往吉恩位于韦斯特伍德的住所找她。

我转而又想到了威尔克森,他最近才雇用了我的公司——国际私人侦探公司——来为他旗下分布于全球各地的威尔克森数据系统办公室重新建立一套完备的安保体系。我驾车缓慢行驶了一段距离,在他家的一面外墙旁边找到一处适合停车的空位,这里开满了三角梅。这房子是威尔克森去年为妻子买下来的,然而可悲的是在他们搬入新居之后才一个月,她便在一场交通事故中不幸丧生了。

我从车上下来,在倾盆大雨中低着头走到门边按了一下门铃。门铃叮咚作响,我沿着门边一道湿漉漉的陡峭阶梯登上了一个阳台。站在阳台上,可以俯瞰那片此时正陷入混乱和喧闹当中的海滩。疾风骤雨中,澎湃的浪涛不断涌向海岸,那片已被洛杉矶警方视为犯罪现场的海滩被好几辆警车的聚光灯照得透亮,如同白昼一般。

"四个死去的男人被扔进了火里,杰克。"身着雨衣、头戴兜帽的威尔克森从一扇滑动玻璃门内走了出来,"现在他们被防水布遮挡住了,所以你看不见,不过他们还在那儿。当看到第一名握着手电筒的警察出现在那儿的时候，我就用自己的望远镜看到他们了。"

"警方来找你问话了吗？"

"他们会来的。"他把脸凑到我近旁说道，我能清清楚楚地看到他先前被兜帽边缘遮蔽住的灰白色浓密眉毛，"毕竟犯罪现场紧挨着我的住所啊。"

"可是你没什么好担心的，对吗？"

"你是想问那些人是不是我杀的？"

"毕竟……你的家就在犯罪现场旁边。"

"我和我的管理团队一直工作到午夜十二点之后，然后我在凌晨一点左右才回到家里。我看到那片海滩上有手电筒的光芒在晃动，于是拿出望远镜看了看那边，接着就赶紧给你打电话了。"威尔克森说。

"我会去那边看看的。"我说。

"如果没有特别紧急的情况，请在天亮之后再来向我汇报，可以吗？因为我实在太累了，想好好睡上一觉。"

"当然可以，谢尔曼。"我边说边与他握了握手，"我的一名手下随后也会赶到这儿来，你的车道监控警报有可能会被触发。"

他点了点头。我走到通往海滩的阶梯跟前，回头看着威尔克森。他走回房子，打开了一盏灯，这时我才看到他家里到处都堆放着纸箱。

看来可怜的谢尔曼要么很快就会离开这儿了，要么他并没有真正意义上地在这儿定居。

## 第三章

我刚来到黄色警示带跟前,手机就响了起来。

来电人是卡尔·门托内,一名二十来岁的嬉皮士,同时也是个科技狂热分子。我从去年开始雇他做我的监控专员,事实表明这是我做出的最明智决策之一。

"你已经到了吗?"我问道。

"我现在在威尔克森家的阳台上。"门托内回答说,"在这儿可以俯瞰那片海滩。"

"你尽量多拍些现场的照片。还有,把我发给你的照片也保存下来。"

"没问题,杰克老兄。我给相机镜头装好了红外线滤镜,而且已经把你的摄像笔与网络服务器连接妥当了。"

"别叫我'杰克老兄'了。"说完我挂断了电话。这时我看到一名副警长正朝警示带这边走来,于是摆弄了一下夹在我胸前口袋上的摄像笔,好让门托内也能看到我眼前的场景。

"我们设立警示带的目的是让人们不要靠近此地。"

我给他看了看我的证章,"我是杰克·摩根。谁是负责这里的警官?"

这名副警长并不买我的账,"或许你在洛杉矶警察局颇有些影响力,可是……"

我看到一位老朋友正从防水布下面钻出来,于是朝他大声喊道:"哈里?"

哈里·托马斯是洛杉矶警察局谋杀专案组的组长。我在十多岁的时候就认识他了，而他今年已经六十二岁。在我那亲爱的老爹因恶意欺诈客户而入狱之前，哈里一直都是他的朋友。随着家父的人生开始走下坡路，哈里·托马斯是仅有的几个对我的人生表示过关心的前辈之一，之后我便加入了海军陆战队。

哈里看到我时，那张布满皱纹的宽脸上立即绽放出了笑容，"杰克？你怎么跑到这暴风雨的中心来了？"

我弯下身子钻到警示带的另一侧，副警长则一直恼怒地盯着我。我说："海滩上有四具尸体在火里燃烧，而我的客户就住在我们上面的那栋房子里。"

"尽管这里是公共海滩，"哈里边说边看了看威尔克森家的房子，"但这并不足以成为你走进我的犯罪现场的理由，除非你的客户想要认罪？"

"他是清白的。不过既然我为了赶来这里，不得不抛下了一个迷人的约会对象，那么不妨让我看看现场的情况，行吗？"

哈里犹豫了片刻，嘴里挤出几个字："别胡闹了，杰克。"

"我有胡闹吗？"

"没错。"哈里组长咕哝道，"你得穿上鞋套，戴上手套。"

几分钟之后，我穿上了蓝色鞋套，也戴好了橡胶手套，继而弯腰钻进了撑在犯罪现场上方的油布下面。这里散发出阵阵肉被烧灼后的恶臭气味，受害者是四名男性，他们都穿着冲浪运动装，脸朝下趴在火炉里湿漉漉的灰烬之中。法医技术人员正忙着在现场取证，我掏出一张纸巾，假装擤了擤鼻涕，然后不动声色地用它轻轻擦了一下胸前的摄像笔，好拭掉可能残留其上的雨滴。

哈里说："发现他们的是一位遛狗的行人。他在这样的暴风雨天外出可真是疯狂，不过这对我们来说倒是一种幸运。据我们估计，案发之后还不到一个小时，我们就赶到这里并设法将犯罪现场保护起来了。无论是否使用便携式火炉，在这里生火都属于违规行为，看来他们最终还是自讨麻烦了。住在这附近的人们似乎对触犯海滩管理条例的行为很是光火。"

"行了,哈里。"我说,"你们认为有人因为这些家伙在海滩生火,就朝他们每人都各开两枪?这看起来分明就是专业杀手有计划的行动啊。"

"是的。"他瘪了瘪嘴承认道,"在我看来也是如此。"

"你们查明死者的身份了吗?"

"全是本地人,而且他们都是狂热的冲浪爱好者。其中一个从前是做投资生意的,如今在路边一家旅馆的酒吧做酒保。还有一个是参加过伊拉克战争的退伍军人,精神方面有点问题。另外两名死者的身份还有待确认,因为他们没像前两位一样随身携带着钱包。"

"这是一起失控的持械抢劫案吗?"

"倘若其中有一名受害者身上带着足够贵重的物品,我想这种可能性也是存在的。"

"或者他们都知道某件事,也可能是某个秘密,然后遭遇了这场报复行动。"我一边分析,一边蹲下来仔细查看几具尸体脚边沙地上的情形。"大风和雨水一定摧毁了不少证据,我看不到任何脚印或拖曳的痕迹。"

"我们的法医技术人员目前的调研结果也仅限于此。"谋杀专案组组长说道,"不过我得告诉你,杰克,我不会让你掺和到我们的调查中来。"

我心里明白,哈里是在用这种看似轻松随意的方式告诉我:无论我们是不是老交情,我现在都该离开这儿了。就在我正准备站起身来的时候,我突然看到那名死去的酒保的一条腿下面压着一张芥末黄色的卡片。

趁着还没人来得及阻止我,我赶紧伸出手去把它捡了起来。

"嘿,你究竟在干吗?"哈里问道。

这张卡片的背面是空白的,我将它翻转过来,让其正面对准我胸前的摄像笔停顿了几秒钟，然后把它递给愁眉不展的哈里·托马斯。卡片正面写着一行字：

格杀勿论，不留活口

# 第四章

自称"格布"的杀手驾着一辆租来的汽车，驶到洛杉矶东南部一座商贸城里的一组自动门跟前。他按下了iPhone上的一个应用程序，那些自动门随即纷纷开启，一个有着高高的天花板和水泥地面的宽敞工作空间便显露了出来。这里原本是一间柴油卡车修理厂，远端还有三扇大卷帘门。

他迅速环顾了一下这间工作室里面的情形：这里有两辆白色的厢式送货车、六张轻便小床和一间临时凑合的厨房。此外，四张打开的金属折叠桌被拼在一块儿，构成了一个宽敞的工作台，上面摆放着电脑设备、各种工具和模具加工机械，其中包括一张车床、一台研磨机以及一把带有两个乙炔喷嘴的焊接炬。

在格布驾车从雨中驶入，停车后走下车来，然后从身上穿的湖人队连帽运动衫兜里掏出两把格洛克手枪的整个过程中，这间工作室里五个身材壮硕的男人都停下了手里的工作，目不转睛地看着他，不过他们脸上的表情无一例外地显得冷漠而麻木。

他们的反应似乎并不出乎这名杀手的意料。

"事情办得怎么样，科布先生？"其中一个将近三十岁的男人问道。此人有着体操运动员一般的肌肉线条，浑身散发出一种不达目的不罢休的凶狠气势。

"棒极了，一切尽在掌握，尼克森先生。"杀手答道。说完，格布把两把格洛克手枪递给一名身材瘦削的光头拉美裔男子，此人两只手臂鼓起的肱二头肌上都纹着死神图案。这些图案是他新近才纹上身的，皮肤还略微有些发红。杀手对他说："把这些枪拆卸下来收好，赫尔南德斯先生。"

"要多快有多快。"赫尔南德斯边说边把枪接了过来，然后把它们放在一张用作枪匠工作台的厚重折叠桌上，桌子上还放着一把被老虎钳夹着、正待调试的狙击步枪。

这时，一个身材相对单薄、蓄着白色山羊胡子、三十出头的男人从摆在工作台上的一排iPad后面站起身来，桌上的这些平板电脑全都连接着下面的一台大型服务器。此人开口问道："雨水没有破坏数据信息吧？"

科布一把摘下太阳镜，"你来看看吧，沃森先生。"

沃森接过科布手中的太阳镜，从镜框上一个隐蔽的凹槽里取出了一块极小的存储卡。就在沃森将这张存储卡插进其中一台iPad相连的读卡器中时，科布快速脱下了身上的宽松运动衫，穿在里面的黑色紧身衬衣让他上身强健的肌肉线条显露无遗。他把手伸到衬衫领口下方，用力一拽。

刹那间，他的胡须、金发、乳胶面具——所有属于"格布"的全套伪装全都脱落下来，他的真实面貌也随之展现：他是一个年近四十岁的男人，有着一张在无情而不幸的岁月中饱经风霜的憔悴面庞，一块蛛网形疤痕从他的左下颌一直延伸到几乎被铁灰色头发遮挡住的菜花耳①。

他就是那种人们一旦见过就不会再忘记的人。

科布知道自己具备这样的特质，而且他也曾因此而遭过罪，如今他可不愿再犯同样的错误了。他将卸下来的伪装道具放在第三张折叠桌上，然后转过头去望着一个瘦长结实的非洲裔美国人，此人握着一台iPad，连出来的耳机套在脖子上。

---

① 在拳击或战争中受伤后变形的耳朵。

"现在情况如何了,约翰逊先生?"科布问道。

约翰逊用一根手指指着iPad的屏幕,"从我们的监控数据来看,洛杉矶警察局已经派出大批人力去了那片海滩。"

"看来比我们的预期还更好嘛。"科布一边评论着,一边瞧了瞧第五个男人,他的个头是所有人当中最魁伟的,他有一双冰蓝色眼睛,留着红色卷发,满脸蓬乱的红褐色胡须令他看起来像极了电影里的海盗。科布对他说:"是这样吗,凯莱赫先生?"

凯莱赫点了点头,"美联社于十五分钟之前对此事作了一番简要报道,称四名男子在马里布海滩被人以黑社会作案手法进行枪杀,尸体还被放了火。"说到这儿,他一脸困惑地抬起头来,"可我们原本的计划不是这样的啊,科布先生。"

科布平静地看着他,"放火焚烧尸体可以将事态扩大,从而让这件事以更快的速度散播出去,凯莱赫先生。除此之外,还有别的新闻报道吗?"

凯莱赫的表情又恢复了原本的泰然自若,"全新闻电台转播了美联社的报道。"

"太好了!"科布说,"现在可以开始利用社交媒体来对其进行传播了。"

大个子凯莱赫点了点头,走过去坐在了沃森旁边,后者正用手捋着自己的山羊胡子,同时笑嘻嘻地望着科布,"你几乎捕捉到了所有的画面,我已经编辑好了。看来你干得相当利索啊,不是吗?"

沃森是这里最聪明的人,在科布看来,他简直就是一名天才。科布从未见过像沃森一样的人:他能以极快的速度处理对体力和信息处理能力都有极高要求的任务。当沃森在电脑前工作时,似乎总能实现跟电脑合而为一的效果,他的大脑与电脑的中央处理器融为一体,令他能像电脑一样快速地分析和处理数据。

"让我看看。"科布边说边走到了沃森身后,其余的几个人也都走了过去。

沃森对iPad发出了一项指令,科布所拍摄的杀戮场面便出现在了平板电脑的屏幕上。当他们看到格林德——那名胸肌发达的冲浪爱好者——乞求科布饶自己一命时,赫尔南德斯不禁咯咯地笑出声来。

"他好像在说'别朝我开枪,朋友。'"赫尔南德斯说。

另外几个人并没有听他说话。他们正全神贯注地观看科布如何在静默中迅速动手,从而制服了朝自己猛扑过来的亨特。

"干得漂亮,科布先生。"尼克森说,"你果真做到了'不留活口'。"

约翰逊皱着眉说:"我仍然觉得你应该从我们当中派出一个人去执行这项任务,毕竟我们是可牺牲的消耗品。"

科布的表情顿时变得严肃起来,他有些生气地说:"没有人是消耗品。从来都没有。还有,我不会让你们去做我自己都不会做的事。"

"的确如此。"凯莱赫语带钦佩地说,"你凡事都身先士卒。"

"而且坚持到底。"科布说,"我们的命运休戚与共。"

沃森问道:"现在就把编辑好的视频上传到YouTube网站上去吗,科布先生?"

科布摇了摇头,"再等等,等他们发现我留在现场的字条与案情的关联之后,我们再发布这个视频来实现令他们震撼和惊惧的效果。"

## 第五章

凌晨,大约一点半,我和门托内在威尔克森家被雨淋湿的阳台上碰面了。差不多就在我们会合的同时,洛杉矶的新闻媒体刚刚开始报道关于这起谋杀案的消息。

"你都收到了吗?"我问道。

"只要是你拍的,我都收到了。"门托内答道。他的头发平滑地向后梳着,看起来颇有些二十世纪三四十年代唱感伤情歌的歌手气质。他伸手将衣服上的兜帽拉过来扣在头上,"我在这儿看不清犯罪现场的情形,那里很臭吗?"

"简直是恶臭无比。你让西摩博士检查一下我们拍摄的照片和录像,然后把它们归入威尔克森的个人档案中。"

"为什么呢?"

"万一有人指控人是他杀的,那么我们就得利用这些证据来证明他的清白。"我说完便朝我的途锐越野车走去。这时,一股倦意突然朝我袭来,我真想好好地睡上一觉。

开车回家的路上,车头灯照亮了湿漉漉的一号公路,我琢磨着要不要给吉恩打个电话。可我转念一想,再过五个小时她就得起床准备前往伦敦了,所以还是打消这个念头吧。接下来,不知出于何种原因,我的思绪飘向了我所知道的唯一一个从不介意我在任何时候打电话过去的人。

我伸手在仪表板的车载电话屏幕上调出了朱斯蒂娜的电话号码,她的头像照片也随之弹了出来。这张照片是多年前我为她拍摄的,照片中的她站在圣巴巴拉海岸边的一片鳄梨果园里,那时天色渐晚,微风四起,沐浴在金色夕阳下的朱斯蒂娜正伸手拂开遮挡着眼睛的头发,朝我微笑。

一看到这张照片,关于拍照当天的回忆全都涌上了我的心头。我甚至觉得此时的自己仿佛再度与朱斯蒂娜一起置身于那片鳄梨园中,感受着来自太平洋的温暖海风,重温着我们之间那些令人无法抵御的美好情愫。

可是就在那趟海边鳄梨园之行过后不久,我们又遇到了同样的问题——我没法做到以她希望并且需要的方式来对她敞开心扉。于是我们共同决定:无论如何,今后我和她之间的关系都只能局限于工作往来的范畴,仅此而已。

我遗憾地叹了一口气,我在想自己是不是真的可以坦然面对一个我依然爱着,却似乎没法以她期望的方式去与她相处的女人。感情的事可真是复杂呀。朱斯蒂娜是一名出色的心理学家,同时她也为我工作,而且……

我的手机突然响了起来,惊得我下意识地猛拉了一下方向盘,车轮略微有些打滑,我赶紧重新调整了一下越野车的行驶方向。看清楚车载电话触摸屏上闪烁着的来电号码后,我按下了接听按键,随即道:"戴维·桑德斯,你好吗?"

"不怎么好,杰克。"桑德斯用低沉而沙哑的嗓音回答道,"一点都不好。"

桑德斯是知名的娱乐界大律师,近年来曾多次以极为审慎低调的方式成为国际私人侦探公司的客户。而且,桑德斯似乎每次都是在类似于现在的夜半时分打电话给我,让我帮他清理某个烂摊子的。

"你还没睡吗,戴维?"我问道。

"是的。我遇到重大难题了。"桑德斯低吼道,"你的侦探公司得为我解决问题,这次我希望你能亲自出马。"

"我……"

"就这么说定了。"桑德斯坚持道,"你得在早上七点半抵达洛杉矶直升机机场。记得带上你的法医团队和一个了解小孩的人。"

"小孩?你打算去哪儿?"

"奥海镇。"桑德斯说,"托姆·哈洛和詹妮弗·哈洛的住处。"

"噢哦。"我不禁说道。

"看来你明白我的感受。"桑德斯说完便挂断了电话。

## 第六章

此时约莫清晨五点一刻,圣塔莫尼卡市的大街小巷上刮着大风,几乎看不到一个人影。身着短裤和运动衫的朱斯蒂娜·史密斯从她的车上下来,一面喝水一面叹息。她身上有好几处肌肉都疼痛不已——在此之前她压根儿就没想到自己的这些身体部位竟然有肌肉存在,可她还是来到了这里,再次回来经受更多的折磨。

从某种程度上看,我算不算是受虐狂呢?莫非,这就是我疯狂投入工作、感情生活一片空白、身体像是被人用棍棒击打过一般疼痛的原因所在吗?

对于这个问题,朱斯蒂娜暂时没能想出合乎情理的答案,于是她动作僵硬地穿过马路,来到了一幢挂着"太平洋混合健身俱乐部"标牌、带有一扇车库门的工业建筑物跟前。朱斯蒂娜对混合健身又爱又恨,这种训练方式比她以往采用过的任何一种健身方式的锻炼强度都更大。混合健身无须先进的健身器械,无须健身镜,也无须任何健身宣言,只要备好几台奥运会专用的自由重量器械、一组体操设备以及进行短期高强度训练的勇气就足够了。这样的训练时常令她当场汗流浃背,躺在地上喘息不已,之后全身的肌肉还会接连痛上好几天。

朱斯蒂娜是专业学者出身,而非执法机关工作人员,不过她目前在国际私人侦探公司所从事的工作需要她具备强健的体魄。所以当她发现美国的许多特种部队成员、消防员和警察都纷纷开始采用混合健身方式来进行体能训练时,她也去离家最近的一家健身俱乐部签订了混合健身学员协议。

在接受训练的最初几个星期里,她当真以为自己会在锻炼的过程中死去。不过,她并没有轻易选择放弃,而是鼓起十二万分的热情和勇气来接纳这种全新的健身方式。无论在任何情况下,每周星期一、星期二、星期四和星期五的早上,朱斯蒂娜都铁定是第一个抵达健身房的学员,她甚至比曾经是海豹突击队队员和洛杉矶警察局特警队成员的同班学员到得还要早。

已经半年了,她默默想着,随即不得不在心里承认自己仍然对混合健身充满了惧怕。但是,她同时也因自己的训练成效而感到欣喜不已。目前她能连续完成二十次引体向上,推举重达一百千克的杠铃,而且还练出了清晰的腹肌线条。

健身教练从里面打开了健身房的门。这时一辆蓝色的丰田佳美汽车停在了路边,一个朱斯蒂娜从未见过的男人动作僵硬地从车里走了出来。

她穿过一间面积不大的前厅,从一间更衣室旁边经过,随即便进入了健身教室。开始做热身运动之前,她先看了看写在墙边白板上的内容。然而,一看到当天的训练项目,她便因焦虑而感到一阵胃痛。

"计时挺举三十下?"一个男人在她身后抱怨道,"这太疯狂了。我还没从昨天的跳箱训练中恢复过来呢。"

朱斯蒂娜回过头去,看到了那名新来的学员。他大概三十五六岁,留着卷曲的褐色头发,刚剃过胡须,还有一双非常好看的淡褐色眼睛。

"肌肉酸痛是这里的生活常态。"朱斯蒂娜说。

他朝她笑了笑。说实话,他的笑容非常迷人。"我叫保罗。"他边说边朝她伸出右手,"今天是我的第五堂课。"

她笑着与他握了握手,然后说:"我是朱斯蒂娜。我已经训练了六个多月。"

"那你现在感觉更适应了吗?"

"没有,"她说,"一点也没有。"

## 第七章

事实上反而是越来越糟了，朱斯蒂娜一面这样想着，一面努力抵御住从胃部涌上来的想要呕吐的感觉。她身边的学员们都在嘟哝和呻吟，纷纷将原本被他们握在手里、安装着包胶杠铃片的杠铃杆扔向橡胶地板。杠铃片触地时发出低沉而响亮的撞击声，随即还会在地板上反弹几下。

按照规定，今天学员们挺举的是安装了四十三千克杠铃片的杠铃，朱斯蒂娜已经完成了二十下挺举。从墙上的大时钟所显示的时间来看，朱斯蒂娜的挺举训练已经进行了四分钟。令人难以置信的是，在训练开始一分四十秒之后，一名前海豹突击队队员便高喊了一声"我完成了！"随即气喘吁吁地躺倒在地开始休息。

此时此刻，朱斯蒂娜感到自己的一部分很想像那些已完成训练的学员一样放下杠铃，接着再躺在地上，乞求教练原谅自己中途放弃的行为。可是另一部分的她却发起狠来，不愿放弃，想要坚持到底。其实，她离完成训练任务已经不远了。

再来十次就行了，你可是铿锵玫瑰，朱斯蒂娜在心里告诉自己。她弯下身子，伸出双手握住了面前的杠铃。她将手握得更紧了一些，然后缓缓起身。在杠铃越过双膝之前，她主要依靠腿部力量来支撑杠铃的重量。随后，她猛地向上耸动肩膀，抬起肘部，将杠铃提起至胸前，随即起立，双脚站在一条横线上，双腿伸直。片刻之后，她将两腿前后分开下蹲，紧接着收腿起立，借助预蹲和上挺发力，把置于胸前的杠铃举过头顶，直至两臂伸直。她的两只脚站在一条横线上，杠铃和身体保持在同一垂直面，她将这个姿势维持了一秒钟，然后将杠铃放下。

朱斯蒂娜额头上涌出了不少汗珠，全身几乎每一块肌肉都灼痛不已，可是她的脸上却露出了笑意。她喜欢这种挑战极限的感觉，她过去从未体验过这种原始的力量训练方式。

再来九次，坚持住，别放弃！

"我说这位美女，你可真有干劲啊。"当朱斯蒂娜挣扎着从地上站起来时，保罗喘着粗气对她说。她最终还是完成了今天的挺举训练任务。

"谢谢！"她喘着气答道，"我也这么认为。"

"还有，你的杠铃片比我的还重。"保罗说，"这可真让我有些羞愧啊。"

朱斯蒂娜笑了，"欢迎你加入混合健身训练阵营，这里可以颠覆你原本对'强壮'的定义。"

保罗笑道："我想，待会儿我在离开这儿之前，还得检查一下脑子里对'强壮'的定义有没有得到更新呢。"

"大家都是这么说的。"

她的脸上依然带着笑意，转身朝更衣室和淋浴间所在的方向走去，心里想着自己的角色在如此短的时间内便从"战斗女神"转变成了"淘气女孩"，这实在有些好笑。不过话说回来，他看起来挺友善的，而且颇有些自嘲式幽默感。还有，你注意到了吗？他手上并没有戴着结婚戒指……

"朱斯蒂娜？"

听到这声呼唤，她不禁吃了一惊，立刻转头看向前厅。看清来者是谁之后，她心头竟隐隐有些失落。站在那边唤她名字的人是杰克，他看起来像是一整夜都没合眼的样子。

"杰克？"她说，"你来这儿做什么？"

"我们遇到了一起大案，我需要你和我一起应对，就是现在。"

保罗从他俩身旁走过，朱斯蒂娜快速瞥了他一眼，然后又把视线转回到杰克身上。她摇了摇头,"现在我手上已经有好几起案子正等着我去处理。如果我不管不顾地从中抽身出来,对那些客户就太不公平了,他们都指望我……"

杰克走得离她更近了些,低声说道:"事关托姆·哈洛和詹妮弗·哈洛。"

朱斯蒂娜若有所思地眨了眨眼,"你给我十分钟的准备时间。"

## 第八章

四十分钟之后,我们登上了戴维·桑德斯花巨资租来的一架直升飞机,在机舱内的折叠式座椅上坐好并系好了安全带。这位长得虎背熊腰的律师就坐在我身旁,他穿着橙色夏威夷衬衫,外面套了一件色彩明艳的亚麻布运动夹克,脚上是一双凉鞋。

坐在桑德斯另一侧的依次是西摩·克龙彭伯格博士和人称"莫神"的莫琳·罗斯。西摩是一名博学的刑事专家,负责管理国际私人侦探公司在洛杉矶的实验室;莫琳是一名五十出头的计算机极客,在技术方面简直就是个万事通。莫琳和西摩一起共事,其头脑敏锐程度甚至超过了西摩,也超过了我所认识的与她处于同一年龄段的所有人。坐在我们对面的是朱斯蒂娜和瑞克·德尔里奥。德尔里奥是我的老朋友了,他是我在海军陆战队服役时的战友,拥有一颗斗牛梗狗般强硬、好斗的心。坐在德尔里奥身旁的两个人虽是我素未谋面的,但我却对他们的名字有所听闻。其中一人叫卡米拉·布朗森,这位四十来岁的金发碧眼女人是哈洛夫妇的专职公关代表,来自乔治亚州,讲话略带一点鼻音,嗓音柔和。坐在布朗森身旁那个肌肉发达、满头红发、四十五六岁的高个子男人名叫特里·格拉夫,他是哈洛-奎恩电影制片公司的董事长。

"对于我们即将告诉你们的事情,未经我们的许可,你们不得随意对外散播。"当我们乘坐的直升飞机起飞的时候,桑德斯如是宣告道,同时递给我一个文件夹,"在我们抵达大牧场之前,我希望你们每个人都能签署一份保密协议,杰克。"

"其实没这个必要,戴维,你们所拥有的客户特权就已经涵盖了这方面的内容。"我说。与此同时,我正努力想要摆脱从我心底滋生出来的焦虑感。自打我们一登上这架飞机之后,这种感觉便攫住了我的内心,并且随着时间的推移而变得越来越强烈。

我曾在阿富汗战场负责驾驶直升飞机。有一次在我执行飞行任务的时候,我所驾驶的运输直升机被一枚火箭弹击中,机上的很多人都在那场灾祸中殒命。从那以后,我只要一登上直升飞机就会觉得周身不适。我看了一眼朱斯蒂娜,发现她也在看我。正是为了应对那场灾难给我带来的困扰,我才得以与朱斯蒂娜结缘。在我的人生中,我只愿意向为数不多的几个人袒露自己心中的些许想法,朱斯蒂娜就是其中之一。我转头看了看德尔里奥,在我驾驶的运输直升机中弹坠落时,他就坐在我旁边的副驾驶座位上。德尔里奥是那场灾难中除了我之外唯一一名幸存者,我以为他也会显得有些不安,或者至少会有些紧张,可是他看起来却如同往常一样冷酷沉着。

"尽管如此,我们还是希望你们能签署这些保密协议。"卡米拉·布朗森言语中带着一丝轻蔑。

"毕竟目前我们正处于危急关头。"特里·格拉夫表示赞同,他取下戴在脸上的太阳镜,露出了一双布满血丝的眼睛。

"那就按你们说的做吧。"我边说边接过了那个文件夹,"请告诉我们究竟发生什么事了。"

桑德斯犹豫片刻之后,开口说道:"托姆,詹妮弗,连同他们的三个孩子,在他们位于奥海镇的大牧场失踪了。他们全都消失得无影无踪。"

"什么？"朱斯蒂娜非常惊讶，"怎么可能发生这样的事情？"

德尔里奥"扑哧"一声笑了，"没错，像他们那样的人可没那么容易失踪。"

莫琳和西摩也点头表示赞同。

我跟他们一样，对桑德斯所描述的情况持怀疑态度。托姆·哈洛与詹妮弗·哈洛大概是目前好莱坞最炙手可热的明星夫妻了。他们曾多次获得奥斯卡金像奖，出版了好几本畅销书，还设立了一个名为"爱心助力"的基金会，以此为第三世界国家的孤儿院筹募了数以百万计的资金。总之，他们在全球范围内都享有极高的知名度。

在我们一路向北飞往奥海镇连绵群山的二十分钟行程里，桑德斯、卡米拉·布朗森和特里·格拉夫将他们认为我们应该知道的一切都告知了我们。

过去这九个月，哈洛一家一直待在越南，拍摄一部名为《西贡瀑布》的电影。这部电影以越战为背景，展开了一段史诗级的爱情故事。托姆·哈洛既是这部电影的编剧和导演，也是男主角。詹妮弗·奎恩·哈洛在剧中与丈夫演对手戏。他们通过自己的公司——哈洛-奎恩电影制片公司来制作这部影片。

"能拍摄一部这样的电影是他们毕生的愿望。"桑德斯说。

"而这部影片很可能令他们名垂千古。"卡米拉·布朗森补充道。

"你们真该看看他们拍摄的样片。"特里·格拉夫说，"实在是才华横溢之作。"

哈洛一家四天前乘坐私人喷气式飞机从越南回到美国，为了躲避狗仔队，他们没有对外公布自己回国的详细行程，而且选择降落在加利福尼亚州伯班克市。当时，他们的律师、公关代表和首席制片人都前往机场去迎接他们。长途飞行以及在那之前更长时间的外景拍摄令哈洛夫妇疲惫不堪，不过他们仍然决定从下月开始将在华纳兄弟电影公司的一间摄影棚里完成这部电影的后续拍摄工作。

"这么说，华纳兄弟电影公司也参与了《西贡瀑布》的制作吗?"朱斯蒂娜问道。

特里·格拉夫摇了摇头,"他们的参与根本就微不足道,奥海镇也没有别的制片厂愿意参与这部影片的拍摄。大家都认为这部电影文艺气息过重,不够商业化,所以投资风险太大。华纳兄弟电影公司或许也只是为了向托姆和詹妮弗多年来帮公司赚得盆满钵盈的功劳表示感谢,象征性地给予一点支持而已。"

卡米拉·布朗森说:"托姆和詹妮弗私下筹集了一笔钱来弥补这部电影的资金缺口。"

"他们筹集了多少金额?"莫琳问道。

公关代表和制片人都看着桑德斯。律师在自己的座位上挪动了一下身体,看了看正在签署保密协议的朱斯蒂娜,说道:"总共的资金缺口为九千三百万美元,而根据最新统计,他们已筹集到了六千万美元。"

"这都是他们的个人资产吗?"西摩博士问道,他和我一样震惊不已。

"这笔金额占据了其个人资产的绝大部分。"桑德斯承认道。

"不过他们对《西贡瀑布》满怀激情,事实上,可以说是为之痴迷。"特里·格拉夫解释说。

卡米拉·布朗森点了点头,"这部电影要么会让托姆和詹妮弗大赚一笔,要么……会让他们赔上全部身家。"

桑德斯说:"说实话,我之所以去机场和他们见面,就是因为我想让他们清楚地认识到一个事实:他们为《西贡瀑布》所花的钱已经令他们没法再继续维持当前的生活水平了。"

"你是说他们破产了?"我问道。

"不完全如此。可是他们正处于濒临破产的边缘。"

## 第九章

当加州南部的自然风光依稀显现在我们的视野中时,桑德斯继续往下说:"在机场见到他们之后,我向他们详尽并且毫无保留地解释了眼下的经济状况,并且告诉托姆和詹妮弗:他们务必尽快采取有效措施来避免破产。"

"那他们对此是什么反应?"朱斯蒂娜问道。

特里·格拉夫说:"托姆看起来并不怎么在意,他说已经有一位新的投资人表示愿意出资完成《西贡瀑布》的拍摄和制作。"

"他有没有说那位投资人是谁?"我问道。

制片人摇了摇头,看上去似乎非常气恼,"托姆总是这样,他喜欢毫无理由地故作神秘。"

"这大概就是创造性张力①使然吧。"卡米拉·布朗森解释道,"还有,当然这只是我在私底下说说而已,托姆认为隐瞒信息是有益处的,他对所有人都这么做。既然说到这儿了,我想说詹妮弗在这方面跟他简直就是如出一辙。他们相信这可以让他们身边的人始终保持高效率的工作状态。"

"我知道了。"我说,"那么接下来又发生了什么事情?"

桑德斯回答道:"后来他们说自己很累了,于是乘坐两辆租来的旅行轿车,同他们的私人助理辛西娅·梅恩斯一道离开了。他们要去大牧场待上六天,让身体得到充分的休养和恢复。"

---

① 创造性张力是指客观现实与愿景之间存在一定的差距,而这样的差距会形成一种创造力,把人们朝向愿景拉动。

特里·格拉夫此刻的表情就像咬到了什么酸掉牙的东西,"这简直就是他们的典型作风。他们知道我们已经安排好了整整一周的会议日程,噢、天哪!他们毕竟离开这个国家已经九个月了,可是他们竟然向我们宣告一切都要等到以后再说,随即就不管不顾地扬长而去了。"

"詹妮弗认为孩子们需要如此。"卡米拉·布朗森说,"六天时间能帮助他们适应这里的环境。"

"总之,那就是我们最后一次跟他们说话。"桑德斯说。

"那你们怎么知道他们失踪了呢?"朱斯蒂娜问道,"他们的假期还有两天才结束,对吗?"

哈洛夫妇的公关代表说:"没错,可是他们不接电话,也不回短信和电子邮件。"

"这是从什么时候开始的?"

"昨天。"制片人说,"我昨天一整天都在拨打他们的私人手机号码,也拨打了辛西娅的手机,可是他们都没有接听我的电话。"

哈洛夫妇的律师说:"最后,大概是在昨天夜里十二点的时候吧,他们在大牧场的管家安妮塔接听了那儿的座机。"

管家称她自己刚刚和另外两名雇员一起回到了大牧场。在那之前,哈洛夫妇给她们放了九个月的长假,并在假期中支付一部分薪水。在她们休假期间,只有一名看管人留下来负责照看牧场。

"安妮塔说目前牧场里空无一人。"桑德斯说,"她还说她发现一些迹象表明哈洛夫妇回来过,可现在却一个人影也见不着。我告诉她不要碰那里的任何东西,然后和其余雇员去她们的宿舍里等着我。跟她讲完这些后,我立马就给你打电话了,杰克。"

"那么让我来整理一下当前的情况。"我试着理清头绪,从他们所提供的混杂着诸多个人猜测的信息中找出真正有用的事实,"失踪的不仅仅是哈洛夫妇和他们的孩子们,还有他们的私人助理……"

"辛西娅·梅恩斯。"卡米拉·布朗森补充道,"没错,她也失踪了。"

"牧场看管人呢?"

"据我所知,此人也失踪了。"律师应道。

"除此之外,就没别的人了吧?"朱斯蒂娜问。

桑德斯停顿了片刻之后回答道:"据我们所知,没别的人了。"

"你们怎么知道他们不是去了某个地方继续度假呢?"莫琳问道。

"因为如果真是那样的话,名人消息网或其他八卦网站一定会发现他们的行踪,并且加以报道。"特里·格拉夫说。

"好的。"我说,"你们有发现什么试图勒索赎金的信件吗?"

律师答道:"或许牧场那儿有吧,不过我们现在还不确定。"

"我说这话不是为了质疑你,戴维。"我说,"可是你为什么不给联邦调查局打电话呢?他们可是寻找失踪者的专家。"

"我们不能那样做。"卡米拉·布朗森说,"起码在我们发现事情真相之前不行。"

桑德斯点了点头,"我们还不知道这究竟是怎么回事。在查明真相之前,我们不会向任何执法机关寻求帮助。"

我说:"这是出于生意方面的考虑,对吗?如果《西贡瀑布》现有的投资人得知了哈洛夫妇失踪的消息,就有可能出现天下大乱的局面。"

特里·格拉夫的表情突然变得有些生硬,不过他还是对我的思路持肯定态度,"可以这么理解吧,我们的确不愿意见到这样的局面。"

倘若此事被联邦调查局知道了,他们很可能会立刻开始立案调查,同时还会严厉抨击我们妨碍公务的行为。再加之该事件有明星牵涉其中,这种可能性就更大了,因为他们绝不愿放过任何一个与社会名流有关的案子。在这种事真的发生之前,我们的调查究竟能推进到什么程度呢?

"好吧。"我最终还是开口说道,"不过我们一旦发现了任何跟暴力犯罪有关的证据,就得马上通知警察和联邦调查局。"

他们还来不及给出回应，直升飞机突然在风中猛烈摇摆着，并开始急剧下降。有那么短短的一瞬间，我觉得自己仿佛正置身于我在阿富汗所驾驶的运输直升机里——它被地面火力击中了，机尾螺旋桨被摧毁，飞机呈螺旋式急剧下坠。我快速地瞥了德尔里奥一眼，他看起来镇定自若，还给出了自己的看法："或许你们搞错了。说不定哈洛一家动身去了某个你们认为不大可能的地方，并且还在当地乔装打扮，以避免狗仔队的滋扰。"

"这不可能！"桑德斯说，"我查过哈洛夫妇的维萨卡和美国运通卡的刷卡记录。自打他们抵达奥海镇的当晚支付过一次燃气费之后，就再也没有花过一分钱了。"

"在正常情况下，这种事是根本不可能出现的。"卡米拉·布朗森补充道。

"为什么呢？"克龙彭伯格问道。

公关代表说："因为詹妮弗·哈洛是一名众所周知的超级购物狂。"

## 第十章

"没错。"桑德斯说，"哈洛夫妇，尤其是詹妮弗，以往每天都会制造大量的信用卡消费记录，可是前天晚上之后他们的信用卡就再没有产生过任何消费记录了。"

我透过直升飞机的舷窗看到了哈洛夫妇位于奥海镇的大牧场。这是一处风光极美而且超凡脱俗的世外桃源，绿草茵茵的牧场上矗立着一片白色外墙的建筑群，当中散布着好几个花园、户外喷泉和谷仓，主楼以及附属房屋的两旁是郁郁葱葱的果树林，其中有杏树、橘子树和山核桃树。

在飞机落地之前,我就看到有两辆旅行轿车正停在那片建筑群的车道上。随着直升机水平旋翼的转速渐渐减缓,我心中的紧张感也开始缓缓消散,这时我脑子里突然涌出了各种各样的想法。我们是不是正在进行一场徒劳的搜索呢?此时哈洛一家会不会就坐在主楼里吃着早餐呢?

我跟在桑德斯、卡米拉·布朗森、特里·格拉夫身后从直升飞机上下来,随即便看到三名穿着栗色制服的拉美裔中年女子正从其中一栋附属房屋的门口朝着我们一路小跑过来。

公关代表、制片人和律师不约而同地迅速朝那几个女人快步走去,我和我的团队成员紧随其后。

"你们把这件事告诉别人了吗?"卡米拉·布朗森询问道。

三名中年女子摇头又摆手地表示否认。三人中个头最高、衬衫上绣着交织字母"安妮塔"的女人开口说道:"我们没告诉任何人。我向你发誓。我们完全遵照桑德斯先生的指示行事,我们回到自己的房间里,没跟任何人说话,只是等着你们过来。而且我们连觉也没敢睡。"

"很好,请继续这样做吧。"桑德斯应道。

公关代表看了我一眼,说道:"一旦消息被泄露出去,媒体记者们定会蜂拥而至。"

"可是,目前连我们都不知道真相究竟如何,对吗?"特里·格拉夫说。

我们一行人紧跟在特里·格拉夫身后。这时,我听到西摩对莫琳说:"唔,现在我脑子里浮现出了那部科幻片《外星人绑架》里的场景——一群小绿人试图对地球上最美丽的生物进行实验。你想到了什么呢,莫琳?"

"大概是跟妖魔鬼怪有关的东西吧。"她说。

我强忍着才没笑出声来。

"那你打算找谁求助?"克龙彭伯格低声问道,"私人捉鬼敢死队!①"

我回过头去,看到他俩正因彼此的诙谐对话而会心一笑,德尔里奥和朱斯蒂娜则强忍着脸上的笑意。

原本注视着三名墨西哥女人的桑德斯转过头来,"眼下的情形有什么好笑之处吗?"

"没有,戴维。"我竭力遮掩着,"完全没有。"随即我对朱斯蒂娜说:"你负责询问那几名帮佣。"然后我告诉其余各人:"德尔里奥,你来对所有的附属房屋和整个建筑群的安防系统进行检查。西摩、莫琳,你们和我一起进主楼去。"

"我们也要和你们一起进去。"卡米拉·布朗森说。

"我希望你们最好别这么做。"我说,"起码等我们先完成初步搜查再说。"

"不行!"哈洛夫妇的公关代表冷冷地回应道,紧接着她便跟在西摩和莫琳身后朝主楼跟前的走廊走去。特里·格拉夫及桑德斯则紧跟在她身后。

我还来不及同他们争论,便听得朱斯蒂娜发出了一声满怀欣喜的尖叫。一只老式英国斗牛母犬不知从何处气喘吁吁地跑了出来,她看起来紧张不安,白色的皮毛和爪子上都沾满了污渍,像是刚刚才在泥土堆里折腾过一番似的。

"那是斯特拉·科瓦尔斯基小姐。"安妮塔哽咽着说。当朱斯蒂娜走过去抚摸那只斗牛犬时,安妮塔眼中已经盈满了泪水,"她是其中一个孩子米格尔的狗,她总是和孩子们寸步不离,连他们去越南时也带着这条狗。可她现在却被独自留下了,这可不是什么好征兆。她是一条治疗犬。米格尔……他非常爱她。"

这时,斗牛犬开始发出一阵一阵的哀鸣声。

---

① 影片《捉鬼敢死队》讲述了三位以科学技术研究鬼怪的大学教授在被学校开除后,成立以科学仪器进行捉鬼的公司为市民提供捉鬼服务的故事。

# 第十一章

我们花了好几个小时的时间来对哈洛一家所住的主楼进行初步搜查。这里的大多数房间都处于被封存的状态，其内的家具仍然被塑料布包裹着。不过，位于主楼正中央的几个房间却流露出一些迹象，表明一个家庭在结束一段漫长旅行——没错，或是在原有正常生活被中断一段时间——之后，正试图重新在此定居下来。

厨房的台面上杂乱地摆放着一些脏碗碟、吃剩的食物以及底部残留着红葡萄酒沉淀物的玻璃杯。冰箱里塞满了各式蔬菜、水果和成箱的豆奶，食品储藏室中存放着大量不含谷蛋白的食物。安装在厨房水槽下方的家用食物垃圾处理器散发出一股鸡血变质后的恶臭气味，微波炉里放着一杯冷咖啡，其操作面板上的"工作完成"指示灯一直在闪个不停。

电话答录机里储存着大量来自卡米拉·布朗森、特里·格拉夫、桑德斯以及其他制片助理、电影剪辑师和时装设计师的语音留言信息，他们所有人都在留言中为来电打扰哈洛夫妇的行为表示抱歉，但同时也表明了自己想和这对夫妇通话几分钟的强烈愿望。厨房外一个小房间里的电视机还开着，不过声音被关闭了，屏幕上正播放着卡通频道的节目——大狗史酷比和它的伙伴们正准备对付又一个装神弄鬼的家伙。透过一条通往车库的通道上的情形，便能看出关于詹妮弗·哈洛的消费观的传闻绝非空穴来风：这一整条通道上都堆满了未拆封的箱子，它们都是哈洛夫妇新近或从前通过各式商家的产品目录所订购的商品。我们在车库里找到了五辆尚未安装车轮的顾客定制汽车，分别是一辆布加迪跑车、一辆玛莎拉蒂跑车、一辆雪佛兰克尔维特跑车和两辆路虎越野车。

"这不对劲啊。"特里·格拉夫毫不掩饰地流露出担忧的神情,"托姆跟我说过他很想开那辆克尔维特跑车。"

牧场主楼里的各处墙壁都挂着这对名人夫妇的照片。在我看来,他们的大多数照片都颇具重量级——与政界要人或好莱坞大亨的合影,还有在各个颁奖典礼上的留影。这些扭捏作态的照片,从某种程度上其实暴露出了这对夫妇灵魂中的不安全感。

我们还看到一些哈洛夫妇同三名子女的合影,拍照风格较为自然随意。他们的子女分别是:在埃塞俄比亚收养的玛利亚,现年十三岁;在中国收养的金妮,现年十一岁;还有在洪都拉斯收养的米格尔,今年八岁,患有先天性严重腭裂。其余的照片大多拍摄于偏远穷困之地:哈洛夫妇当中的一人或两人要么被一群笑逐颜开的孩子簇拥着,要么怀抱着一名形容枯槁的婴儿。

当卡米拉·布朗森看到这些照片的时候,下唇不由得颤动了一下。她开口说道:"噢,上帝啊,他们究竟遇到什么事了?他们本是这么善良的人。"

我离开她的身旁,朝主楼的西厢走去,那里有几间客房、一间设施先进的健身房、一个室内游泳池以及一间能容纳二十人的放映室。泳池里空无一人,健身房和放映室看起来像是从未被人使用过。

通往东厢五间卧室的走廊被灯光照得透亮。走廊左右两侧各有两间卧室,哈洛夫妇的主卧套房位于走廊的尽头。在我们右手边、离起居区最近的一间卧室是属于玛利亚的,她的卧室地板上摆放着一个半空的手提箱,一部电量已耗尽的 iPhone 4S 手机落在了床和床头柜之间的缝隙里。床上铺着的床单有些起皱,被褥被掀开了一角,让人不禁联想到睡在这儿的少女要么是暂时起床喝水或解便去了,要么是睡饱起床后却忘了整理床铺。

金妮的卧房位于走廊对面,里面更加混乱不堪,衣服成堆地散落在地毯和家具上,带天篷的四柱床上摆满了各式填充动物玩具,而梳妆台似乎也成了另一个毛绒玩具展台。

不过,哈洛夫妇的儿子米格尔的房间却显得与众不同,整个房间都整齐而干净,被褥几乎是按军事化标准来整理的。可是当我从床边经过的时候,却嗅到空气中弥漫着一股刺鼻的气味。我用鼻子经过一番搜寻之后,很快便发现了这气味的来源:这床被人"画地图"了。

走廊对面、与米格尔的卧房门对门的房间是空的,床板上没有摆放床垫,床单和被褥都被折叠起来,放入了一个透明塑料收纳袋里。我在心里琢磨着:哈洛夫妇或许想把这个房间作为他们将来打算收养的第四名孤儿的卧房。

接下来我走进了位于走廊尽头的主卧套房,这里布置得简洁却又不失高雅。房间一角摆放着一架斯坦威三角钢琴,几个书架上都摆满了书,一张巨大的柚木床上铺着干净的白色床单,其上还摆放着一床折叠好的羽绒被。房间里有一扇可以俯瞰外面果树林的凸窗,内墙的高处挂着几幅画作和几面镜子——其中包括一面大约两米、水平悬挂的窄镜——毫无疑问,这一定源于某种风水邪术的把戏。

"我找到了一些奥斯卡金像奖的奖杯。"莫琳对我说,这时她正从我右侧的步入式衣帽间走了出来,两只手都背在身后,"它们都用报纸包裹着,被塞在詹妮弗的一个五斗橱底部。你能想象它们竟会遭到如此对待吗,杰克?"

"哈洛夫妇并不怎么在乎这些个人荣誉。"桑德森说,他正和卡米拉·布朗森及特里·格拉夫一同朝我们走来。

"他们向来都不会将公众的看法作为评价自己的准绳。"特里·格拉夫补充道,"因为公众对他们的评判无非仅局限于工作范畴而已。"

"既然你说是,那就是吧。"莫琳将信将疑地回答道,"你知道我在那些奖杯上面还发现了什么吗?"

"这我可想不出来。"公关代表嗤之以鼻地说,"正如我先前所说的,詹妮弗购买的物品可谓是无所不包。"

莫琳笑着把原本藏在身后的东西拿了出来，原来那竟是一个与真实尺寸相仿、底部带有吸盘的女用震动棒。

## 第十二章

"你知道人们为什么会想去看我们的视频吗？"科布问尼克森，后者此时正在打磨一把黑曜石刀的刀刃，"原因就在于此：无论他们是不是生活在大都市里的所谓精英人才，其本质都跟住在闭塞乡村的呆子别无二致——目光短浅、不知变通、极易被恐惧感所控制。正是由于他们无知，所以才会感到害怕，而正如你所知道的，他们的恐惧感对我们来说是大有用处的。"

"你说得太对了，科布先生。"尼克森一面回答，一面将刀刃翻转过来继续打磨，"在敌我双方剑拔弩张之时，这的确是无可非议的战略手段。"

这里曾用作柴油卡车修理厂，现在是这伙人的工作室。约翰逊躺在一张轻便小床上睡觉，凯莱赫和沃森在电脑前忙乎着，赫尔南德斯正在往自己新纹的刺青上涂抹软膏，不时还转头看一看正在冲泡咖啡的滴滤壶。

科布将手指比作枪的形状，用"枪口"指着尼克森，开口说道："这种方法尤其适用于当前的情势。那些掌权的政府高官如同钻进土里并不断从土壤中汲取能量的蠕虫，而我们要做的是对他们赖以生存的乐土通电，让它发热、发烫，然后迫使他们钻出地表，在日光之下蠕动。然后，我们就能轻易将其俘获。"

赫尔南德斯走过来，将一杯冲泡好的咖啡放在科布面前，他说："恕我冒昧地问一句：接下来为什么选择药店作为行动地点？这岂不是增加我们的行动难度吗?"

科布用两根手指触摸着自己左脸上的蛛网形疤痕,在心里冷冷地思索着与赫尔南德斯有关的事情。赫尔南德斯勇敢得有些过头,已经到了冲动和鲁莽的程度,这就令他成了科布手下可说是最优秀、也可说是最糟糕的人物。赫尔南德斯拥有极佳的体格能力,而他的情绪一旦被煽动起来,就很容易投入到你死我活的殊死争斗中。另一方面,他行事也较为随性,常常在不必要的情形下改动原定计划。而且,他在品性与才智方面都存在无法看清全局的缺陷,至少在科布看来是如此。

"赫尔南德斯,在我们接下来要采取的行动中,我们不应表现出任何政治倾向。"科布最终开口道,"也就是说,我们不采取任何具有象征意义的举动,也不发表任何评论,让人们以为这就是一个普通的疯子在闹事而已。至于说为什么选择在药店行动,因为药店是人们日常生活中既稀松平常又不可或缺的一部分,与大多数人的生活都息息相关。这样一来,惧怕、恐慌和压力的情绪将在人群中快速蔓延,而这正是我们想要的结果。我们希望洛杉矶的每一个公民都觉得自己的日常生活正陷入岌岌可危的境地。"

讨论就此结束。科布的目光从赫尔南德斯身上转向墙上的原子钟——此时正值下午两点——继而说道:"好了,沃森先生,现在开始上传视频吧。"

"我这就开干,科布先生。"沃森说完便开始在iPad上输入指令,"我会通过位于印度、巴基斯坦和中国香港的代理服务器来发布信息,这样一来就没人能发现我们的IP地址了。"

科布完全明白他的意思,"务必随时变换你的上网路径。唔,这还蛮符合我们的行事风格——没有常规路径,时刻随机应变。"

"脸书网主页已经打开了。"凯莱赫说道,他将自己的椅子转了过来,用手捋着红色胡须,"你想把信息发布在这里吗?"

科布看了看摆在大个子面前的iPad,屏幕上是脸书网的发布页面,顶部的标题是:**格杀勿论,不留活口——来自洛杉矶的战队**。

"当然。"科布说,"让他们看出自己的无知,让恐惧感在他们当中蔓延。我打算在事情真正闹大之前先小睡一会儿。"

"你要睡到下午四点吗?"赫尔南德斯问道。

"是的。"科布答道,说完他便走到一张轻便小床旁躺了下来,然后将一只手臂弯折过来遮挡住自己的眼睛。他在多年前就练就了这样一种生存技能:无论在何时何地,只要他愿意,就能迅速让自己的身心彻底放松,转而进入睡眠状态。这一次也不例外,他很快便开始做起梦来。

梦境里是晚上,寒风中散发着柴火烟味、烟草烟雾的气味、咖啡的香味、马匹的汗味以及沙漠高原的气息。同时,他还能听到皮靴踩踏在沙地和岩石上所发出的"嘎吱"作响声。在一连串的狗叫声之后,伴随着巨大的炮火声,一道亮光将黑夜照得如同白昼一般。

女人和孩子们都尖叫起来。科布还在梦中听到了男人们向他求饶的声音。人们尖叫和恳求的声音令他感到心满意足,而当第一声爆炸声响起时,在他心中油然而生的正义感也渐渐膨胀。那声音是如此巨大,摇撼着他的身体,也给他的内心极大的震撼,以至于有那么一刻他甚至以为自己被那枚火箭推进榴弹击中了。

科布猛地从床上坐起,出于本能地伸手卡住了那个正在摇动自己肩膀的男人的喉咙。被科布卡住喉咙的沃森几乎窒息过去,一句话也说不出来,只能瞪大眼睛低着头,无助地看着他。

"别这样,科布先生!"凯莱赫一面喊道,一面握住了科布的手腕,"好消息来了。"

科布这才从梦境中彻底清醒过来,缓缓放开了握住沃森喉咙的手。

"我们的视频已经在网上疯传了。"凯莱赫说道,沃森则在一旁咳喘不已。

"已经被传开了?"科布精神一振,坐直了身子。约翰逊和尼克森也来到他身旁站定。

沃森的嗓音非常粗哑,"不过才过了一小时二十分钟,我们发布在YouTube网站上的视频已经达到了将近八千次的访问量。"

凯莱赫露齿一笑,"在脸书网上被拍砖两千次。"

"这些数字还会继续增长。"科布评论道。

"那是肯定的。"赫尔南德斯在他身后说道,"会呈指数级增长。"

科布应声转过头去,他看到的不再是秃头的赫尔南德斯,而是留着金发、满面胡楂的"格布"。"格布"刚戴上反光太阳镜,以完成自己的全套伪装。

科布笑着说:"你看起来棒极了,赫尔南德斯先生。"

## 第十三章

"快把那玩意儿收起来!"桑德斯没好气地说,他红着脸,震惊不已地看着莫琳手中的震动棒,"那是詹妮弗·哈洛的私人物品,跟我们眼下要解决的问题没什么关系。"

"也许无关,也许有关。"莫琳反驳道,"她的衣帽间里有好几个抽屉都塞满了各式性玩具和性器具。他的也一样。"

卡米拉·布朗森的脸色有些发白,"你们不能把这件事告诉任何人!"

在接下来的十五分钟里,我们从哈洛夫妇的衣帽间找出了形态各异、尺寸不同的男女自慰器及情趣用品,而卡米拉·布朗森则将同样的话重复地说了六遍。此外,我们还找到了一架性爱秋千和一个类似体操鞍马的器械,此"鞍马"的内部装有一台功率强劲的马达,顶部还安装着一个机械式震动棒。

"我可从来都没见过这样的东西。"我评论道。

"那是机械式性爱设备。"刚走进门来的西摩说道,"装在那上面的玩意儿不仅能上下活动,还能被设置成旋转运动模式。"

"你又是怎么知道这个的?"特里·格拉夫问道。

"琪凯特也有一个同样的器械。"克龙彭伯格实事求是地说。

桑德斯皱了皱眉,"琪凯特是谁?"

"她是西摩的网络情人。"莫琳答道。

说实话,我可不希望我的首席刑事专家的私生活——当中包括在我们位于斯德哥尔摩的办公室里与一名女网友进行视频做爱——被人议论纷纷,于是我迅速转移了话题,朝西摩发问:"你在厨房里有什么发现吗,西摩?"

西摩点了点头,"餐具、杯子上滋生的霉菌和细菌的数量,足以表明它们是在三十六至四十小时之前被人使用过的。等我们回到实验室之后,我会给你一个更为准确的结论。"

三十六至四十小时——这就意味着哈洛一家大概是在他们从越南返家两天之后主动或被动离开这里的。那么,他们在那两天当中到底遇到了什么事情呢?

我从其他人身旁走开,再度在主楼里转悠起来,想要找出我在初步搜查时可能遗漏的有用证据,也开始试着想象这家人失踪前可能会遇到的事情。他们是自愿离开的,还是在枪口的威胁下被迫离开的?他们离开时所用的交通工具是什么?牧场看管人和哈洛夫妇的私人助理辛西娅·梅恩斯的情况又如何呢?

我脑子里的疑问比答案要多得多,而且我总是在潜意识里觉得自己确实遗漏了一些东西,一些显而易见的信息。还有,我总觉得这屋子里的场景颇有些不合情理。我在这儿找不到任何暴力痕迹,也没有任何迹象表明哈洛一家是被人强行带离此地的——没有血迹,家具毫无破损,我们也没找到任何勒索信。

那么这里究竟发生了什么呢?

我在主楼东厢下面的地下室里找到了一间编辑室,这里有五个大屏幕——它们都与一台视频编辑主机相连——和一台代表最新技术水平的编辑控制台。控制台旁边有一扇门，我走过去转了转门把手，发现门是锁着的。

我转过身来，环顾了一下这间编辑室里的电子产品，突然意识到了一件事：这房子里连一台电脑的踪影也见不着，没有台式电脑，没有笔记本电脑，没有平板电脑，也没有掌上电脑，唯一与电脑接近的设备就只有玛丽亚房间里那台没电了的iPhone手机。

这是一个拥有当今世界最顶级科技产品的富有家庭，可是房子里除了一台智能手机之外，就没有任何别的电脑或类似电脑的设备，这实在令人难以置信。唯一可能的解释就是有人带走了这里的电脑，不过这房子里肯定有备份系统，对吧？起码应该有云端备份。

我打算去找莫琳和被我在心里命名为"哈洛管理团队"的三名成员，让他们来对这个问题进行深入调查，没想到却在这时遇到了前来找寻我的德尔里奥。

"我已经搜查过牧场看管人赫克托·拉蒙的住处了，杰克。"他说，"那里的情况跟主楼差不多，看得出那里曾住过人，但现在却一个人影也见不着。对了，那里还有一只猫，它一面四处走动，一面喵喵直叫。"

"没有打斗的痕迹吗？"

"没有。"德尔里奥回答。

"那么，或许西摩猜得并不离谱。那只斗牛犬受到惊吓，房子里的电脑都消失了，原因就在于住在这幢房子里的人被外星人绑架了。"

"也许你说得有道理，不过你还不知道一件事：在前天晚上大约有两个小时的时间里，这里要么停过电，并且安防系统的备用发电机未能成功恢复供电；要么……有人对这儿的安防系统做了手脚，让其暂时失效了。"

## 第十四章

我跟德尔里奥、西摩、莫琳、桑德斯、卡米拉·布朗森、特里·格拉夫一起挤在车库内的一个小房间里,观看着一个大屏幕上显示的十分屏画面。这些小分屏播放的分别是安装在牧场四围、牧场大门口、谷仓附近、牧场建筑群的各扇户外门上方以及室内天花板上各个摄像头所拍摄到的监控画面。

"这套系统非常先进。"德尔里奥说。在面对并非他自己所设计的安防系统时,总的来说他还是显得比较淡然,"它包含了冗余控制器、卫星链路、电缆链路、牧场围栏内侧的压力传感器、走廊里的激光器和光纤玻璃窗,还有主卧套房里的安全房。"

"我没看到什么安全房呢。"西摩说。

德尔里奥伸手指了指其中一个小分屏上显示的画面,那是一个摆放着几张长沙发、一个电冰箱和两组双层床的房间,"它的入口就在詹妮弗的衣帽间旁边,看起来像是一个堡垒。不过他们显然没有进到那里面去。"

"这是不是说明安防系统出了什么问题?"莫琳问道,"他们没有收到任何警报?"

"确实出了一点问题。"德尔里奥对此表示同意,"我看过两台监控主机里的监控日志。两天前的晚上七点二十七分,整个安防系统都失灵了,数据备份失败,而且系统未向警方或安装公司发出任何警报。"

"这套安防系统是哪家公司安装的?"我问道。

德尔里奥脸上流露出了一丝憎恶的表情,"你不会想听到的。"

我歪着头，有些不敢相信地说："是汤米吗？"

"是他的手下来安装的。"

"这个叫汤米的是什么人？"卡米拉·布朗森问道。

"是我哥哥。"

"是报纸上提到的那个人吗？"桑德斯的记忆之门被打开了，"跟那起谋杀案有牵连的那个汤米？"

"正是。"我回答道。

但这怎么可能呢？我哥哥的公司设计并安装了这套安防系统，可它却失灵了。

"你认为他与发生在这里的事情有关联吗？"特里·格拉夫问道。

我仔细思考了一下这名制片人所提的问题，不过随即就摇了摇头，"汤米的确是个怪人，不过设计和安装安防系统可是他的专长啊，怎么会失灵呢？"

德尔里奥用一只手摩挲着长满胡子楂的下巴，"监控日志显示，监控主机于两天前的晚上九点二十七分重启后便开始运行诊断程序。该程序检测到安防系统在牧场的主电源线停止供电前四秒钟曾试图连接备用发电机，但未能成功。"

"你给南加州爱迪生电力公司打过电话了吗？"西摩问道。

德尔里奥颔首道："当时有一台变压器爆炸了，所以电力公司切断了整个奥海镇的电力供应。随后他们花了三个小时的时间来恢复供电。"

"不过你先前说监控日志显示安防系统只失灵了两个小时，而不是三个小时。"我说。

"没错。"德尔里奥说，"监控日志表明发电机于当晚九点二十七分开始恢复工作，而主电源则是在那之后一个小时才恢复供电的。"

"这么说有人在这牧场里面人为地中断了安防系统与发电机的连接，随后又重新将它们连接起来了？"

他再次点了点头，"没错，我认为安防系统相当于受到了内外协同攻击。系统需要好几分钟的时间来重新启动,如果有人试图在这期间躲开监控摄像头开溜的话,应该很容易实现。"

我的头脑开始飞速运转起来,那天晚上待在牧场里的应该有哪些人呢?哈洛夫妇,他们的孩子们,牧场看管人,哈洛夫妇的私人助理。

"辛西娅·梅恩斯。"我不由得脱口而出。

"怎么了?"卡米拉·布朗森问道。

"如果我没有记错的话,我在主楼里看到的没有整理的床铺,都是属于哈洛一家人的。如果梅恩斯也住在这里的话,她是睡在哪儿的呢?"

"或许她没睡在这儿。"特里·格拉夫说。

"或许她起床后就把床铺整理好了,从而制造出她没睡在这里的假象。"莫琳分析道,"我想说的是,哈洛夫妇的床铺也是整理好了的,对吗?"

"也许詹妮弗和托姆只是还没来得及上床睡觉而已。"我边说边指着大屏幕,"你能找到相关的监控录像吗?"

德尔里奥点了点头,快速敲打着键盘,分屏显示的画面眨眼间便纷纷转换成了四天前的监控录像内容。

德尔里奥说:"这里的摄像头都安装有动态探测器。当探测器捕捉到运动的物体或光线时,摄像头才会启动并开始工作。接下来我会用五分钟的时间来对安防系统失灵前两天里的监控录像进行快放。"

十个小分屏上的画面都开始以快进的速度播放起来。我的视线不时在各个分屏上跳跃着,我看到了哈洛一家四个晚上之前刚抵达这里的情形。他们从旅行轿车上下来,然后拖着行李箱朝主楼走去,在这期间还跟一个戴着牛仔草帽的男人——我猜此人就是牧场的看管人——打招呼。在随后两天里的白天和晚上,哈洛家的三个孩子都时常在主楼进进出出,而那只斗牛犬则随时都陪伴在他们身旁,寸步不离其左右。

托姆·哈洛很少出现在录像中,但他妻子的身影则无处不在,看来她是个颇具活力的人。不过,在第二天晚上的监控录像中可以看到,托姆走到后门看着詹妮弗外出去跑步——桑德斯说詹妮弗每天都会去户外跑步和练习瑜伽。系统失灵前最后的监控录像是在哈洛一家回到牧场大约三十六小时之后拍摄的,其中一个分屏正在显示俯拍的后门及露天平台的画面:詹妮弗在黑暗中跑步回来了,她看上去大汗淋漓、气喘吁吁,登上了通往亮着灯的露天平台的阶梯。

德尔里奥在键盘上输入了一串指令,这个分屏里的画面顿时占满了整面大屏幕。画面中的詹妮弗减慢了步伐并最终停了下来,随即转头看着自己身后。露天平台之外的地方光线很暗,我只看到阴暗处依稀闪过了一个人影,紧接着屏幕突然变黑了。

"这是……"莫琳张口准备说话。

德尔里奥举起一只手来打断了她,"等等,接下来你们将看到的是摄像头距此两小时之后所拍摄的画面,那时安防系统刚刚完成了重启。"

屏幕上又出现了新的图像。

我看到了哈洛家养的斗牛犬斯特拉,几乎跟詹妮弗先前在露天平台所站立的位置完全相同。那条狗看起来躁狂不已,在纱门边不住地狂吠着上蹿下跳,像是刚刚看到了比幽灵还更可怕的东西。

# 第十五章

差不多同样的时间,在往南一百六十公里之外的拉·西纳加大道上,一辆本田思域混合动力车停在一家西维斯药品连锁店的门口,坐在驾驶座上的希拉·韦森特是一位母亲,此时正处在精神崩溃的边缘。

希拉·韦森特是一名助理地方检察官,目前手头积压了一大堆尚待处理的案件,其中包括一起恶意谋杀案。她是两个孩子的母亲,婚姻濒临破裂,电话那头的男人即将成为她的前夫。

"你以为我是被你肆意践踏了却还逆来顺受的受气包吗?"韦森特质问对方。

她的丈夫沉默了片刻,冷冷地开口说道:"不,你只是一个死硬顽固的……"

"泼妇?"她打断了他,试图夺回这场谈话的主动权,"我之所以用这种态度来对你,是因为你竟然恬不知耻地在最后关头才打电话告诉我你周末不能带孩子的事儿,理由是你要跟你的假胸女友飞到卡波①去享受长达四十八个小时的床笫之欢!"

"那是因为这个周末正好轮到帕蒂休假。"她丈夫反驳道,"这种情况很难遇到,只是两天而已。"

"那我呢?哪怕能休上一天也是天方夜谭!"希拉吼道,"我已经连续三个星期没有休过假了。"

希拉气得浑身发抖,仅存的一点点意志力也开始渐渐丧失。她木然凝视着远方,仿佛注视着那正离她远去的人生梦想。在这样的

---

① 墨西哥一处度假胜地。

情况下,她几乎没留意到一个胡子拉碴、戴着反光太阳镜、穿着宽松长裤和湖人队连帽运动衫的金发男人正迈着吊儿郎当的步子从她的车子旁边经过,随后踏上人行道,走进了那间西维斯药品连锁店。

"妈咪?"一个细小的声音从汽车后座传了过来,"妈咪伤心了?"

她借着车内后视镜看出坐在后座的两岁儿子显得非常不安,于是她知道此时的自己别无选择,唯有继续撑下去。

尽管她极不情愿这样做,可她还是得按照处方购买一些抗抑郁药,而且还得是强效的。

## 第十六章

在西维斯药店化妆品区的一面镜子前,赫尔南德斯检查着自己的全副装扮。他估计即便是那已故的母亲还在世,看到伪装成这般模样的他,肯定也没法认出来。我看起来活脱脱就是一外国佬,而且人人都会以为我是个胖小子,难道不是吗?

"那里有多少人?"科布的声音从金色假发下面的耳机里传了出来,打断了赫尔南德斯的思考。

"总共九个。"他回答道。

片刻的沉寂之后,耳机里传来了沃森的评论:"视频和音频的播放效果都很好。"

科布说:"赫尔南德斯先生,干掉其中的五个人,放下卡片,然后离开。"

"放心吧。"赫尔南德斯说。他骨子里那种想要摆脱文明的束缚,进而大开杀戒的原始欲望即将得以释放,这不由得令他激动不已。

他在药店里斜向穿梭,嗅着空气中的香味,还从衣兜里掏出了一个大号的杯装里斯牌花生酱夹心巧克力。他打开杯盖,取出一块放进嘴里,一面品尝着巧克力融化时的美妙滋味,一面朝配药窗口走去。他留意到药剂师此时没在配药室里面,只看见一位年老的黑人妇女站在窗口前等着取药,她拄着一根木制拐杖,用一种略显猜疑的目光打量着他。

窗口里面只有一名满脸长着粉刺的红发女人,她看到赫尔南德斯后便口齿伶俐地问道:"您来这儿取药吗,先生?"

"其实,我是来杀人的。"赫尔南德斯立即掏出了两把装有消音器的手枪。

他用握在右手里的那把枪瞄准红头发工作人员,迅速进行了一次近距离平射。站在一旁的老年妇女发狂似的抡起拐杖朝他挥舞过来,拐杖正好击中了他右臂上的新文身,随之而来的剧烈灼痛感令他略微有些神思恍惚,不过他很快便注意到这老妇人正用拐杖的尖头朝自己猛戳过来。

赫尔南德斯迅速作出反应,用握在左手里的枪瞄准老妇人的下巴。一声枪响过后,她立即瘫倒在了瓷砖地面上。

"你的判断有误,赫尔南德斯先生。"科布说,"你应该先把老太婆干掉的。"

赫尔南德斯没有理会科布的批评,他昂首阔步地沿着货架间的通道走开了。他的右臂仍然刺痛不已,不过他相信在药店背景音乐的遮掩下,应该没有人听到刚才的两次枪响和那两个女人倒在地上的声音。

手枪已经被他塞回到连帽运动衫的口袋里。他从三号通道里一个选购指甲油的少女身旁径直走过,又避开了五号通道里一个挑选剃须刀的胖男人,之后他在七号通道开枪射杀了一个已经买好尿失禁垫、准备离开的老年男子。

接下来他盯上了一名站在平装书货架前的中年妇女,她正专心致志地翻阅手中的悬疑小说。不过,随后他的注意力很快又转移到了站在收银台后面的两名店员身上,他们是一男一女,都在三十岁上下。

赫尔南德斯趁着男店员转身整理身后货架上的香烟,开枪击中了他的后背。

"很快就有人来陪你了。"科布说,"来吧。"

女店员开始尖叫起来,她是赫尔南德斯今天遇到的第一个意识到自己即将丧命的人。她迅速蹲了下来,将身体躲藏在收银台下面。

赫尔南德斯转过身去,体内的肾上腺素水平迅速飙升。他开始哼唱自己最喜欢的一首歌曲,觉得刚才发生的一切都是那么地不真实,自己仿佛是在电子游戏中开枪击杀对手一般……

离他三米远的地方,站着一个身穿蓝色半身西裙和粉色衬衫的拉美裔女人,她的手推车座椅上还坐着一个正在吮吸手指的学步期幼儿。这个女人已经被刚才发生的一幕吓破了胆,此时正紧张不安地盯着赫尔南德斯,脸都白了。

"不,别这样!"希拉·韦森特哭丧着脸说,"求求你放过我吧,我不过是来这儿买一些阿普唑仑的。"

赫尔南德斯体内的每一根神经和每一个细胞似乎都在告诉他要赶紧干掉这女人和她的孩子,不能应允她的求饶。

他朝这位年轻的母亲跨近了两步,看着她把孩子从手推车上抱起来,紧紧地搂在胸前,然后跪在地上语无伦次地苦苦哀求。他走到女人跟前,用两把枪分别指着她那双哭泣的眼睛和怀中小男孩的后脑勺。此时此刻,他所拥有的对他人生杀予夺的特权着实令他心醉沉迷,他一面品味着眼前女人因自己而产生的无尽恐惧,一面用手指摩挲着扳机。

"住手!"科布的声音从耳机里传来,随即他把赫尔南德斯接下来要做的事详尽地说了一遍。尽管赫尔南德斯并不喜欢科布刚发出的指示,不过这一次他选择了丝毫不差地遵照指示而行。

"手机!"赫尔南德斯朝面前的女人吼道,"把你的手机给我!"

正在哭泣的希拉·韦森特浑身颤抖着掏出自己的手机，把它放在地上。赫尔南德斯抬起脚来将其踩得粉碎，然后把两把枪都放回到衣兜里。他在女人面前蹲下，递给她一个装有一张卡片的透明小塑料袋，开口说道："我要你亲自把这个交给市长，然后告诉那个婊子，除非她答应我提出的要求，否则我绝不会就此罢手的。就这些。"

说完后，赫尔南德斯站了起来，转过身去，笑逐颜开地走出了药店大门。他的嘴里哼唱着自己最喜欢的那首歌，就像他对这个世界一无挂虑似的。

第二部
进退维谷

# 第十七章

斗牛犬斯特拉侧躺在地上，四肢伸展开来，重重地喘着粗气，看起来就好像刚在酷热的环境下跑完了十公里一般。朱斯蒂娜蹲在走廊里，抚摸着这可怜宠物的头，拿出一张湿毛巾轻轻地覆盖在她身上。朱斯蒂娜特别喜欢狗，同时她也很容易获得狗狗们的信任与青睐。她本人就养着两只狗，对它们可谓是宠爱有加。

"她的身体状况变得越来越糟了。"当我与桑德斯、德尔里奥一起从房子里走出来时，朱斯蒂娜如是说道，"我们得带她去兽医那儿诊视一下。"

"不！不能带她去见兽医。"卡米拉·布朗森厉声说道，"我知道托姆和詹妮弗在她的皮肤下面植入了一块芯片。倘若兽医发现了，少不了会引来一番询问的。"

"那又怎样？这只狗可病得不轻啊。"朱斯蒂娜语气坚定地回答。

"她大概是吃了一些变质的肉，所以才这么难受。"桑德斯说。

"没错，就让她待在外面吧，不然她会在屋子里排便或呕吐的。"特里·格拉夫说。

朱斯蒂娜以一种我曾见过的目光对律师、公关代表和制片人分别打量了一番，而我完全了解她那种目光背后的含意：她并不喜欢哈洛管理团队的成员。因为他们是我们的客户，所以她会按照他们的要求去做，可是她对他们毫无好感。她断然说道："要是这只狗的病情继续恶化，我就开走停在那儿的一辆旅行轿车，带她去……"

为了缓和当前的紧张局面，我及时打断了她："跟我说说这房子里那几名帮佣的情况吧。"

"关于哪方面的情况?"桑德斯问道。

"我得知道她们在这儿的经历。"

"我不过才和她们一起待了两个小时而已。"朱斯蒂娜说,随即她转头看着桑德斯、卡米拉·布朗森和特里·格拉夫,"倘若我有讲错的地方,请随时纠正。"

安妮塔·芳塔娜现年三十四岁,是这里的管家。自打哈洛夫妇买下这座大牧场开始,她便受雇在这儿工作,迄今已长达十二年之久。她看起来是所有人当中最难过的,她不时端详着摆放在自己床边的哈洛一家的合影,总是哭个不停。她说她很爱哈洛一家,尤其是米格尔。哈洛夫妇虽然待人有些苛刻,但还算公正。他们有时会对安妮塔表现得相当慷慨,不过对别人却颇有些吝啬。她还说哈洛夫妇略微有些疏远他们的孩子们。

"疏远!"卡米拉·布朗森惊喊道,"这完全是一派胡言。你明白吗?"

"可是他们跟孩子们略微有些疏远岂不是很正常的事儿吗?"朱斯蒂娜反问道,"他们的演艺事业本来已经够忙了,而且还要花费大量的时间做慈善项目,自然不会有太多的时间陪伴孩子们。"

"詹妮弗和托姆是非常好的父母亲。"公关代表反驳道,"对此有不同看法的人要么是白痴,要么是在撒谎。"

"那么看来那三名雇工一定都是白痴或骗子了。"朱斯蒂娜回应道。

管家安妮塔对其雇主的大部分看法,厨师玛瑞亚·托罗都持赞同态度。她为哈洛夫妇工作了八年,时间也不算短了。她说詹妮弗一直试图让托姆坚持素食主义,可他却很喜欢吃肉。在这里做杂役的女佣雅辛塔·费利斯来牧场两年后,便遇上了哈洛夫妇去越南拍摄影片,并给她们放了九个月的长假。

"她说玛利亚时常遭受噩梦的困扰,而且总是感到孤独。"朱斯蒂娜说。

"这不是……"卡米拉·布朗森开口说道。

特里·格拉夫打断了她,"听她把话说完,别总是试图歪曲事实。"

公关代表有些忿忿不平,"我可没有歪曲……"

"没错,你的确在这么做,卡米拉,可你这样是于事无补的。"桑德斯说,"请继续说下去吧,史密斯女士。"

"他们家的男孩经常尿床。"朱斯蒂娜继续说道,"金妮拥有一些由她自己虚构出来的朋友,而且她相信她的填充动物玩具会在夜里复活过来。"

我说:"她们还提到了什么关于哈洛夫妇的事情吗?她们最后一次与雇主联络是在什么时候?"

朱斯蒂娜告诉我,安妮塔称自己在上个月之内与哈洛夫妇联络过好几次,主要是为了确认她和另外两名雇工应该在何时回到牧场。哈洛夫妇最初的计划是让三名女雇工在他们抵达牧场之前两天就先行回来。不过,安妮塔说她后来接到了一通辛西娅·梅恩斯打来的电话,对方通知她计划有变,她们三人得在哈洛一家抵达牧场的三天之后再回来。

"我还是头一回听说这件事。"桑德斯说。

卡米拉·布朗森摊开双手,"这意味着什么?"

朱斯蒂娜说:"改变安妮塔等人返回牧场的时间,这令哈洛一家的失踪成为可能。如此一来,牧场看管人就成了唯一需要对付的人了。现在,我不由得开始对辛西娅·梅恩斯产生了兴趣,她没准就是我们要找的做内应的人。"

"天哪!"特里·格拉夫提出异议,"我不相信。"

桑德斯摇了摇头,"辛西娅向来对哈洛一家忠心耿耿。"

这一次哈洛夫妇的公关代表却选择了一言不发。

我说:"我认为现在有充分的理由让联邦调查局介入进来。"

哈洛管理团队的成员们对此提议极其不以为然。

"你知道这样做会带来多么恶劣的后果吗?"卡米拉·布朗森严肃

地说。

"你是指对我,还是对你们?"

她紧绷着下巴,一言不发,不过却用恶狠狠的眼神瞪视着我。

"在这件事上,我和卡米拉的观点不谋而合。"特里·格拉夫说。

"我也一样。"桑德斯说,"眼下还没有充分的证据表明我们应该让联邦调查局介入此事。"

"戴维,根据我们的调查,我认为牧场安防系统失效两小时这件事,以及那只狗的反应,就已经是足够充分的证据了。"我说。

"我可不这么认为,而你是为我们,也为哈洛夫妇工作的,杰克。"律师斩钉截铁地说,"我、我们希望由国际私人侦探公司来找出他们的下落。"

"对极了!"卡米拉·布朗森的神情比先前更为坚定,"不到万不得已,我们不希望这件事被泄露出去。"

"你们需要做什么,就尽管放手去做好了。"特里·格拉夫说,"只是得在未来几天里暂时保守这个秘密。在这期间,我们可以看看哈洛一家会不会露面,或是我们会不会收到什么勒索信,而你们则要不遗余力地展开调查。"

"这件事背后有什么隐情吗?"我问道,"跟钱有关?"

"一点没错。"制片人回应道,"《西贡瀑布》这个项目的成败与我们息息相关,我们所有人都为此付出了很多。哈洛夫妇失踪的消息一旦传开,将会导致这个项目彻底失败,由此产生的损失可能高达数千万美金,而且我们还将面临前途尽毁的风险。"

桑德斯和卡米拉·布朗森都点头表示赞同。

我看了朱斯蒂娜一眼,她脸上的表情非常严肃,或许她正和我思索着同样的事情吧。哈洛管理团队的三名成员看待这个问题的角度和我们有所不同,可他们却是付费让我们为之工作的客户,而且我不得不承认,除了那条精神受到创伤的狗之外,我们确实没在这牧场里找到任何暴力斗争的迹象。要不是这里的安防和供电系统出过问题，我大概会认为哈洛一家不过是自行离开了而已。嘿，说不定安防系统是被托姆和詹妮弗故意破坏的呢，好让他们一家人神不知鬼不觉地失踪一阵子。托姆不是喜欢故作神秘吗？所以这种可能性也是存在的。

"两天之后，再找不到人我就通知联邦调查局了。"我说。

"三天。"桑德斯要求道。

卡米拉·布朗森问："安妮塔她们在哪儿？"

"在她们的宿舍里。"朱斯蒂娜说。

"我要带着她们离开这里。"卡米拉说，"她们跟着我一起去洛杉矶。我不希望她们当中有人把这件事泄露出去。"

这时我的手机响了，我看了一眼来电人信息，是洛杉矶警察局局长米奇·菲斯克。

我眯缝着眼睛，试图想明白我这位可以共安乐却不能共患难的朋友在这个时候找我，究竟有何贵干。我脑子里突然想到了我的哥哥汤米，他正因克雷·哈里斯———位曾为我工作过的监视专家——被谋杀一案而接受调查。哈里斯被枪杀的时候，我就在隔壁的房间里，当时我听到了枪声，却没看到现场发生了什么。后来我哥哥告诉我，他开枪不过是出于正当自卫而已，而我却将他独自留在犯罪现场处理自己的烂摊子。难道汤米把我也卷进了那起案子吗？如果菲斯克不是因为听闻了哈洛一家失踪的消息而找我的话，这就是我能想到的他打电话给我的唯一理由了。

我转身避开众人，离开走廊，来到了种着美洲栎的草坪上。

"米奇。"我尽量让自己的声音显得若无其事。

"杰克，你和德尔里奥最快得花多长时间才能赶到市长办公室？"

"发生什么事了？"

"快回答我，杰克，要多长时间？"

我扭头看了看停在哈洛家前草坪上的直升飞机，"你能帮我开通驾驶直升飞机的许可吗?"①

"可以。"

"那我们最多四十分钟后可以赶到。"我说。

"我们在这儿等你们。"菲斯克说。

"你不愿先透露一些线索给我吗,米奇?"

"你可以马上打开收音机或电视机,杰克。洛杉矶的所有媒体都在铺天盖地地报道这件事了,可他们所知道的不过是冰山一角而已。"


## 第十八章

"干得好啊,赫尔南德斯先生。"科布对杀手说,后者此时正在一辆白色厢式送货车的后厢里脱去属于"格布"的全套伪装。"为什么不把她也干掉呢?"赫尔南德斯咕哝着问道。

"因为我们让她活着的话,可以让这次行动所引致的恐惧感直线升级。这样一来,原本无形的恐惧感就像有了一张脸和一个声音。"

"她和她的小孩被吓得待在原地不能动弹、无法言语,这使得他们本身就成了恐惧感的象征。"约翰逊表示赞同。他坐在厢式送货车的驾驶座上,开着车一路向东,往他们的大本营所在的商贸城驶去。

"你们说得有道理。"赫尔南德斯说完这话,便再次哼起小曲来。

"人们不喜欢生活中的改变,先生们。"科布评论道,"无论你是置身于阿富汗的塔利班成员,还是住在康涅狄格州利奇菲尔德县的一位母亲,你都喜欢维持自己的生活常规和个人习惯。当你的固有习惯和生活常规受到威胁的时候,你会感到不安和愤怒,并且可能

---

① 在该系列小说的前一部作品《头号嫌疑人》中,杰克·摩根被警察局局长菲斯克吊销了飞行员执照。

会做出各种你平常不会做的事情。"

"比方说接受谈判中某些苛刻而有失公正的条款吗,科布先生?"约翰逊看了看车内后视镜,微笑着问道。

"这也是其中之一,约翰逊先生。"科布表示同意。他左脸蛛网形疤痕上的纹路略微变深了一些,这表明他流露出了极为罕有的笑容。

"现在我们要做什么?"赫尔南德斯问道。

科布脸上的笑意消失了,"我们让凯莱赫先生和沃森先生继续执行他们的计划,并且等着有人和我们联络。"

"你确定他们将会有所行动?"约翰逊问道。

"我非常肯定。"科布说,"当生活在土里的蠕虫感觉到身边的土壤正在变得滚烫灼人时,一定会禁不住从土里钻出来的。"


## 第十九章

在洛杉矶市长戴安·威尔斯的私人办公室里,一台显示屏上正播放着这样的画面:原本蹲在希拉·韦森特面前的杀手站起身来,背对着摄像头走出了药店。

大约两小时之前所遭遇的可怕经历令希拉·韦森特的声音变得有些奇怪,她说:"他在看到我和恩里克之前就在哼唱着大门乐队的一首老歌,而当他离开的时候还在继续哼唱着。"她在椅子上挪动了一下身子,然后哭了起来。

威尔斯市长连忙走过去安慰她,另几位在洛杉矶位高权重的大人物则伫立在旁边观望着。他们分别是洛杉矶警察局局长米奇·菲斯克和洛杉矶郡治安官卢·卡姆马拉塔,以及洛杉矶地方检察官比利·

布拉兹。

德尔里奥和我是在二十分钟之前刚从直升飞机上下来的。我们同哈洛管理团队的成员和三名帮佣一起乘坐直升机从奥海镇飞来洛杉矶，朱斯蒂娜、西摩和莫琳留在大牧场继续工作，等待他们的将是漫长而复杂的调查和取证。

我无论如何也想象不出哈洛管理团队的成员们究竟是从怎样的角度来看问题的：他们呼召我们前来处理哈洛一家失踪的案子，但却拒绝接受我们提出的让联邦调查局介入进来的建议。不过说实话，我几乎也没什么机会来细思此事。

在一路飞行的途中，我们观看了媒体对发生在拉·西纳加大道那家药店里的枪击案的报道。在地方新闻台，我们还看到了案发时在药店里选购指甲油的一名少女事后接受采访的录像。

"实在是……太恐怖了！"少女刚一开口便有些哽咽，"我最先听到的声音是一名店员嘶声竭力发出的尖叫声，就像恐怖片《林中小屋》里面的声音。"

我们赶来市长办公室之前，对这起案件的了解就仅限于那段采访录像，以及新闻报道中所提到的遇害人数。在刚刚过去的这段时间里，我们在市长办公室观看了由药店监控摄像头所拍摄的杀手行凶过程，也听到了希拉·韦森特描述杀手哼着歌离开的情形。

"《和平之蛙》，"德尔里奥开口说道，"他唱的是这首歌吗？"

韦森特努力让自己平静下来。她朝德尔里奥点了点头，"'流淌在大街上的血，淹没了我的脚踝。'"

"还有一句是'洛杉矶血红的太阳'。"德尔里奥补充道。

"他要求你转交给市长一样东西，是吗？"菲斯克局长问。

菲斯克五十岁出头，皮肤粗糙而发红。在我所认识的人当中，他算得上是聪明的类型，而且也是我所知的最狡猾的家伙之一。他是一名好警察，更是一名出色的政客。正是这个原因，以下两个问题才令我感到困惑不已：我们为什么会被呼召到这儿来？德尔里奥和我为什么会被允许观看这起突发谋杀案的现场直击画面?

"是的,他要我亲自交给市长本人。"韦森特边说边看向了威尔斯,后者是一名留着红发、相貌令人生畏的高个子女人。很久以前,威尔斯曾为加州大学洛杉矶分校的排球队效力,并以全班第一名的成绩从斯坦福大学法学院毕业。

"你要交给我的东西是什么,亲爱的?"威尔斯市长问道。

希拉·韦森特将颤抖的双手伸进手提袋,从里面掏出了一个透明的小塑料袋。我隐约看到袋子里装了个物品,但却没法看清那究竟是什么。这位助理地方检察官把袋子握在一只手里,朝市长递了过去,不过菲斯克局长赶紧伸手将她拦住了。

"把它放在桌上。"他说,"别在上面留下新的指纹。"

"他当时戴着手套,是一种接近肤色的薄手套。"韦森特说。

我走到桌边,看到桌上的透明塑料袋里装着一张黄绿色的卡片,我还看到了印在卡片上的一行字:**格杀勿论,不留活口**

昨天才杀了四个人,今天又杀了五个,看来他的暴行正在不断升级,这是涌入我脑海中的第一个念头。我说:"洛杉矶警察局谋杀专案组的组长哈里·托马斯手里也有一张这样的卡片,是昨天晚上在马里布海滩的谋杀案现场找到的证物。"

郡治安官卢·卡姆马拉塔先是皱了皱眉,不过紧接着还是确认道:"没错。"

希拉·韦森特说:"市长,他让我告诉你,除非你答应他的要求,否则他绝不会就此罢手的。"

"他的要求是什么?"威尔斯市长问道,"我还没收到任何人向我提出的要求呢。"

接下来是一阵短暂的沉默,尔后脸色苍白的菲斯克局长开口说道:"我收到了。我昨天和今天所收到的信件中,以及我们两个小时之前刚收到的视频里,其实都有提及。"

"什么?"地方检察官比利·布拉兹非常惊讶。

"你没跟任何人提起过这件事?"卡姆马拉塔质问道。

菲斯克有些愠怒地辩解:"起初,我们以为那些信件上的内容不过是某个疯子的胡言乱语罢了。我们并不知道你们昨天晚上在马里布海滩找到了那张卡片。在西维斯药品连锁店的谋杀案发生之前,我们都不知道那些威胁言论究竟是无中生有还是确有其事。"

"什么威胁言论,还有其他什么视频吗?"德尔里奥问道。

菲斯克朝他的助理点了点头,"给他们看我们两小时之前收到的视频。"

局长助理在一台笔记本电脑的键盘上操作了一番,办公室大屏幕上显现出YouTube网站的一个页面,页面上的视频被命名为:

**格杀勿论,不留活口——来自洛杉矶的战队**

"播放这段视频。"菲斯克对助手下达指示。

这是从杀手的视角所拍摄的马里布海滩杀戮场面,作案手法残忍而精准。对于如此残暴的行径而言,这画面实在显得过于清晰,令人难以直视。不过,画面中唯一能看到的关于杀手的部分就只是一双戴着手套的手和握在其手里的两把枪,再无其他。

最后一名受害者倒地身亡之后,视频里出现了几行警告文字:

**如果你不应允,**

**会有更多人死去。**

**没有谁是安全的。一个也没有。**

"这个视频获得了十二万五千次的点击量。"德尔里奥说,他的话让我的思绪又飘回了现实世界。在此之前,我一直想着昨天晚上我在海滩的防水布下面所见到的景象——视频中那四名受害男子被烧焦的尸体。

"应允?"市长不解地问,"应允什么?"

菲斯克的脸色再度变得惨白,他咽了一口唾沫,缓缓说道:"只有钱能让他停止杀戮,而且他要很多很多的钱。"

## 第二十章

"我们不妨说得更直接一些。"威尔斯市长坐在办公椅上问道,"他杀人的目的是敲诈市政府?"

"这也讲得通。"菲斯克答道,并朝助理再度点了点头。大屏幕上的YouTube页面被关掉了,取而代之的是两封打印信件的高清照片。"左边这封信是我们在昨天早上收到的,右边这封是今天早上收到的。这两封信都是通过邮局以平邮方式寄来的。"

我浏览了一下这两封信件的内容。它们都提到"毫无意义的杀戮其实很容易避免",同时也表明信中提及的要求倘若未获应允,那么整个洛杉矶将会被恐怖氛围所笼罩,经济也将受到重创。"毕竟,谁会想来美国的'谋杀中心'旅游呢?"我从两封信里都看到了这句话。

对方在第一封信中索取一百万美金,承诺避免后续更多的杀戮事件,但是第二封信中索取的金额已上升至两百万美金,同时还威胁道:倘若没有人在次日早上十点之前与自称"格布"的寄信人联络的话,索要的金额将会继续增加。这两封信还给了菲斯克一项指示,局长得在洛杉矶警察局的脸书主页发布一个标题包含关键词"贡物"的帖子,以此与对方初步建立联系。

接下来,对方会以回帖的方式将交款地点和注意事项告知警方。信中还提出了警告,在警察局收到信件后的二十四小时之内,如果无人与其联络并付款,那么次日遇害者的人数将会增加一名。

"对方用到了社交媒体。"德尔里奥评论道,"看来你们面对的是一个年轻、受过教育、行事有计划的对手。"

我点了点头,"或许还是个退伍军人呢,我认为。"

卡姆马拉塔曾经是美国陆军游骑兵部队的成员,此时他不以为然地哼了一声,评论道:"为什么?只是因为他用了'格杀勿论,不留活口'①这个别名吗?他也可能是玩橄榄球或踢英式足球的家伙啊,在这些运动中,参与者不是经常用这样的话作为球队口号吗?你这样说未免显得太外行了吧?"

我对他的讽刺不予理会,只是平静地说:"你说的很可能是对的,治安官。说他是退伍军人,这不过是我个人的直觉罢了。"

他漠然地点了点头,"我认为凡事不该凭直觉下结论。"

"唔,的确如此。"我应道,"不过说实话,我和你一样困惑,治安官。我实在不明白,像我和瑞克这样的外行怎么会被叫到这儿来呢?"

这下子所有人的目光都集中到菲斯克局长身上,他清了清嗓子,"在我看来,眼下我们要面对的是比电影《直流狙击手》中的神秘射手更难对付的劲敌。接下来我们所做的每一个决定,都将对在座各位的政治命运产生决定性影响,而倘若遇害人数继续增长的话就更是如此了。所以,我接下来要提出的建议仅限于在座各位知晓,请不要传到这间办公室之外去。各位同意吗?"

这间办公室里的其他人缓慢而勉强地点了点头,我也和他们一样。

"我认为杰克的反应是正确的,德尔里奥也一样,这就是我让他们加入到我们当中来的原因之一。"菲斯克开口说道,"对方提出的这种'付款以阻止杀戮'的观点是我从未听闻过的。而且,卢,即便你认为这不过是在凭感觉下结论,我还是要说,这家伙是不会停手的。他受过专业训练,除非我们逮住了他,或是向他屈服并按要求付款给他,否则他绝不会停止杀戮。"

---

① 其英文原文"No Prisoners"(简称N.P.)同时也有"富于进取,毫不妥协"之意,本书作了中文化修饰。——译者注

"我们是不会屈服的。"威尔斯市长断然说道，"只要我还担任市长，洛杉矶市政府就绝对不会付给任何杀人勒索者一分钱。"

"我也是这样想的，阁下。"警察局长朝市长略微低头致意，"我丝毫未曾想过要建议你付款给对方。不过，现在摆在我们面前的是一把双刃剑。如果我们不付款的话，就得问问自己是不是相当于为六名无辜的市民判下了将于明日行刑的死刑。"

"你并不知道这样的事情会不会真的出现。"卡姆马拉塔没好气地说。

"那么你想冒险碰碰运气吗？"菲斯克回嘴道，脸涨得通红。

"不。"市长说，"你有什么建议吗，米奇？"

菲斯克深吸了一口气，看向我这边，"我们可以通知联邦调查局，让他们来控制局面，不过这样一来，此案的勒索性质将在公众面前暴露无遗，而这对于我们来说将是一场公关噩梦。"

"我觉出了你话里的转折意味，或者还可以怎么做呢？"威尔斯市长问道。

"或者，我们可以请国际私人侦探公司对此案展开秘密调查。"

"噢，看在上帝的分上，我们为什么要这样做？"卡姆马拉塔治安官质疑道。

其实我脑子里也想着同样的问题，而且我能看出德尔里奥也是如此。

"因为他们不受那该死的宪法所约束。"菲斯克说，"他们能做一些我们因受法律束缚而不能去做的事情。他们也能承担我们所不能承担的风险。"

"你的意思是说他们可以走捷径和干违法的勾当吗？"市长冷冷地问。

"我可没这么说，阁下。"菲斯克以安抚的口吻说道，"不过当你想到明天会有六个人的性命处于岌岌可危的地步，而后天又将增长至七个时，难道你不愿走一些捷径去挽救这些无辜人士的生命吗？"

我举起双手，"哇哦，请等一下。我来这里是合法的吗？国际私人侦探公司果真像你所描述的那样吗？我的公司才不会为你们做那等不法之事呢。如果做了的话，事后你们恐怕就会转而指控我们违反了《人权法案》吧。"

"那样的事情是不会发生的。"菲斯克说。

"那你要如何确保呢？"我问道。

"市长将授予你事先豁免权，杰克。地方检察官、州司法部长及州长都将为此签署保证文书。"

## 第二十一章

在商贸城卡车修理厂里，沃森击了击掌，然后指着自己面前的iPad大声喊道："他们有所行动了！洛杉矶警察局的脸书主页上新增了一个以'贡物'为标题关键词的帖子。"

科布放下盛着热咖啡的杯子，匆匆走到沃森身旁去观看。他看到了一篇名为"给西维斯药品连锁店堕落天使的贡物"的帖子。

"看来你想出的索款方式的确奏效了，科布先生。"约翰逊语带钦佩地说。

科布看了看手表，现在是晚上八点半。他说："这比我预计的时间早了一个小时，不过接下来我们还是可以按照原计划行事。"

他转而对凯莱赫说："接下来就看你的了。"

大个子摸了摸自己的红胡子，随即开始在键盘上敲打起来。

"那里是天涯海角，只怕你没法找到。"沃森说。

凯莱赫眯缝着左眼，"你在说什么啊，天涯？海角？"

"我只是随口说说而已。"沃森回答道。

"他们明天不可能付给我们两百万美金。"尼克森说。

"当然不可能。"科布表示同意,"他们将会设下一个骗局来诓骗我们。你们知道这是为什么吗?"

沃森喃喃地说:"因为这世界本身就是个骗局,科布先生。"

"你他妈的说得太对了!"科布的情绪异常激昂,"这个世界上的人要么在为他人设立骗局,要么置身于他人所设立的骗局当中。看看华尔街,那就是一个骗局。医疗呢?也是骗局。政治?同样是骗局。宗教?更大的骗局。还有军事呢?"

"那是最大的骗局。"赫尔南德斯和约翰逊异口同声地说。

"它们实则都扮演着掠夺者的角色。"尼克森说。

科布将手指关节掰弄得咔哒直响,同时将布满疤痕的下巴转过去朝向凯莱赫,"现在是时候给他们点儿颜色瞧瞧了。我们要加大行动力度。"

# 第二十二章

我回到家时已经快十点了,而我已经整整四十二个小时没有合眼,现在感到精疲力竭,只想好好睡上一觉。接下来等着我的将是相当残酷的一天,我希望自己的头脑能保持清醒和警觉,不至于在神思恍惚之中犯下或许会让六名无辜人士赔上性命的大错。

我舒舒服服地洗了个热水澡,刚要开始刷牙,手机响了,是朱斯蒂娜打来的。

"我刚刚到家了。"她说。

"我也一样。"说完我打了个哈欠。

"你今天参加的紧急会议是关于什么的?"

"我现在还不能跟你谈论这件事。你们在哈洛家有什么新发现吗?"

"在牧场没什么新发现,只有等西摩和莫琳对他们带回来的样本进行测试之后才能知晓接下来会不会有什么进展。我不喜欢桑德斯和另外两个人。"

"我能看得出来。从某种程度上说,我觉得我们像是被他们耍了。"

这时我听到她那边传来了狗叫声,"那只斗牛犬怎么样了?"

"好些了,"朱斯蒂娜说,"现在已经安顿下来了。"

"你把她带回自己家了?"

"难道你认为我会容忍她被卡米拉·布朗森扣留下来,然后和哈洛家的帮佣们一起被锁在某个隐匿之处?"

"被锁起来?这样说会不会显得有些过头了?"

"是吗?"

我明白现在不是和她继续争论此事的时候,"听我说,我得睡觉了。"

"我再说最后一件事。"她说,"我上网的时候,读到了一则由美联社引用的墨西哥瓜达拉哈拉市一份报纸上的新闻报道。"

我揉了揉太阳穴,此时它正有些跳动着作痛,"是什么新闻?"

"那则报道声称昨天晚上有人看到托姆·哈洛和詹妮弗·哈洛跌跌撞撞地行走在瓜达拉哈拉市一处声名狼藉的地方。"她说,"目击者说他们看上去显然醉得不轻。"

"瓜达拉哈拉市?"

"没错。"

我用手按揉着太阳穴,"看来你明天早上得去一趟墨西哥了,让克鲁兹和你一起去。"

"可是这狗……"她开口说道。

我听到了"嘟嘟"的声响,又有一通电话打来了。我看了看来电人信息,随即闭上了双眼,头痛欲裂。电话是我那亲爱的哥哥汤米打来的。

"你是我所见过的最能干的人。"我对朱斯蒂娜说,"你一定能解决这个问题的。然后你再尽快去瓜达拉哈拉市找到哈洛夫妇。"

我接听了第二通电话,"是汤米吗?"

"嘿!"汤米笑着说。

他一定在喝酒。我哥哥喝酒的时候总是喜欢笑着说"嘿",而这正是他从我们已故的父亲那里遗传而来的又一项招人反感的特质。"我真没想到你会接我的电话,老弟。"他说,"好久不见了。"

"你有什么事?"

自从克雷·哈里斯死了之后,我们已经有好几个月没联络了。

"我的律师几个小时前刚给我打了电话。"汤米说,"比利·布拉兹那个混蛋要起诉我。"

我顿时想起我今天在市长办公室的会议上才见到过地方检察官比利·布拉兹,那时他没跟我提起过任何关于我哥哥的事情。不过话说回来,他也没理由这么做。

汤米继续醉醺醺地嘟囔着:"还他妈的说什么凭间接证据就可以起诉我犯下了一级谋杀罪。你能相信吗,杰克?他们没在现场找到枪,也没有任何法医证据。"

"除了他们逮到你醉酒后开着死者的车。"

"我的外套和手上并没有火药残渣。"汤米说。

"你总是那么机灵。"我答道,"不过,不管怎样,听到你将要接受审讯的消息,我实在感到很遗憾。我现在累得不行了,得上床睡觉了。"

"嘿!"汤米的笑声中夹杂了更多讥刺的意味,"我的律师说比利·布拉兹将在我接受传讯时到场出席,好为他下个月的连任选举挣些功绩。"

"汤米……"我刚一开口,我哥哥就打断了我,他的语气变得和先前不一样了,显得更为狡猾和诡诈。

"杰克,你知道吗?"他说,"在接受传讯时,我有发言的权利,我会抓住机会发言的,尽管我的律师建议我不要这样做。到时候,你应该到场来听听我会说些什么,老弟。我是说真的,你真的应该到场。"

随后他挂断了电话。

几分钟过去了,我在黑暗中躺卧在床上思索着,有什么办法能阻止汤米把我拖下水呢?有什么办法能阻止他把我牵连进一起与我毫无干系的谋杀案并拉着我和他一道同归于尽呢?

我想不出来,我想着想着,进入了梦乡,对此我没有任何办法。

## 第二十三章

第二天清早,还差五分钟到六点,朱斯蒂娜喝掉了杯子里的最后一口爱思巴苏特浓咖啡,叹着气从车里走了出来,拖着脚步朝马路对面的太平洋混合健身俱乐部走去。昨晚她只睡了不到四个小时。起初哈洛家的斗牛犬斯特拉一直呜咽不已,直到朱斯蒂娜把她抱到自己床上才肯作罢。可她到了朱斯蒂娜床上之后,又不断地打呼和放屁,折腾了一整夜。

不过她真是个可爱的小家伙,朱斯蒂娜一面这样想着,一面走进了健身教室。她究竟被什么事情吓得那样厉害呢?究竟发生了什么……

"朱斯蒂娜?嗨!"

朱斯蒂娜吓了一跳,抬头看到了保罗,那个有着迷人的笑容和迷人的双眼,而且没戴结婚戒指的男人。保罗正倚着墙拉伸髋部屈肌,应该也刚来没多久。

"嗨。"她回应道，随即便意识到眼下自己看起来一定糟透了。刚才她甚至来不及梳理头发，便急匆匆地跑出了家门。

不过保罗看上去倒并不怎么介意。他只是笑了笑，说道："我为了不落后于你，昨天练得相当卖力，结果工作的时候累得几乎昏迷过去了。"

她转头看了看他们昨天的训练安排表，还真是艰苦。"真是遗憾。"她轻叹一声，拾起一根绳子，准备跳绳热身，"你是做什么工作的？"

"我教英文。"

"在加州大学洛杉矶分校吗？"她问道。这是她能想得到的离这儿最近的一所大学。

"不是。"保罗的脸色略微有些阴沉，"是波纳文图拉，一所特许学校。"

朱斯蒂娜觉得自己可能有点儿伤到了对方的自尊心，于是便不急着开始跳绳，而是对他说："教书育人是一份神圣的职业，可以改变人的一生。"

保罗又变得开朗起来，"我喜欢这样看待自己的工作。对我来说，我的学生就是我的一切。"

"这可真是太好了！"朱斯蒂娜笑着开始跳绳，"你将对他们的一生产生深远的影响。"

"我喜欢这种说法。"他说，"那你是做……"

他还没来得及把话说完，教练便呼召班上的学员都集合起来做准备运动，他们得完成俄式壶铃摇摆、弓箭步练习和尺蠖式俯卧撑三项训练。

十分钟过后，朱斯蒂娜已是汗流浃背，全身的肌肉都灼痛不已。这时她准备开始进行正儿八经的锻炼了，她要在二十分钟之内，完成尽可能多回合的以下运动组合练习：五次倒立俯卧撑、十次壁球和十五次跳箱训练。

"倒立俯卧撑?"保罗叹息道,"这有可能做到吗?"

"我花了五个月的时间才做到。"朱斯蒂娜跪在地板上,下一步是将自己的身体贴着墙倒立起来。

"你可真是个女超人。"保罗瘪了瘪嘴,朝健身教室的另一片区域走去。

朱斯蒂娜看着保罗渐渐走远,心想他看起来应该是真的很喜欢自己的工作,并将其视为神圣的职业,这倒不失为一种相当美妙的人生体验。而且,在当今世道,像他这种不以金钱和权力为人生目标的人实属罕见……

"上!"

她把双脚高高举过头顶,然后将其靠在墙边保持平衡,紧接着便开始曲伸手臂做起俯卧撑来。一次,坚强的女孩,现在还有四次了。

预定的二十分钟结束了,她已经完成了十二个回合的组合练习。她并不是这间健身教室里表现最佳的学员,不过她在头天晚上睡眠不足的情况下能做到这样已经算很不错了。她看到保罗步履蹒跚地走了过来,对她说:"我现在得去大学先修班上一堂关于《白鲸》①的课程,可我觉得我现在的身体状况就跟被鱼叉捕获的鲸鱼一般糟糕。"

朱斯蒂娜不禁笑了起来。说实在的,他的形容方式的确有些荒诞,但却深得她的欢心。原来他还是个挺风趣的人。

"对了,"保罗说,"昨天来接你的那个人是谁啊?"

朱斯蒂娜犹豫了片刻,之后说道:"他是我的老板。"

"噢!"保罗看起来像是如释重负,"那你是做什么工作的呢?"

---

① 长篇小说《白鲸》(又名《莫比·迪克》)是美国作家麦尔维尔的代表作。它记述在十九世纪上半叶美国捕鲸业蓬勃发展的年代,从事捕鲸业四十年的裴圭特号捕鲸船船长亚哈同一条巨大凶猛的白鲸莫比·迪克搏斗中船破身亡的经历。

通常情况下，朱斯蒂娜并不愿意告诉别人自己的工作是什么，在单身男人面前尤其如此。曾有好些跟她来往过的男人在得知她为国际私人侦探公司工作之后，都感到心存惧怕。不久前才有一个男人告诉她，他没法做到跟一个能发现他隐藏最深的秘密的女人约会。

"我是做保险精算的。"她说，"我的工作相当枯燥。"

"听起来倒是蛮有吸引力的嘛。"保罗看了看手表，"你想在上班前先喝一杯咖啡吗？现在才七点钟。"

有那么一刻朱斯蒂娜有些动摇，很想接受他的邀约，不过她随即便摇了摇头，"今天我去不了，真的很抱歉，因为我八点就得飞往墨西哥。"

"是去出差吗？"

"是的。"朱斯蒂娜说，"那我们以后再约？"

"当然！"他笑容满面地说，"一言为定。"

"好的。"朱斯蒂娜用眼神跟他告别，随后便离开了。

走出健身房，她飞快地跑向停在马路对面的汽车，心里想着她生活中关乎罗曼蒂克的那一部分似乎也没那么糟，她还是有机会去结识自己生命中的真命天子的。

## 第二十四章

我一觉睡到天亮，睁开眼睛时已是早上七点半。我翻了个身，找来一个枕头挡住阳光，继续打盹儿。

人在半睡半醒的状态下所做的梦通常显得特别真实，你也有同样的经历吗？我的意识渐渐变得模糊，脑子里浮现出了我童年时所经历的一幕场景。我躺在草地上痛苦不堪地呻吟哀号着，而汤米却在一旁大笑不止,原因是我试着像他一样玩滑板,然而不慎摔断了一只手的腕骨。我读大学的时候热衷于打橄榄球,不过这项运动更有助于培养我的坚韧性格。至于说对身体的敏捷度和灵活性有较高要求的运动,我的哥哥汤米显然更富有天赋。

转瞬间,我的梦境开始切换,我发现自己置身于一个类似于鲁布·戈德堡机械①的古怪装置中,而我白天所见过的因勒索谋杀案而聚集在市长办公室里的几位大人物也在这里。

"你要找到他,杰克。"威尔斯市长对我说,她的声音像极了电影《爱丽丝梦游仙境》中的红心女王,"并且阻止他。"

"无论以任何手段都行。"菲斯克局长说。

"我们会和你并肩作战。"地方检察官比利·布拉兹说。他佩戴着一枚奇怪的徽章,那上面竟然有一张十岁汤米的面部肖像。

"可是我们并不想知道你用以实现目标的手段是什么。"郡治安官卡姆马拉塔补充道,"你明白我们的意思了吗,摩根?"

在我的梦境中,一切都显得无比清晰真实。我的目标是找到并捉拿自称"格布"的凶手,然后将其交给警方。国际私人侦探公司在这整个过程中所扮演的角色将讳莫如深地被隐藏起来,除了一个秘密的内部圈子成员之外,其他人都无从知晓……我的手机突然铃声大作,梦中的情景渐渐变得模糊而遥远,我也彻底清醒了过来。

"我不喜欢这样,杰克。"德尔里奥省却了礼节性的问候语,开门见山地说,"我昨天夜里有一半的时间都醒着没睡,因为我总觉得他们让我们做的事情实在是太冒险了。"

"他们会授予我们事先豁免权,我将在今天九点之前看到相应的

---

① 美国漫画家鲁布·戈德堡在他的作品中创作出一种设计精密而复杂的机械,以迂回曲折的方法去完成一些其实非常简单的工作,例如倒一杯茶,或打一枚蛋等等。设计者必须计算精确,令机械的每个部件都能够准确发挥功用,因为任何一个环节出错,都极有可能令原定的任务不能达成。由于鲁布·戈德堡机械运作繁复而费时,而且以简陋的零件组合而成,所以整个过程往往会给人荒谬、滑稽的感觉。

书面文件。"

"他们打算让我们去完成他们所不能做的事情，那究竟是什么？"

我承认道："我不确定他们是否确切知道，要让'格布'被捕入狱的话，究竟需要付出怎样的代价。"

"他们应该建立一支由上百人组成的专案组，当中包括来自加州司法局的调查员以及联邦调查局的特工。"

"市政府、郡政府和州政府都面临资金短缺的问题。我猜他们认为找国际私人侦探公司来办案是花费更少的解决方案，而且他们不愿放权给联邦调查局。"

"可我还是不喜欢这样。"

"我也不喜欢，可我已经承诺，说我们愿意接受这个任务。"

德尔里奥在电话那头沉默着。

这时我又接到了另一通莫琳打来的电话，于是我告诉德尔里奥，一旦菲斯克局长那边有了任何新的消息，我将立刻打电话通知他。说完，我按下了手机上的接听键，"莫琳。"

"辛西娅·梅恩斯刚刚来到了我们公司的大厅。"莫琳说，"她质疑我们为什么不断地给她打电话，破坏了她将近一年来第一次和男朋友共同享有的假期。"

## 第二十五章

辛西娅·梅恩斯是个二十八岁的女人，身高一米六，穿着镶有珍珠的浅灰色连衣裙，脚上是一双黑色单鞋。她是一名精力旺盛、能说会道、颇有些魄力的女人，曾就读于南加州大学颇负盛名的电影学院，刚一毕业便受聘成为哈洛夫妇的私人助理，后来又成了他们的联合制片人。

"那么,你一定深度参与了《西贡瀑布》的拍摄和制作,对各个细节了如指掌咯。"我边说边将一杯热气腾腾的咖啡摆在她面前。几分钟前,她、莫琳和我一道来到了我的办公室。

"这就是你们一直打电话找我的原因吗?"梅恩斯满腹狐疑地说,"听着,我已经跟詹妮弗和托姆谈定了,他们要给我整整三周的假期。我的假期才刚过了四天,他们就让你们不断打电话搅扰我吗?我想知道这究竟是怎么回事。我给他们的手机、牧场还有公寓都打过好几次电话,可电话一直没人接听。"

"因为他们失踪了。"我说。

她的头突然往后一仰,如同被人一拳击中了鼻梁一般。

"什么?"

"他们全家都失踪了,时间是三天前的下午六点到八点之间。"我说,"牧场里只剩下了一条狗。当我们在雇工宿舍发现她时,她看起来像是受过极大惊吓的样子。过去几天你在什么地方呢?"

梅恩斯看起来极度茫然而又困惑,正竭力消化着我刚刚告诉她的情况。

"马麦斯湖。"她略显迟钝地开口说道,"我和我男朋友菲利普一起在那儿度假。我们租了一栋房子,还……警方的说法是什么?我怎么没在新闻里看到这件事呢?而且它也没在脸书上传播开来?"

"那是因为除了牧场雇工、我们国际私人侦探公司以及雇用我们来寻找你和哈洛夫妇的桑德斯、卡米拉·布朗森和特里·格拉夫之外,目前还没有其他人知道这件事。"

梅恩斯目光空洞,呆坐几秒钟后重新将视线转向我们,"这事是真的吗?你们没在愚弄我?"

"这的确是真的。"莫琳说,"你知道他们可能会在哪里吗?"

"我知道他们应该在哪儿。"她回答道,"他们计划在牧场度过不受外界打扰的六天,好尽情地享受天伦之乐。然后,托姆将开始剪辑他们在越南拍摄的影片，而詹妮弗将为几周后要在华纳兄弟电影公司的摄影棚进行的拍摄工作做好相应的安排。"

"你并没有回答我们的问题。"我说。

"我不知道。"她说，"他们可能去了任何地方。噢对了，他们的私人飞机在哪儿？"

"在伯班克的飞机库里。"莫琳回答道。

梅恩斯摇了摇头，"那我确实不知道了。他们有可能在任何地方，可是他们怎么可能失踪呢？我的意思是，像他们这样的人，无论出现在什么地方，应该都会被人发现吧。"

"没错。"我对她说，"有人声称前天在墨西哥看到了詹妮弗和托姆，还说他们看起来像是醉得很厉害。"

她再次摇了摇头，"他们不会喝酒的。他们在刚结婚的时候就约定好了，两人在未来的十五年之内都要做到滴酒不沾。"

"好吧。"我说，"那么撇开他们是否醉酒不谈，他们是否有什么理由会出现在瓜达拉哈拉呢？"

哈洛夫妇的私人助理静坐了许久，不时快速地眨一眨眼睛，随即将下巴转动到右前方缓缓摆动着，接下来又将下巴迅速转向左边，"我不知道。"

"他们在那儿没有什么商业活动吗？"莫琳提示道，"他们近期有没有收养孤儿的打算？"

"在我印象中应该没有。你们可以问问卡米拉，爱心助力基金会的日程安排归她负责。"

"看来你对这个基金会所知甚少？"我问。

她摇着头说："这个基金会主要由卡米拉和桑德斯来负责运作，我的参与极其有限。我只负责安排一些临时性的观光和拍照活动日程，以及诸如此类的琐事。这件事为什么没有通知警方或联邦调查局呢？"

我耸了耸肩，"那三位朋友要求我们暂时对此三缄其口，等着看你们的雇主会不会主动露面，或者看我们会不会收到绑架勒索信。我告诉他们我最迟等到明天，然后就得联系联邦调查局了。"

"哼！"梅恩斯怒气冲冲地从椅子上站起来，"我可等不到明天了，我现在就要……"

"在你采取任何行动之前，能不能先回答我的几个问题呢？"我问她。

"什么问题？"她没耐性地应付道。

"噢，其实我也不确定，比方说你个人是否会因哈洛夫妇的失踪而获益？"

## 第二十六章

梅恩斯将整洁而纤细的手指握成了拳头，无比激动地脱口而出："什么？获益？你是疯了还是怎的？我怎么可能会从这样的情形中得到好处呢？听着，六年前，我放弃了好些看起来颇具诱惑力的职位，而把自己的前途押在了托姆和詹妮弗身上。

"而这六年的时光是我生命中最美好的经历。"她继续说道，"有些时候我会因工作吃力而显得躁狂，不过大多数时候还是愉悦而充实的，我也因为这份工作赚了不少钱。无论如何我都不会做出这等伤天害理的事情来，绝不可能。"

我相信她说的是真的，"我只是不得不问一下，仅此而已。"

"你还有其他问题吗？"她冷冷地说。

"事实上还有。"

"要是我不想回答呢？我想说，你们并不是警察。"

莫琳开口说道："我们都有着相同的目标，辛西娅，那就是找到哈洛夫妇，找到活着的他们，对吗？我想说的是，人多力量大。参与的人越多，越有助于实现我们的共同目标。对你而言，负责办案的是谁其实并不重要。"

梅恩斯的面部表情依然很生硬，但她还是略略点了点头，"你们想知道什么？"

"请大致给我们讲讲关于桑德斯、布朗森和特里·格拉夫的情况，以及他们与哈洛夫妇的关系。"

梅恩斯思索了片刻。

"戴维是一名典型的代理律师，其业务范围涵盖了所有的法律服务领域，哈洛夫妇是他最大的客户。"她说，"卡米拉是个不大招人喜欢的女人，不过她对自己的本职工作倒是很在行。她和詹妮弗在私底下是无话不谈的密友。"

"那格拉夫呢？"

"我挺喜欢格拉夫的。"梅恩斯说，"他也很擅长于自己的本职工作，从而可以让詹妮弗和托姆在工作中始终保持创造力。"

"他们当中是否有人与哈洛夫妇不和？"我问道。

她耸了耸肩，"他们和哈洛夫妇之间不时会因为彼此意见不合而产生善意的争论，也会互让和彼此妥协，没有大矛盾。他们也和我一样把自己的前途都押在了哈洛夫妇身上，所以没必要在彼此的关系中吹毛求疵。"

"跟我们说说哈洛夫妇这次回到美国之前的生活是怎样的。"莫琳说。

接下来，梅恩斯用了二十分钟的时间来讲述哈洛夫妇去年如何紧锣密鼓地开展工作，也讲了她本人是如何来帮助他们在私人生活和工作事业之间找到平衡点的。她和托姆、詹妮弗虽然是工作关系，但却将其视为自己的朋友，也打心底里钦佩和信任他们。他们在越南度过了一段非常忙碌但却激荡人心的时光，而哈洛夫妇在《西贡瀑布》中所描述的颇具广度和深度的故事则时常令她惊叹不已。

"在越南的日子里,我每次醒来都知道当天一定会有新的辉煌成果诞生。"她的情绪比刚才好了不少,"我觉得自己何其有幸,能参与到这样一个伟大的项目中来。"

"桑德斯说哈洛夫妇一到家便开始面临财务危机。"我说,"还说他们即将变卖个人资产。"

这话似乎令梅恩斯有些困惑,"这是真的吗?如果这果真是事实,那我是头一回听说此事。"

"桑德斯说,在哈洛夫妇抵达美国之后不久,他便把他们目前所面临的经济状况告诉他们了。"

"哦,原来如此。"梅恩斯说,"我一下飞机就跟他们道别离开了。因为当时我的男朋友在喷气机机场等我,所以我并没有什么心情在机场逗留。"

"那么你并没有陪同他们去牧场咯?"

"是的。"她说,"我一下飞机就开始休假了,这是众所周知的安排。在那之前好长一段时间,我都一直处于高强度的工作状态,所以我迫切地需要歇口气。当然,我现在也仍然需要。"

"托姆有没有提到过那部电影有了一名神秘的新投资人?"我问。

她似笑非笑地说:"'总会有神秘的新投资人出现的。'类似于此的话常被托姆挂在嘴边,这差不多已经成了他的口头禅。"

"他们的夫妻生活怎么样?"莫琳问道。

这位助理顿时有些脸红,"我……我虽说是他们的私人助理,可我对他们夫妻的床笫之事并不知情。"

我说:"他们的衣帽间里有好些情趣玩具。"

梅恩斯再度脸红了,她低头看着自己的膝盖,"听我说,这件事不在我的职责范围之内。我只知道托姆和詹妮弗非常看重彼此的关系,也很重视他们的孩子,堪称模范夫妻。我想你们也问得差不多了,我现在要去把他们失踪的事情告诉联邦调查局。"

"我想这的确是个好主意,不过我不知道你打算以什么身份去报案。"我在她起身的同时说道,"我是说法律上的身份。毕竟,你并不是他们的家庭成员。"

她有些犹豫,看了一眼门口,"那我应该怎么做?"

"让我先打给联邦调查局。"我说,"我会把我们知道的情况告诉他们,并从现在开始跟他们合作办案。你可以在我打过电话之后再打给他们,把你的担忧告诉他们,从而给我一些支持。"

梅恩斯点了点头,将一张名片放在我桌上,然后拿走了我的名片。随即,她将一根手指重重地压在我办公桌的边缘,正色道:"你记得那部名叫《总统班底》①的电影吗?关于水门事件的。影片中的匿名消息提供者不断提到'跟着钱走'。其实,凡事都跟钱脱不了干系,对吗?"

"没错。"我说,"你可真是一语中的。"

# 第二十七章

二十分钟之后,我正在浏览西摩提供的辛西娅·梅恩斯的个人财务报表。

"梅恩斯每年的基本工资是四十万美元。"克龙彭伯格说,"除此之外,她还有六处未公开投资项目的分红,其中有三项是拉斯维加斯的房地产投资项目。她的现金流很大,不过却没什么储蓄。在我看来,她的生活方式有自我放纵之嫌,而她的投资理念则显得不大连贯。在刚刚过去的四天里,梅恩斯没有使用信用卡或借记卡进行消费,可在此之前她却长期保持着奢侈的消费习惯。她热衷于购买

---

① 本片改编自水门事件两位揭发人的自传,讲述了他们揭发震惊全球的尼克松总统水门案丑闻的事件经过。

各式奢侈品，以及《罗博报告》①中所提到的华而不实的小玩意儿。"

"她没买过手镯吗？"我问道。

"有好多呢。"西摩说，"她最近才刚买过蒂芬妮首饰店的手镯。"

"除了你说到的这些，她还有什么别的问题吗？"我问道。

"我认为她在关于哈洛夫妇房事的话题上撒了谎。"莫琳说。

"她要么在撒谎，要么在故作正经。"我说。

"可是，你认为一名好莱坞从业者在男女关系方面一本正经的概率有多高呢？"莫琳说，"除此之外，她还在另一件事上显得有些闪烁其词。"

"什么事？"我问道。

"关于瓜达拉哈拉那件事。"莫琳说，"我觉得她在面对这个问题时，内心似乎有些挣扎，显得不那么直率。"

我回想了一下当时的情形，觉得莫琳的判断没错，"看来朱斯蒂娜和克鲁兹现在飞去瓜达拉哈拉是对的。"

西摩皱了皱眉，"他们乘坐的是咱们公司那架喷气式飞机吗？"

"是啊，怎么了？"我问道。

"我还从没坐过那架喷气式飞机呢。"克龙彭伯格公然噘着嘴说。

"那你得向人权委员会提出抗议才是。"我说，"另外，我还想找到跟这个同类型的关于桑德斯、布朗森和格拉夫三人的财务报表。"

"请给我们几个小时的时间来完成这项任务。"莫琳说。

这时我的手机响了，电话是米奇·菲斯克打来的。

"局长？"我说。

"尽快赶到亨廷顿海滩码头来。"菲斯克说，"我希望你和德尔里奥都过来看看我们这里的情况。"

---

① 隶属于美国CurtCo Media出版集团,该集团是一家已有20余年媒体开发经验的大型出版集团,目前已构建起相当有影响力的高端生活出版网络,旗下16个出版物主打超级奢侈品市场,其中已有30年历史的《罗博报告》是全球唯一一本对精致生活影响力最大的刊物。

# 第二十八章

尼克森在铁灰色的阴沉天空之下仍戴着一副黑色反光太阳镜，他头戴一顶军绿色钓鱼帽，身上穿着短裤和印有"巴斯专业户外用品"字样的T恤，脚上穿着一双平底人字拖。他拾起一个诱饵桶、一根海水钓鱼竿和一个钓具盒，拖着脚步慢腾腾地朝亨廷顿海滩码头走去，那里渐渐起了微风。

尼克森看起来跟码头上其余三四十名想要试试运气的钓鱼者别无二致，他和他们的差别大概仅限于他所戴的耳塞式耳机，以及隐藏于他卡在帽箍上的各式假鱼饵之中的光导纤维摄像机。

码头伸向太平洋，远端距离海岸线超过四分之一英里，那里有一幢巨大的钻石形建筑，屋顶是红色的。远近闻名的"红宝石餐厅"是亨廷顿海滩码头的地标，往返于餐厅与大陆的游人络绎不绝。尼克森从餐厅左侧绕过去，在栏杆旁边找了个地方站定。在这儿他可以监控码头西端的情形。

"行了，就这样。"尼克森的耳机里传来了科布的声音。

"你估计还要等多长时间？"尼克森一面低声问道，一面在自己带来的钓具盒和诱饵桶旁边蹲伏下来。

"快了，"科布说，"你要随时做好准备。"

如同其他那些对自己的垂钓技艺相当有把握的钓鱼者一样，尼克森很快就作势安顿了下来——不过钓鱼确实也是他擅长的事。他取出了一些酷似乌贼的假鱼饵，这些"乌贼"身长六英寸，呈灰白色，身后还拖着好些触须。待他环顾四周并确定没有任何人注意到自己之后，便将手中的假鱼饵从最低的栏杆下方伸了出去，然后将

亨廷顿海滩码头的红宝石餐厅实景

其贴近码头的一根钢梁。这六个假鱼饵的挂钩都被磁化过了，它们很快便被吊在了码头走道的法兰盘下方。假鱼饵的颜色与钢梁的颜色非常接近，只有当海上的冲浪者、救生员或海岸巡逻队员用双筒望远镜仔细察看钢梁的时候，才有可能发现它们的存在。

尼克森将一块真正的饵料挂上鱼钩，然后拿起鱼竿将鱼线甩出了栏杆，再将鱼竿固定在支架上。紧接着他蹲在钓具盒旁边，从里面取出一个被漆成暗灰色、看起来像是铅锤的小玩意儿。它的尺寸和形状都跟一盒纸板火柴很接近，厚度与手机差不多。铅锤的两端各有一个跟鱼钩很相似的圆环，他将两根连着钢线的黄铜卡扣分别固定在两个圆环上。随即，他又从钓具盒里取出两个大号鱼钩，把它们分别连接在两根钢线的另一端。

"赫尔南德斯先生说他刚刚看到菲斯克上码头了。"科布在耳机里说。

"他是独自一人吗？"尼克森问道，飞快地环顾了一下四周。

亨廷顿海滩码头以架空结构立于海面之上

一名年长的越南男子站在尼克森左边大约二十英尺远的围栏旁边，他上下抖动着自己的鱼竿，双眼死盯着海面。尼克森的右边约莫十五英尺远的地方，有一位父亲正和他年轻的儿子一起组装鱼竿。

"据我所知是这样。"

年长的越南人突然惊喊了一声，引起了尼克森的注意。他留意到这个老男人的鱼竿已经严重弯曲了，于是他转过身子，背对着"红宝石餐厅"的窗户，面朝大海，他知道此时所有人的目光都将被越南人与其猎物的抗衡过程所吸引。

尼克森扭动着铅锤两端的圆环，同时将它们拉得更开一些，然后他将这一套装置挪到栏杆外面，并将两个大鱼钩分别钩在了其中两条塑料乌贼的肚子上。这样一来，这些东西便被他连成了一个整的环。

他迅速起身，转头看到越南老人已将一条体型肥厚的底栖鱼拉到了码头上，它不住地扭动拍打着身体，其余的钓鱼者纷纷议论着,发出啧啧的赞叹声。

"这可是条好鱼啊。"尼克森说。

"这鱼味道好极了。"越南人咧嘴笑了笑,尼克森看到了他的满口黄牙。

尼克森朝老人点了点头。与此同时,他正用藏在反光太阳镜后面的一双眼睛观察着警察局长。菲斯克朝码头西端走来,另外还有两个尼克森从未见过的人与他同行。其中一人又高又瘦,相貌俊美,另一个人个头稍矮,但却更加健壮结实。

"菲斯克带了几个朋友。"尼克森低声说道,并及时调整了一下自己的帽子,好让帽箍上的摄像头能正对着三名来者。

"我看到他们了。"科布说。

沃森说:"你保持目前的姿势进行拍摄。"

尼克森一动不动地屏住呼吸,在心里默默地从一数到了四。

"可以了。"沃森说。

"你把视频发送出来了吗,尼克森?"科布问道。

"是的,"尼克森说,"你们可以接收文件了。"

片刻的沉寂之后,"行了,"科布说,"让他们去搞阴谋诡计吧。把你的渔具挪到海岸边去,然后在那儿钓一个小时的鱼。在这期间,你要找几个本地渔民闲聊几句。一个小时之后,你就可以离开那里了。"

"我知道了。"尼克森结束通话,拿起自己的鱼竿、钓具盒与诱饵桶,最后一次望向菲斯克及其陪同人员——他们一行三人正望向西边的海面。"

用这种方式来对待他们实在太正确了,尼克森心想。就像科布常说的那样,这就是你搞阴谋诡计的下场。

# 第二十九章

"他指定的地点就在这儿，时间是今晚九点。"菲斯克局长说。这时风更大了，他的头发被吹到了眼角边。

"在这里？"我在风中眯缝着眼睛，转头看了看码头末端的"红宝石餐厅"及其四周的情形。"他为什么要选择这个地方呢？他来这儿的话会被困得走投无路啊。"

"不，我们得在这码头上把钱放下，让其在黑暗中沉入海里。"

德尔里奥以充满怀疑的目光望着海浪，以及那些在码头附近的海面上冲浪的人们，然后说："要以这种方式把钱取走也很困难啊。他应该能想到警方可以使用海上巡逻艇、直升机和自携式水下呼吸器来应对这种局面吧。"

警察局长的表情略显僵硬，"他想得比这更多。他在信中扬言道，在我将钱沉入海里时，一旦有任何迹象表明当时有别的警察在场，那么他将会立马动手杀死六名平民。"

"我们不是警察。"德尔里奥说。

菲斯克如释重负地松了一口气，"我和市长也是这样想的。你们不是警察，所以你们在场会相对更为安全。"

我看了看局长，然后低头看着在我们脚下不断冲撞着码头支柱的汹涌浪涛，"那么，我们的目标是什么？"

"搜寻那个王八蛋，杰克。"菲斯克说，"设下埋伏，逮住他，然后把他交给我们。"

我思索了片刻，"他声称一旦有任何迹象表明有除你之外的警察在场，他将不会赴约，并且杀死六个人，对吗？"

"没错,他是这么说的。"菲斯克说。

"那么,他并不是单枪匹马一个人。"我说。

德尔里奥立刻明白了我的意思,"有一个人在这儿为他放哨,或者他自己就是哨兵,然后由另一个人负责取勒索金。"

"在我看来是这样的。"我说,"这就使得我们所面临的情势更为复杂和严峻了。"

"但还是可以操作的吧?"菲斯克问道。

"是的。"我说,"那酬劳是什么呢?"

"豁免权文件快要准备好了。"菲斯克说,"市长将支付三十万美元作为捕获'格布'的酬金……"

随着他的声音越来越小,我不由得扬起了眉毛,"这是你的建议吗?"

"我没给出任何建议。"菲斯克有些激动,"你无论做什么,都可以享有豁免权,杰克。我们只是不能让一个疯子,或者是一群疯子在洛杉矶以每日递增的数量滥杀无辜。他和同伙的行为必须被阻止,就在今天晚上。"

我看着德尔里奥说:"你是怎么想的?"

"你知道我在想什么。"德尔里奥指了指栏杆外面,"这里离海面还有好长一段距离呢。"

说实话,眼前的情势倒是引起了我的极大兴趣。我脑子里已经开始涌现出好几个看似可行,同时又能在不引发更多杀戮的前提下设置并触发陷阱的方法。

"好吧。"我最终开口说道,"我们接受这个任务,不过我们需要你们的全力支持。无论我们需要什么,你们都得支援和配合,能做到吗,米奇?"

"一言为定。"他说,"无论你们需要什么都可以提出来,杰克。"

## 第三十章

国际私人侦探公司的专机是一架湾流G550公务机,今天上午十一点三十分,这架飞机出现在瓜达拉哈拉机场上空。朱斯蒂娜和埃米利奥·克鲁兹花了三小时二十分钟来完成这一趟飞行旅程。

克鲁兹今年二十九岁,脸刮得相当干净,深色的头发被扎成了一个光滑的马尾。他曾经获得过加利福尼亚州"金手套"拳击比赛的中量级冠军称号,后来曾担任国家司法部的特别调查员。他于两年前加入国际私人侦探公司,渐渐成为了一名极其优秀的侦探。

朱斯蒂娜觉得克鲁兹简直就是跟她一起执行这次任务的最佳拍档。她的西班牙语讲得还行,但并不十分流利,而克鲁兹能讲一口非常流利的西班牙语。再者,他还具备一种优于常人的非凡洞察力。从某种程度上说,他在办案时发现有用线索和不合常规之处的能力几乎跟杰克不相上下。

事实上,在刚刚过去的十分钟里,杰克一直都是他们的谈论对象。只要有两名以上的国际私人侦探公司员工聚在一块儿,而他们的老板杰克又没在场的话,他总是能成为员工们的话题主角。

"我知道你和他之间有点问题,不过杰克老兄是我见过的最能鼓舞人心的人物。"克鲁兹说,"一旦他决定要做什么事,就一定会坚持到底,决不放弃。"

"没错。"朱斯蒂娜说,"这是他最棒的性格特点。不过他总是喜欢在自己周围竖起一道墙,不让别人知道他内心的感受,这到底是怎么回事呢?"

朱斯蒂娜是一名受过专业培训的心理学家，她和杰克之间曾有过极为短暂的亲密关系，这段关系最终以破裂收场的主要原因正是缘于杰克不愿对她袒露心扉。她认为同样作为男人的克鲁兹或许能帮助自己认识杰克在这方面的性格成因。

不过克鲁兹略显不自在地挪动了一下身子，说道："你常看洛杉矶道奇队的比赛吗？"

"很少，几乎只在必要的时候才看。"

"那就对了，我对你说的这种与内心世界有关的东西也同样不在行。"克鲁兹说，"我知道你在自己的专业领域非常杰出，我也并不是想批评你的专长，唔，或许我接下来要说的话是有那么一点点批评的意味吧。你知道吗，在经历过一些事情之后，我发现人最好只定睛注视前方要走的路，不要纠结于过去，而是跟过去和平相处。你觉得我说得对吗？"

"可是有些人不知道该如何跟自己的过去和平相处。"朱斯蒂娜反驳道。

"就跟许多道奇队的粉丝一样。"克鲁兹说。

朱斯蒂娜还来不及做出回应，飞行员便提醒他们将座椅直立起来，好为着陆做好准备。

他们乘坐一架属于国际私人侦探公司的喷气式飞机抵达此地的消息，引起了机场一名入境官员的注意。

"请放心，"克鲁兹说，"我们来这里是为了寻找几名失踪人员。"

"你们要找的这些人是谁？"入境官员问道。

"这个我们恐怕还不方便告知。"朱斯蒂娜说，"因为目前的情况并不太明晰，我们甚至不知道他们是不是真的失踪了，只是从一条新闻报道得知最近有人在瓜达拉哈拉见到了其中两个人。"

这名官员板着脸看了他们几秒钟，随后问道："你们要在这儿待多久？"

"待到我们能确信他们在这儿或不在这儿为止。"

"失踪人员的数量有多少?"

"有五个。"朱斯蒂娜说,"是美国的一家人。"

"你们认为他们是被绑架到了此地?"

"也有可能是他们没跟任何人打招呼,却悄悄躲到这儿来了。我们目前还不能确定。"朱斯蒂娜说,"我们到这儿来就是为了查明这件事。"

入境官员再次冷冷地注视了他们片刻,随即在两人的护照上盖好了印章,"希望你们在墨西哥过得愉快,女士,先生。"

# 第三十一章

朱斯蒂娜和克鲁兹在位于市中心的弗朗西斯酒店办妥了入住手续,放好行李之后他们便匆匆离开了酒店。此时室外的气温大约有二十来度,朱斯蒂娜觉得空气中弥漫着一股类似炖鸡的气味。她还能听到从远处传来的音乐演奏声,像是有人在吹黄铜号。

"我们应该跟当地警方联络。"克鲁兹提议道,"看看他们那儿有没有关于哈洛夫妇的线索。"

"我们何不直接去找提供第一手消息的人呢?"朱斯蒂娜说。她已经换上了一身轻薄宽松的直筒连衣裙,裙子是蓝色的,式样非常保守,裙摆的长度足以完全遮住她的膝盖。

"那我们应该去找谁呢?"克鲁兹问道。

朱斯蒂娜从手提包里取出自己的iPhone,打开手机上的记事本程序,说:"莉安娜·卡萨·马德雷,她在自己的博客上公布了哈洛夫妇的行踪。"

"可她并没有亲眼看到他们,是吧?"克鲁兹说。

"是的，不过她声称自己采访过两名亲眼见到了哈洛夫妇的目击者。"

"醉鬼。"

"她的确提到过当时哈洛夫妇醉得不轻。"朱斯蒂娜说。

"不，我指的是她自己，那个写博客的女人。"克鲁兹说，"我查阅过她的个人信息。两年前，她丢掉了原本在墨西哥《新闻报》的职位，原因在于她对龙舌兰酒的嗜好严重影响了工作能力，以至于令她已经无法再胜任报社法庭记者的工作了。这样看来，她所提供的消息或许并不可靠。我想我们应该去……"

"不。"朱斯蒂娜继续坚持自己的观点，"我的直觉告诉我，我们应该先去找她。我想说的是，如果她能帮助我们找到亲眼见过哈洛夫妇的目击者，那么她本人有着怎样的过往都无关紧要。"

克鲁兹犹豫了片刻，"杰克说这次由你带头，那我就听你的吧。"

"那太好了！"朱斯蒂娜感叹道。

"我猜你也喜欢这样。那么，你有她的地址吗？"

"被你说中了，我真的有。"朱斯蒂娜答道。

他们拦下一辆出租车，很快便来到了位于冈萨雷斯·盖洛公园东侧的里奥帕努大道，接着他们又让司机在一栋公寓大楼跟前将车停了下来。"是8号！"朱斯蒂娜朝克鲁兹喊道，后者已经迫不及待地下了车，正走向一扇锁着的钢制大门。朱斯蒂娜紧随其后，两人几乎同时来到大门前。

克鲁兹按了一下门铃，里面没有任何动静。他又按了一次，依然没人应门。不过门很快被打开了，门内站着一个推着婴儿车的女人，车里躺着两个婴儿。这女人满脸狐疑地看着克鲁兹和朱斯蒂娜，以极快的语速对着克鲁兹讲起了西班牙语。

克鲁兹笑着把国际私人侦探公司的工作证展示给对方看了看，然后对她说了几句西班牙语。朱斯蒂娜大致听懂了对话内容，那个女人询问他们想找谁，克鲁兹把那个写博客的女人的名字说了一遍,对方显然认识莉安娜,因为她歪着头,摆出了一副"你们要找她干吗"的姿势。

"莉安娜总是睡到很晚才起床,一般都是在下午两三点以后,因为她整夜都不睡觉,说是要忙着写她的书。"这个女人说,"她就住在那上面。你们去重重地敲门吧,她应该能听到。"

## 第三十二章

他们穿过一片被照料得相当好、开满了似锦繁花的花园,在二楼找到了8号公寓。这时不知从何处传来了一阵猫叫声,那声音绵长而又响亮,听起来像是猫咪在发情时呼唤同伴。

克鲁兹敲响了8号公寓的橡木房门,"卡萨·马德雷女士?"他喊道,"莉安娜?"

等了一分钟左右,仍然没有人来开门。朱斯蒂娜说:"我记得刚才那位女士说要'重重地'敲门。"

克鲁兹耸了耸肩,伸出一只拳头在门板上使劲击打。接下来他们又等了一分多钟,可是门内仍然没有任何动静。"我刚才敲门的声音已经响到足以唤醒死人的程度了吧。"他颇感挫败地说,"或许我们应该找找看,也许这房间有后门或窗户可以进去。"

朱斯蒂娜正要表示赞同,却突然下意识地转动了一下门把手。伴随着"咔哒"一声响,门上的锁舌竟然弹开了。她伸出几根手指,轻轻把门推开,嘴里喊着:"女士?"

他们先前所听到的那只猫的叫声变得更响亮了,朱斯蒂娜这才意识到原来那只猫就在这间公寓里。她抬脚走进了门厅,借着从关闭的百叶窗叶片间的小缝隙透进来的阳光,她环顾了一下眼前这个昏暗的房间。没过多久,她便看出住在这里的主人一定是个什么东西都不肯扔掉的邋遢女。空气中弥漫着一股猫尿味,其间还夹杂着食物腐败变质的气味,以及一种无法言说的恶臭。

门厅里的每一样家具上都堆满了报纸、杂志和书籍,只有一张用近似原木的材料制成的桌子是个例外,它是这个混乱不堪的小天地中唯一能体现秩序感的物件。那只猫又叫了起来,声音比先前还更响亮了。

"莉安娜?"克鲁兹唤道。

朱斯蒂娜走进了一间厨房,这里看起来似乎有好几个月没被打扫过了。水槽里堆满了碗碟,台面上摆放着不下十个空的龙舌兰酒瓶和劣质威士忌酒瓶,酒瓶与酒瓶之间的空隙里全都塞满了各式垃圾。厨房的垃圾桶散发出一股极为浓烈的臭味,她不由得屏住了呼吸。

这里就是典型的纵酒之徒的住所——身为酒精傀儡的房主已经根本无暇顾及个人卫生了。由于朱斯蒂娜的职业使然,她曾应一些酒徒身边尚对其存有关爱之心的亲人之邀,去过类似于此的住所,并试图对住在那里的酒徒进行心理辅导。她从来都没有勇气告诉那些酒徒的亲人们:如此这般的生活环境其实表明他们已经彻底丧失了对生活的希望。

"女士?"朱斯蒂娜再次喊道,随即又用西班牙语说,"我们是来自国际私人侦探公司的侦探,我们想和你谈谈你在博客上写过的那篇关于哈洛夫妇的文章。"

可是她依然没有得到任何回应。

"我们去卧室检查一下,然后就离开这儿吧。"克鲁兹说,"置身于这个地方让我迫切地想要洗澡,而且我恨不得接连洗上好几次。"

朱斯蒂娜点了点头,来到了厨房外面的走廊上,打开了照明灯。走廊上堆着好些储藏架,上面摆放着一些罐头食品——有给人吃的,也有给猫吃的——以及好几瓶装得满满的龙舌兰酒。

卧室里可说是一片狼藉，衣服、书籍、纸张和垃圾全都混在一起，朱斯蒂娜发现自己难掩内心的惊讶——这世上怎会有人乐于住在堪比垃圾场的家里呢？

猫的叫声更响了，随即它还发出了猫咪们通常在与狗短兵相接时才会发出的"嘶嘶"声。朱斯蒂娜能分辨出它的声音是从卧室角落里一扇关着的门那边传出来的。

"女士？"朱斯蒂娜一面唤道，一面轻轻敲响了这扇门。

门那边没有任何回应，她转头看着克鲁兹，后者点了点头。她转动了一下门把手，发现其没有上锁，然后将门推开。她一眼就看到了那只猫，一只有着橙色斑纹、皮毛上沾满污垢的猫，它从一个柜子上跳下来，飞快地从朱斯蒂娜身旁溜走了。朱斯蒂娜呆呆地伫立在盥洗室门口，一时无法相信眼前的一切。

莉安娜·卡萨·马德雷全身都赤裸着，身体肿胀，四仰八叉地躺卧在马桶和浴缸之间，身边摆放着一个破裂的龙舌兰酒瓶。她的头朝向盥洗室的门，仿佛临死前正在聆听着什么。

至于她临死前是否见到了死神，或者是否与死神交谈过，就不得而知了。她的两只眼珠不见了，只剩下空空的眼眶。而且，她的两片嘴唇也像是被咬掉了一般不翼而飞了。

"现在你认为我们应该跟警方联络了吧？"克鲁兹问道。

然而朱斯蒂娜根本顾不上搭理他，她箭一般地冲出公寓，想要把过去五天里吃的东西全都吐出来。

# 第三十三章

"全体起立。"下午两点，一名法警喊道，"请莎朗·格里尔阁下就座。"

高级法院位于洛杉矶唐人街东面的巴奇特大街，年近五十、相貌俊朗的女法官格里尔正大步流星地走上了法官席。她坐定之后，戴上了老花镜，向法庭书记官问道："还有几个案子？"

"还有十个，法官大人。"书记官毕恭毕敬地回答道。

"那我们现在有请……"法官开口说道，这时她看到地方检察官走进了法庭，便停顿了几秒。"布拉兹先生。"她歪着头继续说，"真没想到你会出现在我的法庭里。我以为你早就不再参与传讯工作了。"

"这可是我的荣幸，法官大人。"比利·布拉兹一面回答，一面伸出一只手在西装外套的前襟上下摸索着，大概是为了确认纽扣是否都扣好了。随即他转头看了看只坐着寥寥数人的旁听席——这样的情形倒是不怎么多见——以及正襟危坐的我。

我极不希望这场针对汤米的传讯会引来媒体的广泛关注，甚至对此心存惧怕，可比利·布拉兹看起来却与我存有完全相反的愿望。不过，我猜此时洛杉矶绝大部分新闻工作者的注意力都被"格布"所犯下的枪杀案所吸引了吧。

地方检察官生硬地朝我点了点头，随即穿过摆动门挡，将他的公文包放在了公诉人桌上。在他身后，一名手里握着一叠马尼拉文件夹、看上去略显胆小羞怯的女人也步履匆忙地穿过了摆动门挡，而我不由得叹了口气。爱丽丝·邓菲将为汤米辩护吗？邓菲是一名公设辩护律师，她可不是一个做事有条理的人。

当然，也许她只是被要求在传讯环节为汤米辩护罢了，我希望事实就是如此。倘若邓菲打算在接下来的整个审讯阶段都为汤米辩护的话，那么他还不如提前给圣昆廷监狱打电话预约一间牢房呢。

我还留意到一件事：汤米的妻子安妮和九岁的儿子内德都没有出现在这间法庭里。不过，我根本还来不及思索他们的缺席意味着什么，法警身后的门就被打开了，一名副治安官领着我哥哥走了进来。汤米在今天早些时候主动来投案了，此时他穿着橙色连体裤，手和脚都被铐着。

汤米一如既往地表现出了满不在乎的态度,就好像自己此番是穿着新买的爱马仕西装前来与有头有脸的人物一起参加高级别会议似的。他看到我之后朝我眨了眨眼,很快便转过脸去。刚一就座,他就开始与自己的律师窃窃私语起来。

他朝我眨眼的画面始终出现在我脑海里,挥之不去。他会把我牵扯进一起与我毫无关联的凶杀案吗?我的前女友的确有可能是被克雷·哈里斯杀害的,不过我仍然怀疑汤米才是幕后操纵者,而这正好可以解释他除掉克雷的动机——杀掉知情者灭口,从而杜绝一切后患。现在他打算将克雷遇害一案嫁祸于我吗?我哥哥真的会出于对我的怨恨而试图毁掉我的人生吗?

"加利福尼亚州政府正式传讯托马斯[①]·摩根。"法庭书记官宣告道。

爱丽丝·邓菲用手肘轻推了汤米一下,我的哥哥立即站起身来,看上去泰然自若,丝毫不因现场的肃穆气氛而产生任何情绪波动。

"公诉方以什么罪名对被告提起控诉?"法官问道。

"一级谋杀罪。"比利·布拉兹刻意停顿了片刻才回答,以实现强调的目的,"法官大人,公诉方请求法庭对本案实行特殊处理。"

特殊处理……看来布拉兹想让我哥哥获判死刑。罪名本身以及被告可能会因此而获得的刑罚令我大为震撼,不过汤米似乎反倒因此而被逗乐了,只见他把头转向身后看着我,再次朝我眨了眨眼,像是在说:你想和我一起进毒气室吗,老弟?

"邓菲女士?"法官唤道。

这名公设辩护律师还来不及开口,汤米便把一只手放在了她的前臂上,"我想自己为自己辩护,法官大人。"

"只有傻瓜才会同时充当被告和辩护律师的角色,摩根先生。"

"没错,法官大人。"汤米以爱尔兰人独有的腔调说道,"过去我

---

[①] 在英文人名中,"托马斯"的昵称叫法是"汤姆"或"汤米"。

曾多次被人冠以过'傻瓜'的称谓，甚至比这还更难听。"

格里尔法官叹了口气，"选择权在你自己手上，摩根先生。你的辩护目标是什么呢？"

"无罪释放。"

"为什么我一点儿都不为此感到惊讶呢？"法官回应道，随即转而看着地方检察官，说道："被告将被保释吗，布拉兹先生？"

"公诉方请求对被告进行还押候审。"比利·布拉兹说，"因为摩根先生有弃保潜逃的风险。"

"我会把我的护照交出来。"汤米提议道，"还有，法官大人，我想让你知道我们将提出有力的辩护。我知道谁才是真正的凶手。我有确凿的、无可辩驳的证据来证明真正的凶手其实是……"

他的声音在我耳边渐渐减弱，直至完全消失。在接下来的时间里，我再度经历了自知命悬一线时的生命体验。我对这种感觉并不陌生，当我驾驶的直升飞机的水平旋翼在阿富汗被塔利班的火箭击中之后，我就有过类似的体验。

## 第三十四章

"什么？你们要逮捕我们？"朱斯蒂娜对来自哈利斯科州警察局的拉乌尔·戈麦斯指挥官和瓜达拉哈拉市警察局局长阿图罗·福克斯喊道。

刚刚发生的一系列事情实在有些怪诞，至少在朱斯蒂娜看来确实如此。埃米利奥·克鲁兹打电话报警之后约莫半小时，这两名高级执法官员几乎同时来到了莉安娜·卡萨·马德雷家楼下的院子里，他们只比身穿制服、头一批赶过来的警员们晚到了不到十分钟。朱斯蒂娜和克鲁兹将国际私人侦探公司的工作证和其他身份证明文件展示给这两名官员看的时候，他俩的表情变得相当冷漠，而且带有一丝嘲讽的意味。

"你们在没有告知当地执法部门的情况下就擅自以非正当渠道在本国展开调查活动？"戈麦斯指挥官问道。他是一个矮小而专横的家伙，说每句话时几乎都带着轻蔑的口吻。

"我们在机场时已经向入境官员表明过身份和来意了。"克鲁兹答道。

"按照惯例，你们在本国进行任何调查活动之前都应该先通知当地警方才对。"戈麦斯指挥官说。

"楼上一间公寓里有一具尸体。"朱斯蒂娜说，"我们认为此事应该让你们知晓。"

"没错，你们的确想让我们知晓此事。"福克斯局长回应道，他用一根肥胖的手指按压自己的太阳穴，"不过我认为这就是你们的狡猾之处，你们告诉我们这件事，只不过是为了更好地遮掩你们的罪行。"

福克斯是个大腹便便的大块头，这令他与戈麦斯的身材形成了极大的反差。当他愤愤地说出上述指控辞令时，脸上的赘肉也随之抖动着。戈麦斯在一旁观察着，不时用两根食指的指甲盖在各自拇指的指垫上弹动。

"你们别再像两头蠢驴一样彰显自己的无知了。"朱斯蒂娜反驳道，"楼上那个女人的死亡时间至少在一到两天之前，而我们刚刚才抵达瓜达拉哈拉。你们可以去查一查，或者先看看印在我们护照上的入境时间。"

朱斯蒂娜边说边掏出了自己的护照，可是福克斯局长和戈麦斯指挥官似乎只听到了她先前说他们是"两头蠢驴"那句话。他们立即命令朱斯蒂娜和克鲁兹将双手背到身后，于是朱斯蒂娜转而质问他们是否要逮捕自己和克鲁兹。

"你们当然被逮捕了。"戈麦斯咆哮道,"你们非法闯入他人的公寓,而且你们可能还杀了人。难道你们没有听说过吗?在墨西哥,我们遵循的是《拿破仑法典》。从现在开始,在你们被证明是清白的之前,你们都是有罪之身,这跟你们刚才那些有关'蠢驴'的言论无关。"

"你们听我说,"克鲁兹努力保持镇定,"我很抱歉,她也很抱歉。我们来这里是为了寻找五个失踪的人。我们以为卡萨·马德雷女士或许知道他们的行踪。但是我们找到她之后,却发现她已经死了。整个情况就是这样。"

"是吗?"福克斯局长看上去并不相信克鲁兹的话,"这些失踪的人是谁?"

朱斯蒂娜和克鲁兹互相交换了一下眼色,然后克鲁兹开口说道:"是托姆·哈洛和詹妮弗·哈洛,一对演员夫妻,以及他们的三个孩子。"

听了这话,戈麦斯猛地抬起头来,仿佛嗅到了什么比莉安娜·卡萨·马德雷腐烂的尸体还更臭的气味一般。福克斯语带轻蔑地笑着说:"看来你们还真把我们当作蠢驴了。"

"把他们带走。"戈麦斯指挥官朝伫立在旁的一名穿着制服的警员喊道,"等你们在牢房里过完一宿之后,我们再来研究你们的故事。"

# 第三十五章

法庭里的所有人都目不转睛地盯着我哥哥,这当中也包括我和地方检察官布拉兹。在汤米还来不及说出他的想法并将别人——那个人很可能就是我——牵扯进这起残忍的谋杀案之前,布拉兹已经打断了他。

"我反对,法官大人!"比利·布拉兹喊道,"被告不能随意控告他人犯下了谋杀案,他不能在没有正当理由的情况下在公共场合肆意对他人进行口头诽谤。如果摩根先生果真有证据在手,他也应该事先把它们带到我的办公室来,可他却没有这样做。"

"反对有效。"格里尔边说边看了汤米一眼。我感觉自己好似五脏六腑都在翻滚一般难受。即便处在我目前的位置,我也能看出我哥哥正因他原本安排的一出好戏被破坏了而气愤不已,而我心里甚至还有一点点被迫害妄想,觉得他会开始喊叫着说出我才是罪魁祸首,我在灌醉他之后去杀了人,之后把他塞进了受害者的车里,然后逃离了现场,或是诸如此类的恶毒谎言。

"摩根先生。"法官继续说道,"我们在讨论的是跟保释有关的问题,而不是你所持有的针对克雷·哈里斯先生死亡原因的反驳意见。"

"我可不会弃保潜逃,法官大人。"汤米坚持道,"我的事业在这里,妻子和儿子也在这里。再说了,我被控告的罪名并不属实,我会奋力辩护,好打赢这场官司。"

格里尔略微迟疑了一下,不过很快便再次开口说道:"摩根先生,你得把你的护照交给我的法警,并缴纳五百万美元的保释金。"

言毕,她敲响了小木槌。

五百万?这个数字的含义正一点一点地渗入我的头脑。与此同时,我体内先前被激发出来的肾上腺素开始渐渐消退,我的身心都感到一阵突如其来的软弱。汤米根本交不出五百万美元,他目前正在试图戒断赌瘾,他甚至拿不出五十万来请一位保释担保人为其作保。

不过我哥哥在听到保释金额后却显得相当镇定,"我接受。"

格里尔法官再次敲响了小木槌,接着对书记官说:"请下一位出庭。"

一名副治安官朝汤米走去,与此同时一名新的犯人出现在了通往拘留区的门口。汤米看着我说:"你得帮我,老弟。"

我看着他走出法庭，感觉他好像是在黑暗中落水的可怜虫，而我是唯一一个能向他扔出救生索的人。

"摩根。"比利·布拉兹严肃地唤了我一声，随即指了指法庭门口。

我立刻起身跟着地方检察官走到了外面的大厅里。布拉兹用同样严肃的声音问道："他想把谁卷进这个案子？"

"我不知道。汤米和我之间的关系并不密切。"

他眯缝着眼睛，"可是你却在他接受传讯时到场旁听？"

"毕竟血浓于水嘛。"我冷静地回答，"你听过这句俗语吗？"

比利·布拉兹打量着我，"我认为警察局长和市长实在是太高估你了，摩根。"

"随你怎么想吧，比利。"我说。

地方检察官发出了几声不以为然的啧啧声，说道："咱们走着瞧吧，杰克。你哥哥是个杀人凶手，倘若事实表明你也是个凶手的话，我绝不会为此感到惊讶的。"

比利·布拉兹转身朝电梯走去。我没去想他刚说的那些话，而是在想另一个问题：依旧存在于我和我哥哥之间的脆弱纽带，是否足以成为我帮他提交保释金的理由呢，而且他大概还会在自我辩护环节试图把我牵扯进他被控犯下的谋杀罪案当中？

说实话，一想到汤米可能会坐在牢房里，焦虑不安地思索着自己该如何面对被囚终身的命运或比这还更糟的结局——被执行注射死刑，我的心里着实有些雀跃不已。可我随即又想到了已故的母亲，她时常在我和汤米幼年时期告诉我们，身为双胞胎的我们有着极为相似的DNA，所以我们之间的亲情远甚于普通的手足之情，我们要终身彼此相爱、彼此照顾才是。

我不该偏离母亲的教导，我沿着这个方向思考，渐渐打消了就这么丢下汤米一走了之的念头。"与你的朋友保持亲近，但是与你的敌人要比朋友更亲近！"有句谚语不是这么说的吗？不管怎么说，正是这样的处世箴言支撑着我走进电梯，并按下了法庭书记官办公室所在的楼层按钮。我打算去那里打听一下我该如何办理为我哥哥提交保释金的手续。他应该尽快回到他现在该待的地方：与我的嫂子、侄儿一起待在家中，而不是坐在一间牢房里心怀怨恨地思索该如何毁掉我的人生——或许这也是我想要向他伸出援手的原因之一吧。电梯门开了，我走出电梯，很快来到了法庭书记官办公室。服务台后面坐着一位身材丰满、笑容可掬的女士，"我能帮你做些什么吗，帅哥？"

我笑了笑，趁机瞥了一眼她的胸牌，说道："你真是给人如沐春风的感觉啊，朱蒂。"

朱蒂"扑哧"笑出声来，"我只是在做自己分内的工作罢了，先生。"

我掏出一本支票簿，"我要为托马斯·摩根提交保释金。"

朱蒂一脸困惑地说："唔，可有人已经为他提交过了。"

我感到震惊不已，"那人是谁啊？"

"是我。"一个非常耳熟的声音说道。

我把头转向身体左侧，看到了一个外表衣冠楚楚、内心却残忍无情的黑手党成员，他的名字叫卡麦·多西亚。他正斜倚着服务台，手里握着一部黑莓手机。


# 第三十六章


瑞克·德尔里奥出生于亚利桑那州南部的一个猎人之家。他祖父时常带他去荒原游历，教他如何追踪鹿、野猪和鹌鹑。德尔里奥从祖父那里学到的最重要的追踪技能之一是：要尽可能快地穿过没有动物踪迹的区域，而在有动物新鲜足迹的地方则要把步伐放得极慢,因为这通常表明附近很可能有动物的栖身之处。

德尔里奥站在码头远端,这里就是菲斯克局长需要将勒索金投入水中的指定地点,他觉得自己仿佛已置身于猎物的栖息地,只是他并不完全明白这猎物为何要故意让自己陷入看似走投无路,或者至少可以说是极易被捕捉的境地。

与此同时,德尔里奥可以确信这个杀手或杀手团伙一定胸有成竹地认为取到钱之后可以成功逃脱。不过,他们真的会让菲斯克在码头的尽头将钱投入海中吗?还是他们打算跟他长久地纠缠下去,就像德尔里奥酷爱的《肮脏的哈里》系列影片中的情节那样?

杰克的哥哥被传讯,杰克不得不离开这里前去法庭参与旁听,所以德尔里奥只得独自展开调查工作。他围着指定的码头区域走了好几圈,又分别站在北边和南边的海滩上对这里进行眺望和考量。在这期间,他的脑子里不时浮现出一艘小船或喷气式摩托艇驶过海面,以及一个戴着自携式水下呼吸器的人潜水的画面。他很快便意识到,再过几个小时,码头下方的空间将会被黑暗所笼罩。"格布"会从海里潜水而来,可是一名足够机警的侦探应该能发现他潜行时冒出水面的气泡,对吗?不过要是他采用的是全封闭式潜水呼吸器又怎么办呢?另外,关于那名躲在暗处监视现场是否有警察出现的哨兵,又当如何处置?

德尔里奥拿起手机,拨出了一个他在大约一小时之前刚刚拨打过的号码。"我是门托内。"对方接听了电话。

"有什么新的情况吗,门托内?"

"暂时没有。"门托内答道。

接下来德尔里奥又拨通了布德·兰金的电话,此人是杰克一年前雇来的新职员,曾经是洛杉矶警察局的一名警察。兰金今年六十二岁,是一名性情多变、令人难以捉摸的监控专家,目前正负责监控码头及其周边的情形。

"也许他们还没到约定地点。"兰金说道,看来他的工作也一无所获。

"不可能。"德尔里奥说,"倘若是我来勒索那笔钱的话,我肯定会安插人手对指定地点及其周边进行严密监视,以确保没有警察在场。"

"那么,我最好还是继续监控吧。"兰金说完便挂断了电话。

德尔里奥的注意力又回到了码头,他低头看了看围栏之外的海面,海水的颜色渐渐变得更接近灰色了,浪涛中还夹杂着更多白色的泡沫。如果海上起了大风浪,下方靠近码头支柱的海域将会非常危险。德尔里奥实在是想不出别的解决方案了,于是他拨打了杰克的电话。


## 第三十七章

我感觉到手机在口袋里振动不已,可我没心思接听电话,此时我的全部注意力都集中在卡麦·多西亚身上,宛如一只猫鼬发现了天敌眼镜蛇。从很多方面来看,卡麦都足以成为新时代黑手党成员的典型代表。他之前的好几代家族成员都从事着有组织的犯罪活动,他们最初由拉斯维加斯迁到了芝加哥,然后又去了纽约,最终在如今的大本营巴勒莫①安定了下来。

不过他个人身上并未显露出任何老派黑手党成员的典型特征,诸如讲话时总是刻意带一点怪怪的口音,举止蛮横粗暴等等。卡麦曾就读于达特茅斯学院②,也曾在海军陆战队以士官身份服役,退伍时获得了上尉军衔。后来,他甚至还去哈佛大学商学院进修过一个

---

① 意大利西西里自治区的首府。

② 成立于1769年,是美国历史最悠久的世界顶尖学府,也是闻名遐迩的私立八大常春藤联盟之一。

学期。长久以来,他一直潜心研究精英阶层人士的时尚品位、礼仪规矩和矫揉造作的言行举止,并对其加以模仿。

"好久不见,杰克。"卡麦说道。他那双如同黑玛瑙一般的眼睛和略微有些脱皮的双颊上呈现的肌肉线条,丝毫没有透露出内心深处的任何想法。他朝我伸出右手,"我们的每次见面都令人感到开心。"

"你为什么要为汤米提交保释金,卡麦?"我问道,不带一丝热情地与他握手。

他紧握着我的手,脸上露出了笑容,"汤米和我是老交情了,你还记得吗?"

"我记得你曾因他欠你赌债而想打断他的双腿和双臂。"

"你总是喜欢相信这等夸张的无稽之谈,杰克。"卡麦答道,随即松开我的手,做出了一个不屑一顾的手势,"不管怎么说,目前与汤米有关的情况发生了改变。随机应变是一名务实领导者的显著标志,而我认为自己正是一名善于在变化的环境中灵活处事的务实领导者。"

我尽力让自己显得平静而不露声色,然而他话中的潜台词却像刺青一样被文在了我的皮肤上,令我极不自在。今年早些时候,卡麦曾以我所憎恶的手段迫使我和我的国际私人侦探公司为他追踪一辆载满了处方止痛药的被劫持卡车,那批药的街头黑市价高达三千万美元。后来,我们找到了那批羟考酮的下落,不过却以间接的方式将其去向汇报给了美国缉毒局。在那批处方药还来不及落入卡麦之手时,缉毒局便及时采取行动将其拦截下来。我知道卡麦怀疑我出卖了他,但我也知道他没有足以证明这一点的确凿证据——或者说至少我是这么认为的。

我之所以会认识这名黑手党成员,是因为汤米赌博成瘾而沉溺其中,最终欠下卡麦六十万美元的赌债,于是我前往拉斯维加斯为我哥哥还清了赌债。我之所以这么做,不是为了汤米,而是为了我那长期受苦的嫂子和侄儿。可是自那之后,我就再也没办法摆脱卡麦了。

今天他竟然为汤米提交了保释金。他为什么要这么做？这名黑手党成员向来惯于玩弄手段，此次应该也不例外。他这样做究竟意图何在？难道是为了报复我吗？

"说真的，你认为你能顺利收回那笔保释金吗？"我问他。

卡麦整理了一下定制衬衫的法式翻边袖口，"杰克，你我之间的差别就在于此了，我只在知道自己必定会赢的情况下才下注，绝对不会感情用事。废话不多说了，我现在得走了，我要开车送汤米回家。很高兴见到你，希望我们很快就能再次见面，好吗？"

我还来不及做出回应，衣兜里的手机又开始振动起来。卡麦神情漠然地从我身边走过，如同我又成了在街上与他擦肩而过的陌生人一般。我看了看来电人信息，按下了"接听"键，然后眼睁睁地看着卡麦走进电梯，转眼便从我的视野中消失了。

"你有什么发现？"我问道。

德尔里奥说："你赶紧到码头这儿来吧，我想把我的计划告诉你。"

"我这就过来。"

"在你过来的路上，或许会想顺道给我俩各买一件厚度五毫米、带有潜水帽和潜水靴的氯丁橡胶潜水服。"

"我认为游泳是这个案子中不可避免的一个环节。"

"杰克，我更希望的是在水面冲浪，而不是游泳。"

# 第三十八章

商贸城卡车修理厂的工作室里，科布正专心致志地听着赫尔南德斯的汇报，后者一直在监视跟菲斯克局长在码头碰过面的两名陌生人中的其中一人。这个人一直留在现场,正全方位仔细察看着码头各处的情形。

"他不是警察。"赫尔南德斯说,"至少看起来不像个警察。"

"那他看起来像什么人?"科布问。

"像一名侦探。"赫尔南德斯答道,"有他在的话,一旦我采取任何行动,都很难不被他发现。而且我认为他还带来了另一个更年长的帮手,那人年约六十岁,一直在观察码头附近海滩和餐厅的情况。"

"你确信你没被他们盯上吗?"

"这我可以百分之百确定。"赫尔南德斯说。

"乌贼假饵的情况如何?"

"已经被我固定在适当的地方了。"

"那里有警察出没吗?"

"只有一些例行巡逻的警察。海滩上很安静,实在是太安静了。如果这里人多又吵闹的话,我就更容易把自己隐藏起来。"

"那么,你就再退后一些,赫尔南德斯。如果可以的话,最好退到一千米之外去。"

"遵命,科布先生。"赫尔南德斯说完便挂断了电话。

侦探……科布在心里琢磨着,不过他还来不及仔细思考,便看到沃森从自己的桌子前站了起来,其中一只手上握着一台iPad,"关于和菲斯克一起出现在码头上的那两个人,我已经查明他们的确切身份了。那个有着冲浪运动员体格的大个子是杰克·摩根,他是国际私人侦探公司的老板,这家公司目前是全世界发展最快的私人调查机构。他们拥有最尖端的侦查技术,并以行动快捷利落而著称。另一个人名叫瑞克·德尔里奥,他在摩根手下工作。这两个人都是参加过阿富汗战争的前海军陆战队队员。"沃森把手中的iPad递给科布,"他们的资料都在这上面了。"

科布浏览着iPad屏幕上的文档、军队服役记录和评估表,以及与摩根本人、包括他在其父亲锒铛入狱之后继承并重组公司有关的各类文章。

"直升飞机驾驶员。"科布咕哝着，随即不屑一顾地弹了弹手指，"在他驾驶的直升飞机被击落前，始终保持着安全飞行记录。这俩人都颇有些勇气，试图回到坠落的飞机上去救其他人，不过我看不出他们曾接受过特殊作战训练。"

"除非，他们的训练是在保密环境下进行的。"沃森提出自己的观点。

"这也没什么用，毕竟他们的技能并没有经历过真枪实弹的磨炼。"科布将iPad递还给沃森，"可我们倒是经受过诸多磨炼了，沃森先生，而且是非常严酷的磨炼，这一点是他们没法比的。在这盘棋里，我们起码已经领先他们二十步。"

# 第三十九章

晚上八点四十五分，西北方向起了强劲的风，时速高达四十公里。这风使得亨廷顿海滩码头下方的海水变得汹涌激荡，如同许多怒气冲冲的黑色小野兽不断地冒出海面，试图捕捉德尔里奥和我。

我们带来了线路工人用的施工安全带，将自己悬挂在两根相对的码头支柱上，脚下的海面距离我们大约有四米。我们与码头的西部边缘隔了两排支柱，在我们身下有两艘"喜度"摩托艇被绳子系在码头支柱上。"喜度"摩托艇是迄今能用钱买到的最迅速、最敏捷的海上航行工具，德尔里奥从离码头几英里远的一位船商那里将它们买下，趁着夜色航行到了这里，自那以后我和他便一直在黑暗中垂悬在码头支柱上。我们不时需要擦干护目镜上的水雾，并探出头看一看从码头上照下来的微弱灯光。码头上没有一根垂入海水中的鱼线，毕竟这天气实在是太恶劣了。

我们以分钟为单位倒数计时，侧耳聆听着执法部门埋伏在这码头周边的巡逻工具所发出的细微声响。郡治安官派出的两架直升飞机正逆风沿着弧形的轨迹离岸飞行，飞机上没亮任何灯。此外，还有两架警方的飞机正在海拔三公里的空中巡视。

停泊在玛丽安德尔湾的三艘高航速快艇——其中两艘属于郡治安官辖下，另一艘属于海滩救护队——此时正倾斜着船身，准备起航去拦截任何企图驶向海中或岸边的嫌疑船只。

"警察局长就要到了。"我的耳机里传来了门托内的声音。他埋伏在码头入门外，一号公路对面一栋房子的屋顶。

"方圆五百米没有任何异常情况。"布德·兰金说。他在"红宝石餐厅"的屋顶用红外夜视仪观察周边的情形。

我的耳机里传来了局长的声音，"我快到餐厅了。"随即我的右腿因肌肉过度紧张而痉挛起来。

我脑子里浮现出了关于菲斯克的画面，他正迎着风走向兰金所在的"红宝石餐厅"，两只肩膀上各扛着一个黑色防水包。

## 第四十章

这一次，科布戴了一副可以乱真的深色假胡须来掩盖脸上的疤痕。他穿着一件绿色的带帽夹克式雨衣，在亨廷顿海滩码头北侧一家比萨饼店的售卖窗口前对着里面的服务生笑了笑。在接下来的几秒钟里，他仿佛再度置身于那片偏远而荒凉的山区，耳边传来了小孩和妇女们的哭喊声，以及身为其父亲或丈夫的男人们乞哀告怜的声音。他们想从他那里得到什么？他们所期待的是什么？

他们希望我们去死，科布漠然地想着，他们都希望我们死掉并在这世上化为乌有。

这个想法瞬间激起了他心中的熊熊怒火。他们遗弃了我们。他们试图将我们埋葬。哼，猜猜怎么着，我们没有死，我们要拿走我们应得之物。

盲目的愤怒令他忽忽如狂，他用手中的一次性手机拨通了一个号码，开口说道："你准备好了吗，斯特恩先生？"

"我们已经准备好要大干一场了。"斯特恩承诺道。

"我们的成败就在于此了。"科布说，"记得告诉艾伦，要么把事情做成，要么就回家待着去，我们可以找别人来代替他。"

斯特恩冷冷地说："你们只需确保适时按下记录按钮就行。"

"噢，我们会的。"科布向他保证道，"还有二十五秒。"

"知道了，我们会按计划行事的。"

科布挂断电话，一看时间，还差两分钟到九点。

他又在手机上键入了一个号码，然后将大拇指放在"拨号"键上摆好姿势。

我们一定要成功，他想，否则我们所有人的日子都不会好过。

## 第四十一章

"局长就在我身旁，他正沿着红宝石餐厅北侧的栏杆前行。"被我塞在潜水帽下面的耳机里传来了布德·兰金的声音，"现在是八点五十九分四十秒，他已经准备好要把包掷入水中了。"

我没有做出任何回应，只是把全部注意力都集中于码头的灯盏投射到海面上的微弱光晕，试图找出可能从水里冒出来的入侵者。

"两个包都已经投入海里了。"兰金说。

我亲眼看到了这一幕，它们就落在我前方四十米远的海面上，此时正随着浪涛的涌动而不住地翻滚着。随即，我又把注意力转回到了海面的光晕上。

"有什么问题吗，局长？"我问道。按照原计划，现在菲斯克应该留在栏杆旁边，通知我们下到水里奋力将那两个防水包取回来。

而这将是极其困难的事情。西摩在两个包里各放置了一个小型的液态二氧化碳储存罐，其上带有一个由压力表激活的开关。一旦这防水包沉到了水深六英尺之下的地方，罐子里的二氧化碳将被释放出来，给包里充气，而抓住防水包的人就会被拖到水面上来。如果压力表触发器失效了，西摩还能通过无线电来激活开关，实现双保险。

菲斯克清了清嗓子说："没有……"

就在这时，突如其来的爆炸声毫无征兆地响了起来，紧接着只见亮光一闪，一阵噼噼啪啪的爆裂声过后，一团火光不断膨胀，稍后竟变成了一道宝蓝色的明亮火焰，焰心亮如水银。

德尔里奥所处的位置几乎就在爆炸点的正下方。

爆炸发生的一瞬间，我看到我朋友身后的夜空被照得透亮，他被捆缚在安全带上的身体猛地向后弯曲了一下，随即便在爆炸冲击力的推动下朝我猛撞过来。这重重的一撞令我的双脚从束带中脱落，而悬挂我身体的绳子也松开了。我这才意识到，自己可能快要掉下去了。

## 第四十二章

事后回想起来，我从码头柱子上掉落后，身下是太平洋的海水，这实在是一件幸运的事情。冰冷的海水刺痛了我的脸颊，我的身体在激流中摇摆不定。我挣扎着抬起手来，打开了钩环，让我身上的安全带与绳子脱开了连接，然后使劲蹬腿，让头部浮出水面。

码头上的灯都还亮着，空气中弥漫着浓浓的黑烟，风带着烟雾往南面的黑暗海域飘去。各个方向都响起了警笛声，尖厉刺耳，连绵不绝。借着码头的灯光，我足以看清德尔里奥仍悬挂在已被烧焦的码头支柱上。

"瑞克！"我喊了一声。

德尔里奥将脸转过来朝向我，"我被烧伤了，杰克，"我的耳机里传来了他嘟囔着说话的声音，"我想，背部可能也骨折了。现在我动不了我的……"

"你现在别动！"我喊道，"完全不要动！"

我的本能反应是径直朝他游过去，让他下到水里，不过我采取的行动是扶着我那艘摇摇晃晃的摩托艇，对着麦克风喊话："德尔里奥在爆炸点下方的支柱上，他被烧伤了，脊柱很可能也受了伤。兰金，请回话，你附近有可疑人员出现吗？菲斯克局长呢？"

然而我没有收到任何回应，耳机里只传来了一阵混乱难辨的喧闹声，大概是洛杉矶郡治安官、警方以及消防员正聚集在一起忙着处理现场的情况。没过多久，我听到了门托内的声音，他紧张万分地说："布德可能出事了，杰克。我看到他从屋顶掉落下来了，我觉得他……"

我用眼角的余光瞥见一个快速移动着的巨大黑影出现在码头西北端的海面上，不一会儿我便看清那是个踩着一块又粗又短的黑色冲浪板的男人。他的穿着和我非常相似，从头到脚都被一件黑色的潜水服包裹着。

他的身上也系着安全带，这安全带将他与一个紧绷的黑色充气风筝连接在了一起。他面前的风筝长两米，宽一米，宛如一面鼓起的风帆。我估计他的航速大概是每小时七十公里，这样的速度只有风筝冲浪天才能实现。他飞快地进入了码头周围被灯光照亮的海域，发现那两个防水包之后，他迅速朝它们猛冲过去。只见他握紧了面前的把手，弯下腰去，一把将第一个防水包抓了起来。我还来不及说出一句话来，他就已经向南冲进了滚滚浓烟里。

"有人取走了一个包！"我好不容易才喊出声来，随即翻身跃上了我的"喜度"摩托艇。

我跨坐在摩托艇上，刚按下了"启动"按钮，便看到又一名风筝冲浪者从西北面飞驰而来，并以同样敏捷的身手取走了第二个防水包。

我的摩托艇发动了。我将一把刀子从刀鞘里拔出来，用它割断了摩托艇的系缆，随即猛地按下了油门。摩托艇的涡轮在水中飞速转动，载着我像一匹脱缰的野马一般从码头下方猛冲出去。


## 第四十三章


"喜度"摩托艇略微歪斜着爬上了前方的第一波巨浪，落下的时候略微有些偏左，它的涡轮发动机在风中嗖嗖作响，而我的身体被重重地甩向了座位右侧。我重新调整好坐姿，做好了再次乘风破浪往前冲的准备。

四个月前,我曾骑着一辆与之类似的摩托艇,追赶在伦敦奥运会期间展开杀戮行动的"复仇天使"三姐妹。不过那时我是在泰晤士河的潮汐河段航行,那种场面与眼前的惊涛骇浪完全不能相提并论。

前方那两名风筝冲浪者飞舞着穿越一个又一个浪尖,我驾着摩托艇紧追不舍。途中我瞥了一眼码头那边的情形,发现其南侧的一大片区域都被烧得焦黑,还不住地冒着烟,栏杆也破了一个大缺口,"红宝石餐厅"的好多窗户被震得七零八落。"我是杰克·摩根,"我对着麦克风喊道,"有两个人踩着黑色风筝冲浪板往码头西南方向逃窜,我正在追赶他们,我需要支援!"

"我们这就过来,摩根。"一架直升飞机上的飞行员回应道。

"海滩救护队的快艇正朝你那边靠拢。"另一个声音说,"预计两分十秒之后就能抵达。"

德尔里奥在摩托艇的手把上安装了功率强大的探照灯。我刚一离开码头灯光的照明范围,便立刻打开了这盏明晃晃的探照灯。驶进黑暗的海域后,我不由得又想起了我的老战友,可怜的瑞克,他的背部很可能骨折了。

我已经将德尔里奥的状况和位置进行过汇报,此时我没法再为他做得更多了。我唯一还能做的,就是确保让该为杀戮、勒索和眼下的爆炸负责的坏人为他们的行为付出应有的代价。

大功率探照灯将我前方四百米内的海面照得透亮,我把摩托艇的油门开到最大,循着灯光向前张望着。他们仍然保持着先前的航行方向吗?会不会趁我不注意时已经转向了?如果他们改变了方向,那么他们是往内陆驶去了,还是前往离岸更远的深海海域了呢?会不会有一辆车或一艘船在某个约定地点等着接应他们?

探照灯捕捉到了我前方的一个黑影,它正朝着我的左侧移动,一路向东前往海滨所在的方向。我目测了一下,我们之间的距离大约是两百米出头。我赶紧调整摩托艇的方向,紧跟在黑影后方。突然,我发现身后涌来了一个大浪,于是我紧握手把,让摩托艇随波攀上了浪尖,然后顺着浪涛一泻而下,这可真是飞一般的感觉啊!

我和他的距离渐渐缩短至一百米左右,借着探照灯的光芒,我已经能清楚地看到他了。他背对着我,正攀上前方那一波海浪,而我甚至能看清防水包正在他的冲浪板后方摆动不已。

觉察到有灯光后,他转过头来看我。有那么一瞬间,我深信他会即刻掏出一把枪朝我开火。不过他却突然来了个一百八十度的大转向,以与我相当的速度朝着我猛冲过来。看来他是想跟我来一场"胆小鬼博弈"啊,可我确信自己一定会赢。我的"喜度"摩托艇重达两百千克,而我怀疑他的冲浪板和风筝加起来的重量恐怕也不及十五千克。

这时我的耳机里传来了喧闹嘈吵的声音,有人在述说码头上发生了人员伤亡事故,同时我还听到了不止一架直升飞机渐渐靠近的声音。各种探照灯杂乱无序的光芒与我的探照灯光汇聚在一起,将我面前的风筝冲浪者照得透亮。他看上去似乎丝毫没有要减速的意思,毫不犹豫地朝我直冲而来。

在我们相距三十米时,我急忙弯下身子,准备好迎接将临的碰撞。

当距离缩短至二十米的时候,我和他中间涌起了一波大浪,一时间他竟从我的眼中消失了。

我再次看到他时,我们之间的距离已不到十米,他从先前那波大浪的顶峰一跃而起,被风筝线牵引着从我头顶飞过。我看到他双手稳稳地握住手把,悬挂在至少有三层楼那么高的半空中,犹如一只气定神闲的大鸟。

## 第四十四章

亲眼目睹此情此景，我心头不由得涌起了一阵无法言喻的感动。我曾经观看过风筝冲浪表演，但无可否认的是，这家伙的技艺登峰造极，已经达到了超级巨星的水准。

我关小油门，让摩托艇掉了个头，然后重新加速，循着头顶上方的直升飞机投射在风筝冲浪者身上的光柱前行。我看到他已经重新落回了海面，正以极快的速度继续狂奔。

"我们来自洛杉矶郡治安官办公室！"其中一架直升飞机的飞行员用扩音器喊叫着，"现命令你放下你的风筝。"

这名冲浪者丝毫没有减速，不过我的速度并不比他慢。

当我和他之间的距离再次缩短至不及五十米的时候，另一名冲浪者不知从哪儿突然冒了出来。待我发现后者时，他正顺着我左手边的一波大浪朝我冲来，而且试图用冲浪板底部的钢制鳍状突起物割向我的头。我猛地弯腰低头，由于用力过猛，差点儿让摩托艇倾覆在海水中，不过还好我最终还是在关键时刻稳住了它。

我实在是受够了，再说我在此次行动中被赋予了无条件豁免权，于是我拉开腋下的手枪套，把我的格洛克手枪取了出来，继续跟在第一名冲浪者身后，同时提防着随时会再次出现的第二名冲浪者。这些亡命徒曾令许多无辜之人丧命，我可以毫无顾虑地朝他们开枪。一旦击中他们的双腿，就能立即令其束手就擒。不过，我突然想到了装在那两个防水包里的东西。

"我是摩根。"我喊道，"通知克龙彭伯格将防水包里二氧化碳存储罐的开关激活。我再重复一次，通知西摩激活开关。"

暂时没有人回应我，我看到第二个出现的风筝冲浪者从半空中飞过来，落在我前方的海面上，随后与他的同伴并排同行，朝着一波高达三米的大浪迎面滑去。

我突然意识到，倘若自己继续循着他们的路径航行，摩托艇很可能被海浪推撞得向后翻滚。于是我调整摩托艇的方向，使其略微向左，朝着不那么高耸的浪肩驶去，然后看着那两名风筝冲浪者冲向海浪的最高峰。直升飞机的探照灯一直照在他们身上，只见两人一前一后地被风筝拉拽起来，从浪尖飞向距离海面十米高的半空中。

就在他们飞到最高点的时候，西摩激活了二氧化碳存储罐的开关。

二氧化碳气体以极大的力度从罐内释放出来，那两个被固定在冲浪板上的防水包瞬间膨胀，它们与冲浪板之间的连接绳也一下子被绷紧了。空气动力的突然变化使得两名冲浪者一时间失去了平衡。

海上刮起了一阵狂风，风筝上蹿下跳，两个防水包都被二氧化碳气体撑得爆裂开来，里面的少许钞票和大量报纸碎片如同五彩纸屑一般随风飘扬。两名冲浪者连同脚下的冲浪板在夜空中不住地翻滚，风筝、冲浪板和人乱作一团，直到他们被一架直升飞机的旋翼下洗气流挤压着，如同布娃娃一般垂直向下穿过飞舞的纸片，从六米高的空中重重地坠向海面。

我加快了摩托艇的速度，现在我的下一个目标已经相当明确了——去搜寻他们已受伤或失去生命气息的身体。我很快就发现了第一名冲浪者，他脸朝下趴在海面上，充气风筝覆盖着他的一部分身体。我还看到了一艘海滩救护队的快艇，它正朝着另一名冲浪者驶去。

我一把抓住近旁这名冲浪者背部的安全带，将他的头部拉离海面。他一动不动地悬浮了片刻，突然开始大口喘气，并胡乱拍打着手脚。过了一会儿，他抬起头来，一脸茫然地望着我。

"这他妈的是怎么回事，伙计？"他呻吟着说，"剧本里可没提到我们会从半空中被吹落下来呀。"

# 第三部
## 挫折连连

# 第四十五章

晚上十点，也就是我将其中一名风筝冲浪者从海里拉起来之后又过了四十分钟，救生员和消防员们抬着瑞克·德尔里奥和担架翻越了亨廷顿海滩码头南侧的栏杆，平放在码头上，这里位于爆炸点以东二十米。

码头上的浓烟已经被雨水和消防软管喷出的水流驱散了，不过空气中依然弥漫着一股混杂着化学试剂气味的刺鼻焦臭味。警员们正忙着为事发区域布置警戒线，并记录着爆炸所引致的人员伤亡情况。媒体的直升飞机在码头上方盘旋，他们拍摄的事故画面即将在十一点的晚间新闻中播放。

现场死了六个人，其中就包括我的监控专员布德·兰金，他几乎被飞来的水泥块砍得身首异处。其余五名死者是来自奥克斯纳德、姓德洛伊特的一整家人，父亲、母亲和三个不满十岁的孩子。爆炸发生时，他们正围坐在"红宝石餐厅"里靠窗的一张桌子前吃圣代冰淇淋。

还有十个人受伤，米奇·菲斯克局长被炸得晕过去了好一阵子，一侧脸颊和一条手臂均受到不同程度的撕裂伤，不过他拒绝被送往医院接受救治。当德尔里奥的担架被抬上来的时候，菲斯克与板着脸的郡治安官卢·卡姆马拉塔一同朝我走来。

"摩根。"卡姆马拉塔没好气地唤着我的名字。

我伸出一根食指朝他示意，转而走到了德尔里奥身旁。

德尔里奥的脸被烧伤了，还布满了淤伤。他看起来痛苦不堪，不过意识倒是相当清醒。他一看到我便定睛注视着我，却没有说话。

"你还好吗?"我强忍着内心的苦痛问道。这是我人生中相当难以面对的时刻,对我而言,德尔里奥是比至亲还要亲的好兄弟,我们曾多次一同上刀山下火海、一同死里逃生、患难与共。这一回,他事先就预感到情况不容乐观,并且试图劝说我不要接这个任务。此时此刻,我一想到他或许会瘫痪,便觉得心情沉重得无以复加。

他神情坚韧地摇了摇头,"我的腰部以下都没有任何知觉了,杰克。"

我的心顿时沉入了谷底。"也许这只是暂时的。"我说,"你要保持乐观。"

"说实话,在目前的情形下这真的很难做到。"他答道,"你们逮到他们了吗?"

"可以说逮到了,也可以说没有。唉,总之一言难尽,我以后再慢慢告诉你吧。我会再去医院看你的,永远忠诚①!"

他点了点头,神情略微有些涣散,"好啊,杰克。"

两名救护人员将德尔里奥抬上一张轮床,随即推着他进到了一辆救护车的车厢里。后厢门关上后,我感到心乱如麻。

"摩根,你把我们害惨了。"卡姆马拉塔的声音在我耳边响起。

我转过头去,发现他正对我怒目而视。我说:"此话怎讲?"

他怒气冲冲地指了指海滨的方向,"现在码头的那一端聚集了不少记者,我们头顶上也有媒体的直升机。他们很快就会知道这里发生了什么,而且……"他看起来就像恨不得掐死我一般,而我也知道原因是什么。

毕竟,还剩下不到一周的时间,卡姆马拉塔就要再次竞选郡治安官了。此时的菲斯克似乎正处于两难的境地,他若有所思地打量着我,像是在琢磨眼下究竟是不是该和我站在同一个阵营。

我强忍着心头的怒火,说道:"我已经失去了一名下属,另一个有可能会落下残疾。我知道我们当中没有人——治安官先生,你也

---

① 美国海军陆战队的座右铭。

包括在内,还有你,局长——会预料到这次爆炸的发生。我们压根儿就不会往这个方向去想。这本应是一场赎金交易,但'格布'却将它变成了纯粹的袭击。他一开始就认定钱不会被放在那两个防水包里,而且他预先已经执意要让尽可能多的人丧命。"

"你怎么知道这个的,杰克?"菲斯克问我。

## 第四十六章

"在我们乘坐一艘海滩救护队的快艇回到岸边的途中,其中一名风筝冲浪者的意识始终很清醒。"我说,"而且,在他被送上救护车之前,我一直都在对他进行询问。"

"他告诉你什么了?"郡治安官问道。

我把我已经知道的情况都告诉了他们。丹尼·斯特恩和威利斯·艾伦是一对从小玩到大的好朋友,他们出生于俄勒冈州的胡德里弗郡,目前都在夏威夷大岛上生活。在过去的两年间,两人都曾赢得过风筝冲浪大赛的冠军,也曾在好几部与极限运动有关的影片中参与过客串演出。

两个月前,一个自称理查德·诺斯的男人给斯特恩打了个电话。诺斯声称自己是一名动作片的制片人,曾经看过斯特恩和艾伦在瓦胡岛近海进行风筝冲浪的录像。他还说他想邀请他们参演他正在制作的一部影片,希望两人能来一段风筝冲浪的特技表演,并承诺给出每人五万美元的片酬。

"他们查验过诺斯发来的官方网站,正规并且合法,于是便同意为他拍片。"我告诉菲斯克和卡姆马拉塔,"斯特恩说诺斯为他俩买好了机票,两人于五天前搭乘飞机来到了洛杉矶,并在机场见到了诺斯。斯特恩说诺斯是个留着金色长发、蓄着胡须、戴了一副太阳镜的大个子男人。"

"那不就是'格布'的外貌特征么？"菲斯克说。

我点了点头，"他开着一辆新款宝马将他俩载到了这里，然后给了他们一份三页长的剧本。他们将要参演的影片名字是《格杀勿论》。根据剧本的描述，在一场赎金交易中，有人会将两个装着钞票的防水包从码头扔进海里，接下来将会发生一次旨在转移人们注意力的大爆炸，随即就该轮到两名风筝冲浪者出场了。诺斯还告诉他们，在拿到两个防水包之后便以风筝冲浪即兴表演的方式迅速离开码头。"

卡姆马拉塔的眉头皱得更厉害了，"你说的'即兴表演'是什么意思？"

"诺斯希望他俩在取到赎金之后能展开一段自然而又贴近现实的表演，就像我们通常在真人秀电视节目中看到的那样。"我答道，"斯特恩说他和艾伦都知道自己在夺走防水包之后将会被人追赶，也知道他们的任务是尽可能避免被人逮住。"

"这表明你的观点是正确的，杰克。"菲斯克说，"那个自称'格布'或'诺斯'的人，根本就没打算接受他所提出的赎金。"

"我猜他早就知道你们会怎么做了：把包里塞满报纸，而不是百元美钞。"

"但他不可能知道这一点啊！"卡姆马拉塔反驳道。

"纠结这个有什么意义呢？他显然认为事情会这样发展，而且也采取了和他的想法相一致的行动。"

他俩都不再说话了，凝神思索着我刚刚告诉他们的观点。

"总之，目前的局面已经不再是我们所能掌控得了的，应该交由联邦调查局和烟酒火器与爆炸物管理局的特工们来处理。"

"胡扯！"卡姆马拉塔说，"不应该让联邦政府工作人员介入进来，毕竟这里是我辖下的郡。"

"也是我辖下的城市。"菲斯克说,"你也一样,杰克。"

"我会再考虑这件事的。"我说,"不过,现在我得赶往加州大学洛杉矶分校的医疗中心,去确认一下我最好的朋友是不是还能再次下地走路。"

在我离开那两名官僚之后,渐渐觉得今天晚上的经历竟令我有些困惑迷失。我们付出的代价究竟值得吗?不,一点儿也不值得。兰金和德尔里奥并不是宣誓维护法律的执法人员,他们只是为我工作。他们按照我的命令行事,但却因此而遭罪。

好些卫星电视转播车聚集在码头东端的警方路障周围,长长的队伍一直延伸到了一号公路上。新闻记者们一旦见到有人从码头上下来,便会一拥而上,对其喋喋不休地问个不停。我原本打算翻越栏杆跳向海滩,以避开记者的追问,然而他们当中有几个人已经将我认出,并朝我大喊起来。

"你是杰克·摩根吗?你在这场调查中扮演什么样的角色呢?国际私人侦探公司跟这起爆炸案有什么关联吗?"

出乎我意料的是,波比·纽顿竟然也在他们当中,她是一名相当恶毒的八卦专栏作家兼电视台记者,她的家就在我所住的海滩上。

"杰克!"她朝我喊道,"杰克,我是波比!"

我没有理睬她,也没有理睬其他任何人,兀自快步向前走着。可是我随即感觉到一道强烈的弧光灯照到了我的脸上。我盯着正前方的镜头,无奈地开口应付:"我不过是来这里做顾问而已。"

"为谁做顾问?"波比和其他十几名记者异口同声地喊着。

我保持缄默,并赶在他们对我展开进一步追问之前赶紧突破重围,慢跑着穿过了一号公路。现在我真想跟朱斯蒂娜聊上一会儿啊,她拥有一种罕有的情绪剖析能力,能对人的外在情绪——诸如痛苦和困惑等等——进行分析,从而揭示出其潜意识里面的真实想法。在通常情况下,我并不喜欢接受心理咨询,可今天晚上的我却非常渴望这样做。

不过她和克鲁兹已经一整天没跟我联络了。我进到自己的车里，正打算打个电话给莫琳，好问问他们是不是已经在酒店办好入住手续了，这时我的手机突然响了起来。

"有人跟我们联系了，杰克。"戴维·桑德斯在电话那头说道，"他们说要放走孩子们。"

## 第四十七章

在午夜过后的微弱光线下，朱斯蒂娜蜷缩在一间牢房的角落里，看着一个名叫卡拉的女人。卡拉大约三十出头，身材高大，肌肉强健，浑身上下都布满了纹身。她是在不到十五分钟之前被送入这间牢房的，当时看上去有些醉醺醺的样子。此时此刻，她正缓缓地朝朱斯蒂娜走去，手里握着一把塑料勺子的把手。这是一把碎裂的勺子，前端很尖利，乍一看跟一把匕首没什么差别。

朱斯蒂娜加入国际私人侦探公司之后，杰克坚持认为她应该去学一门基本的防身课程。起初她选择的是合气道，这是一种源于日本的自卫拳术。在苦练了一段时间的合气道并颇见成效之后，她便转而开始练习混合健身，以此来强健自己的体魄。可是，这些课程是否足以令她在危急时刻防身自卫呢？

朱斯蒂娜分开双腿站定，举起双手，摆好了迎战的姿势。

她用西班牙语问对方："你为什么要这么做？"

卡拉没有做出任何回答，只是咧开嘴笑了笑，朱斯蒂娜留意到她右上方的一颗门牙缺失了，留下一个黑黑的小洞眼。

"你叫什么名字，美国妞？"另一个名叫罗莎的女囚问道。这间牢房里除了朱斯蒂娜、卡拉和罗莎之外，就再无别人了。跟其他两名狱友相比，罗莎的个头更为娇小，身上穿着破破烂烂的衣服，一脸担忧地看着眼前的情形。

朱斯蒂娜还来不及回答罗莎的提问，卡拉便用英文脱口而出："她的名字叫婊子。"

随后大个子卡拉朝朱斯蒂娜猛冲过去，一路上还挥舞着手中的勺子，差点儿就击中了后者的肚腹。

"警卫！"罗莎尖叫起来。

卡拉再度露齿一笑，用舌头舔了舔右上方的门牙洞。

"现在你该知道我不是跟你闹着玩儿的了。"她对朱斯蒂娜说，随即再次朝后者猛扑过去。

这一回朱斯蒂娜的反应比先前更为迅速。她将右手握成拳头，在空中利索地绕了一圈，然后飞快地击向卡拉握着勺子的右手腕。这一拳令大个子卡拉略微有些失去平衡，朱斯蒂娜趁势再度出拳，卡拉被推挤得转了半圈，重重地撞上了牢房的水泥墙壁。

"啊呜！"卡拉发出了一声呻吟，身体有些摇晃不稳，不过她很快便转过身来，再度挥舞着凶器朝朱斯蒂娜砍去。

勺柄前端的利刃割破了朱斯蒂娜的衣服，紧接着又划破了她左胸的皮肉，伤口很快就渗出血来。

卡拉又一次挥动勺子，划破了朱斯蒂娜的一只前臂。

天哪！她就要这样死在这间散发出恶臭气息的牢房里了吗？

她从前上过的所有那些合气道课程，学过的所有混合健身锻炼项目，那一个又一个令她想在艰苦卓绝的训练过程中打退堂鼓和呕吐的时刻，一下子全都涌入了她的脑海，像是在提醒她"养兵千日"不过就是为了应对眼下这一刻的"用兵之时"。当卡拉再次挥舞勺子向朱斯蒂娜砍来的时候，朱斯蒂娜迅速抬起右脚，猛地踢中了大个子女人的胫骨。

卡拉痛得直皱眉头，同时试图再次用勺柄尖端刺向朱斯蒂娜。不过朱斯蒂娜利索地抬起一只脚，使劲踢向卡拉握着勺子的那只手的前臂，肌肉和神经受到的重击令卡拉不由得将手松开了。

勺子掉落在地，两个女人都扑倒过去争相拾捡。在争抢勺子的过程中，朱斯蒂娜用手肘推开了卡拉的脸，一把捡起了勺子，并后退了几步站定。"你的童年生活一定很不幸，"她对眼前这个正缓缓站起身来、一脸震惊的女人说道，"可你也不应该……"

卡拉像个疯子似的尖叫一声，再一次朝朱斯蒂娜猛扑过来，并用一侧肩膀用力地撞向朱斯蒂娜的前胸，差点儿将其撞翻在地。随后，卡拉推挤着朱斯蒂娜抵住了这间牢房靠近走廊那一侧的铁栅栏。朱斯蒂娜采取了自己唯一能想到并做到的行动，那就是将手中勺柄的利刃刺入了卡拉背部肥厚的肌肉中。

然而卡拉并没有退缩，反倒变得更为狂暴了。她用头从下往上狠狠撞向朱斯蒂娜的下巴，后者被撞得眼冒金星，毫无还击之力。

卡拉伸出双手，掐住了朱斯蒂娜的脖子，越掐越紧。

*快反抗啊，坚强的女孩！*

朱斯蒂娜抬起鲜血淋漓的前臂，挥舞着软弱无力的拳头击向大块头卡拉的喉咙，根本无济于事。于是她把手伸到卡拉身后，握住了依然插在其背上的勺子，像操作变速杆一般来回扳动了几下。卡拉的面部表情越来越狰狞，手上的力道也呈指数级增长，朱斯蒂娜渐渐明白，自己已经无法再同眼前这个女人继续抗衡下去了。

## 第四十八章

就在朱斯蒂娜眼前的金星越来越密集，并且意识到自己就快要失去知觉的时候，突然听到了有人穿着靴子奔跑的脚步声。没过多久，监狱里的几名警卫手提警棍出现在了朱斯蒂娜身后，他们用警棍击打朱斯蒂娜和卡拉。

"是她攻击我!"朱斯蒂娜呛咳着说,"她……她想要杀死我。"

她的上衣沾满了血迹,还有鲜血顺着她的前臂往下滴流。

"一派胡言。"卡拉立马反驳道,"明明是这婊子想要杀死我。她把一只勺子刺进了我的背后,所以我才反击的。"说着她转过头去看向罗莎——牢房里那名小个子女人,"难道我说得不对吗?"

罗莎目瞪口呆,不知道该说什么。这时其中一名警卫说:"究竟谁先动的手,这个问题已经不重要了。我们现在就要把她带走。"

两名警卫上前揪住了卡拉的胳膊,另外两名警卫为朱斯蒂娜戴上了一副手铐,然后推搡着她走出这间牢房,穿过了一条两边布满牢房的走廊。关押在一间间牢房里的女囚们都挤到铁栅栏边,饶有兴味地看着她,如同观看马戏团的助兴表演一般。她们要么朝她发出夸张的亲吻声,要么咒骂她是个臭婊子,要么请她帮忙传话给某个人。由于肾上腺素的作用,朱斯蒂娜的双腿抖个不停,而且她认为自己可能会在距离上次呕吐不足十二个小时之后再度剧烈呕吐。现在卡拉怎么样了?他们会把这个试图杀死自己的女人带到哪里去呢?

警卫带着朱斯蒂娜乘坐电梯,来到了另一层楼的走廊里,这儿弥漫着一股消毒水气味。她很快就看到了站在监狱医务室门口的戈麦斯指挥官。倘若说朱斯蒂娜眼下的模样令他感到吃惊的话,他也并没有将自己的惊讶之情溢于言表。他只是以一副气恼的表情瞪视着她,"看来你们的国际私人侦探公司在墨西哥倒还有些颇有权势的朋友嘛,史密斯女士。你和克鲁兹先生将被释放并被直接送上你们的喷气式飞机,然后你们得立刻离开这个国家,而且不得再回来。"

"那间牢房里,有个女人想要杀死我。"朱斯蒂娜的声音略微有些发颤,"这里面究竟有什么阴谋,指挥官先生?哈洛夫妇在哪里?你知道吗?你本人也是这个阴谋的实施者之一,是吗?你们试图用这个阴谋来掩盖莉安娜·卡萨·马德雷被谋杀的真相,对不对?置我于死地,这也是你们想要达成的另一个目标?"

戈麦斯以一种厌恶且不耐烦的语调开口说道:"我没有参与任何阴谋,女士,而且我相当肯定自己并不怀有置你于死地的意图。这里毕竟是监狱,我们无法完全掌控发生在这里的一切事情。至于你刚刚提到的莉安娜·卡萨·马德雷,她曾不时容许一个贩毒集团的成员们使用自己的公寓,而这正是像她这样一个醉鬼却能负担得起这套公寓的唯一解释,也是她的住所脏乱如猪舍的原因所在。

"另外,我个人已经对关于哈洛夫妇的言论做过一番调查,并证实了那些都是毫无事实根据的谎言。两名所谓的'目击者'告诉我说他们编造这番谎言的原因纯粹只是为了骗取某家美国媒体对其所提供的新闻线索支付爆料费。现在,那里面有一通找你的电话。最后,我要告诉你,我会亲自调查这起针对你的袭击案,我向你保证。"

"我相信你会言而有信的。"朱斯蒂娜说,"卡拉在哪儿?那个袭击我的女人在哪儿?"

"那里面有一通电话正等着你去接听,女士。"戈麦斯重复道,神情漠然地指了指医务室门内。朱斯蒂娜看到阿图罗·福克斯从另一扇门走进了医务室,与此同时她还看到一名护士握着一部手机朝自己走来。

朱斯蒂娜硬着头皮向指挥官继续发问:"什么贩毒集团?莉安娜和哪一个贩毒集团有关联?"

戈麦斯犹豫了片刻,开口说道:"德拉维加,我只能跟你说这么多了。"

朱斯蒂娜瞪了他一眼,随即将自己被铐着的双手举到他面前。指挥官朝她身旁的一名警卫扬了扬下巴,后者很快为她解开了手铐。她走进医务室,顾不得全身上下的血渍,将护士手中的手机一把抓了过来,至此便再也没有正眼瞧过戈麦斯一次。

"我是朱斯蒂娜。"她对着手机说道。

杰克的声音从听筒传了过来,"你不知道我听到你的声音有多高兴。"

刚过去的二十分钟里所发生的一切事情带给朱斯蒂娜的心理压力瞬间被释放,她禁不住哭出声来,"这里有个疯女人想杀死我。"

杰克在电话那头惊得一时答不上话,沉默了片刻才继续问道:"你没受伤吧,你还好吗?"

杰克的声音里流露出了显而易见的痛苦和内疚意味,朱斯蒂娜有些摸不着头脑,她说:"我没事。身上被割破了几处,下巴被撞得有些疼,不过总的来说并无大碍。你是怎么找到我们的?"

"说来话长了。"杰克说,"我给我们的墨西哥分公司打了好几个电话,考尔德动用了一些关系帮我找到了你们。"

"我们是不会在这件事上轻易罢休的,我希望你能知道这一点。"她说。

"我同意你的看法。"杰克说,"不过我希望你能尽快回来。"

"不,杰克,这已经演变成了人身攻击……"

杰克匆匆打断了她,"昨天晚上,绑架哈洛一家的绑匪与戴维·桑德斯联络,声称要放走哈洛夫妇的孩子们。我需要你回来对这些孩子进行询问和评估。我们将在六个小时之后接到对方的下一步指示。"

"我会在四到五个小时之后回来。"她保证道,"你现在在哪儿?"

"加州大学洛杉矶分校,医疗中心。"他说,言语中的痛苦更深了一层。

"发生什么事了?"她追问道。

"是瑞克出事了,朱斯蒂娜。"杰克说,"他受了很严重的伤,现在两条腿都失去了知觉,正在做手术。"

## 第四十九章

这一整夜我都醒着坐在手术室门口的一张沙发椅上。莫琳和我大概在凌晨一点不约而同地赶到了这里,一小时之后西摩也赶过来了。

德尔里奥的手术是从晚上十一点开始的。当我赶到这里时,手术已经进行了两个小时。在那之前,我去桑德斯位于比佛利山庄的办公室跟他进行了一次短暂的会面。他给我看了一封发件人信息不明的邮件,正文中写道:"孩子们将于明日被释放,具体时间待定,届时等我们的通知。这也是公正的举措,因为他们毕竟是无辜的。"

墙上的挂钟嘀嗒作响,不知不觉间好几个小时就这么过去了。在这期间,为德尔里奥治疗烧伤和脊柱损伤的医生们始终没有走出手术室来向我们透露手术的进展。此时此刻,我觉得自己没法和别人谈论与哈洛一家、杀手"格布"、汤米或卡麦·多西亚有关的任何事情。我坚信在布德·兰金丧命这件事上,我和"格布"一样有着不可推卸的罪责。除此之外,我最好的朋友已经在手术室里待了五六个小时,还不知道治疗结果如何,这样的结局也是我一手造成的。历经这么多年,大概是自打我母亲去世之后,今天我第一次向上帝祷告。我祈求上帝宽恕我的罪过,也请求他拯救兰金的灵魂并医治德尔里奥的脊柱。

我不知道该向谁告知兰金的死讯。他似乎过着完全孑然一身的生活,在这世上没有任何家人。不过,我在心里暗暗发誓要以尊荣的方式纪念他的牺牲。

在这所有事情当中,我想得最多的还是德尔里奥。一直以来,他在我心目中都是坚不可摧的硬汉，他是我在海军陆战队时的好战友，退役后也在一场又一场残酷的战役中与我并肩作战，我们还是发誓永不抛弃彼此的结拜兄弟。当洛杉矶的黎明到来之时，德尔里奥可能会坐在轮椅中度过余生的念头像一把锋利的剑，将我的心割成了碎片。

我喝了一口西摩递过来的咖啡，然后抬起头，木然地注视着电视机屏幕，那里正在播放亨廷顿海滩码头发生的爆炸案及伤亡情况。媒体已经对该事件有了更为全面的认识，新闻播报员正从各个角度对这件事进行详细报道。不过，国际私人侦探公司的参与似乎并没有被提及，我甚至看到市长公开露面并承认爆炸发生时正值警方佯作往海里投下……

"杰克？"是朱斯蒂娜的声音。我如同猛然惊醒一般将视线从电视机屏幕转到了她身上。

克鲁兹也来了，可是我没法不让自己的目光仅仅停留在她身上，因为她的模样实在令人触目惊心：她的右前臂缠着厚厚的绷带，下脸庞略微有些肿胀。即便如此，她看起来还是很漂亮。不过我能从她的神情中看出这趟墨西哥之行给她带来了极大的精神创伤，这个发现令我比先前更加不知所措。

一名穿着外科手术服的小个子女医生走出了手术室。她叫菲丽丝·奥兹，是这家医疗中心的神经外科主任医生。

"请问你们当中哪一位是德尔里奥先生的近亲属？"她问道。

我重重地咽了一口唾沫，心中顿时布满阴云，继而开口说道："我就是。"

奥兹医生一言不发地盯着我看了好一会儿。在这期间，我觉得自己仿佛正站在悬崖边上，随时可能坠入万丈深渊。随后，这名外科医生的脸上挤出了一丝疲惫的笑容，伸出一只手来放在我的手臂上，"我想告诉你的是，德尔里奥先生是一个非常幸运的人。从他接受手术之前的伤势来看，恐怕难以摆脱腰部以下全部瘫痪的厄运。

不过还好他的安全带和潜水衣对断裂的脊椎骨起到了一定的复位和稳定作用，从而使他的脊髓还不至于受到损伤。他的背部肿胀得很厉害，恐怕还需要好几个月的康复时间，但我确信他一定可以再度走路和跑步的。"

我转头看了看朱斯蒂娜、西摩、莫琳和克鲁兹，随即我们所有人都哭着拥抱在一起。在我印象中，我从不曾经历过比眼下更为幸福和心怀感激的时刻。

## 第五十章

"我们现在已经引起他们的注意了，科布先生。"沃森说，并将头转离了他先前一直盯着看的几台电脑屏幕——它们分别播放着关于亨廷顿海滩码头爆炸事件、马里布海滩谋杀案以及西维斯药品连锁店谋杀案的新闻报道。

"我们的确做到了，沃森先生。"科布说，"再来两个回合，我们就能得到战利品了。"

商贸城卡车修理厂依旧是他们的工作室，科布正将手中的湖人队连帽运动衫、金色假发、太阳镜和帽子塞进垃圾桶里。这身用来做伪装的行头已经完成了其使命，将来也不会再派上什么用场。从现在开始，执法机关会将注意力集中在符合"格布"外貌特征的人身上，这就正中了科布的下怀。

"是今天吗？"凯莱赫问道。

"今天我们需要休息和重整队伍，凯莱赫先生。"科布说，"同时我们要让媒体充分发挥作用，由他们来敲响充满威胁的鼓点，让恐慌的情绪在民众中迅速蔓延开来，从而迫使那些如同生活在土里的蠕虫一般的政府掌权者们不得不钻出地表，对民众的安全做出保证。我们要继续等待，直到他们开始猜测我们的行动已经结束并离开了洛杉矶，具体时间将在民众得到安全保证之后的十二小时、三十六小时或四十八小时之后。"

"到了那时，我们又将再次行动么？"约翰逊问道。这名瘦高结实的黑人正坐在轻便小床旁边对一支手枪进行清理。

"没错，约翰逊先生。"科布说，"在那之后我们会再次行动。顺带问一句，有谁要去罗比伊甸餐厅吃早餐吗？我想去吃三份双面煎蛋配培根和一整块吐司面包。"

## 第五十一章

现在快到中午了，我精疲力竭地坐在克鲁兹驾驶的公司旅行轿车的副驾驶座位上，朱斯蒂娜、西摩和莫琳一道坐在后座，他们身后的行李厢里堆放着好几个装着法医器械的箱子。

"我不相信那些墨西哥人。"朱斯蒂娜已经是第四次或第五次说出同样的话了，"哈洛夫妇一定在那儿，杰克，至少他们曾经在那儿出现过。"

"我并没有说他们不在那里或不曾去过那里。"我应道，"不过孩子们能为我们提供更多的信息。等见过孩子们之后，我们再决定是否需要再次回到墨西哥也不迟。"

十分钟前，桑德斯打来电话告诉我们哈洛夫妇的孩子们将出现在比佛利购物中心六楼，具体位置是通往六楼的扶梯顶部的苹果零售店附近。克鲁兹载着我们快速驶入了这座豪华购物中心的停车场。

我们一行人下车两分钟之后，我在连接四楼与五楼的扶梯上遇见了戴维·桑德斯、卡米拉·布朗森和辛西娅·梅恩斯。哈洛夫妇的律师正低着头、神情专注地讲着电话,私人助理看起来像是刚刚才哭过一场,而公关代表则戴着一副黑色太阳镜,不时转动脖子打量着四周的情形。

"梅恩斯女士。"我说,"真没想到会在这儿见到你。"

"卡米拉昨天晚上给我打了电话。"梅恩斯答道,"她认为我应该到这儿来。"

"我们又见面了。"卡米拉·布朗森一面跟我打招呼,一面继续环顾着周围。

我们一齐来到六楼。桑德斯最先看到孩子们,三个小家伙都坐在墙边的轮椅上,背后是熙熙攘攘的苹果零售店,面前是一家汽车用品精品店。每个人的大腿上都放着一部iPhone,而他们全都神情呆滞地盯着手机屏幕。

"玛利亚!"梅恩斯喊道,"金妮!米格尔!"

三个孩子当中,唯独只有哈洛夫妇最年长的养女玛利亚抬起来看向了父母的私人助理。玛利亚有着高高的颧骨和杏仁形的双眼,她的眼睛又红又肿,还盈着泪水。她惊愕地看着梅恩斯,随即以稚嫩的童音问道:"我们为什么会在这里,辛西娅?"

"噢,上帝啊!"梅恩斯朝玛利亚奔去,泪水顺着她的脸颊不住地往下流。她紧紧地抱住女孩,"你们安全了,玛利亚。你们会没事的。你们都会没事的。金妮?米格尔?我来了。辛西娅来了。"

另外两个孩子仍然出神地盯着自己腿上的手机。

"他们一定是被人下药了。"朱斯蒂娜说。

"没错。"莫琳说,随即她提着一个医药箱走上前去。莫琳在过去几年中抽出时间学习和考试,取得了急救医师从业执照,正好可以在此刻派上用场。"我们需要提取一些血液样本。"

"就在这里吗?"卡米拉·布朗森惊骇万状地说,"不,得先让他们离开……"

"妈妈？"米格尔突然开口说话了，并把原本低垂的脑袋抬了起来。米格尔接受过好几次腭裂修复手术，所以他看起来跟我在照片上见到的形象不大一样。他一脸困惑地环顾了一下四周，"我妈妈在哪里？"然后开始大哭，当莫琳试图去拥抱和安抚他的时候，他用力挣脱了莫琳的怀抱，"我妈妈去哪儿了？"

金妮也哭了起来。

在哭声响起之前，桑德斯一直站在一旁，因孩子们处于神志不清的状态而不知所措。这时他猛地留意到一些从苹果零售店离开的顾客纷纷将目光投向了坐在轮椅上哭闹的孩子们。

"卡米拉说得对。"桑德斯紧咬着牙关，装作不动声色的样子对我说，"我们得先带他们离开这儿……"

"那是他们吗？"我耳边响起了一个昨晚才听过的尖厉嗓音，"哈洛家的孩子们？"

我感到十分震惊，转过头去，看到波比·纽顿刚从扶梯上到了六楼，还有两名摄影师紧随其后。

## 第五十二章

"没错，就是他们！"波比·纽顿扯开嗓门喊道，"轮椅？他们坐着轮椅！发生什么事了？托姆和詹妮弗去哪儿了？"

"他们就在楼下！"卡米拉·布朗森高声应道，随即快步走过去挡在这名八卦记者跟前，"托姆要为詹妮弗买一枚卡地亚大钻戒，孩子们在这儿边等他们边玩游戏，情况就是这样。"

波比·纽顿显然不相信卡米拉所说的话，"我在卡地亚专卖店布下了眼线，一旦有托姆或詹妮弗那种级别的名人进到店里，他们就会立即通知我。他们到底在哪儿？那些孩子看起来怪怪的，他们怎么了？蒂姆，你把他们拍下来了吗？"

一见到摄影记者将镜头对准了孩子们，朱斯蒂娜连忙冲上前去站在哈洛夫妇的公关代表身旁，"他们都还是未成年人，别侵犯他们的隐私权。"

"他们是托姆·哈洛与詹妮弗·哈洛的孩子。"八卦记者不依不饶地反驳道，"所以自然而然便具备了名人的身份，我有权……不过他们到底怎么了？还有哈洛两口子在哪里？"

卡米拉·布朗森转而用一种安抚的语气说道："波比，我们稍后会告诉你……"

"他们失踪了！"辛西娅·梅恩斯大声喊道，"有人绑架了他们一家，现在只释放了孩子们。"

波比·纽顿不禁用一只发颤的手捂住了嘴，无法掩饰内心的雀跃，"噢——天哪！"她拉长调子发出了这样一声感叹，"这是真的吗？这可是今年的大事件！甚至可以说是本世纪大事件！"

"波比！"卡米拉·布朗森说，"波比，冷静一下。事情不是……"

不过这名八卦记者对她说的话置若罔闻，反倒欣喜地转过身去，将握在一只手里的话筒凑到嘴边，"三、二、一……"她面对另一名摄影记者的镜头急促地倒数着。先前那名摄影师还在继续拍摄哈洛家的孩子们，他们的神情仍然有些恍惚，搞不清楚自己身在何处。

我心中涌起了一股冲动，恨不得马上冲过去夺走那两台摄像机，然后将它们越过栏杆扔下楼去。可是此时人群越聚越多，而我明白自己向来不喜欢看到人们抢夺并损坏摄像机的画面，因为那通常是暴徒们才会干的事，还传达了一种压制他人的信仰或言论自由的意味。说实话，我鄙视这样的行径。于是我只好和其他人一样，站在原地听着波比·纽顿继续往下说。

"我是波比·纽顿，你们永远的好朋友。"她的声音依旧相当刺耳,"此时此刻,我正置身于一个即将震撼整个好莱坞的大事件现场。托姆·哈洛和詹妮弗·哈洛——电影圈最具影响力的明星夫妇——全家竟然被人绑架了。请注意,你们现在听到的是我对此事件的独家首次报道。眼下还有一个戏剧性的情节,他们的孩子们已经获释,不过有些神志不清,而他们现在就在我身后。请看看这些可怜的小宝贝儿吧!"

"你被开除了!"卡米拉·布朗森朝梅恩斯吼着说出了这句话。

"你没资格开除我。"哈洛夫妇的私人助理反驳道,"我是为托姆和詹妮弗工作的。"

"不过我可以这么做。"桑德斯说。

"我也不为你工作。"梅恩斯的音量更高了,"再说了,无论你们出于何种理由隐瞒了真相,你们的这种行径着实令人愤慨,你们根本不是为了哈洛夫妇的益处着想。"

公关代表卡米拉·布朗森瞪大了双眼,她一把抓住梅恩斯的一只手臂,让后者转过身来背对着摄像机镜头。"你竟然向她泄密!"卡米拉压低音量、咬牙切齿地说着,而这时波比仍对着镜头喋喋不休地发表评论。

"我没有向任何人泄密。"梅恩斯反驳道,"不过我这就打算把事情告知联邦调查局。我不能再继续傻等下去了,我原本还指望摩根先生会及时采取正确的举措呢。"

"哇噢。"我插话进去,"请允许我为自己辩解一下,昨天晚上我在追踪一名杀人狂魔,而我最好的朋友在亨廷顿海滩码头爆炸事件中受伤,之后在他接受脊柱手术期间,我一直祷告到今天黎明时分。"

梅恩斯愣了愣神,"噢,我很抱歉,杰克,我……"

"别说那些没用的了。"桑德斯怒气冲冲地打断道,随即瞪着我说:"快帮我们把孩子们带离此地,动作要快,杰克。我可不想让他们被人当作怪物一般围观。他们得接受专业医疗人员的救治,并且……"

"孩子的父母死了吗?什么时候轮到你做他们的监护人了?"梅

恩斯语带挑衅地说。

桑德斯冷冰冰地回应道:"据我所知,目前并没有谁死了,辛西娅。不过,托姆和詹妮弗曾以书面形式做出了如下规定:在他们遭遇身故或丧失监护能力的情况下,我将代其履行监护人的职责。我想任何人都会认为遭遇绑架属于'丧失监护能力'的范畴。"

说完他便和卡米拉·布朗森一起朝孩子们走去。

朱斯蒂娜说:"我来帮你们。"

克鲁兹、莫琳和西摩也紧跟在他们身后。

梅恩斯说:"我也和你们一起去。"

桑德斯转过身来,"不,辛西娅,你别过来。据我所知,你的薪酬是由哈洛-奎恩电影制片公司来支付的,这就意味着特里·格拉夫有权解雇你。我只需给他打一个电话就行。"

众人用几件外套遮住了孩子们的头部。朱斯蒂娜、莫琳和西摩各自推着一辆载有孩子的轮椅从摄像机跟前走过。与此同时,我听到波比·纽顿正用"迟钝呆板"这个词来描述孩子们当前的情形。桑德斯和卡米拉·布朗森紧跟在轮椅后面。

当我看出波比·纽顿还打算跟在众人身后进行拍摄时,再也忍无可忍。我掏出一把随身携带的小折刀,悄悄来到两名摄影师身后,趁其不备迅速割断了连接摄像机与电池组的电缆线。

"没画面了。"其中一名摄影师说。

"我的也是。"另一个也附和道。

而我已经绕过他们步入了下行扶梯。

"什么!"波比惊喊道,"不,我……"

我猜她一定发现了那两根被割断的电缆线,因为她趴在六楼的栏杆上喊道:"肯定是你干的,杀人犯杰克·摩根。我很想知道你在这件事中扮演着什么角色,杰克? 这一回杀人犯杰克·摩根又卷入了什么样的勾当?"

我假装没听见,迅速掏出手机拨打了联邦调查局的电话。

# 第五十三章

在接下来的八个小时里,朱斯蒂娜饱饱地睡了一觉,然后洗了个澡,换上一身干净衣服,走进了位于比佛利购物中心正对面的希德斯-西奈医疗中心里的一间私人大套房。哈洛夫妇的孩子们昨晚就是在这间套房里过的夜,并接受了进一步的检查和诊疗。显然,这都是桑德斯、卡米拉·布朗森和特里·格拉夫的安排。

朱斯蒂娜从前并不知道希德斯-西奈医疗中心里还有这样的套房存在。此刻,这间套房的公共休息室里还聚集了一些人,他们是杰克、西摩、警察局长菲斯克、两位医生和一名私人护士,另外还有几名为政府工作的技术人员正在为几台电脑屏幕连接线缆。朱斯蒂娜在加入国际私人侦探公司之前,曾以儿童心理学家的身份为洛杉矶市政府及法院工作,她的主要职责是对那些在罪案中受害的儿童进行采访,并为其提出心理学方面的建议。尽管后来她又开始涉足侦查方面的工作,不过她始终自信地认为自己依然是西海岸最优秀的儿童心理学家。

公共休息室里的绝大部分成员显然都很认可朱斯蒂娜的自我评估。菲斯克局长欣然同意由她来负责本案中涉及心理学的那部分工作,地方检察官布拉兹和联邦调查局洛杉矶分部负责人克莉丝汀·汤森德特工都与菲斯克局长持相同意见。汤森德有一头红发,鹰钩鼻让人过目不忘,个头很高,她非常了解朱斯蒂娜的能力,并公开对后者的专业技能和判断能力表示赞赏。唯一反对朱斯蒂娜参与本案调查的就只有哈洛管理团队的那帮家伙,不过他们的意见很快就被大伙儿给推翻了。

"孩子们目前的状况如何?"朱斯蒂娜问道。

"他们睡了五个小时,之后就起床了。"护士回答道,"布朗森女士在一家速食汉堡连锁店为他们点了一顿大餐,现在刚刚给他们送进去了。"

"那可是他们的最爱。"公关代表酸溜溜地说。

"好的。"朱斯蒂娜说,"在我进去见孩子们之前,请将他们最新的检查结果都告诉我吧。"

她正看着艾伦·帕克斯,后者是负责诊疗哈洛家三个孩子的儿科医疗专家。

"他们身上没有任何受过性侵害或身体虐待的迹象。"帕克斯说,"而且,除了连续五天没有更换衣服之外,总的来说孩子们还算被照顾得不错,并没有出现营养不良或饮水不足的情况。另外,我们对他们进行了血液检查,结果证实了克龙彭伯格博士的猜测。"

"之前你说可能有人对他们用了东莨菪碱①和扑热息痛。"朱斯蒂娜转而看向西摩。

克龙彭伯格点了点头,"有资料表明,十九世纪的德国医生常将这两种药物混合后用在即将分娩的妇女身上,好让她们进入一种半麻醉状态,以减轻分娩之痛,不过患者的记忆力也许会因此而受到损伤。所以,如果你发现那些孩子对已经发生过的事情不大记得起来的话,不必感到惊奇。"

"全部情况就是这样了吗?"汤森德问道。

"差不多是这样的,特工女士。"帕克斯答道,"另外,米格尔的两只膝盖和两条小腿上都有一些淤伤。玛利亚扭伤了一只手腕。金妮看起来毫发无伤。三人身上都有一些针刺痕迹,这说明有人曾对他们进行过静脉注射。"

---

① 一种对人体有致幻作用的毒品,可瞬间使被害者失去自我意识,在清醒情况下如孩子般任人摆布。医药领域本品被应用于防止眩晕(晕船、晕车),犯罪领域则被应用于人口贩卖、抢劫等。

朱斯蒂娜问杰克和菲斯克："你们看过比佛利购物中心的监控录像吗？"

杰克点头确认道："是的。监控录像显示，早上十点十五分，几名身着黑色连帽衫的男子用轮椅将孩子们从圣维森特大道推进了比佛利购物中心。他们带着孩子们搭乘电梯来到了六楼。从那家苹果零售店门外的摄像头所拍摄的画面来看，孩子们是在我们赶到前不到三分钟才被扔在那儿的。放在他们大腿上的三部iPhone其实都是廉价的仿制品。他们的手机上、轮椅上都没有留下任何指纹。西摩还从他们的衣物表面提取了一些上皮细胞样本来进行分析。"

"目前还没有找到与之匹配的记录。"克龙彭伯格说。

朱斯蒂娜的目光移向汤森德，后者已开口说话："不出我们意料，这成了一则令媒体沸腾不已的轰动新闻，并且已经像病毒一样蔓延到了全球各地。它所引发的公众关注程度远远超过了格布谋杀案和亨廷顿海滩码头爆炸事件。"

"你还指望我能怎么做呢？"卡米拉·布朗森没好气地说，"自从波比·纽顿的新闻播出之后，我的全部精力都被用来应对各种询问电话了。"

朱斯蒂娜说："那些孩子们的生活方式将由毫无隐私的玻璃鱼缸式转变为马戏团式。"

"你们得帮助他们为此做好心理准备。"汤森德说。

"只要我能办得到，就决不会让他们暴露在任何'马戏团'中。"特里·格拉夫激动地说，"我不能容忍这样的事情发生。"

"我也一样。"桑德斯说。

"这样显然是不行的。"哈洛夫妇的公关代表也附和道。

朱斯蒂娜的语调变得更柔和了些："唔，很好。那我就开始工作了。"

## 第五十四章

房间里有三张床,玛利亚坐在房间右侧的那张床上,往左依次是米格尔和金妮,他们一边吃东西一边观看喜剧动画片《恶搞之家》。当朱斯蒂娜走进来的时候,三个孩子都不约而同地用满腹狐疑的眼光看向她。这里已经安好了几台小型摄像机,朱斯蒂娜与孩子们的这场谈话将会被拍摄下来,并传输至公共休息室里的电脑。

"你们好,我是朱斯蒂娜。"她关掉电视机,将自己的手提包放在地上。

"你是警察吗?"玛利亚问道。

"我为警方工作,同时也为联邦调查局工作。"

"詹妮弗和托姆在哪里?"金妮问道。

她提及自己的父母时竟然直呼其名,这令朱斯蒂娜觉得颇有些奇怪。与此同时,她又想起来几乎所有人提及哈洛夫妇的时候都是这样称呼的。不过金妮为什么也这么说?米格尔呢?先前米格尔在比佛利购物中心的时候不是大声呼喊着"妈妈"吗?

"我们不知道。"朱斯蒂娜承认道,"我们成立了一个团队来寻找你们的父母,而我也是这个团队的成员之一。我们希望得到你们的帮助。"

米格尔放下手中的汉堡,然后闭上了眼睛,并用一只手挡住嘴,一言不发。

"我什么都不记得了。"玛利亚说。

"我也是。"金妮说。

米格尔依然没有说话。

"这里可真香啊!"朱斯蒂娜边说边在椅子上坐了下来,"你们今天晚上吃的是什么呀?"

"培根芝士汉堡。"玛利亚喃喃地说。

"可我没吃那个。詹妮弗说吃培根对身体不好。"金妮如是宣称。

"不,才不是呢。"玛利亚反驳道,"安妮塔说培根是好东西,能让人变得强壮有力。"

"安妮塔知道什么?"

"她什么都知道。"米格尔突然接话,不过他的眼睛仍然是闭着的。

"她就在这里,你们知道吗,安妮塔就在洛杉矶。"朱斯蒂娜说。此时她的目标只有一个,就是让他们继续和自己交谈,以此来渐渐获取他们的信任感。

米格尔睁开眼睛,把挡在嘴前的手放了下来,"她在哪儿?"

"我不知道她具体在什么地方。"朱斯蒂娜说,"不过她就在这座城市里。我还知道她很想见到你们。"

米格尔的脸色顿时变得沮丧起来,"噢。"

"你们想见她吗?"朱斯蒂娜问道。

米格尔眼中闪着泪光,很快地点了点头。他的两个姐姐也点了点头。

"我相信我们一定可以安排你们跟她见面的。"朱斯蒂娜说,"不过我认为你们此时大概也很想见到另一个人。"

她打开房间的门,斗牛犬立即冲了进来,身后拖着一根皮带。只见她拼命地晃动着尾巴,发出"呼呼"的鼻息声,嘴里不时哀鸣几下,还试着往离自己最近的一张床上跳。

"斯特拉!"米格尔惊喊道。男孩从床上跳下,紧紧抱住了斗牛犬。斯特拉转而发出兴奋的叫声,伸出舌头舔舐着男孩的脸。随后,米格尔费了九牛二虎之力——这狗的体重至少有二十千克——才将斯特拉抱到了自己床上,两个姐姐也一拥而上,和男孩一起将斯特拉团团围住。

"斯特拉·贝拉是个漂亮姑娘。"玛利亚一面安抚心爱的小狗,一面说道。

"这世上没有谁比她更漂亮了。"金妮补充道,"她是全世界最好的狗。"

米格尔笑容满面地挠着斯特拉的肚子,后者舒舒服服地侧躺了下来,于是三个孩子都伸出手去给她挠起了痒痒。她的双颊松弛地下垂着,嘴巴微微张开。不一会儿,朱斯蒂娜欣喜地发现,这只斗牛犬竟然发出了通常只有猫咪在心满意足时才会发出的"咕噜咕噜"声。

"她常常发出这样的声音吗?"朱斯蒂娜略显好奇地问道。

"她只在高兴的时候才会这样。"金妮说,"斯特拉是一只神奇的狗狗。"

"我能看出她现在的确很开心。"朱斯蒂娜说,"可是当我们在农场发现她的时候,她好像非常难过。你们知道斯特拉当时为什么那样难过吗?"

玛利亚和金妮齐齐摇了摇头,不过米格尔却说:"我敢说那是因为她很想我们。"

先前朱斯蒂娜在查看跟米格尔所接受的腭裂修复手术有关的资料时,顺带浏览了一下孩子们的医疗记录。她知道米格尔被诊断为患有艾斯伯格综合征,极不擅长社交。可令她惊讶的是,至少在这只斗牛犬在场的时候,米格尔几乎没有表现出任何精神方面的病症迹象。

"我相信你说得对。"朱斯蒂娜表示赞同,"斯特拉是一只聪明的狗。"

米格尔咧开嘴笑了起来,这只狗令他感到非常开心。事实上,他们所有人都因这只狗而感到快乐、放松,并卸下了内心的防御。朱斯蒂娜认为她可以让这只狗来帮助自己开展工作。

"如果斯特拉会讲话的话，你们觉得她会不会记得你们所有人失踪那天的一些事情呢？"朱斯蒂娜开口说道，"你们想到任何东西都可以告诉我。"

## 第五十五章

"这算哪门子问题啊？"卡米拉·布朗森在公共休息室里发出了这样的质疑，她正和众人一起通过电脑屏幕观看着朱斯蒂娜与孩子们的对话。

"这可是个好问题。"我反驳道，"她激发孩子的想象力，帮助他们借助狗的眼睛来审视回忆的方式，让他们将自己与自己的遭遇分离开来。她其实是将斯特拉当作打开他们心门的钥匙。"

在接下来的两个小时里，朱斯蒂娜尽可能地以一段与斯特拉有关的开场白来引出自己的每一个问题。结果，她果真从孩子们那里获得了一些支离破碎的信息片段，将这些片段拼凑起来，便能描绘出哈洛一家在失踪前一天里大致的家庭生活场景。

斯特拉记得那天她虽然深受时差感折磨，但却因终于离开了越南而开心不已——她总是担心自己会被飞驰在越南大街小巷上的摩托车撞到。斯特拉记得她和玛利亚一道早早地起了床，因为玛利亚曾向詹妮弗保证那天将由她来给农场的马匹喂食。詹妮弗喜欢睡懒觉。斯特拉还记得金妮因为忙着画一幅水彩画，一直没有将行李从包里取出来，从而令她妈妈非常生气。斯特拉还想起那天米格尔爬到了一棵他以前从没爬上去过的美洲梾树上，以至于牧场看管人赫克托为他感到非常担心，最终还得找来一架梯子帮他从树上下来。

"你们认识赫克托有多久了？"朱斯蒂娜问道。

"我们一直都认识他。"玛利亚说,"托姆曾跟我说过,赫克托从一开始就是牧场的看管人。"

哈洛一家抵达牧场之后的第二天,孩子们的养父在早上九点左右起了床,然后去厨房喝咖啡。三个孩子和斗牛犬斯特拉看到他喝过咖啡之后便离开厨房,去了位于地下室的编辑室。尽管托姆事先答应过这天要抽空陪伴孩子们,可他还是将大部分时间都用在工作上了。詹妮弗直到中午左右才起床,她起身之后还不住地抱怨自己的时差还没有倒过来。不过她也很快就去了自己的办公室,在里面工作了许久。

随后,全家人一起在傍晚六点左右开始吃晚餐。米格尔说自己想在晚餐过后玩英式足球,但托姆说他接下来还有许多工作要完成,所以不能陪米格尔玩了。紧接着,托姆就端着一盘食物返回编辑室继续工作了。斯特拉之所以记得这个细节,是因为当时有一块鸡肉从托姆的餐盘里掉出来落到了地上,托姆还来不及将它捡起来,斯特拉便迅速跑过去将其据为己有了。

"托姆还对斯特拉说,他觉得她简直就像一条鲨鱼。"这是金妮回想起来的。

聚集在公共休息室里的众人一直透过电脑屏幕观看着这场谈话的直播,斗牛犬紧挨着米格尔坐在床上,她的神情看起来似乎越来越困惑。这有可能吗?她的眉毛向上扬起,无疑她知道孩子们正在谈论跟她有关的事情。

"斯特拉那天最晚一次出门是在什么时候呢?"朱斯蒂娜问道。

"大概是在我们上床睡觉之后吧。"金妮说,"最晚带斯特拉出门的通常都是詹妮弗,她出去夜跑的时候会带着斯特拉,好让狗狗在外面撒尿和排便。"

"詹妮弗那天晚上出去跑步了吗?"朱斯蒂娜问。

"詹妮弗每天都会坚持跑步,从来没有哪一天是例外。"玛利亚非常肯定地说,"那天晚上她出门的时候,我听到了纱门关闭的声音。因为那扇门就在我的房间窗户下面。"

"那么詹妮弗是什么时候回来的呢?"

"这我就不知道了。"玛利亚耸了耸肩,"她出门的时候,我正好在自己房间里,可是不一会儿我的iPhone没电了,于是我去厨房外面的客厅看电视。"

朱斯蒂娜点了点头,"然后呢?"

"这就是我能记得的最后一件事了。"玛利亚说,"当时我坐在沙发上,看着电视里播放的CW电视网的节目。至于接下来又发生了什么,我完全没有印象。"

"那你呢?"朱斯蒂娜问金妮。

# 第五十六章

金妮只是摇头。

"米格尔?"

男孩正凝视着房间远端的一个角落。听到自己名字后,他又抬起一只手来挡住了嘴巴。即便如此,你也能透过他的面部表情明显地看出,此时他正因想起了某个创伤性事件而受着内心的煎熬。他也很快地摇了摇头,说:"我不知道。"

"你想起那时发生的什么事情了吗?"朱斯蒂娜追问道。

米格尔耸了耸肩,然后说:"那就像是一场梦,我认为那并不是真实发生的事情。"

"你的梦里发生了什么?"朱斯蒂娜轻声问道,"当时斯特拉也在你的梦境里吗?"

"没错,她就睡在我的床上。"男孩说。

"你是怎么知道这个的呢?"

"因为我记得我在梦中起身并打算去解小便时,嗅到了她放屁的气味,那可真是太臭了。"

金妮咯咯地笑着,点点头说:"斯特拉是最聪明、最漂亮的姑娘,可是她放的屁实在是这世上最难闻的气味。"

斗牛犬再度扬起了两只眉毛。

朱斯蒂娜说:"唔,米格尔,斯特拉在你梦里放了屁,随后你又去解小便,那么接下来你又梦见什么了?"

男孩眨眨眼思索着,随即他的表情似乎表明他找到了那段被压抑的记忆。"我听到了一些声音。"他说,"我不知道那究竟是什么声音,可是我知道那意味着有什么不好的事情正在发生。"

"你是怎么知道的?"

他有些犹豫,用一只手反复抚摸着斗牛犬的颈项,然后开口说道:"我不知道。可我当时很害怕,随后就开始奔跑,可是却摔倒了——现实中的情形大概是我从床上掉下来了吧——于是我的两条腿都受了伤。"他指了指两只膝盖和小腿上的淤伤,"接下来的梦境我就不记得了。"

"你说你听到了一些声音,并且认为它们意味着不好的事情正在发生,那么你听到的是不是尖叫声或者……"

"是哭声。"金妮突然插嘴道,她一面讲话,一面兀自望着别处,"我想起来了,我也做了一个梦,在梦里我听到有人在哭。"

"在你的梦中,你是在什么地方呢?"朱斯蒂娜转而向金妮发问,"是在家中你自己的房间里吗?"

金妮脸上流露出了一丝困惑,不过她很快便回答道:"不是的。我觉得我好像是在一张双层床上,因为那时我是仰躺着的,而当我举起手来的时候,可以够到一张床垫的底部。它离我并不太远。"

"你记得这是你在梦里见到的情景吗?"朱斯蒂娜问。

"不,那时是晚上,我看不见,也许那是……是我感觉到的吧?"

"那么你刚才提到的哭声又是怎么回事?"朱斯蒂娜追问着,"那哭声是从哪里传来的?是谁在哭?"

"我不……"金妮刚说了两个字,声音便轻得听不见了。

这时玛利亚开口说道:"我也做了跟她一样的梦。梦里也有人在哭。"

"在哪里?"

"在我所处的空间外面。"玛利亚说,她变得越来越激动不安,眼泪也顺着脸颊往下流,"可是我认为我并不是在双层床上,而是在一个箱子里,因为我觉得四面都是被挡着的。我听到的哭声就是从箱子外面传进来的。"

"那是男人的哭声,还是女人的?在哭的人是你们的爸爸还是妈妈?"

哈洛家最年长的女儿摇了摇头,"都不是,那听起来像是一个小孩在哭。不是詹妮弗的声音。"

"难道不可能是托姆的哭声吗?"

玛利亚快速眨动眼睛,思索了片刻,然后说道:"不过我听到了男人们彼此交谈的声音,哭声也随之消失了,然后我听到了很响亮的叮当声,像是金属链条的声音。紧接着,我又听到了重物撞向金属的声音。过了一会儿,我好像听到了喷气式飞机的声音,你知道它的发动机启动时所发出的那种声音吧?"

"嗯,我知道那种声音。"朱斯蒂娜应道,她停顿了一下,接着问玛利亚:"你说你在梦里听到男人们交谈的声音。你还记得他们说了些什么吗?"

"我不知道。他们讲的是西班牙语。"

## 第五十七章

德尔里奥的脸有些浮肿，还缠满了绷带。他平躺在床上，身上裹着一条由碳纤维和帆布两种材料制成的腰背支撑带，全身各处连接着好几台医疗器械和一根输液管，不过他已经可以自主呼吸，不再需要呼吸管了。

"我觉得我在医院里待的时间确实有些久了。"我跟德尔里奥打招呼时感到非常疲惫。现在已经是晚上十点多，除了中途有过两次大约二十分钟的小睡之外，我差不多有四十八个小时没正儿八经地合过眼了。照理说，我应该听从朱斯蒂娜的建议，赶回家去好好睡一觉的。可是我总觉得自己应该来医院陪在德尔里奥身边，因为这是我的责任，也是我的荣幸。

德尔里奥笑了笑，咳嗽了几下，他的神态有些迷离，应该是药物作用所导致的。他注视着我说："他们说我会痊愈的。"

"你可能不知道我得知这个消息的时候有多开心，瑞克。"我情不自禁地抓住他的手使劲摇晃着，"我们所有人都因此而开心得不得了。"

"我现在觉得全身乏力，杰克。"德尔里奥说，"大概是因为他们给我用了好些消除肿胀的药物吧。"他停顿了一下，"昨天在码头究竟发生了什么？到现在还没有人告诉过我呢。"

我大致跟他讲了讲当时的情形，其中包括布德·兰金的死讯，爆炸之后我和匪徒在码头附近海域的追逐，以及风筝冲浪者的身份。我还告诉他，郡治安官试图让国际私人侦探公司为这次行动的失败承担责任。

"看看，我当时是怎么跟你说的？"德尔里奥粗声粗气地抱怨着。

我举起双手表示投降，"我确实应该听从你的意见，不过还好我们有豁免权。不管怎么说，联邦调查局已经介入此事了。同时，他们也介入了另一个案子。"

"是吗？"

我向他概述了朱斯蒂娜和克鲁兹的墨西哥之行，还告诉他哈洛夫妇的孩子们已被释放，可他们对于自己曾被俘获及囚禁的记忆却变得模糊不清了。

听完我的述说后，德尔里奥闭上了双眼。起初我还以为他昏睡了过去，不过他很快便开口说道："哈洛家那个女儿所听到的声音，我觉得是棺材被装运上飞机的声音，你说呢？"

我思索了片刻，点了点头，"有可能，或者是与之类似的情况吧。"

"总有些地方将来会因这种情况而制定成文的规定。"他说，"好让人们不能随意用飞机运送装在棺木里的尸体。"

"真的吗？"

"唔，你自己想想看呢。"

我认为他的逻辑无法辩驳，转而说道："我会让莫琳去调查一下他们失踪那晚飞往瓜达拉哈拉的货运航班情况。"

德尔里奥点了点头，然后看了看墙上的时钟，"我记得你还没有提到菲斯克或其他任何人收到了'格布'的新指令。"

"那是因为他压根儿还没发出新的指令，至少据我所知是这样的。"

"已经超过二十四个小时了。"他说，"而且，他好像也没再制造新的杀戮事件。"

他说得没错。这意味着什么呢？或许"格布"正是想诱导我们去相信……

"那么，咱们公司接下来的工作任务是什么呢？"

"朱斯蒂娜和西摩明天早上将随同联邦调查局的一支特工队再去一趟哈洛家的牧场，看看咱们上次有没有漏掉什么重要信息。"

"朱斯蒂娜对哈洛家孩子们的询问已经完毕了吗?"他咕哝着,"对她来说,才几个小时的时间应该远远不够啊。"

我耸了耸肩,"她原本是打算明天早上再去希德斯-西奈医疗中心见那些孩子们的,可是桑德斯想让他们先去他家住下并安顿下来,然后再接受下一次询问。我不得不承认,他看起来似乎对那些孩子有很强的保护欲望。卡米拉·布朗森与格拉夫也跟桑德斯一样。朱斯蒂娜强烈建议我应该尽快派人再去一次墨西哥,不过联邦调查局听过她讲述墨西哥之行的经历之后,认为由他们出面来处理那一块的事务才更为合宜。"

"那'格布'没有音讯了吗?"

"鉴于'格布'对你的所作所为,我想亲自去对付他。"我冷静而坚定地说,"不过我还不知道政府方面会让国际私人侦探公司在这起案子中扮演怎样的角色。"

我的手机铃声突然响了起来。"该死!"我脱口而出,我真不该在这时让手机保持开启状态。我看了一眼来电者信息,不禁大吃一惊。

我犹豫了片刻,还是按下了接听键,"你还想对我进行更多诽谤性指控吗?"

"噢噢噢,杰克啊杰克。"波比·纽顿叹息着说,"对于你此刻践踏宪法第一修正案所赋予我的权利的行为,我决定暂且不跟你计较。"

"啊哈?"我说。

"那些可怜的小家伙们现在情况如何啊?"

我听得出来她刚喝了酒,而且现在很可能还在继续喝着。一直以来,喜好饮酒都是波比的显著性格特征。

"你指的是谁?"我故意问她。

"得了吧,别装了。"她的语气中带有一些责怪。

我在电话这端沉默着。我知道她眼下正承受着极大的压力。毫无疑问,哈洛一家被人绑架以及孩子们被释放的消息都是由她一手传开的。既然哈洛夫妇的失踪事件已通过互联网被炒得沸沸扬扬,那么媒体就不得不对其进行跟进,并持续挖掘各种新消息,以此来满足广大新闻受众被吊起来的胃口。

"你给卡米拉打电话吧。"我说,"我相信她一定很乐意把你想知道的信息告诉你。"

"卡米拉·布朗森现在正对我怀恨在心呢。"波比说。

"难道我就不是吗?"

"得了吧,杰克。过去的事情就让它过去吧。待人宽,人亦待己宽。"

我停顿了片刻,再度开口说道:"那咱们就来玩个投桃报李的游戏,好互通有无。你觉得怎么样,波比?"

"你打算给我什么样的'桃子'?"她问道。与此同时,我听到电话那头传来了一阵清脆的"叮当"声,像是冰块与玻璃杯壁碰撞时所发出的声音。

"他们目前的身体与精神状态,以及我们已得知的哈洛一家被绑架当天的一点点情况。"

"唔,这听起来倒是蛮诱人的。"波比说,"那你希望我回报给你什么样的'李子'呢?"

"是谁事先向你泄露了哈洛家的孩子将被释放的秘密?是梅恩斯吗?"

"一名好的新闻工作者是不会向人透露其消息来源的。"她抗议道,"你应该知道这一点。"

"那就太糟了。我得挂电话了,波比。"

"等等,等一下!"她喊道,"好的,好的,那你先投桃给我吧。"

"不行。"我说完后沉默了几秒钟,然后才再度开口,"我给你十秒钟时间考虑一下吧。"

五秒钟过去了,紧接着又过去了四秒钟,就在我准备挂断电话的时候,她突然说:"是特里·格拉夫。"

我完全被搞蒙了。他为什么……?

"好了,现在该你回报我了,杰克。"波比说。

"抱歉,波比,你给我情报的时间比我的截止时间晚了一秒钟。"

"什么?你……你个骗子……"

我挂断了电话,感觉自己总算找回了一些平衡感。

我看向德尔里奥,希望……我发现他已经睡着了。

病房里有一张活动躺椅。我走过去坐在上面,关掉了手机,让自己放松下来,随后闭上了眼睛。我迷迷糊糊地睡了过去,渐渐进入了一个没有杀手,没有名人,也没有诡计多端的律师的世界,那里跟我生活的地方大相径庭。

## 第五十八章

对朱斯蒂娜来说,这个晚上实在是极其难熬。

她总是在噩梦中听到依稀的哭声,不时看见莉安娜·卡萨·马德雷那张嘴唇似是被咬掉了的脸,与此同时,她还在梦里不断体验着自己跟卡拉之间所进行的那场惊心动魄的搏斗。她从梦中惊醒了两次,每次醒来时她都发现自己的身体在不由自主地颤抖着,而且浑身都是冷汗,她甚至不确定自己究竟身在何处。她有些困惑地发现,残酷而鲜活的梦境居然比现实中的真实经历还更令人痛苦。她的伤口感染了吗,还是发烧了,抑或是产生了幻觉?

之后,在一段不算长的时间里,她又接连惊醒了三次。每次醒来之前,她都能真切地感觉到卡拉用手指掐着自己的喉咙,也能看到那个女人狂乱的目光,以及插在其背上的勺子。朱斯蒂娜躺在床上大口喘着粗气,她很想弄明白自己为何总是不能摆脱这噩梦的纠缠。

又过了一阵,她认为自己大概知道原因了。她记得自己曾不止一次从参加过伊拉克战争或阿富汗战争的退伍士兵那里听说过,他们时常因这种反复出现的噩梦而备受搅扰。其实,杰克也曾受到这类噩梦的纠缠,而这正是杰克最初向朱斯蒂娜寻求帮助的原因所在。

"我想我是患上了'创伤后精神紧张性障碍症'①。"她自言自语地说,随即从床上坐了起来,将灯打开。

"创伤后精神紧张性障碍症"最常见于退伍军人,警察和消防员当中也不乏罹患此病的成员。现在病魔真的找上她了吗?

朱斯蒂娜弯曲双膝,将其抵在胸口上,渐渐意识到她在监狱里遭遇的那场袭击是她人生中最为残暴、并且距离死亡最近的一次经历。此时此刻,她再一次真切地感受到了那场袭击在精神上给自己带来的无形伤害,这种伤害比手臂上和上胸部那些看得见的伤口还更具破坏性。

接下来,她的脑子里开始浮现出她所知道的"创伤后精神紧张性障碍症"症状:反复出现的噩梦、警觉性增高、失眠、情感感知受限……此外,有些患者还会出现酗酒、滥用药物和滥交的倾向。

她的头疼痛不已。虽然现在她仍然疲惫不堪,但却不想再度入睡了。

于是她索性离开床,换上了参加混合健身的服装,因为她相信能让人汗流浃背的剧烈运动兴许也对驱赶内心的恐惧感会有些帮助。清晨五点半,她在路边找到了一家已经开门营业的咖啡屋,去里面喝了一杯双倍分量的拿铁咖啡,同时在心里暗暗祈祷今天的训练项目中可别含有跑步这一项。还没到六点,她就在健身房对面停好了车,而令她大感惊讶的是此时健身房里竟然已经亮起了灯。在通常情况下,早班课程的健身教练罗尼都会在课程开始前的最后一刻才抵达,他今天这是怎么了?朱斯蒂娜走进健身房,看到罗尼正

---

① 又名:创伤后压力心理障碍症,指人在遭遇或对抗重大压力后,其心理状态产生失调的后遗症。这些经验包括生命遭到威胁、严重物理性伤害、身体或心灵上的胁迫等。

用手机急切地打着电话。挂断电话之后,他看上去仍有些心神不宁。

"你还好吗?"朱斯蒂娜关切地问道。

"一点都不好。"教练噘着嘴唇说,"我妹妹快要生了,可她男朋友却把她扔下独自走了。我跟她说我会去产房陪着她。"

"唔,那你快去吧。"朱斯蒂娜说。

"可这样一来我就得取消今天的课程。"他说。

"你放心去吧。"她说,"把健身房的门钥匙给我,我会在这里待到十点钟,并在这期间把课程取消的事情告知前来健身的学员。然后我会锁好门,并把你的钥匙塞进门上的邮件投递口。"

罗尼犹豫了片刻,迅速从钥匙串上取下了一把钥匙交给朱斯蒂娜,匆匆离开了。朱斯蒂娜环顾了一下四周,心里想着,生活总得继续下去,不是吗?虽然布德·兰金死了,可又有一个新的婴儿即将诞生,来到这个世界。

## 第五十九章

朱斯蒂娜知道,倘若没有健身教练在场,她大概不应该使用健身房里的任何器材。可另一方面,她觉得既然自己已经来这里健身好一阵子了,对环境也相当熟悉,那么今天至少能独自进行一些简单的训练。比方说,完成十个回合的组合练习:五次引体向上、十次俯卧撑和十五次仰卧起坐,这应该是完全可行的吧?

不一会儿,她的练习就进入了第六个回合。当她刚刚将双臂吊在单杠上时,突然听到了训练室前门被打开的声音,保罗随即走了进来。他的棕色卷曲头发覆盖在那双柔和、漂亮的眼睛上,他也很快便看到了朱斯蒂娜。

"这里只有我们俩吗？"他抬起头来看了看墙上的时钟，现在是六点零五分。

"今天早上的课程取消了。"朱斯蒂娜跟他解释了一下关于罗尼的情况。

"哇哦！"保罗突然看到了朱斯蒂娜前臂上的绷带，吃惊地喊道，"你怎么了？"其实她的前胸也缠着绷带，只不过被衬衫遮挡住了。

朱斯蒂娜看了看自己的手臂，犹豫了片刻才回答说："这是我滑旱冰的时候摔伤的。"

"我以前滑旱冰的时候曾经摔断过手腕。"他说，"你今天还坚持锻炼吗？"她说是的。

"那我可以和你一起吗？"他问道。

朱斯蒂娜再一次发觉他对自己是如此地有吸引力。

"当然可以了。"她说，"不过，考虑到责任问题，我觉得我们今天不要使用哑铃或划桨式练力机。"

保罗莞尔一笑，表示赞成。接下来，他开始做热身运动和伸展运动，朱斯蒂娜继续完成剩余几个回合的练习。训练结束之后，朱斯蒂娜已是大汗淋漓，气喘吁吁。当她起身站立时，看到保罗正朝自己走来，他的手里握着一根长约一米的绿色橡皮绳。

"你能教教我该怎么做浪摆式引体向上吗？"他问道，"罗尼说我应该用橡皮绳来练习这个项目。"

"唔，当然可以。"朱斯蒂娜看了看时钟，现在是六点二十分。到目前为止，还没有别的学员前来健身。

她帮保罗将橡皮绳的两端都系在了引体向上机的单杠上，由此便形成了一个环状结构。她让保罗先将一只脚踏上橡皮绳，同时用两只手迅速握住单杠。

"现在把另一只脚也踏上绳子，然后把你全身的重量都压在绳子上。"她一面说一面回忆当初教练传授的动作要领。

他照朱斯蒂娜说的做了。橡皮绳被绷得紧紧的，他的两只脚都踩在离地面五厘米的橡皮绳底部。

"好了，"朱斯蒂娜说，"现在你得让自己的身体摆动起来，先将你的腹部用力向前突出到最大程度，然后再猛地收腹，好借助身体浪摆时产生的动力完成一个引体向上。"

保罗试着按她说的去做，可第一次尝试却没有成功。原因在于在他试着将腹部前突的时候，却不慎将双腿的膝盖推了出去。"这样吧，"朱斯蒂娜说，"我能用手帮你一把吗？"

他低下头，朝她展露出了非常迷人的微笑，"如果你觉得这样有用的话。"

"在我看来很有用。"朱斯蒂娜说。

"那么，就按你说的做吧。"

她笑着点了点头，然后绕到了保罗的侧面，用一只手扶着他的腰背部，另一只手扶着他的腹部。"现在你跳起来吧。"

保罗向上纵身一跃，将两只手都握在了单杠上。朱斯蒂娜用力地将他的背部向前推，这样一来他的腹部便向前突出，整个身体都弯成了弓形。紧接着，朱斯蒂娜又将他的腹部迅速往后一推，他踩在橡皮绳上向后荡了起来。

"现在你找到感觉了吗？"她问道。

"找到了。"他回答道，并自行在橡皮绳上荡了好几次，"这跟马戏团的空中飞人表演动作有点类似。"

"你说得没错。"

他练了不到六次，便已经掌握了动作要领，无须帮助就能独力将自己荡起来了。接下来，他以非常连贯的动作完成了第六次和第七次浪摆。

朱斯蒂娜不禁拍手叫好，"你做到了！"

保罗逐渐减慢浪摆的速度，从橡皮绳上跨了下来。他的脸上带着笑意，两人站得非常近，"你知道吗，我觉得你天生就是做老师的人才。"

朱斯蒂娜觉得他身上所散发出的气息非常好闻，同时不禁为此而有些脸红，不过她并没有把脸转开或是试图站到离他更远的地方去，"我只是做了……"

"不，"他边说边握住了她的一只手，"我是说真的，你……你真的太完美了。很抱歉我显得如此唐突，可我想告诉你的是，从我第一次见到你开始，我就没法忘掉你了。"

他们就这么面对面地注视着彼此。朱斯蒂娜的心跳得很快，她甚至觉得自己像是灵魂出窍了一般。她听到远处依稀传来了自己的声音，恍若梦呓，"难道你不想偶尔做一件疯狂的、不符合你的既有风格的事情吗？"

保罗看她的眼神变得更加温柔，他点了点头说："没错，我无时无刻不在想着你。"

朱斯蒂娜压根儿没想到自己竟会如此回应他："那么，我们应该锁上教室的门，再关上所有的灯。"

在片刻的惊讶之后，保罗喃喃地说："没错。这样一来，就没人知道我们在这里了。"

## 第六十章

还差五分钟到早上八点，特里·格拉夫走进了华纳兄弟电影公司制片厂里的一片平房，哈洛-奎恩电影制片公司在这里临时租用了一栋房子做工作室。他的一只手握着一个大号的星巴克咖啡杯，另一只手捧着一本当天出版的《好莱坞报道》杂志边走边读。戴维·桑德斯紧跟在格拉夫身后，他嚼着一块百吉饼，浏览着手中的《洛杉矶时报》。

与哈洛-奎恩电影制片公司的非凡成就比起来，这栋办公平房实在显得太小了，内中的办公家具也显得过于简朴。要不是墙上挂着各式装在画框里的电影海报，应该不会有人认为这家公司的主人竟是好莱坞炙手可热的大人物。

制片人刚要绕到自己的办公桌后面，却发现我正坐在他的椅子上看着他。我刚吃完一个味道不错的火腿煎蛋三明治，一面盯着他看，一面不时用眼角的余光瞥一眼电视屏幕，那里正在播放波比·纽顿主持的关于哈洛家的孩子们的新闻报道。

"你在这里干什么，杰克？"格拉夫惊喊道。

"你是怎么进来的？"桑德斯问我。

"我可是个神通广大的人，你们应该还记得这一点吧？"我说，"而这正是你们雇用我的原因所在。"

"你这是要演哪一出？"格拉夫显得愤慨不已。

"对了，话说波比·纽顿关于哈洛家孩子们的报道火了。"我说，"我刚刚听说它成了YouTube网站上点击量最高的视频，从昨天上线到现在，它已经被点击了大约七百万次。而且，它还成了脸书网上被网友推荐次数最多的视频链接。世界各地找不到哪一个新闻频道或哪一份报纸没有报道这则新闻。"

"这令你很惊讶吗？"桑德斯问道。

"我想问的是：你们对此感到惊讶吗？"

"什么？"制片人没好气地说，"在我们看来，这当然不足为奇。"

"我倒不这么认为。"

律师似乎听出了我话里的弦外之音，"你这是什么意思？"

"波比·纽顿告诉我，将哈洛家孩子们的消息透露给她的人，正是我面前的这位特里先生。我猜此事你也有份，戴维，或许甚至卡米拉也有参与其中。"

"你他妈的在胡说八道些什么啊？"特里·格拉夫厉声喝道。

"考虑到波比·纽顿的新闻报道连同其引发的轰动效应，以及哈洛一家的失踪事件——尤其是它正好发生在哈洛夫妇拍摄其一生中最重要的一部电影期间——所具备的宣传价值，我不得不去猜测这些事情背后的真相究竟是什么。"

制片人的眼里像是要冒出火来，"我完全、丝毫没有兴趣对这件事进行宣传。波比究竟是怎么跟你说的？不论如何，那不过是出自一个疯癫癫的酒鬼之口的谎言而已。她可是个只要能往自己脸上贴金，什么话都说得出口的毫无原则之人。"

听了这话，我不得不在心里承认，特里·格拉夫确实和我一样了解波比·纽顿的为人。

桑德斯看起来已恼怒至极，"你竟然认为我们也被牵扯到这些事情当中，那么我现在宣布：你被解雇了，摩根。请你立刻离开这里。你方便的时候再把之前产生的费用清单交给我吧。"

我一言不发地望着他。

"快——从——我——的——椅——子——上——起——来！"特里·格拉夫拉长了声音喊道。

"我认为这并不是你们的最佳选择，先生们。"我依旧坐在特里的办公椅上纹丝不动。

"我们的最佳……"制片人怒吼道，"你想让我呼叫保安吗？"

"我不知道，不过，你们打算用这样的方式来对付联邦调查局特工？"

"你他妈的在说什么？"桑德斯问道。

"难道你不认为他们最终会到这儿来吗，戴维？"我问他，"像你这样的律师，大概并不清楚刑事调查的流程。到头来，你和特里、卡米拉手中与哈洛夫妇有关的账目和档案全都得接受审查。"

桑德斯对此嗤之以鼻，"我的档案将受到'律师与客户保密特权'①的保护。"

---

① 美国法律界历史最悠久、几乎受法律"绝对保护"的一种特权，它指的是律师与客户之间的沟通，包括案情分析、诉讼策略、谈判方法、事实陈述等一切通信和言论，全都是保密的。

"我的则受到宪法第一修正案的保护。"特里·格拉夫紧接着说道。

我摇了摇头,"你们提到的规则在本案中可不一定适用,请别忘了本案受公众瞩目的程度有多高!无论你们怎么做也控制不了事态的发展,先生们,其实现在局面就已经失控了。这个案子的影响力如同雪球一般越滚越大,试图挡道的人就等着被践踏吧。"

桑德斯静静地思索了片刻,随即以一种公事公办的口吻再度开口说道:"那么你的建议是什么,杰克?"

"我并不是要向你们建议什么。"我答道,"我只是想告诉你们,如果你们像我所想的那般聪明,就会让我和我的侦探对你们的所有档案进行审查。我们会找出其中的纰漏并及时告知你们。这样一来,你们就会更有底气面对联邦调查局的调查和询问。"

"难道你认为我不知道我自己的档案里有些什么内容吗?"特里·格拉夫说,"我可是对其了如指掌。我告诉你,摩根,我的档案里没有一丁点值得我担心的东西。"

"那你呢,戴维?"我问道。

这位娱乐界的大律师吹胡子瞪眼地说:"我的也没问题。我们对你的提议并不感兴趣,而且我坚持我刚才做出的决定:你和国际私人侦探公司就此被我们解雇了。我们不再需要你们提供任何建议或服务。"

"悉听尊便。"我说完便站起身来,伸出手打算同特里·格拉夫相握。

制片人用极其厌恶的眼神盯着我的手看了好一会儿,看起来并不打算同我握手。桑德斯的反应也跟他如出一辙。我以尽可能优雅得体的姿态离开了这间办公室,心想这个哈洛管理团队其实非常需要我的建议,也真的需要国际私人侦探公司的服务。他们的安全系统——尤其是电脑安全系统——所存在的问题就正好印证了这一点。

对大多数人来说,要记住各种密码着实是件非常令人头疼的事情,特里·格拉夫当然也不例外。我轻而易举地在他的办公桌最顶部的抽屉里找到了他写在一张便利贴上的密码,当时这张便利贴就被压在一个笔记本下面。

从哈洛-奎恩电影制片公司所在的平房出来之后,我径直朝我停在华纳兄弟电影公司制片厂大门口的车子走去。在这期间,我将两只手都放在裤兜里,并用一只手紧紧地握着一个闪存盘——我已经用它拷贝了我从制片人特里·格拉夫电脑中所能找到的与哈洛夫妇及《西贡瀑布》有关的全部资料。

## 第六十一章

两个小时之后,朱斯蒂娜已经坐在了由西摩所驾驶的旅行轿车的副驾驶座位上,他们沿着101号公路一路向北驶出了千橡市。克龙彭伯格一边开车,一边留意地聆听着车载电台关于哈洛夫妇失踪案件的最新报道。

朱斯蒂娜却压根儿就没心思去听,此时她的全副精力都被用来应对自己在这天上午早些时候所做的那件事带来的思想冲击和情绪波动。她怎么会做出这样的事情来呢?她几乎都不认识保罗,可是却和他在健身教室里做了爱。她记得事情就发生在一台引体向上机旁边的地板上,至于当时他们有没有记得锁上门,她已经没法确知。不过,那种担心会被别人撞见的心理也许还为他俩增添了更多的情趣。现在事情已经过去好几个小时了,可朱斯蒂娜还是不得不承认那场性爱体验实在是格外美妙,令人欲罢不能。

可这件事根本不符合我的性格特点和行事风格。她突然有些绝望地想道,我所认识的朱斯蒂娜从来都不会勾搭陌生人,而且……她的思绪陷入了一片混乱之中,一方面她想给保罗打个电话,让他知道她觉得发生在他们之间的一切都是如此美好；可另一方面，她又有一种悲伤欲哭的感觉。

这种随意的性行为是否令她感到害怕了？对此她无可否认。她在瓜达拉哈拉的牢房里与人进行的搏斗给自己带来了严重的精神创伤，而她清楚知道参与危险性行为正是"创伤后精神紧张性障碍症"的症状之一，却在不知不觉间陷入了这样一种行为倾向。她觉得当时的自己就像回到了头脑发热的青少年时期，没法做出理性的选择。

"你还好吗？"当他们进入奥海镇境内并驶向哈洛一家的牧场时，西摩如是问道。

"嗯？"她如梦初醒般回过神来，"我只是觉得疲惫而已，西摩。我近来有些睡眠不足。"

"唔，充足的睡眠才能让人精力充沛。"克龙彭伯格转而问道，"你收到杰克和德尔里奥发来的短信了吗？"

朱斯蒂娜摇了摇头。

"瑞克在大约一个小时之前活动了一下右脚大拇指，而杰克亲眼看到了这一幕。"

她微笑着说："那太好了。"

"没错！"西摩随即指着前方那条蜿蜒曲折的道路说道，"瞧，他们已经到了。"

前方没多远就是哈洛家的牧场了，朱斯蒂娜看到牧场大门的对面停放着好几辆卫星转播车。他们的旅行轿车很快便驶到了牧场门口，在几盏强弧光灯的照射下，好几台摄像机同时对准他们进行拍摄。西摩将车停在车道上两辆印有联邦调查局标志的厢型车后面，这时他们看到一名又矮又瘦、顶着寸头、身着联邦调查局特有的蓝色制服、大约四十来岁的男人站在牧场主楼的门口。

"好极了！"西摩说，"那人是托德·麦考密克，我曾同他有过愉快的合作经历。"

"你这是在说反话吗?"

"不,我是说真的。他人不错,就是有些易怒而已,不过他可是联邦调查局的人,我们本就不该在这方面对他有过高的要求,是吧?话说回来,此人在法医取证方面真的是地道的专家。"

西摩和朱斯蒂娜都下了车,然后西摩介绍她和麦考密克相互认识。在朱斯蒂娜看来,无论从哪一方面来看,麦考密克都跟克龙彭伯格有着截然相反的特质。然而她很快便发现他俩之间似乎连接着一根无形的纽带,这纽带或许是他们共有的专业知识和强烈的探索精神。

"我看过你询问哈洛家孩子们的录像了。"麦考密克说,"我以前曾听说过关于你的事迹,但这还是我第一次目睹你工作时的情景。你给我留下了极其深刻的印象,史密斯女士。"

"谢谢你夸奖。"朱斯蒂娜说。

"你在法医取证方面受过与儿童心理学相当程度的培训吗?"麦考密克问道。

朱斯蒂娜摇了摇头。

"我不得不说,这件事的确令我有些费解。"这名犯罪学专家说道。

"你指的是什么?"西摩问。

"汤森德竟然容许你们再次回到这个犯罪现场,并参与到我们的法医取证工作中来。"麦考密克说。

西摩冷笑着,"国际私人侦探公司的法医团队和法医实验室已经得到了全美境内所有权威执法机构的首肯,甚至包括联邦调查局在内。你应该还记得,我曾受邀在联邦调查局学院演讲过。"

"我当然记得,西摩。"麦考密克说完后便用下巴指了指朱斯蒂娜所在的方向,"我无意冒犯,不过我指的是她。"

朱斯蒂娜赶紧解释道,"听我说,我之所以到这儿来,是因为杰克·摩根认为我对事物具备细致敏锐的观察力,而汤森德特工也对此持同样的看法。当然,我绝不会去碰触任何被你们归为证据范畴的物品，麦考密克先生。而且，一旦我发现任何可能与本案有关联的迹象，都会在第一时间先通知你们的。"

联邦特工虽说内心不怎么情愿，可还是点了点头，"你们有钥匙吗？"

"没有。"西摩说，"我以为你们从桑德斯那里拿到了钥匙。"

朱斯蒂娜叹了口气，从他俩身旁走过，来到门禁键盘跟前，"别担心，先生们，我知道进入密码。我上次来这里的时候用笔把它记在本子上了。"

## 第六十二章

"你究竟是怎么搞到这些档案的？"联邦调查局洛杉矶分部的负责人克莉丝汀·汤森德问我。此时我们正置身于国际私人侦探公司的实验室里，莫琳坐在她的工作台前，将我存在闪盘里的数据——上传至我们的系统。

"我去了一趟哈洛–奎恩电影制片公司，然后从格拉夫的电脑上把这些资料拷贝了下来。"我回答道。

"你的意思是说你偷窃了这些资料？"汤森德惊喊道，"你这是疯了还是怎的？我可不想在这件事上有份。无论你们能从中找到些什么，这种行为都是极不光彩的。你们找到的东西甚至不能成为法庭上可用的……"

"这真的重要吗？"我反问道，"恕我冒昧地说一句，我认为我们现在的首要任务是找到失踪的哈洛夫妇，难道我们不该把这件事摆在最优先的位置吗？"

"我曾宣誓要履行维护宪法的职责。"她反驳道。

"前不久警察局长菲斯克和其他官员曾给我特别指示,我行事不必受到此项约束。"我答道,"再说了,我不喜欢被人欺骗,也不喜欢被人操纵,而桑德斯和格拉夫却对我做出了这两种令我深恶痛绝的行径。"

"他们的行事动机是什么?"汤森德的语气略显怀疑,"你曾说哈洛夫妇正在制作的那部新电影令其面临财务危机,而且这对明星夫妇已经濒临破产,所以他们完全有可能不惜一切代价换取新电影的成功。那么,除了你说的宣传目的之外,他们还能从目前的局面中得到什么益处?"

"关于哈洛夫妇正面临破产风险这件事,我只是转述桑德斯的原话而已。"我纠正道,"可是,从昨天晚上开始,我对他、格拉夫和布朗森所告诉我的一切与本案有关的消息都感到怀疑。所以我只得通过这些档案来验证他们是否说了实话。"

汤森德说:"抱歉,我还是没法参与到这件事当中来。"说完她便朝门边走去。

"难道你不想知道我们的调查结果吗?"我在她身后喊道。

"我可没这么说。"特工头也不回地走远了。

莫琳问我:"你想让我从哪里开始着手展开调查?这当中的资料简直浩如烟海。"

我还来不及回答莫琳,便听到自己的手机响了起来。屏幕上显示的来电号码是我不认识的。不过考虑到近来发生的种种事情,我仍然义无反顾地接听了电话,"我是杰克·摩根。"

"我是你最喜爱的保释担保人。"我听到电话那头传来了卡麦·多西亚不怀好意的声音,"我们应该尽快见上一面,越快越好。"

"卡麦,可现在的时机不大对头。"

"去年缉毒局找到那辆卡车的时机对我来说也不大对头。"

该来的还是来了。卡麦要么已经知道是我出卖了他,要么就是打算公开表明他对我的怀疑了。"我不知道你想说什么。"我说,"再说了，那件事跟我有什么关系？"

卡麦笑道："你可是一如既往地冷静啊，杰克。不过我想重申一次，我们三人应该尽快见个面。"

"三人？"

"是的。这当中包括你，我，还有你哥哥，我和汤米想给你一个建议。"

"一个我不能拒绝的建议么？"

对方停顿片刻之后，突然笑了笑，"你可真是个出奇冷静的家伙啊，杰克。"

"我会腾出时间和你们见面的。"

"我和汤米来你办公室见你如何？"卡麦说，"我已经有好一阵子没去过你办公室了。要不，咱们一小时后见？"

"好的，我等着你们。"


## 第六十三章


朱斯蒂娜走进了哈洛夫妇的卧室，这次她留意到房间里安放着六面尺寸各异的镜子。左右两侧的墙边各摆放着两面落地镜，此外还有两面尺寸较小的带框镜子——其中一个安装在通往衣帽间的门上，另一个细长型的镜子则高高地安装在一面内墙上。后者非常贴近天花板，它唯一的用途似乎只是为了映照出刷在墙面上的意大利石膏而已。

她突然听到了一阵咕哝声，于是应声转过头去，看到麦考密克手里握着一根紫外线探测棒，正在哈洛夫妇的床铺上方来回挥舞着。那些寝具不是还没有用过吗？他觉得他能从中找到什么呢？

朱斯蒂娜踱进了詹妮弗·哈洛的衣帽间，很快便找到了莫琳最初发现情趣用品的那个抽屉，随即她又看到了那台机械式性爱设备，它就摆放在一排高级女式时装下方的地板上。

朱斯蒂娜闭上了眼睛，试着去揣摩詹妮弗脑子里的想法和意念。这个女演员显然具备性欲旺盛的特征，看来她几乎拥有了所有自慰类型的性玩具。可这又能说明什么呢？很多富有极高创造力的人都具有性欲旺盛的特点，比方说毕加索、阿娜伊斯·宁①，还有十来个她能马上想出名字的著名演员。这当然不意味着……抑或这的确意味着……？

詹妮弗为什么会有这些玩具？是因为她的丈夫经常都不能，或是完全不能满足她的需求吗？想到这儿，朱斯蒂娜脑海里浮现出了今天早上自己与保罗缠绵时的情形，顿时感到有些头晕。天哪，我到底在想些什么？詹妮弗·哈洛的情况也和我类似吗？她的行为是由强烈的性冲动所致吗？

或者，这些玩具的用途大概只是为哈洛夫妇长达二十多年的婚姻生活增添些许情趣罢了？朱斯蒂娜睁开双眼，低头默想着，可是这台机械式性爱设备的存在又该如何解释呢？她双膝跪在地上，仔细打量着这台设备。按照西摩的说法，这是女性自慰器领域登峰造极的发明，它的强大动力足以让人在驾驭马匹的模拟体验中又增添……

朱斯蒂娜不由得开始想象自己坐在那玩意儿上的情景，但她很快就猛地甩了甩头。她不能这样，她得控制住自己的思绪，可不能让它如同脱缰野马一般……

她伸手从设备上方的那排服装上一一快速拂过，没想到这个举动竟让她发现这台设备后面的墙上有一圈裂缝。她掀开挂在面前的时装，朝墙边走去。这时她嗅到了一股淡淡的香味，是詹妮弗的香

---

① 世界最著名的女性日记小说家，西班牙舞蹈家。她被誉为现代西方女性文学的开创者。

水气味吗？

墙上的裂缝呈整齐的长方形，看起来像是一圈门缝，不过她没在墙上看到任何类似门把手的东西。她轻轻敲了敲长方形区域以内的墙面，非常吃惊地发现它竟然是金属材质的。她用手指以反时针方向沿着裂缝的边缘触摸而过，不时还对其进行一番按压，可是并没有什么新的发现。

就在她打算起身回去看看麦考密克那边的搜查工作有没有什么新进展时，却突然注意到位于矩形墙面裂缝底边下方大约五英寸处的木质镶边有一点不大正常，那里好像有一块没被砂纸打磨光滑的木头疙瘩。

朱斯蒂娜用力向前推了推，它却纹丝不动。随后她又试着将其向左推了推，依然没有推动。紧接着，她将那木头疙瘩往右推了推，发现它可以滑动了，于是她继续向右推，直到听到了"咔哒"的声响才感觉像是推到底了。这时，墙上的那扇内藏式金属门向一旁滑开，在门洞后面，一部固定在墙边的钢梯顿时映入了她的眼帘。

## 第六十四章

这应该是通往安全房的秘密通道，朱斯蒂娜心想。她将身体探出金属门外，用手电筒上下照了照。她发现在自己下方六米外是一块水泥地面和另一扇门，上方两米多处有一道微弱的亮光通过另一条通道透了进来。

她思索着要不要把自己的新发现告诉联邦调查局的麦考密克特工，可她转念一想，倘若她果真这么做了，那就意味着她没法继续展开自行探索了。于是，她弯腰穿过了金属门，沿着那部钢梯向上攀爬，片刻后她来到了与第二个通道高度齐平的位置。

这里和下面那个通道不大一样，此处没有门，只有一条向左延伸的狭小弯道。朱斯蒂娜将手电筒衔在嘴里，抬脚跨进了弯道。她刚向前走了一步，便触到了一面墙，接着她向左转过身去，发现前面是一个高两米，长和宽分别是四米五和六米的房间。那里有几张双层床、一张配了六把椅子的餐桌和一间很小很小的厨房，储物架上摆满了罐头食品。

她又注意到旁边的墙上有一个开关，便伸出手去按了一下。又一扇内藏式滑动门从墙内滑出，挡住了她身后的入口。

安全房里，其中一面墙的顶部有一扇窗户，其长度几乎跟墙的长度相当，宽度只有三十厘米，光线正是透过它照进房间的。朱斯蒂娜在这扇窗户上方的天花板上发现了一组金属托架，总共有五个，每个托架的间隔为一米。

她拼命回想自己离开詹妮弗的衣帽间后的行动方向，想以此来确定那扇窗户的朝向。

"噢，原来那不是一扇窗户，而是一面双向镜。"她自言自语地嘟囔着。

她再次抬起头来看了看那组金属托架：每一根托架都是略微弯曲的钢条，由螺钉固定在天花板上。这些钢条上都钻有一些孔洞，这表明曾经有什么东西通过螺栓与它们连接在一起。

带窗户的那面墙很简洁，除了几个电器插座和一个看起来像是连接电缆用的插孔之外，就别无他物了。等等，连接电缆用的插孔？

朱斯蒂娜又一次抬头看着天花板上的那组托架，想象着那里安装了屏幕，且有线缆垂下的情景。噢，不，在她的想象中，那些屏幕被换成了摄像机。这才说得通嘛，难道不是吗？毕竟哈洛夫妇是电影制作人啊。

朱斯蒂娜很想知道摄像机通过那扇窗户能拍摄到怎样的场景，于是她举起双手，纵身跳起，两只手各抓住了一个金属托架，然后用力将自己的身体拉高，直到眼睛能看到那面双向镜的程度。这样一来，她便能俯瞰哈洛夫妇整张床上的情景了。她看到那名联邦调查局特工仍在仔细检查床上的各处细节，还透过面前的双向镜看到了哈洛夫妇卧室里的另外四面镜子。那些镜子背后是不是也有安装摄像机的托架呢？

她会查明这一点的。当她离开安全房时，脑子里充满了各种问题和猜测。如果那些托架上真的安装过摄像机的话，它们的用途是什么呢？是为了供他们在不得不躲进安全房时用来监视入侵者的动向吗？

她认为这种可能性是存在的，可是不知出于何种原因，她又觉得这不大讲得通。她按了一下弯道入口的开关，那扇内藏式滑动门又滑开了。她任其开着，随即沿着钢梯往下攀爬。就在她快要从梯子上下来并转身走回詹妮弗·哈洛的衣帽间时，却突然决定先沿着梯子继续往下爬，好去下面探个究竟。

就在她快要踩到底部的水泥地面时，她的手电筒无意中照到了一扇钢门对面的一个类似凹室的空间。那间凹室的水泥墙上安着三个钢架子，相邻钢架之间的墙上各有一个电器插座和一个跟安全房里的线缆插孔相似的孔洞。她细细查看那些钢架子，发现上面一尘不染。这意味着什么呢？这些架子会定期被擦拭吗？它们如此干净的原因，莫非是原本放置在其上的物品刚刚被人挪走了？

朱斯蒂娜无法回答这些问题，只得继续下到了梯子底部的水泥地面，朝那扇门走去。她很快便在门边发现了一个开关。她轻触了一下开关，没有任何动静，于是她耸了耸肩，转动了一下门上的锁定插销，然后猛地将门拉开。

在黑暗中，她听到了门滑动的声音，紧接着又听到一声大喊："谁在那里？快告诉我你是谁！不然我指着上帝发誓，我会马上朝你开枪的！"

## 第六十五章

"哟,我最亲爱的弟弟!"汤米高声喊叫着,张开双臂走进了我的办公室。他穿了一套价值五千美金的西装,没系领带。从他的肤色来看,他应该在这天早些时候刚去过美黑沙龙。

我还记得我的这位双胞胎哥哥在接受传讯那天曾在法庭上朝我眨过眼。难道这是他计划的一部分吗——设法令我承认当克雷·哈里斯被一颗口径为九毫米的子弹击中胸膛时我也身在现场?以汤米的为人来看,他有这样的计划也不足为奇。我仍然怀疑当初正是汤米雇用克雷杀害了我的前女友,而他这样做的目的就是陷害我犯下了谋杀罪。后来由于他的目的未能实现,他便设法陷害我杀掉了克雷——我认为这是完全合乎情理的猜测,只是目前还没有掌握相应的证据而已。

卡麦跟在汤米身后进入了我的办公室。他穿了一件有着硬挺白领的衬衫,外加黄色开司米羊毛衫,它们将他原本就略微泛红的皮肤映衬得更红了。"嗨,杰克。"这名黑手党成员跟我打招呼道,他那亲切而随意的态度让人觉得我跟他仿佛是常在一起打高尔夫球的老朋友似的,"你这么快就能安排时间和我们见面,真是让人感动啊。"

"嗯哼,"我随口应付着,"你们要给我什么建议?"

"什么,难道我们不需要说一些生意场的客套话就要直接进入主题了吗?"汤米边说边在我的办公桌对面找了把椅子坐下。

"我觉得我们没必要说什么客套话,老哥。"我应道。

汤米面带微笑,神情专注地望着我,犹如我刚说了什么富有深意的话一般。

卡麦关上门，然后环顾了一下我的办公室——我向来不在这里摆放任何私人物件。我在这个行当里摸爬滚打多年之后，渐渐总结出了一些对自己有利的处事规则，其中一条就是：与对手打交道时，在设法多了解对方的同时却要尽量少透露自己的情况。卡麦盯着我看了几秒钟，突然扬起下巴，"你这里装了窃听器吗？"

"这倒是个好点子，可我目前还没这么做。"我说，"那你们有没有携带随身窃听装置呢？"

汤米不置可否地把头歪向一边，认为我有过分猜疑之嫌。

"没有。"卡麦说，"我可从来不玩这种把戏。"

我继续沉默着。汤米皱了皱眉，不过还是脱掉了西装外套，继而解开衬衫的纽扣，让我看了看他的前胸和后背，"现在你满意了吧，老弟？"

"轮到你了，卡麦。"我说。

"去你妈的！"卡麦不爽地回应道。这时汤米正将衬衫下摆重新塞回裤腰里。

我疲惫地叹了口气，"那么，现在可以说出你们的建议了吗？我这儿还忙着呢。"

"我的确听说你最近很忙。"汤米笑着说，"而且我还在波比·纽顿发现哈洛家小孩的现场报道中见到了你的身影。看来你倒是把国际私人侦探公司经营得有声有色啊，而且自己也成了电视明星。说真的，你在电视上看起来确实挺有范儿的。"

"很高兴能为丰富你的娱乐生活尽一点绵薄之力。"我讥讽地说，"顺带跟你提一下，我最近发现了一件挺有意思的事情，原来哈洛家的安防系统是由你的公司设计和安装的，汤米。可它似乎很容易遭到破坏。"随即我看着卡麦，"哈洛夫妇的失踪和你们俩没什么干系吧？"

此话似乎令这名黑手党成员颇感受辱，"我看起来像那种会干出绑架名人的勾当的人吗？"

## 第六十六章

我笑着说:"你看起来就是那种无所不能之人,卡麦。"

卡麦也笑了,"我会把你说的这句话视为对我的称赞之词。"

"那你就完全误解了我的意思。"

我刚刚说出口的这句话顿时抹煞掉了他脸上的笑意,取而代之的是一如既往的冷酷而严肃的表情。他坐在我办公桌对面的一把椅子上,跷着二郎腿,看起来老成持重,冷静无比,"你曾让我大失所望,杰克。"

"此话怎讲?"

"还记得我曾付给你六百万酬金,让你帮我寻找一批羟考酮的下落吗?"

"可我控制不了缉毒局的行动啊。"我说。

"不过你可以向他们通风报信!"卡麦咆哮着说,"这是关于那件事最简单的解释了。我现在渐渐开始相信,最简单的解释往往就是最符合事实的解释。"

"也有可能是你的某个手下背叛了你,或是有人碰巧看到了那批货,然后择机向缉毒局举报。只能说你运气不佳,卡麦。"

卡麦展露出他特有的鲨鱼式笑容,"虽然你我对这件事持不同的看法,但它毕竟已经过去了,真相究竟是什么也已经不再重要了,不是吗?"

对此我没有作出任何回应。

卡麦继续说:"可你在这件事上的确亏欠了我,所以你必须得加以偿还。"

我依旧没有说话。

"嘿!"汤米嬉笑着加入谈话,这令我怀疑他是不是刚喝过酒,"这并不意味着你将在某天醒来时发现床上有一个血淋淋的马头①。"

"那的确太脱离现实了。你要是说有人将手握钢琴丝躲在我的汽车后座,好伺机夺我性命,这还更靠谱一些。"

卡麦噘起了嘴唇,"看来你已经跟不上时代了。"

"没错,你太落伍了。"汤米说。

"好了,听我说正事了。"卡麦说,"你哥哥对你那复杂的内心世界提出了一些颇为深刻的见解。"

"愿闻其详。"我说。

"是吗?"卡麦的语气意味深长,他伸出食指,指了指这整个房间,"汤米说你喜爱这个地方,他说你喜欢国际私人侦探公司远胜于喜欢你生命中其他一切,而且你似乎每天都在试图弥补你父亲当年经营公司时所留下的漏洞。"

"看来你跟他的确聊得很深入,汤米。"

汤米咧嘴笑着,摊开两只手掌,"我不过是实话实说罢了。"

"所以呢?"

"所以你应该把这家千疮百孔的公司卖给汤米。"卡麦说。

"我们要买下这里,杰克。"汤米开口证实了卡麦的说法,"我要让国际私人侦探公司回到它原本应该在的地方:那就是我的手中。"

"我不会卖掉国际私人侦探公司,永远不会。"

"这样一来就能实现规模经济效益,你知道吗?"卡麦像是没听到我的回答似的,只顾兀自往下说,"汤米的公司在安防系统设计行业已经占据了最大的市场份额,那么倘若他对你这家现成的国际私人侦探公司弃之不顾,反而去劳神费力地重新构建和打造自己的私人侦查业务,岂不是太不合情理了吗?"

---

① 这是电影《教父》中的经典情节,体现出了黑手党冷峻残酷的行事风格和强大的势力。

"真不愧是哈佛大学商学院的毕业生。"汤米用一根手指轻敲着太阳穴,"头脑相当睿智啊,卡麦。"

"你先去好好调查一番再做评论也不迟,笨蛋。"我厉声说道,"卡麦并没有完成他在哈佛大学商学院的学业。他在一次会计学考试中作弊,结果被赶出了学校。"

卡麦的脸瞬间变得通红,不过他仍然设法令自己讲话时的嗓音保持稳定,"这不过是没有事实根据的谣言罢了,杰克。好了,言归正传,我们不会用钢琴丝来对付你,而是向你出价三百二十万来购买国际私人侦探公司,这个价格已经远远超过了公司的账面价值。然后,你就带着这笔钱离开洛杉矶。"

"如果你果真完成了你在哈佛大学的学业,你就会知道,国际私人侦探公司这种企业拥有的客户资源和商业信誉,换算成数字的话远远超过其账面价值,卡麦。"我冷冷地回应道,"国际私人侦探公司的价值至少是你刚才出价的十倍,但这已经无关紧要了,因为正如我已经说过的,我是绝对不会卖掉这家公司的。"

"在我看来这其实事关重大。"卡麦以愉悦的口吻说道,"因为你很快就会将它卖掉,杰克,而且你会更愿意卖给我们。"

"我为什么要这样做呢?"我以同样愉悦的口吻反问道。

这名黑手党成员像刚吃完一只肥老鼠的猫一样心满意足地揉了揉肚子,开口说道:"因为如果你不这样做的话,你就会被投进福尔瑟姆监狱或鹈鹕湾监狱,然后你将在狱中被灌下一杯化学鸡尾酒,一命呜呼。"

听了这话,我顿时感觉一阵反胃,而当我听完汤米接下来说的话之后,这种恶心的感觉就更甚了,胃里如同排山倒海一般翻腾起来。"如果你不肯卖掉公司,老弟,那我就不得不执行防御计划B了。我将在法庭上声称克雷·哈里斯是被你开枪打死的,而你杀人的动机是为了报复那个混蛋曾对你做过的事——这可比我那所谓的动机更加合理可信,甚至不会招来任何合理的怀疑。总而言之,若你非得逼着我这么做的话,你自己将会陷入万劫不复的深渊。"

"当然,只要你愿意签约转让你的公司,这些事就不会发生了。"卡麦从裤兜里掏出了一本支票簿,"为了表示诚意,我现在就可以给你开支票,先支付一笔定金,接下来的手续就交给律师们去履行吧,怎么样?"

汤米看到我被他和卡麦的计谋逼入了两难的境地,不禁流露出了沾沾自喜的神情。眼下我要么得卖掉公司,要么得被我的孪生哥哥牵扯进一桩我虽在现场但却没有参与其中的谋杀案中,而且还有可能被人用钢琴丝袭击身亡。

我依次打量着他们,琢磨着这两人究竟各自是出于何种考虑才会前来向我提出这样的建议,"那我能问一下你的 A 计划是什么吗,汤米?"

"鉴于……律师与客户保密特权,嗯,是这么说的没错吧?根据相应条款的约束,我不得向你透露这方面的任何细节问题。"汤米说,"可是你别担心,我只是会采用防御性辩护方式为自己开脱罪责而已。"

我的孪生兄弟看起来似乎深信他对我、对我们的父亲生前只留给我独自继承的公司都拥有相当程度的控制力量。卡麦的神情和举止都像极了饱足之后又再次享用了一顿老鼠大餐的肥猫。

半晌之后,这名黑手党成员开口说道:"我们现在就着手行动吧,如何?我先按出价金额10%的比例把定金付给你?那么,应付定金的金额应该是三十二万,对吗?"

# 第六十七章

"西摩!"朱斯蒂娜喊道,"别开枪!"

"噢,上帝啊!"她听到了克龙彭伯格咕哝的声音。她浑身颤抖着后退了一步,再次按下了门边的开关,托姆·哈洛的地下编辑室顿时在她眼前亮堂起来。只见西摩将一只手撑在控制台上,站了起来,昂起头定了定神,然后将眼镜往鼻梁上方推了推,开口道:"噢,我简直被你吓得魂飞魄散。"

朱斯蒂娜笑了笑,随即用一只手捂住了胸口,"估计我的血压也上升了不少。"她环顾了一下四周,"你在这下面做什么呢?"

克龙彭伯格伸手拂掉了外套袖子上的线头,答道:"我本来在做的事情是对这间编辑室进行再次检查。接下来,这里的灯突然灭了,我正在留神地思索那扇门后面到底有什么,紧接着你又跳了出来。"

"我可不是跳出来的。"朱斯蒂娜纠正道,"瞧你这话说的,就好像我是具有超能力的鬼怪一般。"

"事实上,我刚才的确是这样看待你的。"西摩说,"你在楼上的调查进行得怎么样了?"

朱斯蒂娜向他讲述了自己先前的新发现。

"这么说,这房子里所有的电脑和摄像机都被哈洛一家带走了。"西摩喃喃地说。

"你在编辑室里找到什么了吗?"

他摇了摇头,"所有的编辑设备都还在,可是却找不到任何硬盘或电影胶片的踪迹。"

她皱了皱眉头，"没找到任何与《西贡瀑布》有关的东西吗？"

"没有。"

朱斯蒂娜将自己已经了解到的信息在脑子里梳理了一番。哈洛夫妇的卧室、安全房和编辑室之间是通过一部梯子连接起来的。

哈洛家的孩子们曾提到，在全家人刚回到牧场的头几天里，父亲花了大量时间待在编辑室里工作，而托姆刚回来时也曾告诉桑德斯他将尽快着手进行与《西贡瀑布》有关的工作。

那么这部电影会不会是导致他们失踪的原因所在呢？托姆的摄像机是否在越南碰巧拍下了某些政治大事件爆发时的情形？或是与……

这时联邦调查局的法医取证专家麦考密克走进了编辑室，他见到朱斯蒂娜后非常惊讶，随即他瞥了一眼那扇通往暗梯的打开着的门，皱了皱眉，不过还是对西摩说："有件事我认为应该让你知道，西摩。我们的尸体嗅探犬刚刚引导我们找到了一具尸体，我们正在对其进行挖掘。"

## 第六十八章

我伸手指着办公室的大门，"国际私人侦探公司不供出售，现在请你们二位离开这里吧。"

"嘿！"汤米说，"这件事可不能就这么……"

"这件事就这么结束了。"我转而注视着黑手党成员，"卡麦，出于对你的尊重，我想我还是应该对你以诚相待，其实我刚才撒了一个小小的谎。"

"哎呀，这倒令我有些惊讶，你打算现在向我和盘托出了吗？你要告诉我那件事是你告的密,并且向我道歉?不好意思,别……"

"其实,这里是装了窃听器的。"我直视着他的双眼,坚定地宣告道,"同时,办公室还隐藏着好几个从不同角度进行拍摄的摄像头。所以,刚才你们的一举一动和所有言谈都已经被记录了下来,其中包括你坦承自己曾让我帮你寻找一批在走私过程中失踪的非法药品,也包括你有份参与了操纵我哥哥在法庭上让我充当其替罪羊的阴谋。"

此时卡麦的神情和举止看上去又变成了一只因吃了过多老鼠而消化不良的猫,"你这是一派胡言,不然你让我看看你所说的窃听器和摄像头呢,它们在哪里?"

"不行,我想我只会将它们展示给我的私人朋友——联邦调查局洛杉矶分部的负责人克莉丝汀·汤森德。另外,如果有必要的话,我还会带着这些录像在法庭上作出对我的孪生老哥不利的证明。"说完我将双臂交叉在胸前,连看也没看汤米一眼,"你还有什么话要说吗?这件事是不是到此结束了?"

卡麦舔了舔嘴唇,随后对我的办公室四下打量了一番,似乎想要找出我所说的监听监视设备。很快他便笑着再度开口道:"你以为你能耍花招胜过我吗?"

"事实上我已经做到了。"

这句话彻底激怒了他。他用恶狠狠的眼神瞪视着我,喃喃低语道:"你竟敢欺骗我。要知道,当卡麦·多西亚知道自己被人欺骗的时候,会变得像一头可怕的大象。"

"这么说,你这位假冒的哈佛大学工商管理硕士还为自己植入了一对长牙?你想表达的是这个意思吗?"我假装不解地问。

"你死定了,杰克。"卡麦说完便站起身来,同时朝汤米点了点头。

"和你们见面真是一如既往地愉快啊,卡麦、汤米,请走好。"我说。

待他俩走出我的办公室,并"砰"的一声关上门之后,我又坚持了一分多钟才在自己的椅子上瘫软了下来,后背早已淌满了汗水。其实我不过是虚张声势地对他们进行了一番吓唬而已,我的办公室里压根儿就没有安装窃听器和摄像头。

不过等今天结束的时候,我一定会把它们装上。

## 第六十九章

西摩和麦考密克用软毛刷拂掉了覆盖在尸体脸上的最后一点尘土,这名遇害者的胸部和他身上所穿的牛仔衬衫已经呈现在了众人眼前。他的胸口有一处枪伤,伤口四周凝结着一摊干涸的血迹。现场检查的结果表明,他被人从背后开枪击穿了心脏,尸体已经被埋在地下至少五天了。站在墓穴下风口嗅到的气味甚至比朱斯蒂娜曾在莉安娜·卡萨·马德雷的浴室里闻到的气味还更糟。

朱斯蒂娜蹲在死者墓穴的上风处,听着正被送回装狗卡车的尸体嗅探犬们狂吠的声音,看着克龙彭伯格和麦考密克特工在尸体旁忙碌着,他们很快便发现死者全身都肿胀不已。出于某些连朱斯蒂娜自己也不能完全明了的原因,眼前的情景竟让她再度回想起了之前在监狱牢房里所遭遇的那场袭击,仿佛看到卡拉正手握"尖刀"朝自己猛扑过来。

朱斯蒂娜开始觉得呼吸急促,同时还伴随着心跳加速、头昏眼花的症状。她突然很想离开这里,她觉得去哪儿都行,但就是不能再继续待在这座墓穴旁了。

接下来她听到西摩在讲话:"这是赫克托,赫克托·拉蒙,那名牧场看管人。"

一听这话,朱斯蒂娜顿时来了精神,两眼也不花了。她低下头看着尸体上那张被腐蚀得面目全非的脸,"你是怎么知道的?"

克龙彭伯格指了指绕在死者颈项上的波洛领带[1],"我在他的宿舍里见过一张照片,照片上的他就系着这条领带。"

"我们会取死者的牙模,跟数据库中赫克托·拉蒙的牙齿图表进行比对来确认这一点。"麦考密克补充道。

朱斯蒂娜的思绪逐渐从瓜达拉哈拉狱中的那场搏斗转向了与本案有关的几个重要时间点。在尚存的牧场监控录像中,詹妮弗·哈洛最后一次出现的时间是她八点左右离家夜跑之时。朱斯蒂娜相信赫克托·拉蒙遇害的大致时间点与之吻合,或者略晚一些,总之是在德尔里奥所发现的牧场安防系统失效的两小时期间。可是为什么遇害的偏偏是牧场看管人,而不是别人呢?

"嗅探犬们还会继续进行搜寻吗?"她问道。

"是的,它们将对这里进行拉网式搜寻。"麦考密克答道。

朱斯蒂娜眨了眨眼,然后点点头。她突然感到一阵倦意袭来,于是看着西摩说:"我觉得不大舒服,西摩。我想我现在就得回洛杉矶了。"

"你还好吧?"西摩关切地问。

"只是有一点点头晕而已。"她说,"我之所以想提前离开,还有一个原因是今天我在这儿也没有更多的工作可以做了。"

西摩的脸上浮现出了担忧的神色,"以前我从未见过你提前结束工作,朱斯蒂娜。你需要去看医生吗?"

"不用了,我只是需要回家去睡一觉。明天我就会好起来的。"

---

[1] 源于美国西部,是一种美国风格的金属挂饰。

## 第七十章

吉恩·斯科特·埃文斯头戴面具，身着五彩羽毛制成的比基尼泳装，脚踩闪闪发光的高跟鞋。她朝我伸出一只手来，说道："你看到汤米和卡麦了吗？他们迟迟没来参加舞会，杰克，可我实在是太想跳舞了。"

"杰克？"是莫琳的声音，她正轻敲着办公室的门框。

我猛地惊醒过来，这才意识到自己刚刚在办公室沙发上睡着了。我坐直了身子，睡眼惺忪地环顾了一下四周，看到了正朝我的办公桌走去的莫琳。我呻吟着问："现在几点了？"

"下午四点。"她说，"西摩刚刚来过电话，他说嗅探犬在哈洛家的牧场里找到了赫克托·拉蒙的尸体。"

听她这么一说，我浑身打了个激灵，"还有别的尸体吗？"

"他们仍在继续搜寻。"

莫琳是那种天生就具备强烈母性的女人，她也具有一种想让一切都保持整洁有序的强迫症倾向。所以，她总喜欢抓住一切时机为我收拾办公桌。这时，她一面将我桌上的文件夹堆放整齐，一面说："我从你给我的那些电子档案中发现了一些东西。"

"是什么？快告诉我吧。"说完这话，我才感觉到此时的自己是多么渴望能喝到一杯咖啡。

莫琳低头看着乱糟糟的桌面，犹豫了片刻，然后叹了口气说："我觉得你最好还是跟我去实验室看看吧。"

我跟在她身后沿着走廊朝西摩的实验室走去。一路上我很想搞清楚自己为何会如此疲惫，结果很快就找到了这个问题的答案。要知道,在与由一名黑手党成员和我的亲兄弟构成的同谋组合交锋的过程中,我的神经一直处于紧绷状态,精力自然很快就被消耗殆尽了。当我路过休息室的时候,迅速进去冲了一杯咖啡,然后端着它走进实验室,与莫琳并肩坐在了她的工作台跟前。摆在我们面前的一排屏幕上显示的全是跟哈洛-奎恩电影制片公司的运作以及《西贡瀑布》的制作流程有关的各式法律、财务档案。

"这些档案的数量非常大。"莫琳说,"而且有些资料已经显得过于陈旧了。到现在我还没查阅完一半数量的档案,实在抱歉,不过……"

"不过你已经找到有用的信息了。"我急着帮她说出了后面的话。莫琳之所以深得我喜爱和信赖,原因就在于她总是能将我交办的事做得很好。

她点了点头,但因我急于打断她讲话而面露不悦之色,"直到哈洛一家失踪前大约二十四小时为止,整个哈洛-奎恩电影制片公司都还处于濒临破产的境地。原因在于哈洛夫妇在越南拍摄电影期间,花钱的速度实在是太快了。"

"桑德斯曾提到过这一点。"我回应道。

"没错,"莫琳说,"他还说托姆预测将有一位救星式的投资人会为其投资,而这样的事情真的发生了。"

"什么时候?"

"就在哈洛一家回来后的第二天。"莫琳边说边在她的键盘上轻敲着。

很快我就在一台屏幕上看到哈洛-奎恩电影制片公司的账户曾有过一笔一千万美金的借记金额。

"你查看过这笔金额的已付支票了吗?"我问道。

"是的。"

莫琳在屏幕上打开了一张已付支票的扫描件。支票是开给哈洛-奎恩电影制片公司的,付款行名称是一家巴拿马的银行,而支票签发的时间是在哈洛一家失踪前两天，账户持有人是"ESH有限公司"。

"ESH有限公司，这是一家什么样的公司？"

"目前还不知道。"莫琳说，"不过我还发现了一件很有意思的事情。"

莫琳向电脑发出了另一个指令，屏幕上又出现了另外四项由ESH有限公司向哈洛-奎恩电影制片公司付款的记录。其中一项的金额是两百万，其余三项各为五百万，付款日期都在过去的二十四个月之内。

我看了一眼由ESH有限公司支付的总金额，说道："总共是两千七百万美元，看来这家公司的财力相当雄厚。不管这是家什么样的公司，它都占据了这部电影至少三分之一的投资额。"

"我想你说得对。"莫琳表示赞同，"不管怎么说，它一定从哈洛-奎恩电影制片公司的这个项目中获利不少。"

"可是特里·格拉夫从未提及他们曾获得过金额高达一千万美金的资金注入。"我说。

"对，这实在是令人难以置信。"莫琳评论道。

## 第七十一章

"先生，您不应该待在这儿的。"一个声音抱怨道，紧接着我觉得有人粗鲁地推了推我的两只脚，"您应该回家，或者找一间酒店去睡上一觉。"

我睁开双眼，看到一个名叫安吉拉的护士正双手叉腰，怒瞪着我。她的身高应该不会超过一米五，不过模样看起来却颇有些威严。于是我飞快地坐直了身子，对她说："我不知道我刚才……"

"别听他的,安吉拉。"德尔里奥在病床上喊道,"杰克向来是个喜欢四处吃白食的人,他居无定所,走到哪儿就睡在哪儿。"

德尔里奥的这番话不禁令我哑然失笑,这才像我所知所爱的那个德尔里奥的风格嘛。随后我回过头来看着那位护士,她看起来仍然很生气。我赶紧收起了脸上的笑容,看着她将脚上那双平底护士鞋的鞋掌在地面轻轻敲打,双臂交叉在胸前,对我说道:"我得为这位可怜的先生擦澡了,你想留下来观看吗?"

"我想我应该离开这里,好为瑞克保留这最后的尊严。"我说完便从椅子上站了起来,然后小心翼翼地从她身边绕了过去。不知怎地,我觉得她似乎随时都有可能冲过来咬我一口,所以不得不小心行事。

德尔里奥仍在笑个不停,我走出病房的时候也对他报以粲然一笑。眼下我的生活中充斥着各种各样"不顺心的事"——这已经算是程度比较轻微的措辞了,不过能听到我最好的朋友的笑声却让我有一种如沐春风般的感觉。他的笑声给了我一种希望,让我觉得无论汤米和卡麦、哈洛管理团队或是"格布"正在筹划什么阴谋诡计,我生活中最重要的那部分都不会被动摇的。

这样一种想法足以支撑着我在自助餐厅门口排队等候的过程中始终保持乐观。到了清晨六点,餐厅开门营业,我进去点了两份双面煎蛋配培根套餐,然后带着它们走回德尔里奥的病房,一路上我一直在琢磨我昨晚来到医院之前发生的种种事情。

桑德斯、特里·格拉夫和卡米拉·布朗森都没有回我的电话,不过克莉丝汀·汤森特工倒是回了电话给我。她在听说了我们从哈洛–奎恩电影制片公司的档案中发现的线索之后,便允诺说她会派人对ESH有限公司进行调查,可问题在于她不知道这个过程需要花上多长的时间。

在我昨晚赶来医院的途中,西摩就他们对哈洛家牧场进行搜查的详情向我作了一番口头汇报,他告诉我他们发现了赫克托·拉蒙的尸体，以及隐藏在主楼里的秘密通道和安全房里的摄像机托架。他还说朱斯蒂娜感觉不太舒服，并请他早点送她回家，而且，西摩注意到朱斯蒂娜在往返于奥海镇和洛杉矶之间的路途中一直都非常沉默。

"这听起来可不像她的风格呀。"我说。

"没错，一点儿也不像。"西摩完全同意我的看法。

后来，我给朱斯蒂娜家里的座机和她的手机打过好几个电话，还留了言，可是直到我在德尔里奥的病房里都睡着了一会儿之后才收到了她的短信。那时大概是午夜十二点左右，她在短信里说自己并无大碍，只是觉得特别困倦和瞌睡而已。

我想我自己其实也知道那是怎样的一种感觉。我带着早餐走进了德尔里奥的病房，没想到安吉拉却突然冒出来挡住了我的去路，与此同时，她还满脸狐疑地低头盯着我手中的早餐。

"那是什么？"她问道。

"双面煎蛋配培根，英式松饼，还有黑咖啡。"我老老实实地回答道，"这是他向来最喜欢的早餐。"

她摇了摇头，"瑞克最近需要忌口。"

"别担心，"我边说边从她身旁走了过去，"我会吃掉瑞克的培根的。"

"等等——"她愤然开口道。

"安吉拉？"德尔里奥打断了她，"别这样，我对医院送来的那些食物实在没什么胃口，再说我的吞咽反射已经没什么问题了。昨天一名语言病理学女医生已经为我做过检查了，她说我现在大可以吃自己想吃的任何东西。"

"哼！"安吉拉瞥了我一眼，那目光令我觉得自己仿佛是头号全民公敌一般，"我得再去查看一下你的病历。如果那上面没有写明这一点，这个人就得马上离开这里。"

她飞快地冲出了病房。德尔里奥说："她对我有些保护过度了。"

"看得出来。"我说,并将他的餐盘放到了桌子上。

德尔里奥的目光从食物转移到了我身上,随即又转移到了挂在天花板上的电视屏幕。"快把声音打开!"他说,"那里正在播报跟码头有关的新闻。"

我拿起遥控器,取消了电视机的静音设置。一个令人讨厌的熟悉声音顿时充斥着整间病房,画面中站在亨廷顿海滩码头入口附近播报新闻的不是别人,正是波比·纽顿。

"正值码头在爆炸事件之后首度开放之际,警方、当地的商人和居民都对目前的情况持审慎乐观的态度。"她播报道,"威尔斯市长及菲斯克警察局长在今天早上也就此表达了同样的看法。"

电视画面切换到了匆忙迈进市政厅的市长和警察局长。威尔斯减缓了步伐,对着摄像机说:"距离'格布'最后一次发动袭击已经过去三十六个小时了,而且他也没再通过任何方式与我们联络。我们持审慎的心态,希望现状可以继续维持下去。"

镜头拉近了菲斯克,他说:"我们仍在全力搜寻这名狂热分子,不过他也有可能已经恢复了理智,并意识到自己终将落入法网,所以决定在酿成更严重的后果之前终止他那滥用暴力的行径和可耻的勒索计划。"

## 第七十二章

在位于商贸城里的卡车修理厂,科布和其余伙伴一起观看着同样的电视新闻,也聆听着同样的来自威尔斯市长和菲斯克局长的评论。

"差不多是时候了。"科布伸出手来拍了拍自己的大腿,"'格布'将要再次展开行动。这次轮到你出场了,约翰逊。"

这名瘦高结实的非裔美国人转动了一下颈项，让里面的骨骼咔哒作响，"你们已经制订好行动计划了吗，科布先生？"

"是的。"科布说，"一个人得具备钢铁般的意志力才能做到充分利用这次的环境来达成既定目标。"

"幸运的是我正好具备这种特质。"

科布点了点头。这的确是事实，约翰逊跟着科布干的时间比其他几个人都更长。他不像赫尔南德斯那样富有创造力和充满冲劲，不如尼克森那样手巧，不是沃森那样的技术天才，也不是凯莱赫那样的互联网专家。不过，约翰逊的确具有钢铁般的强硬意志，在越是糟糕的环境下，他越能有力地执行计划，从而实现既定目标。哪怕四周全是枪林弹雨，哪怕置身于横尸遍野的混乱战场，约翰逊也会继续朝目标突进。

"你的行动时间是中午。"科布告诉约翰逊，"正值午饭时间。"

"这将令他们震惊不已。"赫尔南德斯说，"并彻底打乱他们的日常生活秩序。"

"你说得非常对，赫尔南德斯先生。"科布说，"在他们惊魂未定的时候，我们将最后一次扭转乾坤，并从他们那儿获取我们能拿到的每一分钱。"

"我喜欢这个主意，科布先生。"赫尔南德斯说。

"我也喜欢。"约翰逊说，"而且是非常喜欢。你们知道吗，现在我脑海里已经浮现出南太平洋塔希提岛的美丽风光了。"

"先别急着去设想你们将用那笔钱来做什么，先生们。"科布提醒道，"眼下我们得集中全部精力来实施我们的行动计划，你们大可以等到事成之后再尽情畅想未来。"

"好哇，"约翰逊轻声说道，"万岁！"

科布转头看向尼克森，"你来告诉他行动计划，怎么样？"

"荣幸之至，科布先生。"尼克森将一台iPad递给约翰逊，"你可以在这里看到那栋建筑的平面图，还有我昨天在那里面拍摄的一些照片。我已经将建议采用的出入口都标示出来了。你瞧,这里的确是一个有很多目标可以下手的环境。"

接下来,尼克森就袭击计划中的诸多细节问题对约翰逊进行了讲解和说明,而科布已经开始思索下一阶段的任务了。这时他看了看沃森,后者正聚精会神地盯着一台iPad的屏幕,接连好几个小时,沃森都在做这同样的事情。

"现在情况如何,沃森先生?"科布问,"你准备好了吗?"

沃森伸手捋了捋灰白色山羊胡子,让视线离开面前的iPad屏幕,随即点了点头说:"他们要做的是借助数据流与开放式数据库相连接。"

"他们能追溯到我们这儿来吗?"科布问道。

"几乎不可能。"沃森回答道,"他们得在虚拟世界当中寻找我们并予以反击,你知道实现这一点的可能性有多小吗?"

"完全不可能,沃森先生。"科布愉快地说,"他们的注意力将会完全被转移。你干得不错!"

这句来自科布的极其罕有的称赞,让沃森不由自主地露出了开心的笑容。不过这时科布留意到凯莱赫的神情有些紧张,后者正抬起头来看着科目,满脸担忧,"我们在脸书网的账号被关闭了。真是遗憾,我们在脸书网发布的那个消息已经有了超过三十五万次的点击量。我想我们在YouTube网站的账号很快也会被关闭的,不过截至目前,我们的视频已经被观看了不下一千五百万次。"

科布思索了片刻,问沃森:"他们会试图通过账号追溯到我们发布视频所用的电脑吗?"

"这是肯定的。"沃森说,"不过他们将会一无所获。我们上传视频时用的是偷来的电脑,而它们现在已经被埋在位于奥克斯纳德的垃圾填埋场里了。"

"那你们对目前的情况有什么建议吗,先生们?"科布说,"还有什么替代方案?"

凯莱赫说:"我们还可以发推特。"

科布凝神苦思了几秒钟,然后开口道:"不,我认为我们应该保持沉寂。没有什么比继续保持沉寂更能搅扰人心了,对于那些已经感到自己的日常生活受到威胁的人来说更是如此。待人们的内心被恐惧和痛苦占满之后,其所处的建筑物里发出的每一声动静,陌生人的每一个突如其来的举动,身旁传来的每一个略微响亮的噪声,都会引发其内心的震动并被无限放大。这正是我们想要达成的目标,先生们。"

## 第四部

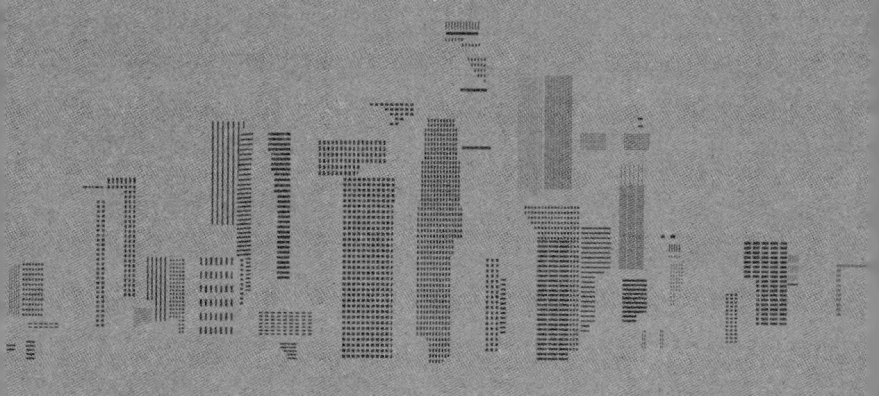

## 无路可退

## 第七十三章

一个小时之前,大概正是破晓之际,朱斯蒂娜开车来到了太平洋混合健身俱乐部所在的那条街。她将车停在路边,坐在驾驶室里看着健身学员们拖着有气无力的步子从健身房的大门鱼贯而入。她很想加入他们的行列,可是她却在心里觉得自己似乎背叛了他们,同时也背叛了她自己,因为她曾将健身房用作了……噢……

她原本还指望着一整晚充足的睡眠能帮助自己以更清晰、更理性的眼光来看待身边的各种事情,然而此时她却感到困惑不已。她觉得自己心中像是住进了一个她从不曾认识的小人儿,而它却能掌控她的全部心思意念。

没过多久,她看到了保罗,至此她心中的困惑又加深了一些。保罗正沿着人行道从东边慢跑而来,脸上微微洋溢着迷人的笑意。朱斯蒂娜抑制不住地想要打开门走下车去,一部分的她想赶在保罗进入健身房之前就将他拦下,然后带他回到她家的卧室去跟她"滚床单";另一部分的她却想要走过去站在他面前,然后告诉他那天在健身房里发生的事情其实是一个极大的错误,而同样的错误绝不可能再次发生了,至少在两人对彼此的认知加深到一定程度之前是不可能再次发生的。事实上,此刻她真正最想做的事情是将头埋在汽车的方向盘上,大哭一通。

朱斯蒂娜觉得在自己生命中的绝大多数时候,情绪和行为都处于可控状态,一种基于此特质而产生的安全感,足以令她可以从容地帮助那些遭遇了"创伤后精神紧张性障碍症"的病人。可是现在她却被一种巨大的不安全感所包围,觉得她一直以来所认识的那个自己仿佛陷入了一个缓缓流动的旋涡，正面临着被水流淹没而丧命的威胁。

此时此刻，她似乎切实体验到了溺水时的恐慌和呼吸急促感，于是她将车挂上挡，看也不看一下四周的情形，飞快地将车驶出了路旁的停车带。突然，她听到了汽车轮胎与地面摩擦所产生的尖锐声响，原来一辆黄色的低底盘敞篷小货车正好从她的车旁擦边驶过，为了避让她，竟驶上了对向车道，就在它快要撞上迎面而来的一辆巴士时，司机反应迅速，猛地折返回来，继而在朱斯蒂娜侧前方的车道上将车停下。

朱斯蒂娜体内急剧上升的肾上腺素几乎令她呕吐。

当一个戴着墨镜、穿着紧身背心的男人从敞篷小货车的副驾驶座位探出头来并对她破口大骂时，她的心情更是沉到了谷底。"臭婊子，我真他妈的想砍死你！我们的车上坐着两个孩子，你差点儿让我们全都送了命！"

朱斯蒂娜不知道自己还能做什么，只得不住地点头，随后竟哭了起来，"我很抱歉！"她朝那个男人哭诉道，"我刚刚经历了非常、非常糟糕的一天。"

她的这番反应令对方脸上的怒容消退了一些，"嘿，女士，你应该先把车停到路边去，等调整好心情再上路，不然你很可能会成为'马路杀手'。"

朱斯蒂娜接纳了这个建议，抹掉脸上的眼泪之后，她将车驶入了街边一家购物中心的停车场内。她在远离星巴克咖啡馆，也远离任何其他车的区域找了个空车位停好车，然后将头埋在方向盘上，痛痛快快地大哭起来。她在监狱里遭遇的那场袭击已经以一种她不能理解、无法掌控的方式颠覆了她原有的生活。

"我不能再继续孤立自己了！"她兀自大声说道，"我得正视我目前所处的状况……"

这时她的手机突然响了起来。起初她犹豫着，不愿去看来电人的信息，因为她担心电话是保罗或杰克打来的。不过后来她还是鼓起勇气看了看手机屏幕，上面显示的是一个她不认识的号码。

她清了清嗓子，接听了电话："喂！"

"请问你是史密斯女士吗？"电话那头传来了一个口音很重，但听起来隐约有些耳熟的女声。

"没错，我是朱斯蒂娜·史密斯。你是哪位？"

那个女人将声音压得更低了，"我是安妮塔，安妮塔·芳塔娜，我为……"

"我知道你是谁了，芳塔娜女士，我想起你来了。出什么事了吗？"

这位哈洛家的管家迟疑了片刻之后，以一种越来越急促的语气开口说道："我们在新闻上看到了孩子们，可是我们除了知道他们目前尚且平安无事之外就不知道他们的任何新消息了。桑德斯先生和布朗森女士不让我们知道究竟发生了什么事，也不告诉我们孩子们在哪儿。他们不允许我们见到孩子们。他们不让我们见到米格尔和……"说着说着她竟哭了起来，"请帮帮我们。"

不论之前朱斯蒂娜正处于何等严重的神游状态，此刻她身上的种种病态症状都如同被狂风吹散的雾气一般没了踪影。朱斯蒂娜从电话里听出了安妮塔内心的痛苦，也似乎为自己的人生找到了一点点努力的方向，从而拥有了更多的力量。在她看来，哈洛–奎恩电影制片公司的成员似乎显得控制欲过强，也具备为达目的不择手段的行事风格，她得探究其成因为何。

"你得告诉我他们将你们安置在什么地方。"她说，"我这就过来，把我知道的一切都告诉你们。"

# 第七十四章

早上八点半,我已经洗过澡,刮过胡子,并在办公室旁的盥洗室里换好了衣服。我走进实验室,看到莫琳已经坐在了她的工作台跟前,一边大口喝着咖啡,一边津津有味地咀嚼着一块卡卡圈坊①甜甜圈。

"这份早餐会增加你心脏病发作的风险,莫琳。"我提醒她。

她有些顽皮地扬起了眉毛,"你现在是在借关心之名对我进行管教吗,杰克?"

"好啦好啦,我完全没有那个意思。"我赶紧举起双手表示投降。

"这还差不多。让我先来告诉你一些事情吧,我仍然没有查到ESH有限公司的地理位置,这无疑是一家空壳公司,注册地是开曼群岛。不过,我只查到其注册代理人在乔治市的电话,可是他却一直没有接听电话,也没有打回给我。"

这时我想到了克莉丝汀·汤森德做出的要派人对这家公司进行调查的允诺。他们得花多长时间才能完成这件事呢?

"加勒比海地区有我们的雇员吗?"

"我倒是很想坐公司的喷气式私人飞机飞到开曼群岛去。"

"那可不行,这里太需要你了。"我说。

她噘了噘嘴。

"我还能说什么呢?一个人太能干了就会遇到这样的问题。"

莫琳将手中最后一点甜甜圈全部塞进嘴里,然后对她的电脑发

---

① 美国一间甜甜圈大型连锁店,也是美国第二大甜甜圈品牌。

出了一项指令。她看了一眼屏幕,咽下了嘴里的甜甜圈,开口说道:"卡洛斯·桑·西埃洛,他在波多黎各。"

"我想起来了,这人不错。"我说,"你跟他联系一下,让他乘飞机去乔治市,然后亲自去拜访那位注册代理人,并告诉对方他代表一位财力雄厚、想要在开曼群岛注册一打公司的人前来咨询相关事宜,不过我方得了解一些关于ESH有限公司的情况。"

莫琳用一种很特别的狐疑目光盯着我,仿佛她发现我把手伸进了她的卡卡圈坊食品袋似的,"可是你应该没有在开曼群岛成立公司的打算吧?"

"你觉得呢?"我问道。

莫琳还来不及答话,西摩走进了实验室,并将一部装在塑料证据袋里的iPhone举在手里,说:"这是玛利亚·哈洛的手机。昨天晚上我突然想到,在哈洛家的房子里,这是除了安防系统录像带之外唯一一个存储设备。"

"你在手机里面发现什么了吗?"我问他。

"我把这部手机带回家并开机看了看。"克龙彭伯格在说话间瞥了莫琳一眼,"里面一些论及贾斯汀·比伯的短信内容显得有些夸大其词。"

"关于贾斯汀·比伯的评价再怎么样也不会显得夸张。"莫琳反驳道。她的电脑侧面就贴着一张这位少年歌手的照片,此外还贴着一打其他当红明星的照片。

我皱了皱眉,低头看了看手表,然后说道:"你那边有什么新发现吗?如果没有的话,我就要离开这儿了。我还得跟伦敦分公司的彼得·莱特开一个电话会议,他正着手处理一桩在国会中爆发的性丑闻。"

"我们没有找到什么与玛利亚手机上的短信同等俗丽的东西,"西摩说,"也没有任何能解答我们现有疑问的新发现。"

"那太糟了。"我边说边朝门口走去。

"不过我找到了一个能引发一些新问题的东西。"他拦住了我。

克龙彭伯格从他的胸袋里掏出了一个装在更小号证据袋里的存储卡,然后戴上橡胶手套将其从袋子里取出,随即插进实验室中一台电脑的读卡器里。片刻之后,电脑屏幕上弹出了一张照片,显示的拍摄日期是9月24日——差不多是一个月之前。这是一张集体照,大概拍摄于《西贡瀑布》某个布景地,因为背景中的森林植被和一条泥浆翻滚的河——很可能是湄公河——清晰可见。

照片上站在众人中间的是托姆·哈洛,他穿着越战时期的美军服装,面部线条粗犷俊朗,还散发出一股真诚、善良又可爱的气息——正是这种特质令他成为当今极富票房号召力的明星。托姆用一只手臂随意地揽着妻子的肩膀,詹妮弗的深色头发被紧紧地扎在脑后,这就更加凸显了她那瘦削的面部轮廓。她穿着一件白色短袖衬衫和卡其布短裤,戴着一副飞行员太阳镜,一侧肩上背着一部老式尼康相机。她在镜头前的姿态、她的外形、众所周知的聪慧和冒险精神以及她浑身上下散发出的神秘与性感气息,这一切都令她成为比丈夫还更叫座的电影明星。

哈洛夫妇的孩子们坐在地上,双臂抱膝。玛利亚和金妮面带笑容,米格尔则转头看向他的右手边。辛西娅·梅恩斯也在照片上,她站在哈洛一家人的左边,手里拿着一块写字夹板。照片上还有卡米拉·布朗森和特里·格拉夫,不过我的注意力很快就被照片上的另一个人吸引了。

她蹲在孩子们身后,她的后面是托姆和詹妮弗。她看起来颇有些别具一格的异域风情,即便和詹妮弗这样一位两次被《人物》杂志评选为"至尊性感女郎"的美女同框合影,也让人不得不被她所散发出的独特魅力所吸引。这名女子看起来大约二十出头,目测她应该有拉丁裔或亚洲裔血统。她的一头浓密秀发在身后被编成了一条长长的发辫,皮肤呈焦糖色。她的一双温柔大眼中似乎流露出些许忧伤和隐痛,这令她看起来略显脆弱。不过她的颧骨、牙齿和双唇倒给人一种坚定的感觉，这似乎足以说明她虽经忧患却意志顽强。

"这人是谁?"我指着照片上的她问道。

"这可是个好问题。"西摩说。

# 第七十五章

上午十点半，朱斯蒂娜找到了安妮塔·芳塔娜告诉她的那个地点。这里是一栋五十年代修建的有着浅蓝色外墙的小平房，位于伯班克市兰克辛大道上的一条僻静小巷子内。

朱斯蒂娜敲响房门，片刻之后，一个女人以柔和的嗓音用西班牙语问道："请问你是谁呀?"

"我是朱斯蒂娜·史密斯。"她答道，"安妮塔给我打过电话。"

又等了一会儿，她听到了门闩滑动的声音，紧接着门被拉开了一条几英寸宽的缝隙，上面还挂着安全链条。哈洛家的胖厨师玛瑞亚·托罗透过门缝向外张望着，这名厨师随即又用英语问道："你是独自一人吗?"

"是的。"朱斯蒂娜说。

"我们认为有人在监视我们。"玛瑞亚压低声音说道，"你能离开这儿去房子背后的那条小巷吗? 安妮塔在那儿等你。"

朱斯蒂娜有些困惑，搞不清她们所表现出来的恐慌和偏执是有正当理由的还是妄加揣测所致，不过她还是点头表示应允，"好的，给我五分钟时间。"

她佯作找错了地址一般，悻悻然朝自己的车走去，同时试图找出她们所说的监视者，可是朱斯蒂娜并没有发现任何值得怀疑的人或车。她将车驶回兰克辛大道，然后向左拐弯，紧接着又向左拐了一个急弯,驶入了那栋小平房背后的小巷。

安妮塔·芳塔娜就站在巷子里一扇打开着的大门边,她一看到朱斯蒂娜,便伸手指了指小巷对面那个车库。朱斯蒂娜会意,将车驶入车库里停好,待她出来的时候,哈洛家的女管家用一个遥控装置对准车库按了一下,一扇卷帘门缓缓降下,将其关闭。

朱斯蒂娜跟着安妮塔从大门进到了一个院子里。看得出来,这里曾有过辉煌的时光,不过眼下却已经破败不已了。疏于照料的兰科植物、各式仙人掌及藤蔓已经蔓延到游泳池四周的露台上,泳池里的水面长满了绿藻。

"这是谁的房子?"当朱斯蒂娜跟在哈洛家的女管家身后,从一扇打开的纱门进到了一个摆放着二十世纪六十年代风格的家具、铺着粗毛地毯的昏暗房间里时,忍不住这样问道。房间角落里有一台电视机发出响亮而刺耳的声音,里面正播放着有线电视台关于寻找哈洛夫妇的新闻。雅辛塔·费利斯——哈洛家最年轻的雇员——此时正坐在沙发上,双臂交叉在胸前,看着刚走进门来的朱斯蒂娜。

"我实在搞不清楚,"安妮塔开口说道,"姑娘们怎么样了?还有米格尔呢?"

朱斯蒂娜从这名女管家的声音里觉出她竟是如此迫切地想知道这个问题的答案。

"你非常爱他们,不是吗?"朱斯蒂娜问道,"不论是米格尔,还是那两个女孩?"

只见安妮塔的眼中有泪光在闪烁,随即她将两只手的手指紧紧地交握着,"是的,我爱米格尔……我爱他们所有人。我怎么能……"话还没说完她已有些哽咽,继而更是哭出声来。

这时那位名叫玛瑞亚·托罗的厨师来到了安妮塔身边,用一只手臂紧紧地揽着她,并以热切的目光望向朱斯蒂娜,"我们都很爱孩子们,安妮塔尤其如此。她没有自己的孩子。"

听了这话,安妮塔啜泣得更厉害了,双手紧紧环抱在胸前,内心像是正在经受极大的苦楚。"快坐下来吧,"朱斯蒂娜安慰她,"我们会想出办法让你、也让你们所有人都能见到他们的。好吗?"

"可桑德斯先生说不行。"安妮塔恸哭着说,"我找他请求过这件事,他说不行。"

这可怜的女人显得愈来愈激动,不知何时,雅辛塔·费利斯来到了她身旁,也伸出手臂来环抱着她。

"你们一定会见到那些孩子们的。"朱斯蒂娜的语气相当坚定,"有联邦调查局的人跟你们联络过吗?"

"没有。"厨师答道,"在我们和你们在牧场见面的同一天,我们就被带到这里安顿了下来。每天都有人给我们送食物过来。布朗森女士和桑德斯先生说他们想保护我们避开记者,还说我们得一直在这儿待到事态平息为止。"

朱斯蒂娜听见自己的手机发出了一声鸣响,这表明她收到了一条新短信。不过她未予理睬,继续对哈洛家的帮佣们说:"这里可是美国啊,女士们。桑德斯先生和卡米拉·布朗森是没法强迫你们做任何事的,你们明白吗?你们都有绿卡,对吗?"

然而所有人一齐摇了摇头。"我们只有为期十个月的临时签证。"玛瑞亚·托罗说。

"你们受雇于哈洛家有多长时间了?"朱斯蒂娜有些惊讶地问道。

"十二年。"安妮塔说。

"八年。"厨师说。

"四年。"女佣如是答道。

"他们从来都没有提出过要为你们做担保,好帮助你们取得美国国籍吗?"朱斯蒂娜开始怀疑哈洛夫妇的公众形象是否跟他们的真实人格严重不符。

安妮塔再次哭了起来,同时摇着头说:"是的,他们没这样做。"

"你们有向他们提出过这方面的要求吗?"

她们都点头表示肯定。"可是托姆先生说他们已经帮孩子们取得了国籍，如果还要再为其他人做移民担保的话就很困难了。"玛瑞亚·托罗说。

"可是他却能为你们取得为期十个月的工作签证？"

"我想这应该不成问题吧。"雅辛塔说。

眼下的种种情况令朱斯蒂娜感到困惑不解。从表面上看，哈洛夫妇只愿为帮佣们获取工作签证却不愿帮她们获得绿卡的做法，确实显得理由不太充分，而且与这对明星夫妇在公众面前塑造的良好形象背道而驰。可话说回来，朱斯蒂娜并不十分精通美国现行的移民法，不知道法律就移民担保方面的问题是如何规定的。

安妮塔抹了抹眼睛，问道："你能帮助我们吗？"

"是的，当然。"朱斯蒂娜说，"只要是……"这时她的手机又发出了一声鸣响，"请稍等一下。"

她从手提袋里掏出手机，发现自己收到了西摩发来的一个照片文件。她打开文件，看了看那张集体照，然后又读完了第二条短信中的文字内容："你知道前排中间的年轻女人是谁吗？"

朱斯蒂娜不由得皱起了眉头，随即将照片放大，然后仔细查看着那个女人的模样。准确地说，她应该还是一个女孩，处在风华正茂的年纪。可是朱斯蒂娜发现自己并不认识这个人，就在她正准备在短信中给西摩一个否定回答的时候，却转念改变了主意。

"你们认识这个和哈洛一家合影的女孩吗？"她将手机上的照片展示在三名帮佣眼前。

玛瑞亚·托罗伸出手来接过手机，仔细看了看照片，然后摇了摇头。随后她将手机递给安妮塔，后者满脸狐疑地看了许久，最后说："我不认识她。"

"雅辛塔你呢？"朱斯蒂娜问道。

年轻的女佣接过手机，看了一眼照片，犹豫了片刻，还是摇了摇头，并将手机递还给朱斯蒂娜。"你是不是有那么几秒钟的光景里恍惚觉得自己认识她？"朱斯蒂娜敏锐地发现了一些端倪。

"不是的,"雅辛塔回答,"我只是在想,或许她是我们离开牧场去休假之后,他们去越南之前,被他们雇来做保姆的人吧。"

## 第七十六章

中午十一点四十九分,约翰逊穿着直排轮滑鞋沿着西好莱坞日落大道的人行道溜冰。他戴着一副镶了闪光饰片的白框太阳镜,边框上还嵌有一部光纤摄像机。他穿着一条粉红色弹力裤,头上戴着跟玛丽莲·梦露的标志发型一模一样的淡金黄色假发,上身穿着一件胸前印有"金发女郎的野心"几个大字的白色T恤,里面是一件能将胸型凸显得极其夸张的厚垫文胸。若不是他背着一个双肩背包——里面有两把装着消音器的手枪,而两只前臂上又各缠着四条用以遮挡备用弹夹的粉色吸汗带的话,他看起来跟一个在10月的好天气下外出溜冰、男扮女装的同性恋者别无二致。

"你目前所在的位置是哪里?"约翰逊的耳塞式耳机里传来了科布的问话。

"我在伦敦德里广场,正要往北转弯。"约翰逊应道。当他从转角处一家墨西哥餐馆外的露天用餐区经过时,刻意轻微地扭了扭屁股,好让在那里用餐的客人以为他正用耳机欣赏着极富节奏感的拉丁音乐,而不是与同谋策划着如何进行接下来的惨烈屠杀。

日落大道以北的广场路面坡度陡增,约翰逊沿着西北方向斜穿过狭窄的街道,来到了街对面人行道内侧一排低矮的钢丝网围栏跟前。只见他纵身一跃,从围栏上方分腿腾越而过,落在了覆盖着浓密地被植物的花台里,这儿还种着五棵棕榈树。

约翰逊瞥了一眼花台内侧的停车场,看到里面总共停放着九辆车，其中还包括一辆他事先没料到会出现在那儿的车。他跳下一米多高的花台，来到了一辆蓝色丰田轿车后方。

"停车场里有一辆洛杉矶警察局的巡逻车，里面没有人。"约翰逊说完便从那辆丰田轿车后方滑了出来，然后跪在停车场内的一块空旷处，佯装捆绑轮滑鞋的带子，实则打量那辆巡逻警车和梅尔快餐店入口处的情形，"科布先生？"

"先把他们干掉。"科布发号施令。

"如果他们在餐馆里面呢？"

"我再说一次，先把他们干掉。"

约翰逊自从十七岁开始便被训练成不仅仅要服从命令，还要适应不断变化的命令。他因卓越的执行力而深受科布先生青睐，而约翰逊本人却认为自己不过是在努力把该做的事做好而已。

这家餐馆的外部装潢几乎跟七十年代电影《美国风情画》中的餐馆一模一样。"梅尔"如今已经发展成连锁快餐店，不过它受到了本地食客和外地观光者同样程度的青睐。约翰逊最初要执行的计划是在停车场的另一头掏出枪来，然后溜着冰绕到梅尔快餐店面朝日落大道的前门露台去。目前他暂时没把枪从背包里取出来，径直朝着快餐店所在的方向滑去。他很快就沿着停车场内左侧的一条弯道滑回到日落大道上向西延伸的人行道上。

他用犀利的目光对每一个在梅尔快餐店露台上用餐的顾客都进行了一番扫视，然后经过一家名为Drybar①的连锁美发沙龙，从停车场的另一个出入口通道滑了进去。他看到的用餐顾客包括一对带着一名孩童的西班牙夫妇、三名穿着高尔夫夹克衫的男人，以及两名带着十来岁的女儿来享用圣代冰淇淋的母亲。不过他并没有看到任何警察的身影。

这就意味着他们正在快餐店里面。约翰逊低下头看了一眼自己脚上穿着的直排轮滑鞋，他之所以决定采用轮滑鞋，是因为他和他

---

① 美国一家很特别的美发连锁店，只专门为顾客吹头。

的伙伴们原本都以为这是一项在户外执行的任务——快速靠近目标、射杀目标，然后迅速离开现场。

约翰逊的脑子里突然闪现了一个新策略，于是他再次从那些在露台用餐的顾客们身旁经过，绕到了梅尔快餐店的门口。门内站着一位老妇人，她手里握着一包万宝路香烟，穿着胸前印有一条跃起的鳟鱼和文字"塞佛河瀑布美若天堂"的绿色运动衫。她打开了门，然后目瞪口呆地看着约翰逊从自己身旁滑过，并快速滑进了快餐店里面。约翰逊在这里嗅到了煎汉堡牛肉饼的气味，听到了自动唱机里播放的猫王埃尔维斯·普里斯利低声吟唱的声音，紧接着又看到一名和颜悦色的女迎宾员径直朝自己走来，她嘴里说着："请不要穿着轮滑鞋进店，女士……噢，先生？"

约翰逊抬眼看向餐厅更深处，找到了两名警察搭档，他们是一男一女，此时正坐在餐厅的吧台旁边。一名女服务员刚刚将他们点的干酪汉堡和炸薯条端给了他们。

"女士？"约翰逊面前的女迎宾员满脸堆笑地问道。

"噢，宝贝儿，我知道了。"约翰逊用一种娘娘腔似的声音对她说，"我会在用餐前把它们脱掉的，不过我现在得先去解个小便。"

在对方还来不及应答之时，约翰逊便从她身旁经过，一溜烟地朝洗手间滑去了。"先生！"女迎宾员继续在他身后喊道，"女士？"

可是约翰逊完全没再搭理她，径直冲进了男士洗手间，随即关上了身后的门。他找到一个空隔间，进到里面，将背包里的两支手枪都取了出来，再将背包重新背好。他将手中的两支枪都翻转了一下，令枪托朝前，把枪的活动部件握在掌心里，手指搭在扳机护环上，枪管则与他的前臂处在同一水平面。这种握枪的方式很能麻痹观众，哪怕是受过最专业训练的男人女人们。

他总共只用了不到二十五秒的时间便走出了隔间，然后说道："我还需要三十分钟，或许更短。"

"他正在等着。"科布回应道。

接下来，约翰逊片刻也没有耽搁。他推开洗手间的门，从正跟先前那名女迎宾员交谈的一家五口身旁滑过，然后从一名站在不锈钢厨房门边、正往咖啡壶里注入咖啡的女服务员和一名带着三个幼童的母亲之间穿过，孩子们一瞧见他便发出了一阵窃笑，不过他对此充耳不闻。

约翰逊滑行在灰绿色地板上，眼睛直勾勾地盯着那两名警察。只见他将两只手交叉起来，随即将两支枪同时抛向空中，继而分开双手接住了各自那一侧的枪。接着他弯折双臂，将两个装着消音器的枪管都转向前方，迅速伸出手指触到了扳机，并将两支枪的枪口分别瞄准了两名警察。

## 第七十七章

朱斯蒂娜在辛西娅·梅恩斯跟自己约好的见面地点——华纳兄弟电影公司制片厂内的星巴克咖啡馆——见到了对方。此时已临近傍晚，馆内非常安静，喝咖啡的顾客寥寥无几。在哈洛家的孩子们获释之后，这还是朱斯蒂娜头一次见到哈洛夫妇的私人助理。朱斯蒂娜还清楚记得梅恩斯当时在哈洛管理团队的三名成员面前表现得多么生气和肆无忌惮，可如今她却显得颇为不知所措，而且精神不济，像是生病了一般。

"出什么事了吗？"梅恩斯虚弱地问道，似乎有些体力不支。

是朱斯蒂娜打电话给梅恩斯，并主动要求后者跟自己见面的。不过，多年来的工作经验让她明白了一件重要的事情，那就是：对自己的访问对象表示出理解和关心，能对整个调查过程起到莫大的帮助。于是朱斯蒂娜开口说道："你先跟我说说你遇到什么事了吧。"

梅恩斯发出了一声厌恶的咕哝，随即用手指了指窗户，"显然我在哈洛-奎恩电影制片公司已经不再拥有一席之地了。今天早上我被告知得离开那儿。"

"是特里·格拉夫让你离开的？"

梅恩斯悻悻地点了点头，"卡米拉和戴维也在场。上帝啊，我认识他们已经超过十年了，可他们竟把我给解雇了。"

"你把这件事告诉联邦调查局了吗？"

"我当然说了。"梅恩斯说。

"然后呢？"

"联邦调查局的特工说他们有权这么做，然后还问了我一些毫无意义的问题。"

"比方说呢？"

"让我想想，"梅恩斯边说边将她的餐巾纸扔到桌上，"他们向我询问了哈洛-奎恩电影制片公司的基本情况，还问我华纳兄弟电影公司和其他的投资人是不是正处于崩溃状态——因为他们担心自己对《西贡瀑布》这部电影的投资已经打了水漂。他们还说，制片公司的管理团队似乎对哈洛夫妇失踪的事并不怎么上心，那帮人唯一关心的就是钱，这可真让人失望，你觉得呢？"

"就只有这些吗？"

"不，他们还问了我一些你们曾问过我的问题。除此之外，他们通过我了解了一些关于特里、卡米拉、桑德斯以及在哈洛-奎恩电影制片公司工作的所有人的情况。"

说话间她的眼泪又流出来了。"我现在感觉自己的人生之船如同被颠覆了一般，我竟然被解雇了。"她哽咽着说，"我真想念詹妮弗和托姆啊。我刚刚失去了自己人生中为之打拼过的唯一一份工作……"

梅恩斯还没说完，却哭得没法继续下去。朱斯蒂娜叹了口气，她有些疑惑，为何近来有如此多的人似乎都感到很受伤？紧接着，她起身走到桌子对面，伸出手臂抱住了正在哭泣的女人。

梅恩斯说:"我感到非常无助,还觉得人们好像都在责怪我。"

"无助的感觉的确很糟。"朱斯蒂娜轻抚着梅恩斯的后背,"因为一些自己无法控制的事情而被人责怪,感觉就更糟了。在通常情况下,处理这类处境的正确方法是彻底不去想已经发生的事情,只专注于完成自己目前尚能去处理的任务。"

听了这话,梅恩斯愣了愣神,面露尴尬之色,然后抓起一张餐巾纸来拭了拭泪水,"我不知道眼下自己还能做什么。"

"你愿意帮我寻找哈洛夫妇吗?"

梅恩斯眼睛一亮,仿佛看到了一线希望,赶紧开口说道:"无论你在任何时候需要我做任何事情,我都会尽力配合的。我也是这么对联邦调查局说的。"

"好的,"朱斯蒂娜回到了自己的座位上,"你知不知道詹妮弗的衣帽间外面有一条秘密通道,这条通道向下连接着托姆的编辑室,向上又连接着一间安全房。安全房内部有一面双向镜,可以供人俯瞰哈洛夫妇的卧房。"

梅恩斯茫然而又困惑地望着朱斯蒂娜,犹如对方刚刚说的是某种自己无法理解的语言似的,"你说什么?"

朱斯蒂娜将自己的发现全都详细地告诉了她,当中也提到了空荡荡的摄像机托架以及不翼而飞的硬盘。

梅恩斯只是摇头。

"我们猜测其中一些失踪的硬盘上存储着在越南所拍摄的外景。"朱斯蒂娜说,"这是导致它们消失的原因所在吗?"

"不是的。与《西贡瀑布》有关的所有拍摄内容每天都会被备份到这里的一台服务器上,同时也会在明尼苏达州明尼阿波利斯市的一台服务器上备份。也就是说,在牧场、越南、明尼阿波利斯市以及电影制片厂都有持续更新的备份文件。"

朱斯蒂娜思索片刻之后,决定暂且放下跟《西贡瀑布》有关的事情,转而从手提包里将手机掏了出来,然后让梅恩斯看西摩发来的那张合影。

"她是谁?"

梅恩斯一时间竟有些发愣,她目瞪口呆地盯着照片,灵魂像是飘向了另一个遥远的时空。她在恍惚中开口说道:"我竟把她给忘了。在眼下的混乱局面中,我竟然将艾德丽塔完全忘到了九霄云外。"

## 第七十八章

两支装有消音器的手枪各射出一颗子弹,分别击穿了在梅尔快餐店吃午饭的两名警察的头颅,然后在吧台上反弹了一下之后才落地。这两名警察还来不及意识到击中自己的究竟是什么,便瞬间毙命了。凯特·兰赫尔警官扑倒在自己面前的炸薯条上,她的搭档朗斯·巴菲尔德警官从他所坐的绿色高凳上坠落瘫倒在地。

此时自动唱机里播放的是比尔·哈利演唱的《昼夜摇滚》,节奏强劲的摇滚乐曲掩盖了枪击时的声音。所以当店内那位母亲带着的三个幼童当中的一个男孩意识到自己眼皮底下发生了什么并开始尖叫的时候,约翰逊已经穿着轮滑鞋滑到了离两具警察尸体十英尺远的地方,准备寻找他的下一个目标了——已经干掉两个,还剩五个。

刹那间,尖叫声像传染病一般在快餐店里此起彼伏地蔓延开来。

"那个异装癖手里还不止一把枪!"有人喊道。

"你说得没错,宝贝儿!"约翰逊用尖厉的嗓音喊道,随即将自己右手中那把枪的扳机接连扣动了两次,一名正在打扫小包间的勤杂工不幸胸膛上中了两弹。

快餐店里顿时一片混乱,顾客和店员哭喊着钻到桌子底下躲藏起来。约翰逊从容地在店内穿梭而过,朝着这间餐馆面对日落大道的那道门滑去。途中一个朋克青年从桌子底下爬出来，试图将约翰逊绊倒。

约翰逊举起握在左手的枪，对准这朋克青年的额头连开两枪，然后继续向前滑行。后者迅速倒地身亡，快餐店内又爆发出新一轮的喧闹声。约翰逊听到有人哭喊着说出"不，求你了，别这样做！"，还有一些人则像人们通常在目睹自己身旁有人死去时常做的那样，大声对着上帝祷告求助。

约翰逊一把推开了面前的玻璃门，出门来到了通往室外用餐区的阶梯平台。原本在这四级阶梯下方用餐的顾客们纷纷从桌边站立起身，有些人开始向四面八方逃窜，另一些人呆呆地伫立在原地，当中有几个人在看到约翰逊手里握着的手枪后被吓得哭出声来。他得尽快离开此地，警察应该很快就会赶到这儿的。

他从阶梯平台往下跳，在半空中转了一圈之后蹲着落地。站起来之后，他迅速朝两名正在逃跑的男人的后背开了一枪。接下来，他在室外用餐区的桌子之间穿梭滑行着，顾不得理会从四面八方传来的尖叫哭喊声，脑子里只想着一件事：已经干掉六个了，还剩最后一个。

约翰逊翻越了一道低矮的围栏，来到人行道上。看着日落大道上来来往往的车流，他脑子里完全没在回想自己刚才的暴力犯罪行为所制造的混乱，而是凭直觉计划着自己应该前往室外用餐区西端，也就是最临近Drybar连锁美发沙龙的角落，好在那里干掉这趟任务的最后一个目标，同时也能让自己更加靠近停车场，因为尼克森将会把一辆厢式货车开到那儿去等着他。

约翰逊举着枪转向西面，这时他看到了先前刚要进入快餐店时，在门口目瞪口呆地看着自己的老妇人，她穿着一件胸前印有鳟鱼和"塞佛河瀑布美若天堂"的绿色运动衫。此刻，老妇人竟然在离约翰逊不到四米远的地方摆好了架势，双手一起握着一把小口径手枪。

"你把枪放下！"她用嘶哑的嗓音朝约翰逊喊道，"我曾在全国步枪协会通过了手枪自卫课程的学习。如果你不照我说的做，我就朝你开枪了！"

全国步枪协会举办的课程？那是个什么状况？是在周末进行、为期两天的课程吗？想到这儿约翰逊几乎笑出声来。事实上，无论一个人处在多么疯狂或暴怒的状态，倘若他没有进行过大量的练习，那么他很难具备真正瞄准人射击的能力。很多人第一次使枪时子弹都会打偏。

约翰逊决定碰碰运气。他朝老妇人笑了笑，"好的，老奶奶。"他扔下右手的枪，然后用左手里的那支枪瞄准了她。

就在他留意到那老妇人将一只眼睛眯缝起来的时候，一颗子弹已经朝他飞了过来。

子弹击中了约翰逊的胸腔，它紧贴着他的心脏下方，从一侧肺叶穿行而过，最后从背部钻了出去。紧接着她又开了第二枪。约翰逊倒在人行道上，呛咳着吐出了大量的鲜血，眼看就要死去。他简直不敢相信眼下正在发生的事情。他曾在无数次真正凶险的战斗中毫发无损地活了下来，仿佛四面八方都受到隐形盾牌的保护一般，可如今他竟被一名来自塞佛河瀑布的老妇人击倒在地。

## 第七十九章

在"格布"的最近一次袭击发生之后大约十二分钟，菲斯克局长便打来电话将此事告知了我，这时他才刚刚得知了在这场屠杀中遇害的人数及死者身份。

"我有两名手下也在那儿遇害了。"菲斯克有些恼火地说，"现在我正带着一支法医团队赶往现场,汤森德也带了一队法医取证人员过去,但人手恐怕还是有些不足。如果可以的话,我们希望你能派一些技术人员去现场支援我们。"

"我这就安排。"我在电话里承诺道。结束通话之后不到九分钟,西摩、莫琳、门托内和另外三名法医技术人员与我一道驱车出发,风驰电掣般地从我们的办公室赶往日落大道。

位于伦敦德里广场和日落大道之间的街区已经被警方戒严了,媒体记者们虽然还没有蜂拥而至,不过有少量消息灵通的先来者已经摆开了阵势,开始对现场的情况进行播报。当我们将法医取证设备一一搬进案发现场东面的警示带时,我看到波比·纽顿正站在摄像机镜头跟前,以一种极为亲密的姿态与琼恩·万塔聊着天。这位名叫琼恩·万塔的妇人今年六十七岁,已是十个孙子孙女的祖母,先前正是她开枪射杀了在梅尔快餐店制造屠杀惨案的持枪歹徒。

"你的枪在哪儿呢,琼恩?"波比·纽顿的语气有些急促。

"我把它交给警方了,我当然得这样做。"万塔答道,说完她略显紧张地点燃一支万宝路香烟,吸了一口,然后吐出了一大团白烟。

这烟正好飘到了波比·纽顿脸上,令她有些不悦,不过她很快就挪到了老妇人的上风处,饱含热情地说道:"你真是个英雄,琼恩!你现在感觉怎么样啊?"

"我可算不上什么英雄。"老妇人边说边继续吞云吐雾,此时她的手略微有些颤抖,"我只是在一个疯狂的傻瓜面前采取了正当的自卫手段,仅此而已。我想任何一个完成过全国步枪协会举办的手枪自卫课程学习的人遇到类似的情况时,都会像我这样做的。"

聚集在她们周围的人群中爆发出了一阵笑声和欢呼声。波比·纽顿以一种惊异的目光看着这名老妇人,仿佛对方头顶上突然长出了一对角似的。随即她又转脸看着摄像机镜头说道:"没错。瞧瞧吧,朋友们,这就是教育的价值,它总是带给人惊喜。"

波比又转向老妇人说道:"唔,我听说你在那名歹徒开枪杀人之前就曾与他面对面地对峙过。"

"没错。"万塔说完又缓缓吸了一口烟。

"那么你如何确定被你击毙的人就是你先前所见到的那一个呢？"

老妇人看了波比·纽顿一眼，那目光就好像她觉得对方是个傻子似的。她说："在我的家乡塞佛河，街上可不常见到将自己打扮得像穿轮滑鞋的玛丽莲·梦露一样的黑人小伙儿。"

人群中又爆发出了一阵大笑。万塔女士转头看了看四周，一面吐出嘴里的烟，一面笑着朝人群挥了挥手，然后说道："我现在得走了，波比。我还得接受警方的询问呢。"

说完她便转身离开了，身后留下一团白烟。人群欢呼得更厉害了。

"大家请听我说。"波比·纽顿对着摄像机镜头露出了空洞的笑容，"一个不愿被称为'英雄'的人击毙了歹徒，而她的这一举动不知道拯救了多少条人命。我觉得我们应该还有机会听琼恩·万塔讲述更多当时的情形。在得知她的这番经历之后，我想引用一部电影的名字——《一个明星的诞生》——来表达我此时的心情。"

"为什么在洛杉矶，凡事都得跟电影扯上关系呢？"当我们朝犯罪现场走去时，莫琳嗤之以鼻地说。

"因为这是以电影产业为中心的城市。"我答道。没过多久，我看到了刚从梅尔快餐店里走出来的菲斯克局长，还有联邦调查局洛杉矶分部负责人克莉丝汀·汤森德。

"这简直是一场惨烈的大屠杀，杰克。"菲斯克内心的震惊溢于言表，"而且那个穿着轮滑鞋的混蛋原本可能还会射杀其所经之处的任何人。"

"直到他遇到了那名老太太。"我说。

"真希望这世上能多一些像她一样的人。"汤森德感叹着看向万塔，后者此时又点燃了一支新的香烟，正聆听着一名刑警的提问。

"我们希望能由西摩来对那名歹徒的尸体进行检验。"菲斯克边说边指了指人行道上一具瘦长结实的异装者尸体，"那是他的专长，对吗?"

"你说得没错。"我答复道,并示意克龙彭伯格带着莫琳和其他几名法医技术人员前去处理那名凶手的尸体,"你认为他是'格布'吗?"

菲斯克耸了耸肩,"目前我们还没在现场发现写有其名字的卡片。不过凶手似乎的确试图杀掉七个人。"

"可他看起来并不像是在西维斯药品连锁店作案的那个家伙。"

汤森德特工耸了耸肩,"或许他去药店那次是化了装的,而这次却没有。"

"不。"菲斯克说,"杰克说得对,这两人的面部结构完全不同。"

"照这么看来,"我说,"这名死去的凶手,应该属于一个由至少两名成员组成的团伙,而这个团伙正是在幕后……"

这时菲斯克的手机突然响了起来,警察局长避开众人接听了电话。

"你那边关于哈洛夫妇的调查有什么进展吗?"我问汤森德。

"没有什么突破性的进展。"她回答道,"你呢?"

"我已经派人飞往巴拿马去了。"

"看来你手上可供使用的资源还真不少啊!"

"我该怎么说呢?他们这次实在是把我惹恼了。"

"刚才市长打来电话,"菲斯克插话道,我们发现他已满头是汗,"'格布'与我们联系了,他要求获得三百万的赎金,否则接下来他将再夺走八条人命。"

# 第八十章

在位于商贸城的卡车修理厂内，科布和"格布"团伙中尚存的其余三名成员正专心致志地观看着跟梅尔快餐店枪击案有关的新闻报道。早前便已来到洛杉矶、并就哈洛夫妇失踪案进行过报道的有线电视新闻网金牌主持人安德森·库珀也奔赴本案现场进行报道，各大新闻网的附属电台工作人员都聚集在案发区域采编最新消息。每一则报道都无一例外地将琼恩·万塔作为主角，她在镜头前抽着烟，心不在焉地聆听着记者们的提问，不时讲几句玩笑话，并且始终以轻描淡写的态度看待自己被人视为英雄的这件事。

"显然我让你觉得难以捉摸。"她在安德森·库珀面前爆发出一阵刺耳的笑声，后者看起来似乎不知道该如何对她下一番定义。

科布也有同感，此时他真恨不得随便拿起一个东西来，再将其捏个粉碎。约翰逊是他手下最得力的干将，也是跟随他的时间最久的人，同时还是他最忠实的朋友。在科布经历了那场在自己脸上留下蛛网状疤痕的爆炸之后，始终陪伴在他左右并对他进行无微不至的医疗护理的人就是约翰逊。

"我实在是想不通啊，"赫尔南德斯说，"一个来自明尼苏达州的烟枪老太婆是如何把约翰逊干掉的呢？"

屏幕上的安德森·库珀差不多也问出了同样的问题。

那位名叫琼恩·万塔的老太太不假思索地回答道："只需扣动扳机就成了。"

科布真想把两只手都伸进屏幕去，掐死这个老妇人，此时画面上的她正喋喋不休地向库珀述说着："我之所以在洛杉矶独自观光，是因为我那该死的蠢货丈夫巴尼不愿……"

科布实在对她忍无可忍,于是按下了静音键。

沃森凝视着他,"我们现在的处境还安全吗,科布先生?"

科布觉出其他几人都正看着自己,并指望着自己能在他们当中发挥领导作用。"你们认为约翰逊的尸体落到他们手里就会将我们置于险境吗?"他问大家。

其他三人有的耸耸肩,有的点点头。

"不用害怕,先生们。"科布说,"我相信我们目前的安全处境还能维持好一阵子。我想说的是,我们其实并没有正式地存在过,不是吗?这不正是他们对我们所做的事吗?剥夺我们的一切,然后将我们扔去喂土狼?"

"的确如此,科布先生。"凯莱赫怒容满面地说,"他们干的这事儿实在是太混蛋了。"

"那么你们究竟出于何故,竟会认为他们能识别出我们的身份?如果他们连这个都做不到,就更别说赶在我们办完这里的事情再远走高飞之前找到并捉拿我们了。"

# 第八十一章

这天晚上九点过后,我回到了办公室,因为我需要在这儿与国际私人侦探公司柏林分公司的玛蒂·安格尔进行一场电话会议。我们打算讨论她已经处理了将近一个月的一起挪用公款案,这起案子是由我们那位住在马里布海滩——也就是"格布"初次展开杀戮的地点——的客户谢尔曼·威尔克森委托她办理的。

会议结束后,我挂断了电话。我相信当前的局势完全在安格尔的控制之下。下一步她将向谢尔曼提交一份完整的报告，其内容是关乎接下来的……

这时我听到有人在敲门。我一抬起头来便看到了朱斯蒂娜，顿时觉得胸口有些刺痛——每当我与她小别重逢之后总会有这样的感觉。

"有空吗？"她问我。

"当然，"我说，"我正打算喝点酒呢，你要不要和我一起？"

"噢，天哪，我很想来一杯。"她走进我的办公室，然后重重地坐在了长沙发旁的一把软垫椅上。

我把手伸进办公桌最下面的抽屉，准备取出一瓶极品米德尔顿爱尔兰威士忌，心里却琢磨着她最近似乎变得跟以前不大一样了，而且可能是由于精神状态不佳的缘故吧，她看起来竟略显老态。

我为她倒了一杯两指深的威士忌，没掺水就递给她了。她接过杯子喝了一口，随即闭上双眼，说道："这酒确实对我大有益处。"

"你看到'格布'再次发动袭击的新闻报道了吗？"我问道。

"我在电台里听说了。他被一位老太太杀死了？"

"我们认为'格布'其实是一个多人组成的团伙。死去的那个家伙不过是这个团伙当中的成员之一而已。"

"他的身份确认了吗？"

"西摩和莫琳正与联邦调查局合作完成这项工作。"

她扬起了眉毛，"这么说，我们又重新参与到这个案子里了？"

"我们目前仅仅涉足于取证检验环节的工作。"我说，"不过，'格布'对市长提出的新要求中或许有一些因素能提高我们在本案中的参与度。"

"是你不能跟我谈及的因素吗？"

"目前的确如此。"我说。

她心不在焉地点了点头。

"你有什么事情要告诉我吗？"我问她，"如果没有的话，我这就准备动身去探望瑞克了。"

朱斯蒂娜似乎猛地吃了一惊,然后又流露出略显困惑的神情,不过最后还是点了点头说:"你知道西摩发给我的那张集体照吗?我知道那个神秘的女孩是谁了。她叫艾德丽塔,至于说她的姓氏嘛,我等一下再告诉你。"

她的这番话顿时将我的好奇心激发到了顶点。我和她隔着一张咖啡桌相对而坐,一边小口喝着手中的威士忌,一边听她讲述从辛西娅·梅恩斯那里得知的与艾德丽塔有关的信息。

在哈洛全家飞往西贡拍摄电影的六周之前,梅恩斯被先行派往越南去布置他们的住处,并肩负着在越南雇用一名帮佣的任务。当艾德丽塔走进哈洛一家的生活中时,梅恩斯并不在他们身边。在通常情况下,詹妮弗一年当中会更换一次或两次家庭保姆。就在他们全家前往越南的十二天前,她才刚刚解雇了家里的保姆,接下来她一直苦于找不到合适的时间来对新保姆人选进行面试。

再来看看即将登场的艾德丽塔的情况。她从墨西哥来到洛杉矶不过才三天时间,持有的是为期六个月的学生签证,她要学习的是表演方面的课程。艾德丽塔在自己十八岁生日时做了一件违抗父母意愿的事情,她用祖母给她的一小笔遗产中的一部分钱购买了一张飞往洛杉矶的机票,她还打算用剩下的钱来报名学习表演课程,并在洛杉矶租房居住。

在哈洛一家飞往越南的八天前,他们住在位于韦斯特伍德的公寓里,为举家向海外搬迁做着最后阶段的准备工作。艾德丽塔在韦斯特伍德一家熟食店门外的人行道上遇到了詹妮弗·哈洛——她最喜欢的演员之一。当时詹妮弗的处境略显狼狈,她一面用手机跟人探讨与《西贡瀑布》有关的事宜,一面还得安抚正在发脾气的米格尔。

趁这机会,艾德丽塔在自己喜欢的明星面前施展浑身解数,终于设法令小米格尔平静下来了。詹妮弗受某种直觉驱使,邀请艾德丽塔跟自己和孩子们一起共进午餐。在用餐交谈过程中,艾德丽塔承认自己的梦想就是成为一名女演员。

"詹妮弗提出让艾德丽塔做自己家的保姆。"朱斯蒂娜说,她伸过手去又为自己倒上了一杯威士忌,"理由是她在成为真正的演员之前,应该拓宽自己对这个世界的认知,并真正深入地了解演员的生活。"

我说:"这听起来真是个千载难逢的工作机会。据我所知,很多明日之星最初就是在冷饮店之类不起眼的地方被发掘,继而得到改变命运的机会。"

"是吗?"朱斯蒂娜说,"总之,梅恩斯说艾德丽塔和孩子们相处得非常好,并且深受哈洛全家喜爱,一周后她跟随哈洛一家飞去了西贡。哈洛家的新保姆显然也是一名相当不错的女演员,哈洛夫妇给了她一个《西贡瀑布》里的小角色,她扮演的是一名在越南人民军攻陷美国驻越南共和国大使馆时逃往西贡的外交官的女儿。"

"这个艾德丽塔现在在哪儿?"我问道。

"我正要说这个呢。"朱斯蒂娜说完又给自己倒了一大杯威士忌。这着实令我有些惊讶,因为我以前从未见她像这样喝过酒。

梅恩斯说在哈洛一家为期九个月的越南之行过了一半的时候,艾德丽塔像是遇到了什么事情,从先前那个对哈洛夫妇的生活极为感兴趣,同时也因参演他们的电影而兴奋不已的女孩,变成了一个极度郁郁寡欢的人。虽然她仍然同以往一样努力工作,尽心照顾孩子们,可是整个人却显得不大对劲。

"有一次梅恩斯曾试图打探艾德丽塔心里的秘密,可她却拒绝吐露任何事情。"朱斯蒂娜继续说,"总之,在他们一行人从越南回来之前,哈洛夫妇便向艾德丽塔提供了与辛西娅一样的为期三个月的带薪假期。艾德丽塔在梅恩斯和哈洛一家离开西贡前两天就先行离开休假去了。"

"艾德丽塔去了哪里?"我问道。

"她回家了。"朱斯蒂娜闭上双眼说道,"事实上,她的家在墨西哥的瓜达拉哈拉。"

"这样啊,"我瞬间就联想到了另一件事,"那她姓什么?"

"戈麦斯。"朱斯蒂娜依然闭着眼睛,不过她的脸部肌肉略略抽搐了一下,"那个把我和克鲁兹投进监狱的哈利斯科州警察局指挥官,也姓戈麦斯。"

## 第八十二章

我还来不及将脑子里的各样信息整合起来,这时西摩敲了敲门框走进了办公室。他一眼就看到了那瓶米德尔顿威士忌,"这酒不错。"

"我还以为你会对这酒嗤之以鼻呢。"朱斯蒂娜从椅子上转过身来对西摩说道。

"嗤之以鼻?"我有些不解。

"唔,我也说不准。"她再次朝那酒瓶伸出手去,"不然是什么?"

"随你怎么说吧。"克龙彭伯格说。待朱斯蒂娜往自己的杯子里倒入了五六指深的威士忌后,克龙彭伯格从她手里把酒瓶取了过去。

"你们查明持枪歹徒的身份了吗?"西摩拿起酒杯准备为自己倒酒时,我迫不及待地问他。

"还没有呢,"他说,"而这正是我来这里的原因所在。"

办公室门上又响起了敲门声,随即莫琳打着哈欠走了进来。当她看到西摩正在倒酒,立马说道:"给我也来一杯吧。"

"又碰壁了吗?"西摩问莫琳,接着为她也准备了一杯。

"简直是处处碰壁。"她说,"甚至连牙齿信息记录也是如此。"

"你们当中有没有谁能跟我讲讲你们究竟在聊什么?"我问道。

西摩把莫琳的酒杯递给她,然后在她身旁的沙发上坐下,"我们掌握着罪犯的清晰指纹,所有能用得上的DNA材料,还有牙齿的照片……可说是应有尽有,然而却一无所获。"

"唔,还是有一点点收获的。"莫琳说,"不过尚不能完全确定。"

"从你说的话听起来,就像你已经喝了很多酒一样。"朱斯蒂娜略微有些吐词不清。

莫琳啜了一口威士忌,和颜悦色地叹了口气,随后向我们解释说,当他们将那死去的异装癖杀手的指纹和牙齿信息与全球各个执法数据库的资料进行匹配之后,却没找到一个可匹配项。

"然后呢?"我问道。

"然后就没有然后了。"西摩答道。

"这……这是……什么意思啊?"朱斯蒂娜问。

"看起来像是数据库中的某些信息被冻结了,令我们无法查到。"莫琳说。

"你们被阻止访问了吗?"我问。

"我觉得不是我们被阻止访问,"西摩说,"而是有些信息被冻结了。"

莫琳点了点头,"有迹象表明系统里仍然存有那个家伙的指纹痕迹,可是关于他的其他一切信息都像是被清空了似的。"

"这种可能性存在吗?"

"唔,起码那些信息彻底被毁损了。"西摩说。

"你们是在哪一个数据库里找到了信息被冻结的痕迹?"我继续问道。

克龙彭伯格抿了抿嘴唇,说:"近十年来的美国国防部人事记录库。"

我使劲拍了一下自己的大腿,"我一开始就感觉这些人很像前军人。"

"可是他们曾在哪里服役呢?"朱斯蒂娜高声问道,她比先前更加吐词不清了,"噢,对了,布德·兰金曾在海军服役,他本来应该知道该如何去着手查明对方身份的。哎,那么,我想说,我们为何不举杯向可怜的布德·兰金致敬呢?"

她已经喝得太多了,不过我还是点了点头,说道:"敬布德,一个值得纪念的灵魂。"

"没错,是的。"所有人都喃喃低语着,一口喝掉了各自杯里的酒。

"等这一切事情结束之后,我们将为布德举办一场像样的追悼会。"我说。

朱斯蒂娜再次伸手去取酒瓶,这回我将酒瓶从她手中夺了过来,说道:"要不,我送你回家去休息?"

她伸出一根手指,指向我,试图集中精力与我争辩。可是,随即她却舔了舔嘴唇,接着点点头,没有说话。我把她的空杯子放在我的办公桌上,然后转过身来,看到西摩和莫琳脸上都带着戏谑的表情。

原来朱斯蒂娜已经昏睡过去,甚至还打起鼾来。


## 第八十三章

当我赶到加州大学洛杉矶分校的医疗中心时,已经将近午夜十二点了。我向门口的安保人员出示了公司的工作证,便得以顺利通行。我们过去曾为这家医疗中心提供过一些无偿的公益服务,于是获得了能在非常规探视时间出入此地的特权。

我来到重症监护室所在的楼层,脑子里却一直回想着白天我所经历的种种事情,其中包括在我将朱斯蒂娜送回她家床上、为她盖好被子并关上床头柜小灯之前,她对我说过的那些话。

在我开车送她回家的途中,她突然从昏睡状态中惊醒过来。

"我爱你,杰克,"她喃喃地说,"谢谢你。"

"我也爱你,朱斯蒂娜,还有别跟我客气。"

她摇了摇头,"尽管如此,我们还是不能在一起。"

"我知道。"

当我将她抱到床上并让她和衣躺下之后,她养的两只雌性杰克罗素梗犬便开始不住地在床边上蹿下跳,同时还发出撒娇似的叫声。

朱斯蒂娜目光呆滞地安抚着两只小狗,让它们在她身旁躺下,嘴里说着:"对不起。"

"你为什么这样说呢?你不过是多喝了几杯而已啊,再说我也很乐意送你回来。"

她闭上了眼睛。"我不是指这个。"她说。

"快睡觉吧,朱斯蒂娜。我这就把狗狗带到外面去遛一遛。明天早上我们再聊,好吗?"

"我……我跟一个完全……不,也并不是完全陌生的人……上床了,而且……"

断断续续地说出这些话之后,她又再度昏睡过去。我把她的两只狗带到户外去遛了遛,然后把它们送回了家,再驱车赶往医院。朱斯蒂娜那番令人费解的酒后忏悔让我觉得自己的心像是被掏空了一般地难受。朱斯蒂娜和一个不完全陌生的人上床了?而且,她从来没有醉得像现在这样厉害过。

究竟发生什么事了?

直到我走进通往重症监护室的大门,看到德尔里奥的菲律宾籍"守护天使"安吉拉在护士站里瞪着我时,这个问题都还一直萦绕在我的脑海中。

"他正在睡觉,"她压低声音说道,"你不能进去。"

我朝她举起手来,将食指和中指交叉在一起,意思是"祝你好运",然后快步从护士站跟前走过。在我前往德尔里奥所住病房的路途中,一直都能听到她穿着护士鞋走在我身后"咯噔"作响的声音。待我走进病房之后,看到德尔里奥正坐在病床上观看安德森·库珀对琼恩·万塔的采访报道。

"你看到了吗?"他笑着问我,"真是个疯狂的老太太。"

我在他的床脚边站定,转头看向右侧,发现安吉拉也走进了病房,于是我开玩笑说:"说曹操,曹操到!"

德尔里奥再次笑了起来,然后说:"安吉拉,没事的。我现在睡不着,而听这个家伙讲话是非常无聊的事情,这能帮助我入睡,效果应该比服用安眠药或数绵羊还更好呢。"

她思索了片刻,继而朝我投来了颇具敌意的一瞥,"不过你不能在这儿过夜,你可别把加州大学洛杉矶分校医疗中心当成速8酒店了。"

"等他睡着了我就走。"我向她保证道。安吉拉离开之后,我在一把椅子上坐了下来,"你还好吗?"

"你把我的被子掀起来。"德尔里奥说。

我照他说的做了,然后非常惊讶地发现他的两只脚都在轻微地活动。

我说:"照这样的康复速度,你应该很快就能重回莫斯科大剧院去跳舞了。"

"莫斯科大剧院?"

"那泰拉·萨普舞团怎么样?"

"这还差不多。"他说。

"还有大河之舞剧团呢?"

"哥们儿,你还是见好就收吧。"

这一唱一和的善意玩笑令我感到极其放松,事实上这间病房里的一切都让我觉得舒畅,内心充满了感恩:尽管我在这一天里遇到了诸多奇怪而又令人烦恼的事情,可德尔里奥的身体却在渐渐好转,而且我这位最要好的朋友常常都能精神抖擞地和我说些俏皮话来逗彼此开心。

"你有什么事是需要告诉我的吗?"德尔里奥问道,"快把最新的情况都给我讲讲吧。"

我把这一天当中——从我离开他的病房到再次回来——所发生的一切事情都告诉他了。这当中包括:莫琳发现一家在开曼群岛注册的空壳公司曾通过其银行账号向哈洛-奎恩电影制片公司汇款数百万美金;朱斯蒂娜从辛西娅·梅恩斯口中了解到了关于哈洛家的新保姆艾德丽塔·戈麦斯的情况。不过,我并没有将朱斯蒂娜酒后对我说的那些话——她爱我但却不能和我在一起以及她和一个并非完全陌生的人上了床——告诉德尔里奥。

我还告诉德尔里奥,西摩和莫琳试图通过找出在梅尔快餐店行凶后毙命的那名歹徒的指纹信息以查明其身份,不料却连连碰壁。他立即说:"听起来像是有人把那凶手的档案给删除掉了。"

"没错,可是原因何在呢?联邦调查局在国防部人事记录库里也没查出个什么名堂来,他们说压根儿就找不到相关的档案,系统总是提示录入的指纹信息有误。"

德尔里奥眨了眨眼,凝神思索了一番,然后开口说道:"应该有个人能告诉我们他们是不是在撒谎。"

"你认识懂这方面门路的专家吗?"

"你也认识那个人,杰克,或者说曾经认识,在坎大哈的时候。"

这时我脑子里浮现出了一张我在阿富汗经历坠机事件之前曾见到过的一张脸。那是一张又圆又胖的男人的脸,上面嵌着一双深色的眼睛,目光冷峻。这家伙曾被人描述成"在有着天使般面庞的同时,却有着一颗刺客般的心"。

"我想起来了,盖伊·卡朋特。"我说。

"正是此人。"

"可我和他打交道已经是十年前的事了,我不知道该去哪里寻找这样的一个人。天哪,这简直像在大海里捞针一样困难。"

"不管怎么说,"德尔里奥说,"我现在有他的地址和电话号码。"

"什么？你怎么会有他的联系方式。"我难以置信地问道。

德尔里奥朝我投来充满怜悯的一瞥，"我猜你没有制作朋友和所爱之人的通讯录，杰克，不过卡朋特每年都会给你寄来一张圣诞节贺卡。"

## 第八十四章

朱斯蒂娜在次日早上八点一刻醒来，出现了严重的宿醉状态。她的头像被人用刀砍过一般疼痛难耐，嘴里仍残留着一些昨晚喝过的极品爱尔兰威士忌的味道，而且口干舌燥到了极点。

*天哪，我昨天怎么会……*

她记得自己昨晚去杰克的办公室时还没吃晚饭，也记得那威士忌喝起来口感实在了得，令她饮过之后身心愉悦……后来她渐渐觉得有些头晕，最终眼前一黑失去了知觉……这时她把手伸到床边，摸了摸她的两只宠物狗，其中一只还伸出舌头来舔了舔她的手。

*我为什么……我怎么会……*

朱斯蒂娜突然想起昨晚是杰克以消防员背运法将她带回家里的，而且她还依稀记得自己跟杰克说过一些话，关于……

"噢，上帝啊！"她把头埋在枕头里叹息道，"真希望那不是真的。"

可事实是怎样的呢？她向杰克坦承自己曾与一个陌生人发生关系的经历了吗？

"哦，天哪！"她再度叹息道，"为什么？接下来我该如何是好啊？"

但很快她就知道自己该做什么了：无论是否处于宿醉状态，无论是否头痛欲裂，她都得赶紧起床并前往太平洋混合健身房。她得直面自己做过的事——无论这意味着什么。换作是以往，她定会毫不犹豫地将自己脑子里的想法付诸行动。可今天她为什么觉得这样做竟比让她回到瓜达拉哈拉的监狱牢房还更糟呢?

在接下来的二十分钟里,她喝了将近一升纯净水,吃了一个香蕉核桃松饼,喝下了两杯意式浓咖啡,还服用了一颗萘普生片,然后驱车来到了太平洋混合健身房门口。直到这时,她依旧没有找到先前那个问题的答案。她实在不愿走进健身房去,她知道自己此时的身体状况并不适合接受高强度锻炼,那会令她累得站不起来,说不定还会把胃里的东西全吐出来。可不知怎地,她又隐隐觉得应该用那种令身体疲累又痛苦的方法来为自己先前所做的错事赎罪。

朱斯蒂娜从车里走了出来,觉得此时的宿醉感觉似乎并不比刚起床时好多少。她的耳朵里嗡嗡响个不停,眼睛肿胀不已。怎么会这样?

她拖着沉重的步子走进了健身教室,四下环顾一番之后,看到了大多数健身同学,只是没见着保罗。她勉强对健身教练挤出了一个微笑,说道:"你妹妹生下宝宝了吗,罗尼?"

"是个女儿。"他喜笑颜开地说,"名叫埃琳娜,她刚出生时的体重是三千克。谢谢你那天帮我照看这里并把课程取消的消息告诉其他人。"

"其实那天过来的人并不多。"她说。

"对,保罗说那天你和他一起完成了一些引体向上和俯卧撑练习。"教练说道,"对他来说,那已经算太多了,他还拉伤了背。"

"噢。"朱斯蒂娜说,随即又感到一阵剧烈的头痛,"那可太糟了。"

"你准备好接受今天的训练了吗?"罗尼问道。

朱斯蒂娜转过头去看了看白板,那上面写着今天的训练项目——弗兰。这简明的项目代号竟令她不寒而栗。

一些混合健身项目会被赋予一个独有的名字,而且通常是女性的名字,就像人们通常采用女性化的名字为飓风命名一样。其实,这些训练项目带给人的体验也跟那些猛烈的飓风差不了多少。在所有的"飓风"中，没有什么是比"弗兰"更可怕的了，它要求健身者在规定时间内必须争分夺秒地完成二十一次深蹲推举——将重达三十千克的杠铃举在锁骨位置，然后深蹲，起身，再将杠铃举过头顶，接下来还得依次完成二十次引体向上、十五次深蹲推举、十五次引体向上、九次深蹲推举以及九次引体向上。

好了，女孩，朱斯蒂娜有些凄然地想道，你将为你的过错遭受极大、极大的痛苦。

## 第八十五章

只用了九分四十秒，朱斯蒂娜就完成了"弗兰"，这当中还包含她两次去洗手间呕吐的时间。当她最终平躺在健身房地板上时，全身汗流如注，无法动弹，腹肌、腿臀及双肩都灼痛不已，可她却因身体受了苦，觉得内心反倒更好受了些。

她觉得自己理当为之前的过错而受苦。

"你知道我最欣赏你身上哪一点吗？"罗尼说。

"是什么？"她用嘶哑的声音问道。

"你有一种坚定执着、永不放弃的精神。"健身教练笑着说，"你在宿醉还未消退的情况下一直坚持训练，尽管中途呕吐过两次，但你仍然竭尽全力完成了目标。我喜欢具备这种特质的人。或许有人会觉得我的这种想法显得过于狂热了，但我的确喜欢那些无论做什么，只要开了头，就一定会进行到底的人。"

她挤出一丝微笑，"谢谢你，罗尼。等我的身体缓过劲来再跟你聊。"

当朱斯蒂娜拖着疲惫而僵硬的身子从健身房出来的时候，太阳已经升起来了。她觉得头脑有些发烫，但头部抽痛的症状也已减轻了不少。她感觉胃里也舒服多了，残留在体内的大部分酒精也在运动中随着汗液排掉了。她坐在自己的车里，又喝下了许多水，然后试着想明白接下来该做什么。

事不宜迟。

这句古老的格言给了朱斯蒂娜强大的驱动力，帮助她战胜了心里的软弱。她将车发动起来，一路驶向十公里之外的波纳文图拉特许学校。

这所学校的创始人从一位富有的姑母那里继承了一座位于门托内大道的公寓大楼，后来他将大楼进行翻新改造，创立了如今的波纳文图拉特许学校。教学楼采用的是布道式装修风格，墙面刷着装饰灰泥。学校离马路很远，前方是一片花繁草茂的花园，园子中央有两条呈十字交叉形的砖砌小径。现在仍然还很早，不过才七点一刻，校园里空荡荡的见不着一个人影。

朱斯蒂娜把车停在学校对面的街边，从这里可以看到校门前的砖砌小径。她将车窗摇下来一些，让新鲜空气透了进来。她在心里默默盼望保罗能在他的学生们到校前就先行到来，好让她得以有机会去修正自己走错的那段人生路，或者至少可以去探明那阵残酷的命运之风究竟将自己带到了何种境地。

十分钟过后，第一名学生露面了，是一个八九岁的非洲裔美国小姑娘，她穿着校服——白色衬衫和灰色格子裙，和母亲一起沿着花园小径朝校门走去。之后她给了母亲一个拥抱，接着蹦蹦跳跳地进了学校。

眼前这个女孩令朱斯蒂娜不由得想起了玛利亚——哈洛家的大女儿，随即她又想到了金妮和米格尔，这三个孩子已经超过一个星期没见到父母亲了，而且他们生活在戴维·桑德斯的控制之下也已经有四天了。原本就是孤儿的他们，在发现自己又有可能再度陷入那痛苦境地的时候，不知该有多么无助和绝望啊。可怜的孩子在如此年幼之时就得在噩梦般的处境中苦苦挣扎着求生存。

一想到这些孩子们，朱斯蒂娜禁不住在心里对哈洛夫妇涌起了一阵赞赏和钦佩之情。没错，她的确发现了一些对托姆和詹妮弗的形象有损的事情：不帮助自家的帮佣获得美国国籍，在安全房的天花板上对准自己卧房安装摄像机。可与此同时，虽然他们并没有必要这样做，但还是收养了三名贫困的孤儿，并且还为世界各地丧失父母的孩子们设立了一个颇具爱心的基金会。朱斯蒂娜用手指在方向盘上敲打，心里想着关于那个基金会的事情，这才意识到他们对托姆和詹妮弗夫妇二人的了解不过仅限于此而已，实在是所知甚少。

朱斯蒂娜曾见过哈洛夫妇在一些偏远、贫困之地拍摄的宣传海报——有两人的合影，也有单人照。海报上的他们总是一成不变地怀抱着一个营养不良但却非常可爱的孩子。哈洛夫妇出资兴建了不少学校和学生宿舍，也在为孩子们改善水资源方面……

朱斯蒂娜的注意力突然回到了马路上，保罗的蓝色丰田佳美轿车在波纳文图拉特许学校门口的花园前停了下来。他是从副驾驶座位走出来的，面带微笑，和往常一样头发蓬乱却不失英俊帅气。

朱斯蒂娜只看了保罗一眼，目光便迅速被坐在车里的其他人给吸引了。她惊骇万状地盯着坐在方向盘后面的一名漂亮金发女子，以及坐在车后座的两名年幼的孩子。做母亲的给了保罗一个飞吻，他作势接住了她的吻，然后便转身向学校走去，一路上不时用右手按压着自己的腰背部。

丰田轿车重新启动，从朱斯蒂娜身旁驶过。驾驶座那一侧的窗户是打开着的，里面那个女人透过后视镜看着她的孩子们——一个男孩和一个女孩，年龄都不超过三岁。两个孩子都在唱歌："巴士的轮子转啊转，转啊转，转啊转。"

"噢，上帝啊！"朱斯蒂娜喃喃自语道，眼里噙满了苦涩的泪水，脸颊因内心的羞愧而滚烫不已，"瞧瞧我干了什么！"

## 第八十六章

"'格布'又发来了一封电子邮件,与以往一样,看不到发件人信息。"威尔斯市长如是告知来自市、郡、州和联邦各级政府的执法官员,整间会议室被挤得满满当当。"声称他们不再接受任何形式的现金支付。"市长继续说道。

天刚破晓,米奇·菲斯克便打来电话通知我参加这场会议,当时我还在熟睡——自打德尔里奥受伤之后,我还是头一次睡得如此香甜。菲斯克将"格布"提出的要求简明扼要地告诉了我,我向他提议让我带着克龙彭伯格和莫琳·罗斯一道参会,他表示同意。

我们三人站在会议室后面的墙边,一面聆听,一面留意着是否有机会给出建议。

"那么他们想要哪种支付方式呢?"郡治安官卡姆马拉塔问道。

"电子转账。"市长阴沉着脸说,"我们将收到一个以短信或电子邮件方式发送的收款方银行账户信息,然后我们得在那之后十分钟内作出回复,声明我们将在何时付款。如果我们在今天之内安排付款,那么应付金额是七百万美金。如果我们在今晚十二点之前没有安排付款,应付金额就会上涨至一千万。到了明天晚上十二点,要是我们还没付款的话,接下来将会有八个人为此丧命。"

会议室里响起了一阵低沉的交谈声,与会者们纷纷交头接耳,试着弄明白"格布"究竟是出于何种目的才提出这样的要求。令我惊讶的是,在嘈杂声平息下来之后,莫琳竟是第一个给出建议的人。

"市长,如果我是你的话,我会同意在明天支付一千万美元。"她以响亮而坚定的声音说道。

这话似乎令卡姆马拉塔有些不悦,他看着我问道:"她平日里是不是常将一千万美金的公款随意花掉,摩根?"

不过市长看起来颇有些讶异,她饶有兴趣地看着莫琳,"我为什么要这么做呢,罗斯女士?"

莫琳带着轻蔑的笑意看了郡治安官一眼,然后解释道:"因为如果能等到明天的话,你就可以留给我们足够多的时间在转账系统中附加一个木马程序,这个程序将帮助我们追踪那笔钱的去向,从而确保将来还能追索回来。"

这时,甚至连联邦调查局的克莉丝汀·汤森德特工看起来也因莫琳的提议而有所触动。她看着我说:"国际私人侦探公司竟然能做这样的事?我压根儿就没想过这种可能性。"

说实话,我认为我们没法做这样的事,可是在我还未及开口的时候,西摩就抢先说道:"唔,其实不是由国际私人侦探公司直接操作,而是由莫琳的朋友们——也可以说是我们在加州理工大学的雇员来完成。我猜想他们应该能以极快的速度编写出这样一种木马程序。"

猜想?我琢磨着,以极快的速度?对此我是持怀疑态度的。我的意思是,国际私人侦探公司的雇员中的确有一些来自加州理工大学、斯坦福大学及加州大学伯克利分校的一流科学家。可是,他们能否在一夜之间就编写出莫琳和西摩想要的那种木马程序,那又是另外一回事了。

但我嘴上却说:"我认为我们可以给莫琳十五分钟的时间去确认一下这件事是否可行。"

"你快去吧,罗斯女士。"威尔斯市长说,莫琳随即离开了会议室。

"那赎金怎么办?"联邦调查局洛杉矶分部的负责人问道,"你要如何筹到那笔钱呢,即便你最终能将其索回?"

威尔斯犹豫片刻之后把双手往上一甩,一脸无可奈何地说:"要是我们最终没能成功索回那笔钱,我真不知道自己在面临诉讼——甚至有可能是刑事诉讼——时该如何为自己申辩。"

"你可以找好莱坞的普通公民借款以筹集资金。"菲斯克说,"并以某种方式予以其还款保证。"

市长并不喜欢这个主意,我觉得这也不能怪她。"格布"已经杀害了二十一个人,其中还包括两名警察。倘若市长在这种时候找普通公民借款来筹措赎金的话,就会显得她似乎没有能力应对当前的局面,这对一个想在仕途继续往上爬的政治家来说绝非好事。

"你们可以打电话给州长。"来自加州司法部刑事审判庭的比尔·艾奇达提议道,"在目前的情形下,他或许愿意从他掌管的某个账户中把赎金划拨过来。当然,前提是你们刚才提到的那个木马程序已经准备好了。"

"可我们并不知道这个程序能不能被编写出来!"郡治安官抱怨道,"我们……"

莫琳重新回到会议室里,边走边啜饮着手中的咖啡,待她留意到所有人的目光都集中在自己身上之后,停下脚步说:"呃,怎么了?"

"他们能编写出你说的那种木马程序吗?"市长问道。

"噢,"她有些恍然大悟的样子,似乎刚才她的脑子里一直在想别的什么事情,"当然可以。"

"那么,你们要为此收取多少费用?"汤森德问我。

"完全免费。"我不假思索地回答道,"国际私人侦探公司不会为此收取一分钱,那些计算机科学家们也一样。我们想要逮住不法之徒并让洛杉矶重得安宁的愿望跟你们一样强烈。"

## 第八十七章

"这事儿就交给你来牵头处理了,我会在背后全力支持你的。"我对莫琳说,"加州理工大学的伙计们多快能赶过来?"现在是上午九点半,我和她一起离开市政厅,朝停车场走去。

"她们都是女生。"莫琳纠正道,"据我所知,她们现在已经在来的路上了,应该正在车里加紧编写程序呢。现在需要落实的关键问题是:那笔赎金将以何种方式进行筹措,还有转账系统的原理及安全代码是什么。"

我说:"我只想知道它究竟能不能管用。"

"当然管用了,"西摩说,"你可以把它想象成一只虱子。"

"你是指长在狗身上的那种虱子吗?"

"或者是寄生在鹿等大型动物身上的蜱虫。"他回答道,"她们编写的程序很小,将被隐藏在转账文件元数据中。即便是在最富有经验的程序员眼中,它看起来也不过是一串极为普通的数字代码。"

莫琳点了点头,"这个程序还具备自我复制的能力,所以其中一个被复制出来的代码将会随着元数据不断参与随后每一次的转账,有点儿类似于电脑病毒的运作原理,但又不完全一样。"

"那么我们要如何把钱弄回来呢?"

"这个程序将被设计成能即时将每一个收款账号的归属地都发送回来。"

"无论那笔钱被转账多少次都可以吗?"

"确实如此。"莫琳说。

"好的,"我说,"我可真是大受感动,我以前还不知道我们竟然有这般能耐。"

"我们每天都能从你的公司学到新东西，杰克。"西摩说。

说着说着我们已经来到了室内停车场，我告诉他们我待会儿会去公司跟他们碰面，现在我想先去看看朱斯蒂娜。她今天打电话给我请了病假，我得去看看她的宿醉究竟严重到什么程度。

我刚一坐进途锐越野车，手机便响了起来。我发动引擎，待车载立体声蓝牙耳机一启动，我就接听了电话，"我是摩根。"

"是你吗，杰克，我在加州的老朋友？"一个浸润着加勒比海地区口音的男声说道。

我先愣了愣神，不过很快便辨认出了这是谁的声音。我把车从停车位上倒退出来，朝停车场出口驶去，"如果我没猜错的话，我想你应该是卡洛斯·桑·西埃洛，对吧？"

"是我啊。好久不见，杰克。"卡洛斯·桑·西埃洛回答道，"我是从开曼群岛给你打来电话的。"

"你可真够幸运的。"

"这里天气相当不错，"他说，"谢谢你交托给我的任务。"

"唔，我认为你是执行这项任务的不二人选。你有什么新发现吗？"

这名侦探在电话那头犹豫了片刻才开口说道："的确有。不过，这得让你额外花掉一笔不小的费用。"

"这是怎么回事？"我问道。

"那个在乔治市的注册代理人实在是个蠢货。"桑·西埃洛答道，"他跟我说他不能将ESH有限公司所有者的姓名透露给我，我谎称自己代表一位财力雄厚、想要在开曼群岛注册一打公司的人前来打听情况，但他依然对那公司的情况守口如瓶。"

"是吗？"我边讲电话边将车开出室内停车场，转而朝着圣塔莫尼卡港口高速公路驶去，朱斯蒂娜的家就在那个方向。

桑·西埃洛又在电话那头沉默了许久，之后再度开口道："后来我不得不塞给他五千美金，这才得以让他勉强说出了你想知道的东西。"

"我会把这笔钱付给你的。"我在车流中穿梭着,"ESH有限公司的所有者到底是谁?"

桑·西埃洛吹了一声口哨,语速很慢,"他说出来的名字实在令我难以置信,于是我要求他让我亲眼看看公司章程。"

"你就干脆利落地说出来吧,卡洛斯,我这儿还忙着呢。"我有些不耐烦。

"噢,好吧,我当然会说出来的,杰克。我只是习惯了这种沟通方式……这家ESH有限公司的所有人是托姆·哈洛和詹妮弗·哈洛,另外还有两个名叫戴维·桑德斯和特里·格拉夫的家伙。"

我满心困惑地驶离了高速公路。哈洛夫妇与他们的律师及首席制片人竟然通过一家离岸公司向他们自己的公司汇款?为什么呢?我猜想这当中肯定涉及到一些避税方面的考虑。可是既然哈洛夫妇有数以千万计的离岸资金可以动用,那桑德斯为什么声称他们正处于濒临破产的境地呢?桑德斯为什么一开始就在这件事上撒谎?

他曾告诉我们:托姆·哈洛声称有一位神秘的新投资人愿意投给他足够多的钱来完成《西贡瀑布》的拍摄和制作,而财务记录则清楚地表明,转给哈洛–奎恩电影制片公司的两千七百万美元均来自哈洛夫妇所拥有的另一家公司。这是怎么回事?难道这是那位神秘投资人的意愿使然吗?

"杰克?"

"我听着呢,"我说,"你有没有问过那名注册代理人,ESH有限公司究竟拥有多少资金?"

"我当然问了,"桑·西埃洛回答道,"不过这个问题的答案又得花掉你五千美元。"

"是吗?"我边说边将车拐了个弯,"你倒是先跟我说说,咱们这场谈话总共会花掉我多少钱?"

对方犹豫了一阵,"呃,总共是两万美元。"

"两万?"我不由得扬起了眉毛,"希望你获知的信息确实值这个价,卡洛斯,否则我将不得不重新慎重考虑我们之间的合作关系了。"

"噢不,别这样,杰克,我得到的关于ESH有限公司的信息相当有价值。"桑·西埃洛向我保证道,"那名注册代理人最终欣然让我看到了这家公司的资金状况,同时还为我复印了一些相关资料。这家公司的资金非常雄厚,而且资产一直在与日俱增。"

"它的资金是从哪儿来的?是从什么人那里得来的?"

"可以说是来自世界各地的各种企业和私人。"他回答道,"目前ESH有限公司在其巴拿马的银行账户里还有两千三百万美元。"

两千三百万美元……"真的吗?"

"没错,我已经将所有的相关资料复印件都扫描并发送到你的办公室了。你可以自己去看看它的资金来源。"

"这样吧,"我应道,随即转弯驶入了朱斯蒂娜所住的街道,"你把它们都发给莫琳·罗斯。"

"你说的是那位人称'莫神'的计算机天才吧。好的,没问题,我会在两个小时之内就发过去。"

"卡洛斯?"

"怎么了,杰克?"他的声音里略微有些戒备的意味。

"干得好!跟你合作非常愉快。"

我几乎能听出此时他正在数千公里之外喜不自禁地微笑着,"我期盼着以后还能代表国际私人侦探公司执行更多任务。"

"下次有需要时我再联络你。"我将车驶上了朱斯蒂娜家的陡峭车道。

我挂断电话,停好车,拉起手刹,没有关闭发动机,在车里静坐了片刻。我思索着ESH有限公司账上的资金究竟是从何而来的。哈洛夫妇是国际巨星,他们在世界各地拍摄和制作电影,他们的电影也在世界各地的影院播映并获得票房收入。从诸多方面来看,他们拥有一家具备离岸账户的公司,从而合法避税,这的确是合情合理的。

我从越野车上下来,脑子里还在继续琢磨着这事儿。再说,待会儿我在家门口简单看看朱斯蒂娜的情况之后就会立即上路回公司,所以也就没必要关闭汽车引擎了。我压根儿就没注意到另一辆车停在了我身后的街道上,也没留意到一个身着深色牛仔服的男人从那辆车上下来了。不过当我略微转身,朝着朱斯蒂娜的家迈出第一步的时候,我用眼角的余光瞥见从车上下来的那名男子手里握着一个东西……说时迟那时快,他一挥手便将一把装有消音器的手枪对准了我的脸,这一始料未及的情节不禁令我大惊失色,完全乱了阵脚。

## 第八十八章

"他们决定支付一千万美金,而不是七百万。"科布说道,这时餐馆女侍爱丽丝刚刚取走了他们的午餐订单,"这是为什么?"

科布和余下的几名手下沃森、尼克森、赫尔南德斯和凯莱赫此时正坐在位于大西洋大道上的罗比伊甸小餐馆里,这家餐馆主要售卖汉堡和颇有新意的三明治,不过他们选择来这里用餐的最主要原因是罗比伊甸距离团队驻留了两个月的卡车修理厂还不到两公里。

这两个月以来,科布一行已经成了罗比伊甸的常客。他们每次来用餐的时候都穿着印有"洛杉矶拆迁队"字样的橄榄绿工作服,这份虚构出来的职业足以令他们在餐馆不至于引起其他人的注意。

科布不仅穿着上述工作服,脸上还戴着厚厚的装扮物及一副深色太阳镜。他环顾了一下坐在餐桌四周的各人,继续等待着他们给出回答。就在十分钟之前,他们才刚刚通过市政府网站看到了市长针对他们所提要求的回应:"明天支付一千万。"

"这年头无论对谁来说,一千万美金都不是一笔小数目,科布先生。"凯莱赫开口说道,"或许他们需要一些时间来凑齐我们要求的金额。"

"我认为他说的或许有道理。"赫尔南德斯说。

"不管出于什么原因,"尼克森说,"总之他们愿意给一千万,对吗?这可比只给七百万要好得多哩。或者,我还有什么考虑得不周全的地方吗?"

"我们的目标可不是为了获取七百万或一千万美金,尼克森先生。"科布说。

"没错,这我知道,科布先生。"尼克森回答道,"可是如果他们并不是通过政府的某个大账户来汇出那笔钱的话,或许这就是我们能得到的全部了。"

科布摇了摇头,"那笔钱肯定会通过政府的大账户汇出,而且他们还会试图追踪钱的去向。"

"可你并不知道……"沃森刚一开口,却被科布打断了。

"沃森先生,通过演绎推理法,我们确实能肯定这一点。"科布坚持道,"正是基于这个原因,我才让你不要将那区区一千万美金过于放在心上。等他们对这笔钱进行追踪的时候,你要设法获知他们的账户名和密码信息,再将里面的钱劫掠一空。"

"如果里面什么都没有呢?"赫尔南德斯有些怀疑地问道,"我是指除了那一千万美金之外。万一他们只准备了足额资金该怎么办,科布先生?"

科布毫不迟疑地回应:"赫尔南德斯先生,难道这还不够明显吗?待那笔钱到账之后,我们再让凯莱赫先生装扮成'格布',出去兜兜风。"

"这听起来是个不错的计划。"尼克森说。随后他举起一只手,朝女侍者喊道:"喂,爱丽丝,能把我们的账单拿过来吗?"

## 第八十九章

我做出了我唯一能想得到的举动：赶紧俯身朝我的途锐越野车里钻去。随即我听到了子弹从那支装了消音器的枪里射出来所发出的闷响，紧接着又听到了越野车驾驶座左侧的车窗玻璃碎裂的声音。很快又来了第二发子弹，这次击在了车门上，而我刚把双腿拉进车里，正心急如焚地试着抓取我放在车里的手枪。

可是我的手却够不着枪，同时我听到了一阵朝我逼近的脚步声。我将身体横趴在前排两个座位上，车内的紧急刹车杆正好映入了我的眼帘，于是我赶紧将其压下松开。

越野车立刻沿着陡峭的车道往下滑，打开着的车门正好撞上了那个试图杀死我的家伙。

他用俄语咒骂了几句，瞪大了眼睛，想让我的车停下，以便瞄准我开枪。我将变速杆往倒挡方向猛地一推，一脚踩下油门，车飞快地倒退着朝街道驶去，杀手也被车门推挤着滑下了车道。不一会儿，我的车尾撞到了他停在街边的车子侧面，发出振聋发聩的声响，这时他已消失在了我的视野之外。

巨大的冲击力震得我重心不稳，再度倒在身旁的座椅上，不过我迅速坐起身来，找到了手枪，然后用脚推开车门，下到地面，赶紧摆出了准备射击的姿势，同时环顾了一下四周……

只见他摊开四肢躺卧在路边一辆老式庞蒂克轿车旁边，这辆车正因发动机逆火而发出"突突突"的噪声。他的枪躺在离他八英尺远的地面上，我立即抬脚对准那枪用力一踢，将其踢进了更远处的排水沟里。这时我留意到他的右腿骨折了，而且一侧嘴角有大量的鲜血汩汩涌出。我身后传来了狗叫，是朱斯蒂娜养的两只杰克罗素梗犬欢欢和乐乐在她屋内狂吠的声音。

"你为什么想要杀死我？"我问他。

"去你妈的！"他恶狠狠地说道。

我朝他已经骨折的那条腿踢了一脚，没工夫去关注街边那些纷纷走出家门的住户们，他们来到街上，想看清楚究竟发生了什么事情。我原以为杀手会因疼痛而发出尖叫声，可他只是无力地呻吟了一下。"你为什么这么做？"我再次问道，"如果你不说的话，我这次就会用力踩你的腿。"

"没有原因。"他的声音里带着浓郁的俄罗斯口音，"我只是完成我的工作而已。我是受雇于人的。"

"你是被谁雇用的？"我问他，"谁想让我……"

俄罗斯人脸上带着难以参透的表情，他费力地咳出了一团带有泡沫的鲜血，随即便在这条位于圣塔莫妮卡的小巷断了气，这里离朱斯蒂娜的住宅非常近。

## 第九十章

约莫一个小时之前，朱斯蒂娜坐在卧室里一把又厚又软的椅子上，让两只狗都趴在自己腿上。她仍然还穿着健身服，心情颓丧得想要再度哭出来。她竟然勾引一名已婚男子跟自己发生了关系，而这个男人有一位漂亮的妻子，还有两个孩子——他们坐在汽车后座唱着关于巴士车轮子的童谣。朱斯蒂娜把欢欢和乐乐紧紧地抱在怀里，凄惨地想着：我是一个破坏别人家庭的坏女人。

这番评价与朱斯蒂娜以往的为人毫不相符，此时它像幽灵一般盘踞在朱斯蒂娜的脑海中，挥之不去，试图令她因自己和保罗之间发生的事情以及自己在墨西哥所遭受的袭击而精神崩溃。

她已经为自己的过错受过苦了，可是压在心头的重担却并没有减轻，她略感苦涩地意识到，患有"创伤后精神紧张性障碍症"的客观事实不会因她已经做过的事而产生任何改变。

接下来朱斯蒂娜觉得应该以某种方式来纠正自己的过犯，以此赎清罪过。她应该去找保罗的妻子坦承一切吗？可那样做又有什么好处呢？只会深深地伤害那可怜的女人，甚而毁了她和保罗的婚姻。认识保罗以后，朱斯蒂娜扮演的是主动侵略者的角色，她在对保罗几乎一无所知——甚至连对方的姓氏都不知道——的情况下便草率地促进了两人之间那种暧昧情愫的蔓延。尽管他也有错，他任由自己被朱斯蒂娜勾引，而且他还在那件事发生的前一天主动邀请她一起去喝咖啡，但是……

她的脑子里一团乱麻，不知道自己该怎么做。苦思了一会儿，她似乎又知道接下来该做什么了。她拨通了埃伦·海耶斯的电话，此人是她非常钦佩的一位心理学家同仁。

"朱斯蒂娜，"海耶斯说，"我很高兴接到你的电话。"

"是呀，埃伦，我们好久没联系了。"朱斯蒂娜开门见山地说，"现在我想请你为我推荐一位专门研究'创伤后精神紧张性障碍症'的心理治疗师。"

"这正是你的专长啊，亲爱的。"

"可眼下我的身份是病人，埃伦。"

对方沉默了片刻，尔后说道："你还好吧？"

"我在身体方面没有任何问题，"朱斯蒂娜说，"至于其他方面，还有待进一步确诊。"

"那么你到我这儿来吧，"海耶斯说，"我能为你……你明天下午四点过来，怎么样？"

"没问题，谢谢你。"朱斯蒂娜说完便挂断了电话。

她走进浴室，打开淋浴喷头，默默地站在热水下面。想到自己很快就能跟人谈论这些天所遭遇的事情，她在心里渐渐燃起了一丝希望。与此同时，她告诫自己务必得在这天当中接下来的时间里找些事情来做，否则她肯定会借着疯狂的飙车来释放长久压抑在心底的内疚而苦楚的心绪。

洗完淋浴并擦干身体后，朱斯蒂娜强迫自己列出了一份近期待处理事项的清单。

她可以回到瓜达拉哈拉，找到艾德丽塔·戈麦斯，查明她和哈利斯科州警察局指挥官戈麦斯是否有任何瓜葛。可是一想到这个念头她突然不寒而栗，这才意识到原来自己对戈麦斯指挥官的惧怕程度并不亚于监狱里那个大块头女人卡拉。

除此之外，她今天还可以做一件事，那就是对哈洛夫妇的爱心助力基金会进行调查。

朱斯蒂娜吹干头发，穿上了瑜伽裤和一件印有"南加州大学特洛伊木马队"的运动衫。她坐在客厅地板上，用面前的笔记本电脑打开了爱心助力基金会的网站。网站主页的背景图片是托姆·哈洛与詹妮弗·哈洛手牵着手、对着镜头展露迷人微笑的照片，看起来宛如他们虽在亲密缠绵的时刻被你打搅了，却又乐于见到你一般。

事实上，当朱斯蒂娜第一眼看到这张照片时，着实有些难以相信自己正在访问的竟然是一个救济孤儿的基金会网站。不过她随即看出照片上的哈洛夫妇身后有一座位于林中空地的学校建筑，外墙被刷得雪白。

网站的其余页面向人介绍了该基金会正在修建的孤儿院的情况，还展示了一群群快乐的孩童聚集在哈洛夫妇二人或其中一人周围的照片。朱斯蒂娜为这个基金会打算成就的事以及希望帮助的孩童数量而深受触动，显示在网站每一个页面上的言辞得体的募捐请求也给朱斯蒂娜留下了深刻的印象："爱心助力基金会需要您的帮助来完成我们的美好愿景！"

募捐请求下方还有一个"贝宝"①支付图标按钮,这让捐款成为一件非常容易的事情。

朱斯蒂娜决定打开加州总检察长的网站,看看上面有没有关于爱心助力基金会的投诉信息,可是并没有找到。随后她又打开了好几个慈善团体监管机构的网站,仔细查看网友在其上对各个慈善团体的评价。爱心助力基金会因运作透明化及富于创新精神而广受赞誉,而且哈洛夫妇这对知名演员的参与也为其增色不少。有些评价还提到哈洛夫妇决定将募捐筹款总额的一半拨出来作为捐赠基金,进行非营利性投资,这类似于一些大学的做法:筹集捐赠基金,帮助其提高自身水平,从而取得更大成就……

突然,从她的房子前方传来了巨大的撞击声,令她本能地将视线从电脑屏幕上移开了。

欢欢和乐乐发狂般地穿过客厅,迅速跳上了摆放在屋子前窗下的沙发,然后狂吠不止。朱斯蒂娜站起身来,透过百叶窗缝隙看向窗外,不料竟看到杰克的途锐越野车撞上了一辆黑色庞蒂克轿车的侧面。

杰克正用手枪指着一个显然因失血过多而身亡的男人。

# 第九十一章

我的运气实在是糟透了,因为洛杉矶警察局派出了我"最爱"的两名警员来调查发生在朱斯蒂娜房子前的事故。他们分别是米切尔·坦迪警官和伦恩·齐格勒刑警,这两人都曾在我前女友遇害身亡

---

① PayPal(中国大陆的品牌名为"贝宝")是美国 eBay 公司的全资子公司,类似国内的"支付宝"。

的案子中力求将我定罪。我不敢怠慢，以专业的态度坦率而诚恳地回答了他们提出的每一个问题。我告诉他们，早上我一直都和市长及菲斯克局长待在一起，然后我驱车前来探望朱斯蒂娜，没想到却在她的房子前遭到了袭击。

"他说他是被人雇用的？"坦迪警官问道。他是一个很难对付的小个子男人，热衷于光顾美黑沙龙。

"他说他在完成自己的工作。"我答道，"我问他受雇于谁，他还来不及回答就死了。"

我们就站在朱斯蒂娜家的车道上交谈着。她站在远处，将分别系着欢欢和乐乐的两根皮带握在手中，看着一群犯罪现场调查专家和管辖她所在街区的巡警们在她家门口忙活着。

"这倒挺省事的，他就这么死了。"齐格勒刑警说道。他曾是个游泳健将，后来却渐渐疏于锻炼，体格也每况愈下。他的双肩依然宽阔，腰部却长满了赘肉。我每一次见到他的时候，都发现他越来越像一头海象。

"对谁来说挺省事的？"我问道，其实我心里已经知道他想表达的意思了。

"除了你还有谁。"齐格勒回答道。他似乎总是喜欢以带有阴谋论的眼光去看待一切事情。

"你知道吗，伦恩，这一次我完全同意你的看法。"我说，"他在杀死我之前就先死了，这的确是为我打开方便之门了。如果这件事令你失望了，那么请接受我的歉意。"

坦迪朝阴谋论者"海象"挥了挥手，示意后者别再继续跟我纠缠下去了，然后对我说："你知道有谁想置你于死地吗，杰克？"

我心烦意乱地想到了好几个可能希望我死的人：卡麦·多西亚，"格布"，绑架哈洛夫妇的人，以及我的孪生兄弟汤米。可是，我把这些事告诉警察又能得到什么好处呢？这样做岂不相当于是让他们去干预我宁可保密的事情吗？

"不知道。"我最终开口说道,"我近来不过是在做一些传播快乐的善行而已。这是众人皆知的事情。"

"没错,"齐格勒说,"我们都知道现在你是调查托姆·哈洛失踪案的'正规军'成员了。"

我没有理睬他,转而问坦迪:"你会告诉我死去的那名杀手的身份吗?"

"我认为你应该已经知道他是谁了。"齐格勒说。

这倒是事实。我已经搜查过那辆庞蒂克轿车,并从中找到了一个钱包和一些足以证明受雇行凶者身份的证件。那人名叫弗拉基米尔·卡伦诺夫,现年三十七岁,是住在纽约布莱顿海滩的一名外籍居留者。他开的那辆车的注册登记地也在纽约。我赶在警方到来之前就已经对他的所有证件都拍过照,然后将它们都放回到原位。

我一脸平静地望着齐格勒,开口说道:"而我也认为你应该已经知道我知道他是谁了。"

"什么?"齐格勒被我搅糊涂了。

"我现在要走了。"我说,"既然你们有捍卫法律的誓言在身,那么就请尽快查明那个幕后主使是谁吧。"

说完这番话,我朝朱斯蒂娜和她的两只狗走去。自从她拨打了"911"报警电话之后,我们还没来得及说上一句话。

"你想喝点咖啡吗?"她问我。她看起来既焦虑又有些忧伤,而我还从未见过她的脸色像现在这般苍白。

"非常想。"

朱斯蒂娜家中的百叶窗窗帘是合上的,不过其背后的玻璃窗打开着,所以我们能听到在屋外对犯罪现场进行勘查的工作人员彼此交谈的模糊话语声。朱斯蒂娜的两只狗不时会因屋外传来的些微动静而叫上几声,而她每次都会对它们进行一番安抚,好让它们尽快安静下来。刚刚遭遇的那场袭击令我的脑袋仍然嗡嗡作响,手也抖个不停。倘若我当时没有及时踩下汽车油门,天知道现在会是怎样的结果。

朱斯蒂娜为我端来了一杯咖啡。我打量着她，想让自己可以暂时从惊魂未定的状态中抽离出来。当她转过身来面朝着我时，我不禁一惊，从她的神情看来，她正背负着巨大的心理负担。她是因为那个"并不是完全陌生的"情人才变成这样的吗？

"你还好吗？"我关切地问。

她点了点头，"没事，可能只是脸色看起来不大好而已。我还不太习惯空腹喝太多咖啡。"

我没说什么，只是看着她在我面前的厨房柜台旁坐下来，然后用勺子搅拌着杯里的咖啡，那专注的程度甚至会让人觉得她是在做一件极其有趣的事情。

"你是如何应对这种情况的？"她终于开口问道。

"你指的是什么？"

"暴力行为。"她说，"你在应对暴力侵害行为时显得轻松又从容。"

"其实也不尽然，"我答道，"我只是在这方面接受过相应的专业训练，所以在面对混乱局面时能尽力做到随机应变。"

"唔，不过我觉得这主要取决于当时的情况是不是在你的处理能力范围之内吧。"她说。

"你的意思是……"

她摇着头说："算了，我还有更重要的事情要告诉你。我已经对爱心助力基金会的情况进行过一番调查了。"

虽然我仍然很想知道她究竟遇到了什么事情，可是我能感觉得出她此时并无心情跟我分享她的私生活。于是我说："你说的是那个救助孤儿的慈善团体吗？"

"是的，"她说，"那可是个非同寻常的组织。"

朱斯蒂娜让我看了看爱心助力基金会的网站，然后又让我查看了她在众多慈善团体监管机构的网站上搜集到的关于该基金会的评价——它们援引了哈洛夫妇关于设立捐赠基金的承诺，并对爱心助力基金会在这方面表现出的远见卓识而大加赞赏。

"这让人觉得他们就像圣人一样。"我说。

"没错,"朱斯蒂娜说,"可话说回来,有多少声称重视家庭的国会议员曾在跟情妇厮混时被人逮个正着呢?"

"数量还真不少哩。我们来继续挖掘跟这个基金会有关的情况吧。"

接下来,我们在浏览了一打或更多关于爱心助力基金会的正面评价之后,竟然在两个月前刊登在《伦敦时报》上的一则关于该基金会的报道文章下面发现了一条与众不同的评论。

发表这条评论的人署名是"阿布巴卡尔"。

这位阿布巴卡尔先生自称来自尼日利亚。"他们曾经承诺要为我们兴建一所孤儿院和一座学校。"阿布巴卡尔写道,"他们声称已经在我的国家修建了好些孤儿院和学校。可是诸位不要被哈洛夫妇的明星光环蒙蔽了双眼,你们大可以到我们这儿来实地考察一番。你会发现,在我的国家找不到任何一所他们修建的孤儿院或学校。"

朱斯蒂娜说:"这可能是个精神不大正常的人在胡说八道吧,难道你不这样认为吗?"

《伦敦时报》上这则报道下面的其余评论都无一例外地全是溢美之词。就在我打算认可朱斯蒂娜的判断时,却突然想到了一个一直以来都显而易见的情况。

我的脑海里有一扇门突然被打开了,我从喷涌而出的思绪中捕捉到了一个看待托姆·哈洛和詹妮弗·哈洛的全新视角。

"怎么了?"朱斯蒂娜大概留意到了我神情中的异常,"你相信他说的是真的?"

"在我回答你的提问之前,我们得先将一些东西调查清楚。"我回答道,"然后我们将会和哈洛-奎恩电影制片公司那帮态度友好的工作人员进行一场面对面的谈话。"

# 第九十二章

戴维·桑德斯住在布伦特伍德①一座气势恢宏、具有乔治王时代艺术风格的庄园里。庄园被高耸的围墙所环绕，还有一扇正对着北卡尔梅利纳大街的大门。由于我的途锐越野车在事故中遭到严重毁损，所以我开着一辆公司的旅行轿车前往桑德斯的庄园。晚上七点半，我的车在庄园大门口停下，现在距门托内通知我们桑德斯已经返家并打算宴请宾客之时已经过去了四十分钟。那么，他要招待的客人是谁呢？卡米拉·布朗森和特里·格拉夫。

我按下了大门边的门铃，然后抬起头来面对着监控摄像头。片刻之后，我听到了桑德斯生硬的应门声："你有什么事吗，摩根？"

"我把哈洛一家在牧场的帮佣们都带过来了。"我说，"他们想看看哈洛家的孩子们。"

"这是不可能的！"他厉声回应道，"这跟你有什么……"

"我这里有一份来自法院的令状式裁判文书。"我打断了他的话，并掏出一张纸在摄像头前挥舞晃动着，"这是由麦斯威尔法官签发的，命令你允许她们探望哈洛家的孩子们。如果你不打开这扇门，我就给洛杉矶警察局打电话，让他们来确保裁判文书中的命令得以被执行。"

桑德斯沉默了几秒钟，随即说道："虽然我不知道你这是玩的什么花招，但我并不信任你。"

"我对你的感觉也一样，戴维。"我用快活的语气回应，"现在把

---

① 美国纽约州东南部城镇。

门打开吧。"

不一会儿,伴随着响亮的"咔哒"声,这扇钢制大门自动向内打开了。我驱车进门,驶上了一条灯火通明的车道。前方有个带喷泉的狭长形倒影池将车道一分为二,池子背后就是庄园的主宅了。

"这里是《豪门新人类》①的拍摄场地吗?"我一面问朱斯蒂娜,一面驶上了右手边那条车道。

她以嘲弄般的神情望着我,"很抱歉,对我来说,那实在是一部年代略显久远的电影了。"

"对我来说也一样,不过你还是可以抽空看一看的。"我说,"它真的很经典,而且我真的认为杰思罗和海瑟薇小姐的搞笑故事大概就发生在这里。"

她像看着一个疯子一般地看着我,随即爆发出一阵大笑。能再次看到她开怀大笑的样子可真好啊。眼看水泥车道即将被一条由马赛克碎片铺就的小径所取代,我便在车道尽头把车停了下来。我和朱斯蒂娜先下车,然后打开后座的车门,好让安妮塔·芳塔娜、玛瑞亚·托罗和雅辛塔·费利斯也一道下车。当她们看到桑德斯打开房子的前门,继而和卡米拉·布朗森及特里·格拉夫鱼贯走出的时候,顿时变得紧张不安起来。

"法院的裁判文书在哪儿?"桑德斯问道。

我把裁判文书递给他,并朝公关代表和制片人顽皮地眨了眨眼,说道:"真没想到法官大人竟会如此迅速地回应联邦调查局洛杉矶分部负责人提出的要求。你们将会看到法院已经指定朱斯蒂娜·史密斯作为此次及将来每一次探访的执行监督者。"

我还是第一次看到卡米拉·布朗森哑口无言的样子,而特里·格

---

① 90年代喜剧电影,讲述一个原本出身贫苦的乡村家庭,因在西弗吉尼亚州的家园里发现石油,从此飞黄腾达,遂搬离这个穷乡僻壤,迁到富豪名人聚居的比佛利山庄居住。他们一下子跻身富豪行列,暴发户相展露无遗,更被许多投机骗子视为最肥美的羊牯,闹出笑话连篇。

拉夫则以一种极其厌恶的眼神盯着我们。

桑德斯仔细地阅读着那份裁判文书，我猜他是想从中找出一些漏洞，不过这是一份严密得令人无懈可击的文件。他最终把它递还给我，抽了抽鼻子，"你本该事先打个电话来预约一下的。"

"这样一来我们岂不是就会错过与哈洛管理团队一同用餐的机会了？"我说，"那怎么行呢？不过我们首先想问一下：孩子们在哪儿？"

哈洛夫妇的律师以僵硬的姿态朝房子前门点了点头。女管家、厨师和女佣迅速经过他的身旁，走进了一个宽阔的大理石门厅，那里有一排通往二楼的阶梯。我也跟在其余人的身后走进了门厅，兀自点了点头，然后评论道："在那部叫《豪门新人类》的老电影中，杰德·克莱皮特不就住在这座房子里吗？"

桑德斯看起来像是受到了侮辱似的，"他当然不是住在这里的。"

"噢，我只能说二者实在是太相似了。"

律师带着深深的愠怒，领着我们离开门厅，进入了一间放映室，哈洛家的孩子们正在那里观看一部与无尾海豚有关的电影。

"米格尔！"安妮塔哭喊道。

小男孩从自己的座位上转过头来看着她，就像是从没想过自己还能再见到她似的。"安妮塔！"他一边喊着，一边朝她怀里扑来。

哈洛家的女管家双膝跪在地上，紧紧抱着小男孩，眼泪顺着她的脸颊不住地往下流。她一面亲吻着他，一面用西班牙语跟他说话，称他为她的小家伙。安妮塔将自己的脸颊紧贴在米格尔脸上，看起来心满意足而又容光焕发，他们真像是一对知心的灵魂伴侣。

玛利亚和金妮站着分别与玛瑞亚·托罗和雅辛塔·费利斯拥抱在一起，厨师和女佣也忍不住哭了起来。

"看看你都长得多高了。"厨师对玛利亚说，后者已经比她还高出一截。

"你还好吗？"雅辛塔问金妮。

金妮看了桑德斯一眼，咬着自己的下嘴唇，点了点头。

"他们被照顾得很好。"卡米拉·布朗森宣告道。

"戴维雇用了好些人来对他们进行全天候的照顾。"特里·格拉夫说。

"我为他们专门雇了厨师、女佣和心理学家,"桑德斯补充道,"甚至还有一名健身教练。我还为他们买了两台任天堂游戏机,用来满足他们的娱乐需求,难道不是吗?"

玛利亚耸了耸肩,随后用力地点了点头。

"可是他不让我们出门,安妮塔。"米格尔向女管家抱怨道,"他几乎不让我们看电视,也不告诉我们托姆和詹妮弗究竟遇到什么事了。而且,他还把斯特拉一直都关在狗屋里。"

桑德斯朝男孩苦笑了一下,随后对着我和朱斯蒂娜说:"那狗总是到处小便。"

"而且我认为我们不该让孩子们出现在公众的视野当中。"卡米拉·布朗森说。

"我们努力保护他们不受到外界的伤害。"特里·格拉夫补充道。

"我相信你们的确在这样做。"我说,"可是这里有谁来保护他们不受到你们三人的伤害呢?"

桑德斯像是挨了我一记耳光似的,气急败坏地说:"你竟敢说……"

"我们很好。"玛利亚对朱斯蒂娜说,"这里没有人伤害我们。"

金妮点了点头,不过她的弟弟却始终低垂着脑袋。

桑德斯昂起下巴,得意洋洋地看着我们。

"杰克,"公关代表开口说道,"其实你真的没必要到这儿来,不是吗?"

我再次朝她眨了眨眼,"你们何不把狗放出来,好让孩子们跟她玩耍,然后我们五个人就可以好好地聊一聊了。"

"聊什么呢?"特里·格拉夫冷冰冰地问我。

"别那么急,"我说,"你给我的感觉就像一个还没开始看电影,却急于想知道影片结局的人似的。"

# 第九十三章

斗牛犬斯特拉被送进了放映室,她像返回卢克索的埃及艳后克利欧佩特拉一般受到了极其热烈的欢迎。桑德斯极不情愿地把我们领进了他的私人图书馆,这是一处布置得雅致而又井井有条的私人空间:几把牛津红的皮革椅和一张与椅子同色同材质的长沙发;一张被放大成海报尺寸的照片,展示着桑德斯年轻时在阿斯彭滑雪的英姿;桑德斯在南加州大学和加州伯克利伯特霍尔法学院获得的学历证书被加框后陈设在屋内显眼之处;一台硕大的平板电视被安装在燃气壁炉上方原本该挂着麋鹿头装饰的位置。

"你们究竟想说什么?"桑德斯问我。卡米拉·布朗森和特里·格拉夫分别站在他的左右,以极其戒备的眼神盯着我和朱斯蒂娜。

其他人都还站着的时候,我率先在一把皮革椅子上坐了下来,然后说道:"我们认为我们在关于哈洛夫妇的案子上取得了一项突破。确切地说,是好几项。"

哈洛管理团队的三名成员的表情在短短两秒钟之内便发生了好几次变化,从惊讶到怀疑,再到警惕。

"你是说……"卡米拉·布朗森刚一开口说话就被桑德斯打断了。

"你们已经被解雇了,杰克。"

"的确如此。"特里·格拉夫附和道,"无论你们有了什么新发现,都别指望能从我们这儿得到任何报酬。"

"我压根儿就没这样想过。"我说,此人的思维模式着实令我感到讶异无比,"不过你们应当知道,在国际私人侦探公司工作的人都特别热衷于扭转看似已成定局的事态,而且我们做事向来都有始有终。"

制片人将目光转向朱斯蒂娜,然后又迅速移回我身上,"你们发现什么了?"

"我们发现你们三个都是大骗子。"趁着他们当中还没有谁来得及表示抗议,我加快了语速继续说道,"不过我们还没找出你们撒谎的原因究竟是什么?"

"但是我们快要找到了。"朱斯蒂娜补充道。

"你们快给我离开这儿!"桑德斯激动地喊道,"把那些帮佣也带走。我们的谈话就此结束。"

我纹丝不动地坐在椅子上,以一种对朱斯蒂娜家的小狗发号施令般的语气坚定地说:"坐下!你们三个都坐下!否则我就给联邦调查局打一通足以将你们的生活搅得天翻地覆的电话。到了那时,你们恐怕得有哈里·胡迪尼①的本事才能挣脱囹圄了吧。"

他们盯着我看了好一会儿,大概是想评估一下我是不是在虚张声势地吓唬他们。随后,他们一个接一个地坐了下来,面露懊恼之色。

卡米拉·布朗森清了清嗓子说:"你认为我们在什么事情上对你们撒谎了?"

"所有事情。"朱斯蒂娜回答道。

桑德斯阴沉着脸,皱了皱眉头。

我说:"不过目前我们只将谈话内容局限在哈洛夫妇的财务状况上。"

这话引起了他们的关注,"说来听听?"

"戴维,你曾经告诉我们,哈洛夫妇已经濒临破产的边缘。"我说,"可是事实并非如此,不是吗?"

---

① 哈里·胡迪尼(1874—1926)出生于匈牙利布达佩斯,犹太人,是世界上最著名的魔术师,也是享誉国际的脱逃艺术家,能不可思议地从绳索、脚镣及手铐中脱困。

"这就是事实!"他厉声说道,"他们的开销远大于支付能力,而且他们的确面临个人破产的危险,正如《破产法》第七章所描述的情况。"

我发现他此刻讲的这番话跟他之前的言论是有细微差别的。"不过并不属于《破产法》第十一章所提到的公司破产范畴,对吧?"我问他。

他打量着我,"没错,相比之下,他们的公司有更为坚实的财力保障。"

"为什么?"我问道,"因为托姆从你曾提到的那个神秘投资人手上获得了现金支持?"

"是的。"他说,听起来他仿佛对自己说的话深信不疑。

"或者我是不是该说哈洛-奎恩电影制片公司得到了那笔投资?"我看着特里·格拉夫说,"对吗?"

制片人迟疑了片刻,然后点了点头,"是的,这是……一件好事。"

"的确如此,"朱斯蒂娜和颜悦色地说,"那么,那位财力雄厚的神秘投资人是谁呢?"

桑德斯摊开两手,"我相信你们应该可以理解,这种投资人通常不愿对外公布自己的身份,而我也不能违背'律师与客户保密特权'的规定,向你们透露这类信息。"

特里·格拉夫的脸上隐隐露出了笑容,不过卡米拉·布朗森开始抓挠自己的右前臂,这是我见过她最不拘小节的举止。

"这又是一个谎言。"我厉声说道,"你们三人为何总爱撒谎呢?这是某种遗传缺陷所导致的行为方式吗?还是某种童年创伤所留下的后遗症呢?或者,还有可能是你们刻意而为之,是吗?"

三人不约而同地红了脸,面部表情也因愤怒而略显扭曲。桑德斯站起身来,公关代表也站了起来,同时说道:"我可不想听……"

朱斯蒂娜冷不防地说:"我们知道ESH有限公司就是那个财力雄厚的神秘投资方。"

"我还想说的是,你们的确干得不错啊。"我说,"离岸公司,巴拿马的银行,由于它们的距离如此之远,所以你们就能顺理成章地宣称投资款是来自一名神秘投资人了。"

桑德斯原本像是要大发烈怒的光景,没想到此时他却丧气地坐回到椅子上。卡米拉·布朗森也坐了下来,再度抓挠起手臂。

特里·格拉夫的脸色变得相当苍白,"你们怎么知道关于ESH有限公司的事情?"

"我们原本就精于此道,"我说,"而这也是你们当初雇用我们的原因呀。我不过花了两万美金,就成功撬开了开曼群岛那名注册代理人的嘴。我们已经知道ESH有限公司的所有者不是别人,正是托姆和詹妮弗。"

桑德斯迅速接话:"即便如此,那又怎样?我们用ESH有限公司来接收和保管来自海外的收入,这当中不涉及任何违反法律的……"

"那你们为什么要在这件事上撒谎呢?"朱斯蒂娜说。

我摇了摇头,嘴里发出"啧啧"的声音以示同情,"我们来开诚布公地谈一谈,好吗?大家都别再拐弯抹角了。哈洛夫妇的确通过ESH有限公司来接收海外资金,并将其注入哈洛-奎恩电影制片公司的账上。不过,那些钱并非来自海外的电影票房收益,或者说并不完全如此。"

他们三人都没有对我说的话作出任何回应。

我继续畅快淋漓地往下说:"这是我们在刚知道ESH有限公司的存在时对其所持的观点。可是在今天早些时候,我们却发现ESH有限公司实则是爱心助力捐赠基金的受托人,而这个捐赠基金项目在你们那所谓的慈善团体网站上已经被大肆吹嘘到了令人作呕的地步。"

"所——谓——的——慈善团体?"卡米拉·布朗森没好气地说,"这个基金会已经拯救了成百上千条生命了。"

"或许是吧,"朱斯蒂娜说,"不过请设想一下,倘若能将哈洛夫妇抽走并用于其营利性电影事业的两千七百万美金全都用来救助孤儿的话，得救的孩子数量会更多。"

"抽走？"特里·格拉夫喊道，"事情根本不是你说的那样。"

"事情就是这样。"我应道，"你们知道国际私人侦探公司在过去的几年里跟贝宝有过多少密切的合作吗？我们在贝宝有极高的信誉。"

"贝宝？"制片人一脸困惑，"那又怎样？"

朱斯蒂娜说："你们在爱心助力基金会的贝宝账户中做了手脚，好让所获每一笔捐款金额的50%都会被转移并储存在ESH有限公司在巴拿马开设的银行账户中。"

"这可真是绝妙的想法啊！"我说，"这样一来，你、戴维和卡米拉就相当于拥有了一个始终装得满满当当的储蓄罐了。"

"更别提托姆和詹妮弗了。"朱斯蒂娜说。

"真实的情况根本不是这样的。"桑德斯抗议道，"我们还保留着相应的银行本票和详细合同。那些钱实则是爱心助力基金会的投资款。如果《西贡瀑布》大获成功的话，基金会将获得五倍于原投资额的收益。"

我持怀疑态度地问道："可是爱心助力基金会、一家海外法人实体以及另一家旨在为其所有者获取数百万美金盈利的制片公司，背后却有着彼此密切相关的董事会？大律师，无论你从哪个角度看这样的情况，它都属于非法勾结的范畴。而在我看来，一旦此事被曝光于公众的视野，你们所有人都将被捕并获刑，同时还将因挪用救助孤儿的费用去拍摄一部电影——无论那部电影将来可能有多成功——而受到舆论的谴责。"

## 第九十四章

哈洛管理团队的三名成员一动不动地坐着,满脸愕然地望着我们。看起来眼下也许会有人因情绪失控而掏出武器,于是我将自己的右手慢慢挪移到我的手枪枪柄附近。

可是桑德斯并没有狂乱到想要杀人灭口的地步,只见他浑身打了个哆嗦,随即双肩微微颤抖起来。他的眼眶里竟噙满了泪水,脸上也流露出了全然绝望的神色。他有些哽咽地开口说道:"我曾试图制止他们这样做。"

卡米拉·布朗森有些慌乱地打断道:"闭嘴,戴维。"

"去你的,卡米拉。"特里·格拉夫喝道。随即他看着我,一脸严肃地说:"戴维和我都曾试图阻止托姆去追逐每一个钻进他那极富创造力的脑子里,却又华而不实的梦想。"他说着说着便摊开了双手,"我实在受不了托姆花钱的方式。"

"你们俩正在犯一个严重的错误。"公关代表警告道。

律师没有理睬她,而是兀自继续往下说:"同时,我也没法阻止詹妮弗在日常生活中像个疯子般地胡乱花钱的习性,她活脱脱就是一个强迫症消费狂!"

特里·格拉夫说:"托姆会用语言将他的愿景呈现在你眼前,并且总是全力以赴地去实现他的梦想。他最终在荧幕上展示出来的作品常常远远超出你最初的想象,你会觉得荧幕上的他宛若一位超级魔法师,甚至如同上帝一般。

"他以非常独特的视角来看待生活,还有他脑子里构思的电影情节,而他的这种独到眼光常常令人开怀大笑、欢呼和痛哭,难道不是吗？托姆能够让人在他的作品中体验深刻的苦痛，也能感悟爱和人性的深邃。"他摇了摇头，困惑地凝视着朱斯蒂娜，"说实话，我真不知道该以怎样的方式来对待一个如此这般特别的人。"

这番话令我对他的看法有了一些改变，不过我没说什么，把发问的机会留给了朱斯蒂娜，"托姆·哈洛和詹妮弗·哈洛究竟遇到什么事了？"

"我们不知道。"卡米拉·布朗森答道，此时她的眼里也开始有泪光在闪烁，"我们真的不知道。我在想，世人也许永远也无法看到被搬上荧屏的《西贡瀑布》了，也看不到他们人生中最宏大的愿景被实现，这实在是一个极大的悲剧。"

"把这些废话留在接受《娱乐周刊》怀旧栏目的采访时再说吧。"我说，"跟我们说说艾德丽塔·戈麦斯的情况。"

"艾德丽塔？"桑德斯十分吃惊。

特里·格拉夫有些不解地眨了眨眼，"她怎么了？"

"她来自瓜达拉哈拉。"朱斯蒂娜回答道，"在詹妮弗和托姆失踪之后，那里有一名博客作者发表过一篇关于他俩的博文，声称有人在瓜达拉哈拉看到了哈洛夫妇，而他们当时要么醉得很厉害，要么处于吸毒后的恍惚状态。这位博客作者最近被人杀害了。"

"我在《国家询问报》[①]上读到过那则关于詹妮弗和托姆的消息。"公关代表一脸苦相，看起来像是在咀嚼某种苦涩之物一般，"那简直是在胡扯。"

"那可说不准哦。"我说，"我再说一次，跟我们说说关于艾德丽塔·戈麦斯的情况。"

"她是托姆和詹妮弗雇用的保姆。"律师开口说道，"她和夫妇俩一同去了越南，我去那边的时候跟她有过两次简短的碰面。"

特里·格拉夫低头看着自己的双手，"托姆和詹妮弗很喜欢她，还让她在他们的电影里扮演一个小角色。"

---

① 专门揭露名人隐私的八卦报纸。

"你们为什么要打听她的情况？"卡米拉·布朗森说，"艾德丽塔在哪儿？她说什么了？"

"我们不知道她在哪儿，也没跟她说过话。"我答道，"辛西娅·梅恩斯告诉我们，艾德丽塔比哈洛夫妇早两天离开越南，然后她便飞往墨西哥度假去了。"

"我们知道的情况也就只有这么多了。"桑德斯说。

"她在哈洛夫妇失踪后竟然没跟任何人联络并打听此事，难道你不认为这不太正常吗？毕竟那是国际性的大新闻，她不可能不知道啊。"

"关于这件事，我实在是无可奉告。"他说，这次我相信他说的是实话。

"那么，再跟我们说一说与哈洛夫妇卧室上方安全房里的摄像机有关的事情吧。"朱斯蒂娜说。

他们三人不约而同地眯缝起眼睛望着她。"什么意思？"特里·格拉夫问道。

她把她的发现告诉给他们。他们静静地听着，毫不掩饰脸上的困惑神情。

"你们不知道他们有一间安全房？"我在朱斯蒂娜说完之后问道。

"我只是隐约听说过他们有一间安全房，具体情况不清楚。"桑德斯说。

制片人说："我从来没有见过那间安全房，不过托姆倒是说过在那房子还属于桑迪·夏恩的时候就已经有了。或许那些摄像机托架是桑迪安装的。你们应该知道，他是一个出了名的怪人。"

桑迪·夏恩是一名精力过旺而又善变的演员，他在十六岁的时候就获得了奥斯卡奖提名，而在他二十来岁时，经历了吸毒、酗酒、性丑闻、戒毒等一系列事件之后，他摇身变作了一名超级喜剧明星，为他量身打造的电视节目极受欢迎。

"我们会去查明这件事的。"我说完便站起身来，并示意朱斯蒂娜我们该离开这儿了。

"你们打算如何处置所有这些信息?"卡米拉·布朗森问道。

"我们还没有决定。"我如实答道。

律师搓了搓手,以一种哀求式的口吻说道:"我们能做些什么呢?我们可以如何帮助你们呢?"

特里·格拉夫似乎受到了他的启发,也说道:"没错,我们能做些什么改变来让这一切不被公之于众呢?"

在我仍思索着的时候,朱斯蒂娜抢先一步开口道:"你们何不解雇现有的厨师女佣,然后让哈洛家的帮佣们各归其位?那些孩子很爱她们。这样做能帮助孩子们保持情绪稳定。我也会向法院建议此事。"

"这是理所应当的。"桑德斯立马答道,那语气听起来就好像他突然变成了向我们摇尾乞怜的仆人一般。当他们三人跟在我们身后走出私人图书馆,继而朝放映室走去时,他又说:"我早就该想到这一点的。"

"没错,我们早该想到这一点的。"特里·格拉夫附和道。

"可能是因为我们都没有孩子,所以才会如此考虑不周。"卡米拉·布朗森说。

他们都没有孩子,我怎么并不因此而感到惊讶呢?

总之,我没有理睬他们的废话,转过拐角朝放映室里望去。哈洛家的孩子们和帮佣们都在那里面,米格尔坐在安妮塔腿上,另外两个孩子坐在地上,用手挠着斗牛犬的肚子。

朱斯蒂娜突然在我身边倒抽了一口气。我有些吃惊地转头看着她,只见她正盯着放映室里面,惊讶地张开了嘴巴。

"怎么了?"我问道。

朱斯蒂娜转过头来看着我,脸上写满困惑,不过她很快便摇了摇头,然后说道:"没什么。我只是以为我看到了我……不过没什么,我是说真的。"

## 第九十五章

朱斯蒂娜并没有向我讲述她在桑德斯的庄园里看着哈洛家的孩子们和帮佣时,内心究竟想到了什么。事实上,在我载着她往她家驶去的路途中,她看起来什么也不想谈论,只是专心致志地望着车窗外飞掠而过的景色,仿佛我们正置身于某个她从未到过的异国他乡一般。

当我们来到她所住的街道时,犯罪现场调查员们已经离开了,不过用粉笔画在地上的杀手尸体轮廓以及地面上的血迹都清晰可见。

"那么,我们明天早上再好好谈一谈?"当朱斯蒂娜把手伸向车门把手时,我问她。

她点了点头,犹豫了片刻,然后看着我说:"昨天晚上,我喝醉了,然后你送我回家……"

"如果你要向我道谢的话,那就大可不必了,我可为此深感荣幸呢。"

"噢,是的,我是该谢谢你,不过我还想说……我有没有跟你说过什么……奇怪的话或是一些不符合我平日风格的话?"

我摇着头,但眼睛始终看着她,"朱斯蒂娜,我不记得你说过什么奇怪的或不符合你风格的话。我只记得你当时看起来很累,而且又略微喝多了一些,在我们的工作中常会遇到这样的情况,昨天也没什么特别的。"

她的面部表情舒缓了一些,"你是个好人,杰克。"

"我正努力成为一个好人。"我说,"你需要我陪你走到家门口去吗?"

"不用了，"她说，"我家里还有小狗在呢，没事的。"

我看着她打开了房门，两只杰克罗素梗犬激动地在她身旁上蹿下跳。她回头看着我，朝我挥手告别。我把旅行轿车调了个头，突然觉得一阵倦意袭来。我刚从一场蓄意谋杀中脱险，又协助朱斯蒂娜发现并揭露了一个天大的诡计。我现在只想好好地睡上一觉。

在我驾车回家的路上，我给莫琳打了一通电话，向她询问关于程序编写的进展情况。

"赎金将通过加州普通基金账户转给对方。"她说，"我们也是在几分钟前才得知这个消息的，现在我们得对程序进行最后的修改，好将它深深地隐藏在转账文件元数据中。"

"这么看来，"我说，"她们还真不赖呢，对吗？"

"你指的是加州理工大学的女科学家吗？"莫琳的语气听起来就仿佛她们的能力压根儿就不容置疑似的，"她们还想到了好些西摩和我都漏掉的细节问题。"

"好的，我想我已经把你那边的情况了解得足够清楚了。明天早上咱们见面再谈一谈，我会跟你说说关于ESH有限公司的事情。"

"好的，明天见。"她说完便挂断了电话。

我在我的房子跟前下了车。外面很冷，海风渐渐吹起。我走到屋里，打开了燃气壁炉，然后摊开四肢躺卧在沙发上，观察着壁炉里升腾而起的火苗。我想到了我上一次看见这火苗时的情形，随即又想到了吉恩·斯科特·埃文斯，不知这名女演员何时才会从伦敦回来呢？

不过朱斯蒂娜突然跳进了我的脑海中。

朱斯蒂娜一直都是众人当中最为冷静的一个，或者说至少我是这样认为的。而且她也是一直想帮助我打开心扉的那个人，可如今她似乎在拼命隐藏自己内心的想法。这是为什么呢？

我从冰箱里取出一瓶三姆啤酒，然后就着这酒津津有味地嚼起了一袋微波炉爆米花。与此同时，我试图想出朱斯蒂娜究竟为何会变成这样，可是怎么也摸不着头脑。最终我认为她将在她认为适当的时候把个中原委告诉我。假若她不这么做的话，我也应该给她一些空间来自行解决问题。

不一会儿，我从冰箱里取出了第二瓶三姆啤酒，打开了电视机，打算看一场湖人队和公牛队的比赛。然而我很快发现目前唯一可看的就只有季前赛而已，这着实令我觉得有些乏味。原本我还可以观看此时正在热播的电视剧《比佛利娇妻》的，但我最终还是决定关掉电视，在家里静静地待一会儿。于是我再度盯着燃气壁炉里的火苗，发起呆来。

有人想要杀死我。有人派了一名刺客来索我性命。那人是谁呢？他这么做的原因何在？在这天的早些时候，我已经想到了好几个也许跟此事有干系的嫌疑人名字，打算趁现在这个空闲时刻躺在沙发上逐一对其进行剖析。

我想到的头号嫌疑人是卡麦·多西亚，他曾当面指控我将他那批被劫持的止痛药的下落泄露给了缉毒局。后来，在他和汤米试图以威胁的方式逼迫我将国际私人侦探公司转让给汤米时，我又虚张声势地将他吓跑了。毫无疑问，卡麦具备充分的行事动机。

第二个嫌疑人是……汤米？我拼命地想要告诉自己，他不可能这样做。可他的确是个无情、刻薄的人，而且他将生活中的诸多问题都处理得相当糟糕。他或许试图在一些我想象不到的方面对我施以影响。他曾扬言要将我牵连进与他有关的谋杀案中。不过，他真的会这样做吗？如果他能做得到的话，就肯定会这样做的，而且他也曾不止一次地对我做过类似的事情。可我终究是他的孪生兄弟，不是吗？他的人生中应该也有一些不能逾越的界限才对，对吗？他应该不会雇用一名俄罗斯刺客来杀害我，是吗？或者在评价我那双胞胎哥哥的为人方面，我表现得是不是太像一名无可救药的浪漫主义者了？

那么，第三名嫌疑人是"格布"吗？也许吧，可是他们怎么会盯上我的呢？我并不是办理那桩案子的核心人物，而且洛杉矶警察局和郡治安官办公室也在这方面对我予以了帮助，总是让他们自己的人站在媒体的摄像机前接受采访。

接下来的第四名嫌疑人是哈洛管理团队的某个成员吗？说到他们，我在想，他们当中是否有人曾威胁哈洛夫妇说要把关于孤儿捐赠基金的事情对外披露？或者哈洛夫妇原本并不知道注入《西贡瀑布》的投资款是怎么来的，后来却发现了，于是便打算去报警？总而言之，国际私人侦探公司深究此事或许会对他们不利。

我能想到的第五名嫌疑人是带走哈洛夫妇的人——此处不包括哈洛管理团队的成员在内。

我认为这的确是有可能的。或许我们离发现真相已经不远了，所以有人决定将我除掉。

我还想到了一件事，在很大程度上，朱斯蒂娜才是调查哈洛夫妇失踪案的负责人。那么她也会和我一样成为暗杀者的目标吗？

我突然发现自己竟然有这么多的问题需要去思考。我的头开始疼起来，不由得闭上了眼睛，后来不知怎么的竟睡着了。

## 第九十六章

我的手机突然铃声大作，我从沙发上一下子惊醒了过来，头脑有些昏沉。现在几点了？是凌晨三点半吗？我已经在这儿睡了五个小时了？

我伸了个懒腰，拿起手机，看到屏幕上显示的是一个我不认识的号码。我接听了电话，"希望不是什么坏消息。"

"你不想过来亲自告诉我有人试图谋杀你的事情吗？"

我耷拉着脑袋，为自己今天忘了去探望德尔里奥，甚至连个电话也没打给他而颇感愧疚。"今天可真是疯狂的一天啊，瑞克。"我开口说道。

"我知道。"他说，"现在我要为你弥补一下，你马上到我这儿来吧。"

"可现在才凌晨三点半啊。"

"这里有个人非常想念你，也很想马上见到你。"

我脑子里浮现出了那名菲律宾护士安吉拉的模样，"现在可是凌晨三点半。"我重申道。

"所以我才让你趁现在赶紧过来，杰克。"德尔里奥坚定地说，"站在我面前的幽灵得赶在天亮前离开，并前往鬼魅之地躲藏起来。"

## 第九十七章

我已经超过十年没有见到他了，不过他似乎一点儿也没变老，而且看起来仍然像个略显老成的唱诗班少年歌者。他有着淡粉色的皮肤和亲切的圆脸，还有一头浓密的橙色卷发。不过他的眼睛似乎跟其余的外貌特征并不怎么协调，它们如同色泽暗淡的蓝宝石一般向外散发出冷峻的光——即便在他唇边露出笑意的时候也是如此。

"嗨，盖伊·卡朋特。"当我见到他坐在德尔里奥病房里我通常所坐的那把椅子上时，立即打了个招呼。

卡朋特上身穿着白色马球衫，外罩一件蓝色的防风夹克——其上印着马里兰州切维切斯市一家乡村俱乐部的标志，下身穿着一条卡其色的休闲裤和一双船形鞋，头上还戴着一顶泰特里斯牌高尔夫球帽。他的这身行头让人觉得他像是准备好了要在高尔夫球场上大展身手一般。不过我对此心里有数,他这辈子从未加入过任何乡村俱乐部,除非是专门为像他这样的狠角色而特别建立的。

"哇哦,杰克·摩根。"卡朋特站起身来,朝我粲然一笑,然后伸出手来跟我握手。与此同时,他用他那特有的冷峻目光对我上下打量了一番,令我觉得浑身不自在。"我一直都在关注你的事业。"他说。

"坦率地讲,我没这样对你。"

"没错,唔,我比你更适合过低调的人生。你拥有这家公司多久了?"

"两年,"我说,"我们只是人生理念不同而已。"

"大概是吧。"他答道,随即笑了起来,然后又摇了摇头,"难道你不觉得生活总是以十分奇妙的方式在每个人面前打开吗?前方总会有意想不到的转拐和曲折?"

病床上的德尔里奥开口了:"盖伊,你来这儿是为了告诉我们一些消息,还是为了向我们倾诉你那套煽情的人生感悟?"

"他一点都没变。"卡朋特对我说,同时伸出一根大拇指指着德尔里奥所在的方向,"就算是在背部骨折的情况下也一样。"

"你说得没错。"我回答道。

卡朋特脸上的笑意渐渐黯淡了下去,随后我又在他脸上瞥见了那种他在阿富汗时曾流露过的阴郁神情,那时我和德尔里奥奉命送他前往阿富汗境内各处去执行我们不能完全理解的任务。

他走到病房的门边,把门关上,还将一把椅子挡在了门背后,"那名护士实在是招人讨厌,"他说,"我觉得她大概会试图打断我们的谈话,好从中寻求乐子吧。"

"你一直都是个善于认清形势的人。"我说。

"这得归功于达特茅斯学院[1]对我的造就。"卡朋特说完后看了德尔里奥一眼,"关于你给我的那些指纹……"

---

[1] 成立于1769年,是美国历史最悠久的世界顶尖学府,也是闻名遐迩的私立八大常春藤联盟之一。

"怎么了?"

"它们压根儿就不存在。"

"你飞了三千英里来见我,就是为了告诉我这个?"德尔里奥问道。

"我是因为听说你背部骨折了才来看你的。"

"胡扯!"德尔里奥说。

"随你怎么说都行,"卡朋特答道,他的神情变得越来越严肃,"那些指纹并不属于任何人。考虑到我们三人过去的交情,我认为你们想听到我当面把这些话告诉你们。我希望你们可以把我说的话视为一项警告,别再试图去寻找一个并不存在的人了。"

"等等,"我说,"这是来自谁的警告?"

"来自我触不可及的人,"卡朋特说,"就像远方的幽灵。"

"瑞克有没有告诉过你这些指纹是怎么得来的?"我问他。

"事实上,他没告诉我。"卡朋特答道,"不过这并不重要。"

"噢,不,这非常重要。"我说。

接下来我把一切都告诉他了:出现在马里布海滩的四具死尸,发生在西维斯药品连锁店的杀戮,以及亨廷顿海滩码头的爆炸事件。然后我向他描述了一名穿着轮滑鞋并将自己打扮成玛丽莲·梦露的异装癖杀手在梅尔快餐店杀了六个人,尔后又被一位险些成为第七名受害者的老妇人击毙的经过。

"这是我们第一次找到跟'格布'有关的重大线索。"我说,"我们需要你的帮助,不然明天将有八个无辜的人被夺走性命。"

在我讲述这一切的时候,卡朋特一直无动于衷地听着,仿佛他听到的是一部刚上映的动作片的情节,而不是发生在现实中的、令人毛骨悚然的暴力屠杀。

待我说完之后,他眨了好几下眼睛,揉了揉他那白皙而圆胖的脸颊,随即噘了噘嘴。"我看过一些相关的报道,"他说,"你刚才提到了'格布'?"

"那是一个别名,"德尔里奥说,"你知道它吗?"

卡朋特摇了摇头。

"可是你知道那些指纹是谁的，"我说，"否则像你这样一位以慈悲为怀的高人也不会到这儿来了。而且我认为那项警告并非来自什么幽灵一般无法触及的人，而是来自于你。"

我的这番话大概令卡朋特觉得有些唐突，不过他还是开口说道："我不想跟你争辩什么，杰克。可是无论那是来自谁的警告，请将它视为一项合理的警告来谨慎对待。"

德尔里奥说："现在已经有二十个人丧失了性命，而且他们全是无辜的。明天还有八个人即将丧命，他们当中也许有妇女，还有孩子。难道这还不能触动你吗？或许那阴影之下的生活已经令你厌倦到了极点，以至于你已经无法再被任何事情所触动了，是吗？"

令我吃惊的是，卡朋特的脸部抽搐了一下，原本冷漠的神情被明显的愤怒给取代了。他的脸颊耷拉着，眼睑低垂，以一种疲惫的语气开口说道："这种事情给我带来的触动远远超出了你们的想象，瑞».我所知道的、也曾见过的那些事，令我多年来一直夜不成寐。"

"那么现在是时候把积压在你心里的一部分事情说出来了，"我说，"否则在洛杉矶丧命的无辜居民将会无休止地在噩梦中与你纠缠不休。"

卡朋特耸着肩看向我，仿佛看着雅各布·马利①的灵魂正向他展示一根隐形锁链的长度和重量，并告诫他若不改变自己将会有怎样的下场。

"我可不想遇到那样的事情。"他轻声说道。

"快把你知道的都告诉我们吧，"德尔里奥说，"帮助我们阻止进一步的杀戮。"

---

① 查尔斯·狄更斯的小说《圣诞颂歌》中的人物。小说讲述了刻薄冷酷的埃比尼泽·斯克鲁奇在圣诞节遭遇了各种惊奇事件，让他从一个守财奴转变为大善人的故事。

# 第九十八章

卡朋特低下头盯着地面看了许久，仿佛从医院的抗菌塑胶地板上发现了什么异常之物似的。

"好吧，"他终于开口说道，"可是我说的这一切事情你们都不能对外公开，不可以让人知道这些话是从我嘴里说出来的。否则，……"

"我们知道了。"我答道，"对我而言，你不过是我对阿富汗的回忆中梦幻般的存在而已，而在我离开阿富汗之后，便不曾与你有过任何真实的接触。如果有人问及你，我也会这样说的。"

德尔里奥点了点头，"我们一定说到做到。"

卡朋特叹了口气，无精打采地斜躺在那把可调式躺椅上，用了一个半小时的时间来向我们讲述一个故事。如果我和德尔里奥从未在那个疯狂的年代去过阿富汗——那时本·拉登赶在美军对托拉搏拉山区发动大规模轰炸前秘密逃离了他所藏身的洞穴，美军刚刚发动了新一轮的镇压塔利班叛乱的行动——我们一定没法相信这个故事是真实的。

卡朋特说那些指纹是属于克莱夫·约翰逊的，他是一名军士长，原本在陆军游骑兵部队服役，后来入选进入了联合特种作战部队，和其余从海军、陆军、空军及海军陆战队中选拔出来的精英战士并肩战斗。

"那时是2003年年初，原本驻扎在阿富汗的军力被削减，一些部队被派往科威特，为入侵伊拉克做好准备。"卡朋特说，"当时在阿富汗的驻军中出现了一些纷争，特种部队——他们从2001年起便一直驻扎在阿富汗——中爆发的纷争尤其严重。"

我渐渐回忆起了当时的情形,"他们觉得自己的地位受到了削弱,也有被人遗忘之嫌。"

卡朋特点了点头,"与此同时,诸如何时能开枪、能对谁开枪之类的交战规则向他们传达了无数相互矛盾的信号。"

德尔里奥也颔首确认,"很多好男儿都因此而丧命。噢,两年后军中仍然奉行那样的交战规则。那时海豹突击队第十小分队成为唯一的幸存者,原因就在于他们不愿杀害一名在塔利班面前出卖他们的孩童。"

卡朋特再度点了点头,"那实在是最为糟糕的后果。"

再回过头来看2003年的情况,在特种部队中滋生的挫败情绪迅速蔓延开来,不久便波及到了相当广的范围。这些精英战士开始问自己:我们驻扎在阿富汗究竟是为了击败塔利班,还是为了让基地组织更容易接近能说会动的美国活靶子。事实上,我们在喀布尔的指挥系统也深受此类问题的困扰。

"一名陆军司令——我不便在此透露他的姓名——认为这一切实在是太糟糕了。"卡朋特说,"他独自决定从坎大哈派遣一支新的秘密特种作战部队前去执行他所交托的任务。这支部队的任务非常简单:不择手段地破坏与生鸦片和黑焦油海洛因有关的贸易,以此阻断塔利班在巴基斯坦边境山区搞叛乱活动的资金来源。"

"约翰逊就是那支秘密特种部队的成员之一?"德尔里奥问道。

"那名陆军司令指定由一名海军侦察指挥官来领导他的秘密部队,而约翰逊正是那名指挥官亲自挑选的成员。"

卡朋特从我先前未曾留意到的一个背包里取出了一台平板电脑,然后从中调出了一张模糊的快照。照片上是一个四十出头的男人。此人的左侧脸颊上布满了疤痕,而且他整个人流露出一种似乎连碎玻璃渣也能吞吃的骇人特质。

"他就是获派领导那支秘密部队的指挥官,名叫里恩·科布,一个十足的坏家伙。"卡朋特老态毕现地说,"他脸上的疤是他参加海湾战争时遭遇地雷袭击后留下的。还记得你们在2004年春天带我空降的那一晚吗?"

"你指的是有暴风雪的那次?"我问道,"在扎布尔省?"

"正是,"卡朋特说,"扎布尔首府卡拉特的西部。"

我想起来了,那里的地势非常险峻,是塔利班组织的核心基地之一。

我回想起那晚卡朋特的举止看起来似乎比平日略微显得有些古怪,我说:"当时你是要去跟科布和他的秘密部队会面?"

"更准确地说,我是试图去阻止他们犯下更多暴行。"卡朋特有气无力地说。

## 第九十九章

从2003年3月初到2006年4月,全球的公众注意力主要聚焦于美军对伊拉克的入侵、伊拉克在萨达姆·侯赛因政权倒台后的混乱局面以及由激进的什叶派教士萨德尔领导的政党崛起。而在此期间,科布领导的秘密部队一直在阿富汗最危险的地区执行特别任务。

"起初,科布及其手下完全遵循那名陆军司令的旨意行事。"卡朋特说,"他们设法破坏了建立在罂粟种植者和向其索取贡物的塔利班武装分子之间的网络。那些种植者为了换取自身的安全,只得向塔利班组织缴纳保护费,而后者则利用搜刮而来的现金资助自己的战斗。"

"起初?"德尔里奥和我一样听出了端倪。

"没错,的确是起初。"卡朋特答道,"到了2004年春天,当科布和他的手下在塔林科特西北部执行一次任务时，事态便脱离了正轨。组建这支秘密部队的陆军司令突然因心脏病发作而离世，而他在辞世前已经将跟这支秘密特种部队有关的资料几乎全部销毁。于是，科布率领的部队从那时起便开始自行其是。"

"我不太明白你的意思呢。"我说。

"他们变成了一支幽灵部队。"卡朋特解释道，"他们没有在军方的档案中留下任何记录，就这样被遗留在了阿富汗。"

"这样的情形一直持续到你去找他们之前吗？"德尔里奥问道。

"我是第三个试图将他们带回正规军的人。"卡朋特说。

他说在2004年夏天，美国国防情报局获知坎大哈北部山区活跃着一支"流氓部队"。据说科布和他的手下在与塔利班的对抗中彻底扭转了局面，他们开始要求罂粟种植者们向其进贡，同时还将任何涉嫌支持基地组织和塔利班叛乱的人或动物全都处决殆尽。

"一旦他们的要求没能得到满足，"卡朋特喃喃地说，"男人、女人、小孩、狗、马，但凡你能想得出来的，都会被他们杀掉。"

"这么说科布扮演了类似库尔兹上校①的角色？"我问道。

"可以这么说吧，"卡朋特表示同意，"也可以说他在阿富汗成功地推行了为期十三个月的恐怖统治。"

"怎么会这样呢？"德尔里奥摇着头叹道。

"只要是科布的部队所到之处，塔利班要么失去了营地，要么丧失了性命。"卡朋特继续说，"罂粟种植者们要么向他们如数进贡，要么死于他们手下。同时还有充分的证据表明科布及其手下已经积聚了大量黄金和黑焦油海洛因，他们设法将其藏匿在了巴基斯坦边境某个地方。"

到了2004年秋末，已经有越来越多的证据表明一支秘密特种部

---

① 越战影片《现代启示录》中的人物。他曾经有着辉煌的历史，但后来却陷入了疯狂。他在越南境内建立了一个独立王国，推行着野蛮、血腥、非人的残暴统治，还不时地向美军进行疯狂的近乎妄语的广播宣传。

队在阿富汗横行肆虐。两名来自中央情报局特别行动科的资深特工曾获派前去说服科布从阿富汗山区出来，并向组织提交其行动报告。

"后来那两名特工与我们失去了联络，我们推测他们大概已经死了。"卡朋特说，"2005年春天，在冰雪开始融化的时节，你们俩曾带着我飞往他们的驻扎地。"

在我印象中的确是这样的，于是我点了点头。

卡朋特说他花了两周的时间才找到了科布的部队，他们的确如传闻所说的那样，驻扎在深山里一个厢型峡谷当中。卡朋特向他们下达了最后通牒，倘若他们还要继续胡作非为的话，就将被贴上叛徒的标签，然后被追捕并被送上军事法庭接受审判，最终将被送往堪萨斯州的莱文沃思堡①接受死刑。

"不然呢？"德尔里奥问道。

"不然他们可以在无人知晓的情况下跟着我悄悄离开阿富汗山区。"卡朋特说。

"他们这样做能得到什么回报呢？"

卡朋特清了清嗓子，"他们过往的行为将被赋予豁免权。"

"他们接受了这个交易？"德尔里奥问。

卡朋特点头确认道："由于那时你们俩遭遇了坠机事件，所以后来不是由你们来接走我们的。我将科布的部队带回了喀布尔，他们在那里对其行为进行了一番汇报。负责听取汇报的中央情报局官员为自己所听到的一切而惊骇不已，不过鉴于科布及其手下所获得的豁免权，所以无人能对其采取任何法律行动。但是，能否对其采取违背法律的行动又得另当别论了。"

"此话怎讲？"我问道。

卡朋特捏了捏自己的鼻梁，"美国军方和情报机构的最高层秘密地做出了一个惩处科布及其手下的决定，那就是将他们变成流放者。"

"具体怎么做的？"

---

① 美国军方死囚牢房和死刑执行室所在地。

"将他们变成他们在阿富汗时的身份——一支在官方记录中不再存在的野蛮部队。"卡朋特解释道,"只用了两天时间,这六个人的档案便从所有的政府数据库中被彻底删除掉了。他们的财物全部被没收,其个人银行账户和养老金账户被注销,信用额度也不复存在。他们的近亲被告知他们已战死沙场,然后获得了一大笔死亡抚恤金和军方阵亡士兵专用棺材。

"科布及其手下被飞机运回坎大哈北部大山中,然后手无寸铁地被丢弃在由塔利班所控制的地区。在你把那些指纹给我之前,从来没有人听说过任何关于科布、约翰逊以及其余几人的消息。所有人都认定他们早就已经不在人世了。"

## 第五部
**直捣黄龙**

## 第一〇〇章

"我们准备好了吗,沃森先生?"科布问道,他还穿着印有"洛杉矶拆迁队"字样的橄榄绿工作服。

"已经准备好了,科布先生。"

沃森弓着背坐在一个无线键盘前,开始在巴基斯坦白沙瓦一家匿名电子邮件服务网站上进行登录操作。在屏幕的右侧,一块狭长的矩形框覆盖在了网站的页面上。矩形框内记载着七十二串编码,沃森对它们当中的每一个都早已了然于心。

科布相信他即将亲眼见到沃森的精湛表演,后者已经为这一天的到来准备了将近两年之久——在此期间,沃森不断设法侵入联邦政府和州政府的电脑系统,并洞悉了它们的数字安全运作模式。与此同时,他还计划好了要将汇入指定账户的一千万美元分成好几份,然后将其分别转移至不同的银行账户,接下来再对各个账户中的钱再度进行分配和转移,最终的转移次数将达到七十二次之多。

科布容许自己脸上露出了罕有的笑容,他知道当执法人员还在追踪那一千万美元赎金的下落时,钱早已被沃森转走了。

他转头环顾了一下尼克森、赫尔南德斯和凯莱赫——他们和他一起在手无寸铁的情况下走出了战乱地区,一路上赤手空拳地打死了无数敌人,他们恪守纪律到了绝对无私的地步,没有人会为了自己的将来或长远图谋而出现丝毫动摇。

"准备好了吗,先生们?"

他们一齐点了点头。科布看了看时钟,现在是上午九点四十分。

"时间到了,"科布说,"把它发送出去吧,沃森先生。"

# 第一〇一章

"我们应该相信一名中央情报局成员提供的二手消息吗,况且我们还无法跟他本人进行对话?"郡治安官卡姆马拉塔惊喊道。他刚刚和市长、菲斯克局长及克莉丝汀·汤森德特工一起听我解释了"格布"谋杀案及其勒索计划的幕后真凶究竟是谁。

"你们可以自行选择是否相信这些情报。"我语气严肃地说,"不过那些指纹是属于约翰逊的。而且我相信大约十分钟之后,科布及其团伙的其余成员将会发来信息,以索取那一千万美金的赎金。"

"给他们看看那张照片吧。"莫琳向我促请道。

莫琳和几名中年妇女一起站在众人后面,那些妇女的着装令她们看起来马上要去瑜伽疗养所,完全不像是要参与赎金支付工作。

我朝她点了点头,随即朝来自加州理工大学的女科学家们微笑示意。接下来,我在一台笔记本电脑上输入了一串指令。

位于会议室另一侧的投影幕布上出现了一张模糊的照片:在一个有着薄雾的春日里,一群久经沙场的士兵站在阿富汗高原山区正在融化的雪地上。

"那就是他们了,"我说,"站在最左边的是科布,往右依次是克莱夫·约翰逊、彼得·凯莱赫、杰西·赫尔南德斯、丹顿·尼克森和阿尔伯特·沃森。据我们的消息来源称,这个叫沃森的人是研究武器和电脑的天才。"

会议室里的所有人都在看这张照片。科布和他的手下们看起来显得坚韧而严肃,你绝对不会想到这帮人会在卡朋特为他们拍摄了这张照片之后几个月便开始犯下暴行谋取私利。

"这张照片是什么时候拍的?"威尔斯市长问道。

"是2005年4月,市长阁下。"我说,"他们现在看起来应该比照片上要老得多。"

"可是这张照片对我们又有什么用处?"卡姆马拉塔质疑道,"难道我们能在无从确认他们究竟是不是杀人真凶的情况下,就把这照片公开出来?"

"我明白你的意思,郡治安官先生。"我说,"可是我们找不到其他与这些人有关的资料了,除了在其各自家乡的安葬记录。"

"他们是怎么幸存下来的?"菲斯克问道,"又是如何来到这里的?"

"我们也曾讨论过这个问题。"我说,"我们的消息来源称,他们应该是沿着塔利班过去从巴基斯坦带入军需品的路径走出阿富汗的。他们设法找回了自己藏匿的黄金和黑焦油海洛因,然后又去了白沙瓦或别的某个法纪散乱之地,并在那里花钱伪造了身份证明文件。我们目前所知道的就只有这些了。"

这时市长的手机发出了"嗡嗡"的振动声。她愣了愣神,低头看了一下手机屏,深吸了一口气说:"他们把银行账号、密码等信息发过来了,还给了我们十分钟的时间。"

"好的,女士们,"莫琳说,"现在看你们的了。"

# 第一〇二章

来自加州理工大学的埃丝特·戈尔德贝尔格、萝伦·霍林斯和凯瑟琳·克拉克森均为顶尖的电脑科学家。她们三人默默地回到各自的笔记本电脑跟前,向它们发出指令。不过才几秒钟的工夫,科布及其同伙的照片便从投影幕布上消失了,紧接着屏幕被均分成三部分。

屏幕中间那部分显示的是加州财政部长办公室的内部安全网站，右边显示的是谷歌全球高清卫星地图，左边是现任加州财务部长卡尔顿·瓦茨的脸部视频图像。

"大家准备好了吗？"瓦茨问道。

"已经准备好了，卡尔顿。"威尔斯市长把自己的手机递给了埃丝特·戈尔德贝尔格，好让后者能看到上面的密码和汇款路线指示。

戈尔德贝尔格迅速将相应的信息录入了安全网站，然后按下了回车键。

片刻之后，瓦茨点了点头。"我收到你发来的转账请求了。"说完他面露犹豫之色，显得有些担忧，"你确信这个附在转账文件中的木马程序当真能发挥有效的追踪作用？"

"当然，就如同我可以确信爱因斯坦发现了光电效应一样。"戈尔德贝尔格沉着自若地说。

"真有你的。"莫琳喃喃低语道。

"那就行动吧。"瓦茨说，"我现在开始录入我的密码和转账授权码。"

我们听到他的键盘发出了一连串"咔哒"声，之后伴随着"啪"的一声，他按下了回车键。

屏幕中间的那块区域跳转到了一个新的页面，在代表加州的徽章图标之下，一个看起来像是一根绿色细管的图案后面出现了"$10000000.00"字样。细管图案的绿色填充物渐渐消退，在不到三秒钟的时间里就消失殆尽了。与此同时，屏幕右侧的谷歌地图软件开始将加州地图放大，图上出现了一条从萨克拉门托一直延续至洛杉矶的线条。

"好的，"萝伦·霍林斯紧盯着自己面前的电脑屏幕，"转账文件和元数据正在通过我们的追踪软件。木马程序正在被植入。马上就能向指定银行账户转账了。"

"我已经准备好通过环球银行金融电信协会的银行识别码进行追

踪，"凯瑟琳·克拉克森说，"那笔钱正被汇往中国澳门的汇业银行。"

"它已经到账了。"戈尔德贝尔格说。

屏幕上的谷歌地图页面跳转到了环太平洋地区的地图，在不到四秒钟的时间内，图上又出现了一条飞速延伸至澳门的线条。

威尔斯市长说："我们能与这家银行联系吗？"

"那笔钱不会在那里存留太久的，"戈尔德贝尔格说，"他们没那么蠢。"

果不其然，那一千万美元在澳门汇业银行到账之后不过十五秒，谷歌地图上又出现了两条新的线条，而且它们以极快的速度向着不同的方向延伸开来。

"两个方向各有五百万美元。"霍林斯说。

第一笔五百万美元在印度一家银行入账，至于第二笔去了哪儿，我没能看清楚，不过看起来像是在英国附近。

"第一笔已在新德里的拉贾斯坦邦银行到账，"克拉克森宣告道，"第二笔在英国属地曼岛的克林斯特银行到账。"

"我可真没想到啊，"郡治安官卡姆马拉塔惊叹道，"它竟然真的管用。"

"不然你认为会怎样呢？"莫琳以略带嘲讽的语气反问他。

卡姆马拉塔还来不及作答，地图上又出现了四条新的线条，分别朝着东、西、南、北四个方向延伸。可是当它们各自在谷歌地图上延伸了一小段距离之后，竟停了下来，随即接连闪烁了好几下，然后消失不见了。

## 第一〇三章

现场的好几位执法官员都不由得倒吸了一口凉气。

"钱去哪儿了?"威尔斯市长问道。

"我不……"戈尔德贝尔格刚要开口。

"我就知道会发生这样的事情。"卡姆马拉塔咬牙切齿地打断道。

人们开始彼此争论起来,加州财务部长卡尔顿·瓦茨大声喊:"发生什么事了?"

"你的钱找不回来了,卡尔顿!"郡治安官喊了回去。

"不是这样的!"戈尔德贝尔格坚定地说,"看来他们也并不蠢,他们发现了我们的木马程序并且将它清除掉了。"

"什么?"菲斯克局长说,"我还以为……"

"不过来自加州理工大学的女士们比他们更高明。"莫琳说,"或者更准确地说,霍林斯博士事先已经为此做好了防范措施。"

最年轻的那位计算机科学家脸上绽放着笑容。

"你到底在说什么?"卡姆马拉塔恼怒地问。

"她想到了在转账文件中隐藏一个较容易被发现的木马程序,同时还隐藏了一个几乎不会被发现的备用程序。"戈尔德贝尔格极为满意地说。

莫琳用一根食指戳了戳我的肋旁,低声说道:"我告诉过你她们很了不起。"

只见霍林斯对她面前的电脑发出了更多指令,谷歌地图上的线条转瞬间又再度现身了,它们不断地朝不同的方向分散和延伸开来,并在接下来不到一分钟的时间里几乎遍布了地球卫星视图的每一个方向。我聚精会神地看着地图上这些令人眼花缭乱的线条，完全没注意到投影幕布的中间部分——其上依然显示的是加州财政部长办公室的内部安全网站——突然开始闪烁起来。

"赎金被分散转移到了六十四个不同的账户里，"戈尔德贝尔格宣告道，"看起来他们现在已经停止转账了。我们知道每一笔钱分别……"

她突然住口，抬起头来紧盯着墙上的投影幕布，张大了嘴，"这是怎么回事？"

幕布中央部分显示的是一根绿色细管图案，紧接着细管的数量变成了三根，很快又变成了十根。每根细管旁边都显示着"$15000000.00"字样。细管图案的绿色填充物开始渐渐消退。

"发生什么事了？"我问道。

莫琳的脸上血色全无，"有人在洗劫那个账户。"

"什么？"财政部长瓦茨大惊失色。从屏幕左边的即时通话视频中可以看出此刻他正发狂地敲打着自己的键盘，"不，该死！我没法让它停下来！真该死！"

每一根细管里的绿色填充物都消失殆尽了，屏幕的中间部分依然闪烁着，细管旁边的数字全都变成了"$0.00"。

"天哪！"戈尔德贝尔格不由得伸出双手捂住了自己的脸。

瓦茨的表情看起来就像是刚刚被人用一记左勾拳击中了一般。

"他们……劫走了多少钱？"威尔斯市长无比震惊地说出了这句话。

## 第一〇四章

"一亿五千万美元!"商贸城卡车修理厂里的沃森欢呼着,同时用拳头激动地敲打了一下桌子。

科布将双手伸向空中,与沃森紧紧相拥。尼克森、凯莱赫和赫尔南德斯也以互相击掌和跳吉格舞的方式庆祝这欢快的时刻。

"你可真是个天才啊,沃森先生!"凯莱赫喊道。

"我们每人可以分到三千万美金。"尼克森笑着说,"而且无人能追踪到钱的下落。"

"我好像已经可以看到海滩上漂亮的委内瑞拉姑娘了。"赫尔南德斯闭着眼,迈着缓慢的舞步说道。

沃森满面笑容地说:"我会把具体的取钱方式发邮件告知你们。"

"先生们,"科布说,"我想再一次告诉你们,对我来说,和你们并肩作战实在是极大的荣耀。"

"好哇!"尼克森说,"万岁!"

赫尔南德斯睁开双眼,停止了脚下的舞步,开口问道:"我们现在可以走了吗?"

"我们还得先对这里的物品进行拆卸和打包呢。"凯莱赫回答道。

"不用着急,"科布说,"那些钱离这里很远,而且他们并不知道我们身在何处,也不知道我们的身份。我们可以八点再离开,最晚九点也行。现在有没有谁想跟我一起去吃顿午饭?我可是饿坏了。"

"我可以去吃个汉堡。"赫尔南德斯说,"不过我真正想吃的是一块上好的纽约牛排。"

"我们在接下来的几个星期里不要有大宗消费。"科布警告道。

"算了,我打算不吃汉堡了,还是现在就开始工作吧。"尼克森说。

"我觉得在打包前吃上一个双层奶酪培根汉堡和一大份洋葱圈倒也不错。"凯莱赫说。

"你们三个先去吧,"沃森说,"我想尽快把银行账户信息发给你们。我随后就来找你们。"

科布盯着沃森看了好一阵子,然后点了点头。"我们会帮你占个位子的。"他说,"你干得不错,沃森先生,相当出色。"

## 第一〇五章

"我将因工作严重失职而被州长解雇。"加州财政部长悲叹道,"一亿六千万就这么没了?这不是真的吧?那笔钱才刚刚从加州税务局转到我这儿来。"

莫琳的脸白得像纸一样,"他们是怎么做到的?"

来自加州理工大学的女科学家们彼此对望了一番,似是在用眼神进行无声的交流。戈尔德贝尔格说:"我们唯一能想到的是,他们利用了财政部发来的转账文件中的一些信息。"

"愿闻其详,女士们。"我说,这时我感觉越来越多的目光都集中到了我的身上。国际私人侦探公司曾向众人保证能将那一千万追索回来,眼下我们的承诺依然有效。可是从加州财政部的账户中被劫走的那一亿五千万美元巨款中可没有附带任何追踪程序,所有人都在为这起重大事件寻找一名替罪羊,而我看起来就是扮演这个角色的合适人选。

霍林斯说:"第一份转账文件的元数据中一定引用了密码。有人将那密码破解了，并将其复制下来，然后用它登入了那个依然保持开放状态的账户中。"

"我真是倒霉透顶，"瓦茨的脸涨得通红，"该死！"

他开始用拳头捶打自己面前的桌面，"他们竟然利用了我的密码。真可恶！"

"后续的转账文件有没有可能通过我们的追踪软件呢？"我问道。

克拉克森摇了摇头，"没有，它们绕过了我们的软件。"

"你的意思是说这是一次极其完美的犯罪吗？"郡治安官问道，"那些钱已经不可能被追踪到了？"

"不是的，我……"戈尔德贝尔格正要解释。

"等等！"霍林斯大声说，"那一千万美金，最初的那一千万美金，又开始活动了！"

这位计算机科学家在自己的电脑上又输入了一条指令，我们在谷歌地图上看到了一些新的彩色线条。它们看起来似乎正朝着美国、朝着加州所在的方向延伸回来，可是又并非完全如此。最终，这些线条会聚在了墨西哥南部的边境地带。

"钱在墨西哥桑坦德银行的一个账户入账了，"戈尔德贝尔格说，"那是在恩塞纳达港。"

"快给那家银行打电话，"我说，"查明那个账户属于谁。"

汤森德特工说："我恰好认识一个在墨西哥驻美国领事馆工作的人。"

十分钟后，她结束了一段通话，脸上露出了笑容。

"那个账户的持有人是爱德华·冈萨雷斯，墨西哥人，他声称自己住在墨西哥北部的提华纳市，不过他几乎总是通过互联网来处理各类银行事务。"

"他们查到了他的用户名、密码和IP地址记录了吗？"霍林斯问道。

"是的。"汤森德边说边递给她一张纸。

这时莫琳也加入到了加州理工大学女科学家团队的行列,她们分头将汤森德记在那张纸上的信息录入到了各种在我看来实在深奥难懂的追踪系统当中。

五分钟过后,莫琳举起了一只拳头,开口说道:"我们找到他们了!他们在商贸城里。用以登录此账户的电脑仍然处于开机状态,并且与南大西洋大道以东的一家轻工业中心相连接。电脑的IP地址显示那是一个被名为'洛杉矶拆迁队'的组织租下来的地方。"

# 第一〇六章

突然间,国际私人侦探公司似乎没什么事可做了。

当前的局面交由联邦调查局、洛杉矶警察局和洛杉矶特种武器战略小组来进行控制。倘若科布和他的手下真的如同卡朋特所描述的那般凶险,那么要捉拿和制服他们的话的确得用上强劲的火力才行。

上午快十一点的时候,各路人马秘密地集结驻扎在霍巴特火车站,这儿距离莫琳和女科学家们提供的地址只有一英里远。联邦调查局的狙击手们已经包围了所谓的拆迁队租住的建筑物,他们通过红外线热成像望远镜看到此时有两个人待在卷帘门内。

其余的人去了哪里?抑或这原本就是一个三人作案团伙,在那名男扮女装的溜冰者被击毙之后,他们的成员就缩减至两人了?

如果这个团伙还有其他成员的话,他们是已经远走高飞了呢,还是只是短暂外出了?

汤森德特工在与她手下的人质解救专家进行了一番磋商之后,决定让大伙儿先按兵不动,等等看待会儿是否会有更多的共谋者返回这间修理厂。因为这毕竟是一个密闭空间，要在避免波及平民的情况下对修理厂内的人员进行围困和制服应该不是太困难的事情。

的确如此。联邦调查局的狙击手们此时已经占据了修理厂屋顶上的有利地位，即便科布及其手下试图反抗，也很容易被狙击手击中。所以眼下理当采取伺机而动的策略。

我打了个哈欠，这才意识到我自打凌晨三点半到现在一直都没能睡觉。与此同时，我的肚子也开始咕咕直叫。这也难怪，自从昨天晚上我喝过啤酒、吃过爆米花之后，几乎就没再进食了——当然，这不包括我在市长办公室里喝过的五杯咖啡和我从一个盘子里偷拿的一块不再新鲜的甜甜圈。总之，我现在已经饿得不行了。汤森德说供应给我们的食物已经在路上，不过至少还得等上半个小时。她又补充说我可以暂时离开这里去吃顿快餐。如果没有出现什么戏剧性的转折，她的人马应该不大可能在接下来的几个小时里对这间修理厂发动袭击。她还说如若情况有变，她会立即发短信通知我。

我迟疑了一下，随即点了点头。我坐进公司的旅行轿车，朝火车站东边的出口驶去，同时聆听着手机上的留言信息。我收到了好几则来自我们的海外分公司的留言。玛蒂·安格尔在柏林逮住了那个挪用公款的家伙，人赃俱在。这倒是个好消息，我一面想着，一面抄近路从电报路驶上了大西洋大道，然后一路向北行驶。那片轻工业区就在我西边，在离我几个街区远的地方，"格布"团伙的成员们行将被抓获。

我收到的下一则留言来自国际私人侦探公司伦敦分公司的彼得·莱特，他设法将一位非常重要的客户从席卷整个国会的性丑闻中解救了出来。我们的这位客户实则与这起桃色事件并无太大关联，不过她是一位小有名气的王室成员，而英国通俗小报向来以狂热地对待政界性丑闻而臭名昭著，那么与王室成员沾了一点边的政界性丑闻更是会被他们加油添醋地争相报道。这样一来，这位客户的声誉很可能会被终身玷污。

"干得好,彼得。"我在他的办公室座机留言道。除了立下此番战功,莱特还在去年夏天破获了伦敦奥运会谋杀案。

我穿过惠提尔大道,心里琢磨着是不是应该给莱特再次加薪,同时也该考虑给玛蒂·安格尔加薪了。我还在想自己是否有可能说服莱特,好让他同意转岗至纽约或洛杉矶。莱特是一名独力抚养两个孩子的鳏居父亲,如今正与一名身在美国的医生兼跳水运动员亨特·皮尔斯维持着异地恋,后者曾戏剧性地获得了一枚十米跳台金牌,就在……

我刚刚从一家名为罗比伊甸的小餐馆门前经过。自打我离开霍巴特火车站之后,这还是我见到的第一家像样的餐馆。过去我曾在罗比伊甸用过几次餐,到现在还满心怀念他们的"鲍比之最爱"三明治——在烤制好的裸麦黑面包片里夹入热腾腾的五香烟熏牛肉片,并淋上融化的意大利菠萝伏洛干酪,真是美味极了!此外,若再点上一份炸得相当酥脆的洋葱圈作为配菜,那就太完美了。这时,我的肚子里发出了响亮的"咕咕"声,看来是在对我打算再次光顾这家餐馆的念头表示赞同。于是我在罗比伊甸餐馆北面一个街区之外的路边找到一个停车位并停好了车。

此时已临近中午,餐馆的简易小隔间已经被用餐者们挤得满满当当。不过我在吧台跟前找到一张空凳子坐了下来,突如其来的疲惫感令我觉得眼睛灼痛,耳朵嗡嗡作响。

一个名叫爱丽丝的女侍者来到我身边,我向她点了一些食物,同时还申请到了一杯可以无限续杯的咖啡。她告诉我食物和咖啡很快就能送来,接着便走到别处忙活去了。

我再次伸了个懒腰,掏出手机,翻看着今天收到的短信。有一条短信是朱斯蒂娜发来的,她说她在今天下午四点到五点之间不方便与外界联络,因为那是她与医生预约就诊的时间。起初我感到有些不耐烦,我有什么必要知道……

等等，朱斯蒂娜病了吗？这就是她最近显得奇怪的原因所在吗？

一瞬间我脑子里涌出了无数可怕的猜想，胃里饥肠辘辘的感觉竟然消失殆尽了，取而代之的是一种恶心想吐的感觉。她会是生什么病了呢？

"谢谢，爱丽丝。"从我左后方传来了一个男人说话的声音。他的嗓音嘶哑，带有一丝美国中西部口音。

"你们明天还来吗，伙计们？"女侍者问道。

"不来了，"同一个男人答道，"我们要去亚利桑那州的菲尼克斯干一份新工作。"

不知出于何种理由，我抬起头来看了一眼吧台背后墙上的镜子。我从镜子里看到了三个穿着绿色工作服的男人，他们坐在窗边，正要付账。我能看到其中两个男人的背部，其中一个是身材魁梧的西班牙人，另一个留着满头红发，比前者更高一些，是白种人。

至于那第三个男人，由于座位角度使然，我能通过镜子看到他的右脸和右侧上身。他看起来略显瘦削，有着铅灰色的头发，正忙着将现金放在桌上，同时还因同伴所说的话而开怀大笑。我正要把视线从他们身上移开，不想却听到了他们当中的那名拉丁美洲人开始哼起了一首老歌，像是《和平之蛙》的旋律。

坐在他对面的男人将注意力从桌子上转移开来，把头转向右边，试图用目光搜寻着已进入厨房的女侍者的身影。

我这才发现他的左脸有些不大对劲，看起来很不自然，仿佛戴着一种与肤色接近的面具或是涂抹了很厚的妆容，也可能两者兼而有之。我透过镜子瞥见了他的绿色工作服胸口处所印字样的一部分："……拆迁队。"

我在心里反复咀嚼着这个词：拆迁队。

## 第一〇七章

我的心脏在胸腔里怦怦直跳。

我认出来了,那三个人正是科布和他的冷血杀手同伙——赫尔南德斯和凯莱赫,他们就在离修理厂最近的一家餐馆里用餐,他们的餐桌离我还不到二十英尺。他们用以伪装的工作服,此刻竟暴露了他们的身份。

我把视线移开,一时间不知道该做什么好。罗比伊甸餐馆里挤满了人,那三名亡命徒肯定随身携带着武器。倘若我与他们在这里发生枪战的话,伤及无辜的可能性非常大。想到这儿,我不由得透过镜子担忧地看了一眼坐在他们身后的一名年轻母亲和她的孩子们。

我得等他们离开之后再给汤森德打电话……

唔,这样做是最好的。

这时科布开始从椅子上站起来,不过赫尔南德斯动作更快一些。当后者起身的时候,正好将我看着科布的视线挡住了一两秒,随即赫尔南德斯往左侧挪了几步,好让凯莱赫走出来。

我又能清楚地看到科布了,没想到他也正看着我在镜子里的影像,然后迅速而又惊慌地将视线转开。他看起来像是把我认出来了。

一切都发生得如此迅速,现在我别无选择,唯有一条路可走了。

我出于本能地把手伸进了腋下的手枪套里,握住了我的格洛克手枪,然后将我所坐的吧台高脚凳转过去,面对着"格布"那伙人,同时打算大喝一声,命令这伙亡命徒趴在地上,再将手放在头顶。

不过赫尔南德斯和凯莱赫一定从科布先前的慌乱神色中觉察到了什么,他们弓着身子转向我这边,准备伸手去抓取身上的武器。

容不得多想，我赶紧扣动扳机。第一枪击中了凯莱赫的颈部，他顿时仰身倒在餐桌上。第二枪从赫尔南德斯刚掏出来的手枪旁边一擦而过，子弹从他的右眼眶射入了颅骨。

我顾不上观察中弹后应声倒下的两名暴徒，顾不得理睬周围快速涌动的人潮，同时也顾不上在意四周的尖叫声和先前那两记震耳欲聋的枪声在我耳朵里留下的余音。我只是心无旁骛地举着枪，仔细搜寻科布的身影。我觉得此时的自己仿佛不仅仅在操控手中的枪，而是化身成了它的一部分，与它完美地融合在了一起。

科布面对着我，站在餐馆最里面的桌子旁边，他身后是一条过道。在他身旁的餐桌边围坐着年轻的一家人，他们全都在惊骇万状地瑟瑟发抖。科布朝我露齿一笑，只见他齿间挂着一个金属细环。

他手中握着手榴弹。

而且是两枚，左手一枚，右手一枚。

"把枪放下，摩根先生。"他说，我看见他用手压住了手榴弹上的保险握片，"否则你将看到很多、很多的人在这里丧命。"


# 第一〇八章

我一眼就能看出他手中的手榴弹并非美国制造，而是由苏联制造的F1手榴弹，人称"夺命菠萝"。塔利班成员在过去武器匮乏之时，常用这种手榴弹去袭击坎大哈北部山区的美国巡逻队。

我之所以知道这个，是因为我从前的飞行员同事非常健谈，他常常在我们运载巡逻队成员出入敌对区域时与之彼此交谈，而我也从他们的谈话内容中增长了不少见识。F1手榴弹比较特别，拥有独特的握片保险系统，其作用与科布衔在嘴里的拉环相当。我还听说

F1手榴弹很早就停产了，这就意味着科布手中的那两枚手榴弹已经非常老旧，或许是三十年前甚至是四十年前制造的产品。你知道我还在阿富汗了解到了什么跟F1有关的事情吗？越是存放得久远的产品，其失灵的可能性越大，这就是塔利班痛恨这种武器的原因所在。他们更偏爱的是M10s坦克歼击车，美国曾在上世纪八十年代期间向他们提供过这种武器作为支援，那时他们还被称为"圣战者"。

于是我用手枪的激光瞄准器对准了科布的额头正中。科布吐出了衔在嘴里的拉环，说道："如果你朝我开枪，就会导致这位母亲和她的两个孩子被炸成碎片，餐馆里的其余四十来人都将为此丧命。所以你还是乖乖地把枪放下吧，刽子手。"

"想都别想，你这个疯子。"我说。

"我手里这种'小菠萝'一旦爆炸，飞溅的弹片可以遍布其四周两百米的范围。"科布说完之后，用牙齿猛地拉开了第二个手榴弹的拉环，然后将其吐了出来，"想知道我是如何知道这一点的吗？"

"你脸上的疤痕就足以说明问题了。"我说。

"没错。"科布说，"所以我才无所畏惧，这样的场面对我来说简直就是小儿科。"

科布看向我的身后，朝餐馆内恐慌的顾客和侍者咆哮道："你们当中只要有人胆敢动一下手机，我就立马把这玩意儿扔到他身上去。"

说完他开始往后退，我这才发现原来他身后的过道里有一个紧急出口。我迈着步子缓缓向他靠近，途中跨过了他的两名手下的尸体。我不去在意四周在恐惧中哭喊的人群，只是专注地将激光瞄准器的红色小点死死地对准了他两眼中间略微靠上的位置。

"你怎么知道我是谁？"科布一边问我，一边倒退着进入了他身后的那条过道，"他们已经清除了我的档案，也把我们所有人的档案都清除掉了。"

"一个名叫卡朋特的幽灵把你们的身份以及你们曾经做过的事都告诉我们了。"

看来他认得这个名字，只见他转而愤愤地问道："你是怎么找到我们的？"

现在我也走进了这条过道，我将一只手从枪上挪开，朝身后挥了挥，示意众人赶紧离开餐馆。在这过程中我一直没有停止讲话："你手下有一个人起了贪念，将我们正在追踪的那一千万美金转入了他在墨西哥的个人账户。然后，我们通过那个账户的信息追溯到了一间修理厂内一台电脑的IP登录地址，那里正是被你们伪装成拆迁队暂住地的地方。"

科布的脸色变得极为严肃，"该死的沃森。这贪心的……"

"他已经死了。"我撒谎道，"你留在修理厂里的两名手下都死了。跟着你来到这家餐馆的两名手下也死了。还有约翰逊，他的尸体至今还被冷藏在某个停尸房里。目前你是唯一的幸存者了，科布指挥官。"

科布已经退到了紧急出口的门边，我听到身后传来了人们四散逃窜的声音。"你投降吧，"我努力让他把全部注意力都放在我一个人身上，"一旦你走出那扇门，就会像布奇·卡西迪和圣丹斯小子①一样死去。"

"何以见得？"科布问道。

"来自联邦调查局、洛杉矶警察局及郡治安官办公室的狙击手们此时正等着你迈步走出去呢。"

他迟疑了一下，随即朝我露齿一笑，令我不由得想起了从前由我驾驶直升机运往交战区的侦察兵们。因为他们脸上也总是带着这种直面死亡、无所畏惧的笑容。

"我认为你是在胡说八道。"科布说，"没有人在外面等着捉拿我。如果有的话，在这里面对付我的人就不会是你了。"

他用臀部压下了门上的横杆，随即将门推开了一道两英寸宽的

---

① 这两人都是美国电影《虎豹小霸王》中的劫匪头目,两人在多次抢劫邮车之后被警方通缉,因而走上逃亡之路。

缝隙，阳光从门缝透了进来。科布转过头去看着外面，然后把门开得更大了。他用侧脸朝向我这一边，而我随即用激光瞄准器对准了他的太阳穴。

# 第一〇九章

我用手指更紧地抵住了扳机，脑子飞快地转动着，我在设想摆在我面前的各种选择及其相应的后果。

倘若我在科布走出门去的那一瞬间击中了他，而我又足够幸运的话，他会向前倾跌，然后扔掉手中的手榴弹。这扇门的外面是什么呢？是一条小巷吗？还是一个停车场？我不得而知。

不管外面是什么，其后果都比手榴弹在这间餐馆里面被引爆要好。倘若我真的非常幸运的话，科布的手榴弹兴许会在他身后的门自动关上之后才爆炸。但万一我没那么幸运，他中弹后可能会向后倾倒，并扔掉手榴弹，那么我就会在瞬间被炸成碎块。

前提是它们能被引爆的话。

就在我纠结万分的时候，科布却帮我做出了决定。他扭过头去背对着我，然后将右手猛地抬起，表明他即将向我扔出手榴弹了。紧接着，他又做出了类似橄榄球四分卫的传球假动作，我没法对此不为所动。我整个人出于本能地退缩了一下，不过只有短短几秒钟而已，但他足以趁此机会避开我的瞄准器准星，并用肩膀撞开门冲了出去。

我赶紧开了一枪。子弹打在了他正后方的钢制门板上，那扇门已经快要关上了。我想也没想就向前跃进了四大步，在听到了"哐当"一声响之后，我一脚把门踢开。

我一看到小巷对面的铁制大垃圾桶，立刻就知道科布做了什么。我赶紧向侧面一倒，迅速趴在地上。这枚手榴弹经受住了时间长河的考验，以极大的威力爆炸了。我感觉脸上像是被一只巨型手掌打了一耳光，耳朵被巨大的声响震得什么也听不见了，整个人感到无比眩晕。

谢天谢地，我没被弹片击中。手榴弹落在了一个近乎全空的垃圾桶里，钢铁铸成的厚厚桶壁挡住了在爆炸中四散开来的弹片，并使其如同喷泉一般从桶口向上喷薄而出。我知道那些冲向天空的弹片最终会回落下来，于是便伸出双臂遮挡住头部，挣扎着站了起来。

我在原地转了一圈，终于能辨清方向了，却发现科布已经跑出了小巷，正沿斜线快跑着穿过东六街，很快便消失在了我的视野之外。我赶紧迈起步子全速朝他追去，却觉得有些失去平衡。

科布跑哪儿去了？他仍在徒步奔跑呢，还是已经上了一辆车？

当我来到小巷尽头时，顿时得知了答案。我看着他跑进了东六街北面的一个二手车售卖场。我举起手中的枪，却总是没法瞄准他。

我继续向前跑进了车流中。此时我的听力还没有完全恢复，不过我却在持续的耳鸣声中听到了一些别的声音：身旁的汽车为了避免撞上我而踩下刹车，轮胎与地面摩擦产生了尖厉声响，还有此起彼伏的汽车喇叭声。在这些声音当中，兴许还夹杂着警车鸣笛的声音，是吗？

我的目光始终在科布及其周围来回移动着。当我横穿过东六街，来到人行道边缘时，他刚好跳过一道栅栏，落入了第二家二手车经销商的地盘。我压低身子，用尽全身所有的力气，向着北边的大西洋街狂奔。

在我正前方，大约半个街区之外，停着一辆正在转弯的水泥搅拌车，那里同时还有一群工人正在铺设新的人行道，他们当中有三个人正抬起头来注视着二手车售卖场内的混乱情景。只见科布将一名男子从一辆银色克莱斯勒敞篷车里拉了出来，那辆车的天线上还拴着一个黄色气球。科布迅速跳进驾驶室里,发动了汽车。

起初我深信科布会从二手车售卖场的后门回到那条小巷里去,可是没想到他却突然将车右转,径直驶向位于大西洋街旁边的场地出口。

我一面奔跑,一面朝着铺设人行道的工人们高声喊道:"快趴下!他有手榴弹!"

他们要么是看到了我手里的枪,要么是听明白了我说的话,大都赶紧俯身趴在了刚刚铺好的湿水泥上,另外几个反应略微迟钝的工人仍然困惑地站在原地,看着我举枪从他们身边跑过。这时科布小心翼翼地驾着车从人行道上碾过,打算驶入大西洋街。

我站在离他不到十英尺远的地方喊了一声:"科布!"

他回头看向我,略微有些惊讶,随即他把手臂探出车窗,将第二枚手榴弹朝我扔来。


# 第一一〇章

手榴弹反弹起来,然后再次落地,继而沿着人行道朝我滚过来了,我觉得时间仿佛停滞了一般。科布猛踩了一下油门,从一辆商用厢式货车旁边擦撞而过,转而驶入了大西洋街。

不过此时我的注意力全都集中在了那枚弹跳着向我滚来的手榴弹上。我知道,F1手榴弹大致有四秒钟的引爆时间,于是我在它被扔出后大概过了两秒钟时一把将其从地上抓起,迅速朝我的目标扔去。

在我过往的人生中有一段除了玩橄榄球以外什么都不想做的时光。我还记得父亲曾在我家后院一棵树的树枝上挂了一个旧轮胎,好让我练习投掷橄榄球的技能。我在那几年间每天都会持续好几个小时练球，直到自己累趴下了为止。后来我之所以能进入大学的橄榄球队，其实全凭自己的苦练，绝非天赋所致。

当年的我万万没有想到，苦练出来的投球技能竟然能在如今派上用场，并于千钧一发之际拯救了我的性命。

手榴弹被扔进了水泥搅拌车顶部的水泥料斗里，它在里面爆炸时发出了一声沉闷的巨响。湿漉漉的水泥从料斗里喷涌而出，如雨点般密密麻麻地落下，我赶紧跳上马路躲避开来。

这时科布先前擦边撞击过的那辆厢式货车撞上了停在大西洋街对面的另一辆汽车，而科布的敞篷车正加速驶回东六街。我又恢复了神勇，举起手枪对准科布的头射出了一发子弹。子弹没有击中目标，打在了驾驶员座椅的椅背上。

敞篷车似乎失去了控制，一头冲向路边的一座消防栓。当我来到车旁时，洛杉矶警察局的警车正从三个不同的方向朝我驶来。

科布斜倚在驾驶座那一侧的车门上。他的呼吸有些费力，还不时咳出一些粉红色的血雾。除了警车的鸣笛之外，现在我没法听到其他任何声响，可是我知道科布的胸部大概正在发出气泡爆裂的咕噜声，这表明他的胸腔受到了重创。一想到这个声音，我的思绪就开始飘回阿富汗，回到我曾走过死荫幽谷的那些日子。

可是当下不能这样，我得控制住自己的思绪，让它停留在眼前。我上前一步，用枪指着科布那张布满疤痕的脸。随着越来越多泡沫状的鲜血从他的鼻孔和嘴里不断涌出，他以全然困惑的目光注视着我。

"你是直升飞机驾驶员？"他艰难地开口道，"我怎么会……你怎么会……"

他的话没能说完，可是我已经明白了他的意思。他认出了我，知道我的背景。他没想到自己竟会栽在一个军衔曾比自己低得多的人手上。

"任何人都有走运的时候。"我对他说,这时警车纷纷来到我们周围停了下来,"你为什么要做那些事,科布?"

他脸上流露出了一丝嘲弄的神情,仿佛我是一个白痴,压根儿就不会明白他和他的手下为何要杀掉二十一个无辜百姓,为何要制造亨廷顿海滩码头爆炸案,为何要向洛杉矶市政府勒索一大笔钱,以及为何要从加州财政部的账户中劫走一亿五千万美元的巨款。

"我们需要钱。"他笑着喘了一口粗气,打了一个嗝,浑身战栗了一下,紧接着大量鲜血从他嘴里涌了出来,冲洗掉了他为了掩盖脸上的蛛网状疤痕而化的装。

我听到身后有人在喊:"放下你的武器!"

我照他说的做了,不过目光仍然没有离开科布。

他也看着我,两眼渐渐变得暗淡无光。

我可以诚实地说,在他的眼睛渐渐失去光泽,继而变得呆滞的过程中,我没有从中看到一丝自怜的神色。

## 第一一一章

埃伦·海耶斯的诊疗办公室位于世纪城附近的一条小街上。朱斯蒂娜停好车,看了看面前的大楼,又抬起头来望着天空,在心里默默地感谢上帝让杰克得以在与"格布"的交锋中幸免于难。各个广播电台都在铺天盖地地播报这则消息。"他离开现场时几乎毫发无伤。"这是新闻播音员的原话,可是朱斯蒂娜仍然觉得这实在是难以置信。

莫琳给她打过电话,向她详细讲述了广播电台里没有提及的信息。"格布"团伙的最后两名成员已被擒获。当他们得知了同伙与杰克在罗比伊甸小餐馆的交战之后，打算赶快逃离修理厂，不想却发现自己已经被执法部门的狙击手们团团包围了，只得束手就擒。阿尔伯特·沃森和丹顿·尼克森都被关进了联邦拘留所，杰克也在那儿，因为执法部门需要就发生在那家小餐馆的事情向他展开一些常规询问。

朱斯蒂娜看了看手表，现在是下午三点五十五分。有那么一刻，朱斯蒂娜打算说服自己打个电话给埃伦·海耶斯，将发生在罗比伊甸的枪战告诉她，然后跟她说此刻自己需要陪在杰克身边，所以她们可以改日再重新约定见面的时间。

不过她仍强迫自己推开车门下了车。因为她知道，以她目前这种心理状态，根本没办法向杰克或任何人提供他们所需的帮助。

海耶斯正在等她。"自从昨天接到你的电话之后，我一直都很担心你。"这位心理治疗师领着朱斯蒂娜去自己的办公室，"发生什么事了？"

朱斯蒂娜在一把椅子上坐下来，叹了口气，然后说道："我有一个朋友叫杰克……"

海耶斯有些不解地转动了一下眼睛，在另一把椅子上坐了下来，"我们现在可不是要谈论关于你朋友的事情，对吗？你在电话里说遭遇困扰的人是你呀。"

"没错，的确是这样的。"朱斯蒂娜说，"可我想先跟你谈谈我这位名叫杰克的朋友。事实上，他是我的老板。我最近跟他说，我发现他同过去相比，像是变了个人似的。因为如今的他在混乱局面中似乎表现得比从前更为冷静，当他面对暴力行径时也显得更加英勇无畏。"

海耶斯困惑地皱起了眉头，"是吗？"

朱斯蒂娜停顿了片刻，抑制住一阵突如其来的激动情绪，"埃伦，近来我发现自己在很多方面都跟杰克完全相反。我在混乱局面中很容易感到不安和气馁。而我……对暴力行径……感到非常恐惧……有件事带给我的困扰已经到了……"

海耶斯满怀同情地前倾着身子,"把困扰你的事情告诉我吧。"

在接下来的四十分钟里,朱斯蒂娜向海耶斯讲述了自己在墨西哥的经历,还有她的焦虑感,以及她与一位已婚男子的草率私通。

"你刚刚描述了那场暴力袭击的情形。"待朱斯蒂娜讲完之后,海耶斯开口说道,"可是你并没有提到它带给你怎样的感受。"

朱斯蒂娜心里涌起的强烈情感几乎令她窒息。"我不知道,"她语带哽咽地说,"我想我从中看出人生无常,转瞬间就会遭遇可怕的事情,这样的体验几乎会令人对下一刻可能会发生的事情充满了惧怕,你能想象吗?"

"我想说的是,决定权其实掌握在你自己手中。"海耶斯说,"我们能控制自己的思想。你选择将自己的思想集中在什么事情上,就相当于是决定了你拥有怎样的情绪。"

"你说的我都明白,可是……"

"即便是心理学专业人士,也需要时常听到这样的提醒。"心理诊疗师应道,"现在请你试着集中注意力去想一件事,那就是你还活着,而这是多么美好的事情啊。"

"好的,可是即便如此,我还是觉得心痛……"一时间朱斯蒂娜竟语不成声,她盯着自己的膝盖,双肩开始剧烈抖动起来。

"朱斯蒂娜?"

"那场遭遇将我变成了一个连我自己都鄙视的人。"朱斯蒂娜啜泣道,"在我和保罗之间发生的那件事上,我实在没有任何借口为自己开脱。"

## 第一一二章

心理诊疗师静静地坐了一会儿，然后点了点头，说道："你说得没错，朱斯蒂娜。可你后来之所以会在感情方面犯错，很大程度上是因为那段极端惨痛的经历给你带来的心理创伤所致。难道不是这样吗？"

"可对方是个结了婚的男人，这让我实在无法原谅自己。"朱斯蒂娜说。

"我知道，"埃伦说，"不过他在那件事上也有责任。他没有戴着结婚戒指，还邀请你跟他一同去喝咖啡，而且，事发时他并没有试图拒绝你。"

"可我毕竟是主动的一方。"

"你的意思是说你比保罗更加强大有力，而且你能很容易地控制他的自由意志，是吗？"

朱斯蒂娜动了动鼻子，勉强笑了一下，"我的确比他更强大有力，因为我能做比他更多的引体向上。"

"可是你能控制他的意志吗？"

朱斯蒂娜思忖了片刻，然后摇了摇头。

"很好。"心理诊疗师说，"现在我不希望你忽略发生在你和保罗之间的那件事，但与此同时，我也不希望你忽略一个事实：他没有告诉你他已婚且身为人父的身份，这是他的自由意志发挥作用的结果，也是你无法控制的。"

朱斯蒂娜沉默了，半晌之后，她默默点了一下头。

"这就对了，"海耶斯说，"我认为我们今天的谈话还是很有进展的。可惜今天只能到这儿了,因为我的下一位顾客就要到了。我们来预约一下下次见面的时间,好吗?"

"不过我接下来该怎么处理……"

"你想说你接下来应该如何处理跟保罗的关系,这是我们下一次谈话的主题。今天你能把这件事说出来就已经足够了。"

朱斯蒂娜刚要反驳,却转而叹了口气,"你是诊疗师,一切都由你说了算。"

朱斯蒂娜来到街上,听到了交通高峰时段所特有的喧闹声——现在是下午五点整。她进到自己车里坐下,觉得内心的困惑感似乎减轻了一点,而且……她的手机突然响了起来,她赶紧接了电话。

"是朱斯蒂娜吗?"

"辛西娅?"朱斯蒂娜能听出那声音来自哈洛夫妇的私人助理。

"你能到华纳兄弟电影公司的制片厂来一趟吗?"梅恩斯的语气显得激动不安,"你可以现在就来吗?"

"出什么事了?"朱斯蒂娜追问道。

"实在是太糟了,"梅恩斯竟有些哽咽,"比你能想象得到的任何情况都更糟。"


## 第一一三章

四周处处可见万圣节装饰灯的光影,辛西娅·梅恩斯坐在一辆停放在华纳兄弟电影公司制片厂正门边的高尔夫球车里,等候着朱斯蒂娜的到来。要不是一路上都见到身着鬼怪服装的孩子们在一栋又一栋房屋间穿梭,朱斯蒂娜几乎已经把这个节日忘得一干二净了。

哈洛夫妇的私人助理看起来惊惶而又疲惫,她显然一直在哭。

"到底发生什么事了?"朱斯蒂娜边问边爬上了高尔夫球车的副驾驶座位。

梅恩斯耷拉着双肩驱车前行,缓缓开口说道:"我才知道我的生活原来并不是我所想的那样,我所相信的一切都不是真实的,我的直觉并不值得信赖。"她转头看了朱斯蒂娜一眼,目光充满失落,"这怎么可能呢?我怎么可能和他们在一起生活了那么久,却没能看清他们的真面目?"

"快告诉我,你发现了什么?"朱斯蒂娜说。

梅恩斯愁眉苦脸地摇了摇头,"你得亲眼看看才行。"

她们驶过了哈洛-奎恩电影制片公司的办公平房,又驶过了摄影棚,最后将车停在了离自助餐厅不远的地方。下车后,两人走进了一栋外部没有识别标志、中央带有一条通道的房子里。

"我有一个朋友同意让我使用这里的一间放映室。"梅恩斯说,并用钥匙打开了中央通道一侧的一扇房门。

这是一间带有大屏幕的六座放映室。朱斯蒂娜有些茫然地看着梅恩斯,只见后者挥动手指,在一台iPad的屏幕上操作起来。

梅恩斯的手明显在发抖,有些不大听使唤。

"那天跟你见面之后我一直心神不宁,"梅恩斯用嘶哑的嗓音说道,"我想到了在牧场里消失不见的电脑,也很担心《西贡瀑布》的拍摄内容是不是真的备份好了。"

"是吗?"朱斯蒂娜若有所思地应道。

"我没法进到哈洛-奎恩电影制片公司里面去探个究竟,"梅恩斯说,"于是我打了个电话去明尼阿波利斯市的资料存储库——照理说,公司的所有数字文件都会发送到那里去备份。在我们去越南之前,我曾跟那里的工作人员打过好几次交道,所以他们认识我。而且,他们还不知道我已经被炒鱿鱼了,于是就给了我一个临时密码,允许我访问那里的备份日志。"

"噢,《西贡瀑布》已经备份了吗?"

梅恩斯的眼里开始有泪光在闪烁,"它大概是在托姆和詹妮弗失踪的六天前被备份好的,原片只经过一些粗略的编辑,可是仍能从中看出它的精髓所在。故事情节、演员的表现、拍摄的艺术,无一不是上品。我很想让你看看这部影片,可是它看起来却太……"

"看起来太怎么了?"朱斯蒂娜被搞糊涂了。

梅恩斯的眼神非常失落,她沉默了好一会儿才开口说道:"在他们失踪的当晚,资料库里又有一次类似意外情况下的紧急备份行为。或许是由牧场停电所导致的,具体我并不清楚。我只知道有大约一百份文件被传送到了资料库里,而这些文件都是以前不曾备份过的。"

"是些什么样的文件?"

梅恩斯回答道:"我实在想不明白,创作了《西贡瀑布》的艺术家怎么会同时创造了那样的东西?"

她敲击了一下平板电脑上的"确定"按钮,放映室正前方的巨大屏幕亮了起来,画面上显示的是朱斯蒂娜并不陌生的哈洛夫妇的硕大卧房,位于奥海镇的大牧场里。

## 第一一四章

一个浑身赤裸的女人跪在床上,双脚和臀部正对着隐藏起来的摄像机镜头。她一面呜咽,一面哆嗦,而同样赤裸着身体的托姆·哈洛正伏在她身上……更令人无法想象的是,詹妮弗也出现在画面中,一只手拿着震动棒,另一只手正用力地拍打着那女人的臀部。

"你之所以提早回来,就是因为你喜欢这样。"詹妮弗·哈洛以嘲弄的语气说道,"你就承认这一点吧,淫荡的小婊子。"

那女人的嘴里不断发出微弱而痛苦的呻吟,这让朱斯蒂娜想起了她曾见过的一只断了一条腿的小兔。

"你快承认吧!"托姆吼道。

"把它关掉。"朱斯蒂娜说,她感到一阵恶心。

"再等等吧,"梅恩斯坚持道,"这录像很重要。"

朱斯蒂娜只好用意念逼迫自己不再去聆听詹妮弗·哈洛和托姆·哈洛接下来所说的越来越猥亵无耻的话语,眼睛也不再去注视屏幕上那些不堪入目的画面,直到梅恩斯突然喊道:"就是这儿了。"

这时托姆·哈洛翻身侧卧在床,然后将那女子拖到自己身下压住。在这个过程中,摄像机镜头拍摄到了她的正面。

是艾德丽塔·戈麦斯。

女孩面部的肌肉随着托姆每一次的推挤动作而抽搐不已,不过她的精神似乎并未彻底崩溃瓦解。她用充满恨意和挑衅意味的目光注视着詹妮弗,似乎不愿让自己表现出屈服或深感耻辱的迹象。

朱斯蒂娜把脸转过去看着梅恩斯,后者以一种迟钝而麻木的语气开口说道:"我还找到了一些别的以艾德丽塔为主角的录像。当他们在越南的时候,他们还将她灌醉过。当他们第一次对她做这种事的时候,她哭得像个无助的婴儿。"

"把它关掉。"朱斯蒂娜再次要求对方关掉视频。她的心里既感到厌恶,又对那可怜的保姆充满了怜悯。她才多大啊?是十八岁吗?

"现在还不行,"梅恩斯沉闷地说,"后面还会变得更糟。"

"我认为我不……"

"看,他在那儿。"哈洛夫妇的私人助理不禁捂住了嘴,带着哭腔继续说道,"噢,天哪,那可怜的小家伙。"

米格尔·哈洛出现在了画面的最底部。他愣住了,呆呆地看着他的养父母对他的保姆进行玷污和糟蹋。片刻之后,他转身跑到了画面之外,而他的养父母在整个过程中似乎完全没有注意到他。

"这一定是哈洛一家失踪当晚拍摄下来的画面。"朱斯蒂娜对梅恩斯说,"米格尔并不仅仅是听到了奇怪的声音,他还看到了这样的一幕场景。他被吓坏了,赶紧跑开,后来跌倒了,弄伤了小腿……"

"快从她身上下来,否则我他妈的杀了你!"

四个身着黑衣、头戴黑色巴拉克拉法帽①的男人突然闯入了哈洛夫妇的卧房,并用各自手中的猎枪和手枪分别瞄准了这对演员夫妇。

托姆·哈洛停止了疯狂的推挤动作,缓缓从艾德丽塔身上下来,并试图拉过床单来遮蔽自己的身体。詹妮弗尖叫着跳下床,伸手去抓一件睡袍。一个黑衣男子一把揪住女演员的头发,狠狠地将其推到墙边,"你别白费力气了,臭婊子。"

他拿起睡袍,转过脸去不看艾德丽塔的胴体,将睡袍扔给了她。

"你们想怎么样?"托姆·哈洛问道。此时他已经不像起初那样震惊了,正试图让自己的举止言谈表现得宛如他在这些年里扮演的动作片英雄一样。

那些黑衣男子一句话也没说。

刚刚将詹妮弗的睡袍穿在身上的艾德丽塔·戈麦斯倒是怒瞪着托姆,愤愤地说道:"我想要正义。"


# 第一一五章

"她真是这么说的?"莫琳问道,脸上开始流露出赞赏的神情,"我想要正义?"

朱斯蒂娜点了点头。当西摩随即将一瓶极品米德尔顿爱尔兰威

---

① 一种几乎完全围住头和脖子的羊毛兜帽,仅露双眼,有的也露鼻子。它本来仅是供登山运动员和滑雪者在寒冷天气围戴的羊毛头罩,但后来人们把具有巴拉克拉法帽特征(遮住脸部,只露眼鼻)的头罩统称为巴拉克拉法帽。

士忌递给她时,她又赶紧摇了摇头。国际私人侦探公司洛杉矶总部的全体成员几乎都聚集在了德尔里奥的病房里,他们都是我下午召集而来的。我之所以这样做,是为了让大伙儿一起庆贺我们斗败了"格布",并为瑞克的康复进展感到高兴——他的两只膝盖都能活动了,而且包括臀部在内的整个下肢都恢复了感知能力。

西摩把酒瓶递给我,我真的很想喝上一杯,可我想起了先前在傍晚时分为我检查身体的护士曾告诫过我,我大概遭受了轻微的脑震荡,应该在接下来的一两个星期里远离酒精。

这时埃米利奥·克鲁兹开口说道:"这么说,有人——或许正是那狗娘养的戈麦斯指挥官——派那些男人去劫持了哈洛一家?"

"或者有可能是艾德丽塔雇用了那些枪手。"我说,"我想说的是,一定是她让那些人躲过了牧场的安防系统。我们在监控录像中看到过,在哈洛一家失踪的当天夜里,当詹妮弗跑完步回来时,一个人影从她身后一闪而过,我认为那个人影肯定就是艾德丽塔。"

"可她怎么知道该如何令牧场的安防系统失效呢?"德尔里奥问道,"在那之前她从未去过那里,不是吗?"

"是的,据我所知的确如此。"朱斯蒂娜表示赞同,"不过她也许是在窥探哈洛家的电脑时找到了安防系统的操作示意图。谁知道呢?我在录像里看到那些戴着黑色兜帽的男人用皮下注射器对哈洛夫妇进行了注射,然后把他们抬出了卧房。摄像机似乎一直在持续地将拍摄内容传送至明尼阿波利斯市的资料存储库,直到后来有人取走摄像机并带走屋内所有的电脑。"

"嗯,这么说你认为他们拍摄了一百部这样的录像?"西摩边问边往自己的杯子里到了一点威士忌,"这可真是太龌龊了。不知道这样的事情是从什么时候开始发生的?"

朱斯蒂娜的表情满是厌恶,她说:"辛西娅还让我看了另一部录像,它比先前那部更不堪入目,施虐倾向更为严重。"说完,她停顿了一下才再度开口,"我几乎一下子就认出了那名受害者。"

"是谁?"我问道。

朱斯蒂娜摇了摇头,似乎到现在都还不敢相信自己所见到的事情,"那天晚上,在桑德斯的庄园里,有件事令我心生疑窦,不过那时我不可能想到这个被深深隐藏起来的可怕秘密。"

"你在说什么呀,朱斯蒂娜?"莫琳追问道。

"你在说谁?"德尔里奥也在问。

"安妮塔·芳塔娜,"朱斯蒂娜说,"哈洛家的女管家。"

"这不可能……"我目瞪口呆地应道,"她和哈洛一家在一起住了多久了?有十二年了吧?如果真是那样的话,她为什么要继续留下来?她本可以离开他们啊,而且,她在回家度完假之后完全可以拒绝再回去继续工作。"

"我认为有一个理由令她不能一走了之。"朱斯蒂娜说,此时她脸上流露出了一种既怜悯又忧伤的表情。

"什么理由?"莫琳问道。

"米格尔。"朱斯蒂娜说,"那天晚上,在我们即将离开桑德斯的庄园时,我碰巧看到了她抱着米格尔的情形。由于我所处的角度使然,我正好能同时看到他俩左边侧脸的轮廓。米格尔左脸的天生容貌并未受到腭裂症状及后期修复手术的丝毫影响。"

"你想说……天哪,她是他母亲?"莫琳困惑地喊道。

"我敢为此打赌,"朱斯蒂娜说,"只是我不忍心去找那个可怜的女人当面对质,至少今晚不行。"

"等等,"我说,"她为什么要把自己的孩子交给哈洛夫妇抚养?"

"以下只是我个人的猜测,"朱斯蒂娜坦承道,"不过我们不难想象,由于那孩子天生就患有腭裂残疾,需要多次手术进行矫正,所以安妮塔想让她的孩子接受最好的医疗护理。此外,你们应该同样可以想象得到,安妮塔原本是玛利亚和金妮的保姆,后来却沦为了哈洛夫妇的性奴。她之所以愿意把自己的儿子交给他们,其实是为了顺从他们的权利和要求。"

"呃,"克鲁兹说,"他们对她有什么权利和要求?"

"身为孩子父方的权利和要求。"朱斯蒂娜冷冷地说,"我认为米格尔是托姆·哈洛的儿子。"

此言一出,整间病房顿时陷入了一片死寂。

我能看出朱斯蒂娜的观点不无道理。托姆·哈洛和詹妮弗发泄其反常性欲的行为,导致一个有腭裂残疾的孩子诞生。为了维持哈洛夫妇向来在公众面前的形象,他们不能让这消息被泄露出去,也绝对不能容许这样的事情发生。

于是他们"收养"米格尔作为养子,这让他们的公众形象不降反升。至于安妮塔,她被允许留下来在哈洛家继续工作,不过她的身份不再是孩子们的保姆,也不再是哈洛夫妇的性奴,只是一个为了自己的儿子而被迫活在谎言当中的可怜女人。

"你干得相当不错,"我对朱斯蒂娜说,"只是现在我们还得去完成一件事。"

"是什么?"朱斯蒂娜的语气中充满了惊惶不安的意味。

"再次前往瓜达拉哈拉。"

# 第一一六章

两天之后的11月2日,约莫在夜里十一点左右,莫琳驾驶着一辆黄褐色的福特小货车来到一家名为"拉夫恩特"的五星级酒吧前,并在不太远的街边找了一处位置将车停好了。这家酒吧位于皮诺苏亚雷斯街,与瓜达拉哈拉市中心的司法部大约相隔一个街区。

我就坐在这辆货车的后厢里,开始对一把点45口径的史密斯威森手枪进行检查。我们的武器和这辆货车都是由巴勃罗·科尔多瓦提供的，他是个大块头的墨西哥人，身着黑色风衣，坐在货车前座。科尔多瓦曾经是墨西哥联邦警察局的首席探员，如今是国际私人侦探公司墨西哥分公司的负责人。同时，他也是一个在大多数时候都知道如何在不触犯法律的前提下达成自己目的的人。

大约五个小时以前，科尔多瓦在曼萨尼约机场接到了我们。这天是墨西哥亡灵节的第二天，按照传统习俗，墨西哥人会在这个节日里纪念家族的祖先，并饮用大量龙舌兰酒。车窗外，皮诺苏亚雷斯街上挤满了戴着骷髅面具的饮酒狂欢者。

"西摩？"我对着挂在耳边的蓝牙耳机喊道。

耳机里先是响起了墨西哥流浪乐队的乐曲声，随即传来了身在拉夫恩特酒吧里的西摩的应答："他们现在正在付账。"

"他们看起来有多醉？"朱斯蒂娜问道，她的手里正握着一支雷明顿枪栓式散弹猎枪。

"我看到他们喝了七轮烈性酒，而且在每轮结束之后还饮了好些啤酒。"西摩说，"不过他们大概在我来这里之前就已经喝过不少了，因为我看他们现在似乎有些步履不稳。"

"那太好了。"我说。

坐在前座的科尔多瓦点了点头，说道："我已经准备好了，杰克，你怎么样啊？"

"看起来现在是时候行动了。"我答道。

科尔多瓦戴上一个骷髅面具，从货车前座跳下车，然后关上了车门。他开始沿着人行道朝拉夫恩特酒吧走去，哈利斯科州警察局的拉乌尔·戈麦斯指挥官正跌跌撞撞地走出酒吧，跟在他身后的是瓜达拉哈拉市警察局的局长阿图罗·福克斯。

"此番行动可能会带来非常恶劣的后果，"我说，"如果谁想退出的话，现在还来得及。"

"我们开干吧！"朱斯蒂娜也戴上了她的骷髅面具。

尽管我们的计划可能会出岔子，从而让我们被投进墨西哥监狱并被判重刑，可莫琳和我也义无反顾地戴上了各自的面具。

"好了，克鲁兹，"我说，"他们已经离开酒吧了。"

莫琳发动了货车，沿着街边缓缓行驶着，逐渐与我们的目标人物处于并排位置。巴勃罗·科尔多瓦在他们身后迅速追赶而上，和科尔多瓦一样戴着骷髅头面具、身着黑色长风衣的克鲁兹突然挡在了两名喝醉的警察面前。只见克鲁兹身上风衣的右侧衣袖空荡荡的，因为他早已将右手从袖管里抽了出来，并将其隐藏在衣摆里。他拨开衣襟，露出了右手，以及被握在手中的一支枪管被锯短了的双管猎枪。转瞬间，枪口便在近距离射程内同时瞄准了福克斯局长和戈麦斯指挥官的肚腹。我们的货车及时在街边停下，从而挡住了街对面的行人的视线，而我迅速推开了货厢的门。

"快上车！"克鲁兹命令两名警官，"不然我就毙了你们。"

## 第一一七章

就在我凭直觉相信这两名警官正打算伸手去掏自己的手枪时，科尔多瓦用他手中那把猎枪的枪筒轮流刺戳了一下两人的后背，然后冲他们咆哮道："你们想在亡灵节加入你们祖先的行列吗，伙计们？"

福克斯局长首先屈服，只见他转过身，东倒西歪地上到了车里。

"你这样做是大错特错。"戈麦斯指挥官咆哮着，但还是跟在同事身后跌跌撞撞地进到了货车后厢。

"快给我趴下！"朱斯蒂娜站在货厢的阴影里粗着嗓子喝道，并用她手中的枪瞄准了他们。

克鲁兹跟在两名警官身后爬上了货厢，他搜走了两人的枪，还将弹匣里的子弹全都倒空。待我关上货厢门的时候,科尔多瓦跳上了货车前座,莫琳再次将车发动。

"一切进展得太顺利了。"科尔多瓦说。

克鲁兹和我用塑料扎带分别捆住了两个醉汉的双腕和双踝。他们浑身散发出龙舌兰酒和汗液的气味,不过在我们拉着他们坐起来时,他们却出人意料地显得平静和无惧。

"你们此刻的行为将会为自己换来漫长的铁窗岁月。"盛怒中的戈麦斯指挥官语调虽然醉醺醺的,逻辑却很清醒,"当然,前提是你们足够幸运,没在我手下丧命。"

克鲁兹用塞口物堵住了他们的嘴,我用布条蒙住了他们的眼睛。

接下来一路上就没人再说什么了。当我们来到瓜达拉哈拉南部的埃尔萨波特镇附近时,莫琳拐弯驶上了一条双车道泥土路,上坡行驶了几百米之后,便来到了我们在这天早些时候已经找好的一栋危楼跟前。西摩开着另一辆厢式货车,在我们身后停了下来。

我们仍然戴着各自的骷髅面具,将两名警官押下车,然后把他们带进了曾被用作模具制造车间的危楼里面。我们用红光手电筒的光芒领着他们在满屋子的废弃物中穿梭着,不久便来到了屋内最深处一个天花板很高的空间。随后,我们让他俩各自在一把椅子上坐了下来。

科尔多瓦说:"现在我们要把捆在你们手上和脚上的扎带割开。不过如果你们敢轻举妄动的话,我们就会用你们自己的枪来朝你们开枪,伙计们。如果你们明白我的意思了,就点一点头。"

两名警官如捣蒜般地点着头。克鲁兹用一把随身小折刀割断了捆缚他们的扎带。当他们开始动手取下各自的蒙眼布条并取出塞口物时,西摩在两人面前各放了一杯水。就在他们将蒙住双眼的布条取开的那一瞬间,莫琳按下一个开关,顿时有好几束高强度聚光灯的光线猛地投射在他们身上。

## 第一一八章

"这是怎么回事?"福克斯局长问道,随即本能地抬起一只手臂放在通红双眼跟前,以遮挡朝他射来的强光,"你们是什么人?你们想干什么?"

哈利斯科州警察局的拉乌尔·戈麦斯指挥官在灯光下眯缝着眼睛,怒气冲冲地吼道:"你们他妈的知道我们是谁吗?"

"是的,"克鲁兹回答道,"我们知道你们是谁。"

"我看不见的,"戈麦斯坚持道,"你们真的知道我们的身份?如果你们不放了我们,会有什么后果发生?"

"你们可别把他的话当耳旁风。"福克斯局长说,"他堂兄可是大有势力的人物。你们倘若一意孤行的话,后果不堪设想,我的朋友们,要知道我们是有保护伞的。"

"谁是你们的保护伞?"克鲁兹问道。

"德·拉·维加,"福克斯自鸣得意地说,"安东尼奥·德·拉·维加。"

我感觉到有一只手放在了我的前臂上,于是我转过头去看着科尔多瓦。我和他都站在聚光灯背后,仍然戴着骷髅面具。他在我耳边低语道:"德·拉·维加是一个毒品垄断组织的头目。他向来过着隐居的生活,不喜欢被人关注。"

"这样还更好。"我说道。随即我朝朱斯蒂娜倾过身去,把科尔多瓦刚刚告诉我的事情向她转述了一次,然后对她说:"现在你去对付他们吧。"

朱斯蒂娜抬着一把椅子走到两名警官对面坐下,取下了自己的面具。

戈麦斯指挥官一下子就认出了她。起初他似乎有些不敢相信自己的眼睛,不过随后便用一种带着怨恨的语气醉醺醺地说:"你绝不会活着离开墨西哥。"

"你和艾德丽塔·戈麦斯是什么关系,指挥官先生?"朱斯蒂娜问道。

这名州警察局指挥官将头朝双肩回缩了几英寸,看起来像极了把头缩回壳里的乌龟,或是准备发动攻击的毒蛇,"在我认识的人当中,没有谁叫这个名字。"

"你不认识艾德丽塔吗?"朱斯蒂娜用怀疑的眼神注视着他,"你不认识哈洛家的这个保姆?她可是来自瓜达拉哈拉的。"

"我不认识,"戈麦斯说,"我从没听过这个名字。"

福克斯摇了摇头,"瓜达拉哈拉可不是个小地方。"

我认为现在是时候转变我们的策略了。于是我转身在自己的颈部比画出了割喉的手势,继而看到阴影里有一个红点在闪烁。只见科尔多瓦从克鲁兹手中取过戈麦斯的枪,一面将子弹上膛,一面走到光亮处,此时他仍穿着长风衣,骷髅面具也没有取下。

"你们再好好想想,伙计们,否则我就要朝你们开枪了。"他用英语说道,"我不会杀了你们,但是会令你们受伤,生不如死。"

两名被俘警官的脸上流露出迟疑不决的神情,不过戈麦斯很快就开口说道:"我不……"

科尔多瓦对准指挥官左脚靴子的前端开了一枪。戈麦斯尖叫起来,试图站起身,却又摔倒在地。他用手抓着自己的左脚,痛得满地打滚,同时用西班牙语惨叫哭喊着。

"接下来轮到你了,局长先生。"戈麦斯还在痛苦挣扎,科尔多瓦提高音量对福克斯坚定地说,"不过我想我会瞄准你身上略微高一些的位置开枪。你觉得哪里更好呢?是小腿骨呢?还是膝盖骨?"

警察局长的头上开始冒汗了,汗水顺着他的脸颊成股流下。"拜托……"他开口说道。

"跟我们讲讲关于艾德丽塔的事情。"朱斯蒂娜说。

科尔多瓦将枪口沿着警察局长的右侧小腿、膝盖骨和大腿渐渐上移,最后瞄准了他的右侧腹股沟。

"你不会真的这样做的!"福克斯惊恐地喊叫起来。

"那你就试试看吧。"科尔多瓦说。

福克斯低头看了看戈麦斯指挥官,后者还在地上痛得直打滚,惨叫声已经变成了痛苦的呻吟声。福克斯转头看着朱斯蒂娜,"我把我知道的都告诉你。"

科尔多瓦走回阴影中,然后把手枪塞回长风衣的衣兜里。我在黑暗中朝他竖起了大拇指,同时我又看到了那个闪烁的红点。

"艾德丽塔是什么人?"朱斯蒂娜再次问道。

"艾德丽塔啊,"福克斯局长说,"她是拉乌尔的侄女。"

"你这头蠢猪!"戈麦斯朝他大喊。

"那她现在在哪儿?"

"快闭上你的嘴,不然你会死得很难看的,阿图罗。"戈麦斯咕哝道。

"是什么让你认为你们俩不会惨死在这儿呢?"科尔多瓦说,"她——在——哪——里?"

戈麦斯指挥官挣扎着站了起来,"带我去看医生,或许我会告诉你们。"

"艾德丽塔·戈麦斯,她在哪儿?"朱斯蒂娜再次追问。

福克斯看了看从他朋友的靴子里渗出的鲜血,说道:"我想她正在康复的过程中。"

"康复?为什么?"朱斯蒂娜问道。

"她做了整形手术。"满面怒容的戈麦斯指挥官咬牙切齿地说,"在遭受了哈洛那两口子对她做过的那些事之后,我们漂亮的艾德丽塔就再也无法忍受自己那张漂亮的脸蛋了。"

# 第一一九章

"我看过那些录像。"朱斯蒂娜的口吻变得柔和了些,"看到自己所爱的人遭遇那样的事情,感觉实在是糟透了,指挥官。你的侄女现在在哪儿呢?"

"我不知道。"戈麦斯没好气地说。

"我想你是知道的。"朱斯蒂娜步步紧逼,"我想她现在应该是和你堂兄在一起的。安东尼奥·德·拉·维加策划并实施了对哈洛一家的绑架,而且他也是杀害莉安娜·卡萨·马德雷的凶手。"

指挥官一言不发。

"哈洛夫妇在哪儿?"

"有些事还是不知道为好。"

"那么你堂兄在哪里?"科尔多瓦问道。

"我已经有十年没见过安东尼奥了,"戈麦斯说,"这是实话。"

"即便如此,你也可以得知他的消息啊。"科尔多瓦说,"我想说的是,他毕竟是你的堂兄,你们必然会就家族大小事务做一些交流,间接的也算。"

"我得去看医生了。"戈麦斯抱怨道。

我取下自己的面具,走到亮光下说道:"我们会带你去看医生的,不过接下来你得为我们带一个口信给你堂兄。我们想让他把哈洛夫妇交出来,否则我们绝不会离开墨西哥。"

戈麦斯轻蔑地哼了一声,似乎觉得我是个傻子,"你认为你们这群外国佬可以来墨西哥对安东尼奥那样的人发号施令?"

"事实上,我们的确是这么认为的。"我说完后,朝聚光灯后面的黑暗处点了点头。

更多的灯光亮了起来,照在戴着面具的西摩和莫琳身上,只见他俩正各自用一台摄像机对准戈麦斯和福克斯进行拍摄。

# 第一二〇章

"你们这是要干什么?"福克斯局长一脸困惑地问道。

"闭嘴,你这个白痴!"戈麦斯指挥官朝他吼道,随即又气恼地看着我们,"你们不能对我们刚才说的话加以利用。"

"我们当然可以这么做。"朱斯蒂娜反驳道,"哈洛夫妇失踪案是本世纪震撼全球的大事件,或者说近十年来都没有哪件事比它在世界范围内造成的影响更大。我们相信,有许多人都会对你们刚才的招供感兴趣。"

"刚才那段录像已经被发送到美国了,安全而隐秘地存储在一处安全之地。"我说,"这就意味着你将会联络你的堂兄,并且让我们的要求得到满足。"

戈麦斯像看着一群疯子一般看着我们,"我的性命在安东尼奥眼中压根儿就不算什么,你们也一样。要是他认为我将会被曝光,那他就会杀了我,好让我没法再向人谈论关于他的事情。而且,最后他还会杀光你们所有人。"

"不不不,他不会这样做的。"朱斯蒂娜说,"倘若他杀了你,或是杀了我们当中的任何人,最终所造成的影响都是一样的。世界各地的人都会知道安东尼奥·德·拉·维加在哈洛夫妇绑架案中扮演了怎样的角色。"

"就算如此,对他来说又有何妨?"戈麦斯说。

"对呀，"福克斯附和道，"安东尼奥什么都不怕。"

"你这是一派胡言，安东尼奥就像蟑螂一样活在这世上。"科尔多瓦说，"蟑螂最不喜欢的就是亮光。它们需要在黑暗中生存。"

"哈洛夫妇是如同皇室成员一般受万众瞩目的焦点人物。"我进一步解释道，"如果其遍布全球数以亿计的影迷得知他们的失踪是由安东尼奥一手造成的，那么政府执法部门就会被推到公众舆论的风口浪尖，至此你堂兄纵使有天大的能耐，哪怕他愿意花再多的钱向相关人员行贿，也无法确保自己的安全了。他的垄断组织、他的性命都将宣告终结，艾德丽塔的下场也一样。"

"他们将会被碎尸万段，"朱斯蒂娜说，"而你本人也将迎来同样的结局，指挥官先生。

听了这话，戈麦斯一言不发。

"现在你们听好了，"我说，"我们将去希尔顿酒店等着。要是我们在二十四小时之内没有你的任何消息，那么刚才那段招供录像将会被上传到YouTube网站，接下来你和你的侄女，尤其是安东尼奥，都将会被铺天盖地的舆论狂潮吞噬。倘若你、安东尼奥或别的任何人试图杀死我们，结果也是一样的。你们在这世上将会连一处安全的容身之所都找不到。"

"那么，如果他按你们说的做了，又会怎样？"福克斯局长问道。

"他在这件事中所扮演的角色将会被隐藏下去，世人永不知晓。"我说，"你们也一样。我们唯一关心的只是将哈洛夫妇安全地带回去。"

指挥官嘟囔着，"你们为什么认为他们还活着？"

"就算他们已经死了，尸首也得交给我们。"我答道。

# 第一二一章

我们在前去挟持戈麦斯指挥官和福克斯局长之前,就已经在希尔顿酒店订下了一间套房。莫琳和西摩在套房门口安装了一台光导纤维摄像机,并将其与一个安全网络服务器相连接。在距离酒店十六个街区之外的地方,有一栋破旧的房子,四周都是顶部插着玻璃碎块的高墙,我们就在这栋房子里对套房门口的摄像机所拍摄的内容进行监控。

这栋房子是科尔多瓦向一位老妇人租来的。当时科尔多瓦告诉她,只要她保证不来这里打扰我们,那么他将向她支付五倍于市场行情的租金,那妇人二话不说就同意了这个要求。

我们轮流监控摄像机所拍摄的画面。当我们将戈麦斯和福克斯送到一家医院门口之后,在接下来大约二十个小时内,并没有人进入我们在希尔顿酒店订下的那间套房——除了11月3日上午十一点有一名女服务员进去打扫之外。

只见她走进房间,四处环顾了一番,发现无人住宿之后很快就离开了。

"你还好吗?"朱斯蒂娜问我,现在差不多是晚上八点。

所有人都在吃科尔多瓦带来的墨西哥卷饼,而我却一直目不转睛地盯着屏幕,"我希望你和大伙儿都能接受我的建议。"

"我们才不会把你一个人留在这儿对付德·拉·维加呢,杰克。"她说,"这样的事情绝不可能发生。"

"这原本就是我想出来的主意,"我提醒她,"而我现在开始觉得这并不是一个好主意,因为德·拉·维加或许会做出丧心病狂的举动。这样一来，我相当于是把我们所有人的性命都置于不必要的险境当中。"

朱斯蒂娜把一只手轻轻地按在我肩上，"我们要团结在一起，共同来面对这一切。"

可是随着时间一分一秒地过去，我变得越来越紧张不安。我的对手足以在这段时间里想出对我们不利的对策。我留给他们的时间是不是太过宽裕了？

"该死。"莫琳说道。

"真该死。"西摩也附和。

我将视线转离面前的屏幕，朝西摩和莫琳所在的方向看去。他们两人都焦灼万分，莫琳用夸张的手势指着她的电脑，只见屏幕上有几个亮橙色的数字正在闪烁——2，3，4——这说明我们安装在环绕这栋房子及其庭院的高墙上的运动检测器受了触发。

有人找到我们了。

确切地说，有三个——也可能是四个——不速之客找到我们了。

而且他们看上去似乎打算不敲门就直接进来。

# 第一二二章

尽管这房子的窗帘都是拉上的，但科尔多瓦仍然关掉了所有的灯。

"所有人都压低身子，分散开来。"杰克低声说道。

借着几台电脑屏幕所发出的微光，朱斯蒂娜看见克鲁兹、科尔多瓦和西摩朝不同的方向散开了。克龙彭伯格手握短猎枪的模样，竟给人一种恍若隔世的不真实感。朱斯蒂娜自己手里也握着战斗猎枪，手指放在保险栓上的处境更是令她感觉怪异。

这时朱斯蒂娜的脑子里突然浮现出了卡拉的形象，这令她不由得对将临的一切感到焦虑万分，直到杰克轻手轻脚地来到她身旁，并对她说出了如下一番话之后，她内心的焦虑感才得到了纾解。"有些人会告诉你，当你在与人对抗而又处于劣势的时候，你能采取的最好办法就是投降，再跟对方谈判以确保自己的安全。事实上，这与真相相差甚远。倘若有人攻击你，你就应该尽己所能持续不断地反抗。当你面临的很可能是曾经杀过人的对手时，就更应该如此了。"

"比方说，那名大毒枭派来的暗杀者？"

"没错。"杰克说完又看向莫琳，"如果情况不对，你要记得上传那段录像。"

莫琳点了点头，不过朱斯蒂娜清楚地看到她全身都在颤抖。

在接下来的几分钟里，屋子里唯一能听到的动静就只是他们的呼吸声，安静得可怕。又过了一会儿，朱斯蒂娜听到莫琳的电脑上传来了微弱的"叮当"声，只见屏幕上又多了两个闪烁的数字——8和9，这表明安装在房子后卧室和浴室窗边的运动探测器受到了触发。

看来他们已经悄无声息地进到了房子里面。


# 第一二三章

我用手势示意克鲁兹去守住房子的前门，让朱斯蒂娜负责守在主卧室的窗户旁边。随后我和科尔多瓦都脱掉了脚上的鞋，并且打开了红光手电筒。我们将各自的手电筒靠在枪管下方，背靠着背踩在粗糙的原木地板上，缓缓来到走廊里。此时我俩手中的枪和手电筒分别对准了浴室门和后卧室。

我们留心地聆听着四周的动静,准备好了随时开火应敌。在这期间,我的脑子一刻也没闲着:在我经历了家族解体、直升飞机坠毁事故和与双胞胎哥哥持续扭曲的关系之后,现在就要死在瓜达拉哈拉的一栋破旧房子里了吗?朱斯蒂娜和其他人也要跟着我送命了吗?

我和科尔多瓦来到了走廊尽头之后便分开行动了。他走过去站在后卧室的门把手旁边,而我则去到了浴室门口站定。我尽最大努力让自己保持平静、屏住呼吸、抑制心跳,好让自己能听得更清楚一些。

很快,我听到浴室门另一侧传来了有人拖着脚走动的声音。

有时候出其不意地发动突然袭击不失为一个绝佳的选择。于是我想也没想便转动了一下门把手,用力将门向内一推,它"砰"的一声撞上了一个东西。随即我听到了咕哝声,便一个箭步跳进门里,迅速摆好架势准备开枪。

没想到这时我眼前突然出现了一把微微颤动着的黑色手枪,枪口对准了我。这把枪被一个流浪儿握在手里,他看起来应该不会超过十四岁,右腿不住地颤抖着。

"你给我退回去,不然我就开枪杀了你。"这孩子朝我吼道,"我现在也顾不得他们给我的指令了,只要你再采取任何行动,我就会杀了你。"

# 第一二四章

晚上十点十分,我们开车来到了瓜达拉哈拉境内埃尔潘特贝伦公墓的围墙边。

"就在这儿停车吧。"男孩边说边用手揉了揉先前被浴室门撞伤的右膝。他说他的名字叫罗伯托,现在正坐在这辆由我驾驶的货车的副驾驶座位上,左手懒散地用手枪瞄准了我的腰部,枪托抵在他的大腿上。

刚才我们在那栋破房子里的交锋陷入了僵局。经过双方协商,罗伯托同意不朝我开枪,而我也不用交出武器,但得跟着他和他的两个朋友去一个地方。朱斯蒂娜可以与我同行,不过其他人则不能跟来。科尔多瓦和克鲁兹虽然极不赞同这个交换条件,但也被迫接受了,因为这是让我们查明哈洛夫妇下落的唯一途径。

"我们要去哪儿?"我问道。

"去那里面。"罗伯托说。

"那里面有什么?"我问。

"你通常会在墓地里找到什么呢?"他反问道,"快下车。"

"是谁派你来的?"朱斯蒂娜在小货车的后座问道,另外两名手持武器的街头流浪儿正在那里监视着她。

"没错,你得先告诉我们是谁派你来的,不然我们就不下车,罗伯托。"我说,"是德·拉·维加,还是戈麦斯,或是福克斯?"

"我不认识你说的这些人,"他边说边打开了他那侧的车门,"我也不知道你们是谁。我根本不在乎这些。对我来说,这不过是一项业务往来而已。明白了吗?"

## 第一二五章

朱斯蒂娜和杰克并排着朝那漆黑公墓的门口走去,三名孩子握着枪紧跟在他们身后。不知出于何故,朱斯蒂娜觉得此时自己并未觉察到之前在监狱里遭受袭击时所经历过的那种恐惧感。事实上，当她和杰克一起穿过一扇拱形铁闸门，还嗅到了淡淡的祭祀用熏香气味时，她心里反而感到一种莫名其妙的平静。

你通常会在墓地里找到什么？

罗伯托打开了一支手电筒，照亮了他们前方的道路。这里随处都能见到各式墓碑、纪念碑和陵墓，其上大都覆盖着干涸的红蜡。朱斯蒂娜猜测，这些红蜡一定是人们在为期两天的亡灵节期间点蜡烛祭祀死者时所留下的蜡液。

"这个墓地时常闹鬼。"男孩罗伯托说。

"是什么样的鬼？"朱斯蒂娜问道。

"一个吸血鬼。"罗伯托答道，"他是在两百年前来到瓜达拉哈拉的。起初人们常在瓜达拉哈拉发现一些已经失尽血的小动物尸体，比如小狗和小猫。后来，人们又在城内发现了一些血已流尽的人类婴儿尸体。"

"血已流尽？"杰克问。

"没错。"男孩回答道。

"你是在哪里学会讲这么流利的英语的？"朱斯蒂娜问。

"亚利桑那州。"罗伯托说，"我从小就住在那儿，直到两年前我父母去世了，然后我就来到这里过上了现在这种生活。"

真是个机灵的孩子呢，朱斯蒂娜心想，他是如何变成现在这样的呢？

此时此刻，罗伯托仍在继续讲述他那关于吸血鬼的故事："每个人都活在恐惧当中。一到天黑他们就足不出户，躲在家中祈祷自己的性命不会被那吸血鬼夺走。后来，一群市民受够了整日活在惧怕当中，决定抓到那个吸血鬼，以结束长久折磨着他们的噩梦般的日子。最后他们真的找到了吸血鬼，并将一根木桩刺进了他的心脏。"

"我喜欢这样的结局，"杰克说，"这真是令人大感安慰。"

"可这件事还没有彻底结束。"男孩说，"在吸血鬼被杀死后的第二天早上，市民们把他的尸体带到了这座墓地。与此同时，他们还带来了许多石头。他们把吸血鬼的尸体埋在石头堆下面，希望他永远都不要再回到活人的世界里。

"你们看到那棵大树了吗？"罗伯托突然问道。他用手电筒照射着围在一棵大栎树四周的铁栅栏，"他们说那个吸血鬼就被埋在这棵树的下面，还说要是这棵树被砍掉了，他就会再次活过来并危害人间。"

## 第一二六章

我不得不承认，被一个机灵的十四岁小孩用枪逼着穿过一座闹鬼的墓地，的确令人有些不安。从许多方面看，我正在做的事情都并非是明智之举，而且我隐隐觉得我和朱斯蒂娜也许再也没法回到洛杉矶去了。

"好了，"罗伯托说，"往左拐弯。"

我照他说的做了。当我经过一片陵墓时，隐约听到了从墓地围墙外面传来的交通噪声和断断续续的音乐声。除此之外，似乎还有些别的声音。是哭声吗？不过这声音很快便被墓地附近一辆巴士车引擎回火的声音掩盖了。

"他们在这儿吗？"朱斯蒂娜问道，"我指的是哈洛夫妇。"

罗伯托和另外两个男孩都没开口回答。我在黑暗中环顾着四周一个个墓碑，心里想着哈洛夫妇是不是已经死了。紧接着，一阵徒劳的感觉顿时掠过我的全身，我们做这一切事情究竟是为了什么？难道只是为了找到他们的尸体究竟被埋在哪个墓穴中吗？

随后我想我找到目标了。在罗伯托关上手电筒之前，我瞥见前方矗立着三座新坟，其中一个墓穴还是空的，另外两个已经被土堆覆盖好了。

"别再往前走了，"罗伯托说，"就站在这儿别动。"

就这样了吗？会有枪抵住我们的后脑勺，然后我们会被击毙，倒在这新挖的墓穴里，是吗？

"这是他们应得的，"一个女人的声音响了起来，"他们死有余辜。"

我四下张望了一番，随即在我们左边大约十五英尺远的一座陵墓顶部发现了一个女人的身影。她穿着一件黑色连衣裙，头上覆盖着类似兜帽的东西。

"你是艾德丽塔吗？"朱斯蒂娜问道。

"艾德丽塔早就不在了。"对方用苦涩的语气回应道，"她已经决定去一家女修道院，并试着找出一种能让她重新相信上帝的方法。"

"通过杀害哈洛夫妇？"朱斯蒂娜问道。

## 第一二七章

朱斯蒂娜感到胃里一阵恶心，她在黑暗中静静地等待着艾德丽塔·戈麦斯做出回答。先前她也在手电筒的光芒熄灭之前看到了前方那三座新坟。

在所有人为这件事忙活了这么久，历经了这么多艰险之后，哈洛夫妇最终还是死在了被他们玷污过的保姆手上。无论朱斯蒂娜对这对演员夫妇的私生活有着怎样的看法，她还是因为他们已经离开人世这件事而震惊不已。哈洛夫妇已经成了许多人生命历程中不可磨灭的一部分，朱斯蒂娜也包括在内：她几乎看过他们拍摄的每一部电影。可是如今他们却已经死了，而与这起案子有关的一切都像是顿时受到了某种诅咒一般。

她要怎么把这件事告诉哈洛夫妇的孩子们呢？他们得知此事后会作何反应呢？接下来，他们会被诸如戴维·桑德斯、卡米拉·布朗森和特里·格拉夫一样的大人操控终身吗？一想到这里，朱斯蒂娜便感到一阵莫名的伤心。

艾德丽塔嘶哑地咳嗽了几声，"我说过哈洛夫妇死有余辜，可我并没有说他们已经死了。"

"等等，你是说他们还活着？"杰克急忙问道。

"他们之所以还能活到现在，只有唯一一个理由。"艾德丽塔说，"辛西娅·梅恩斯给我从前的邮箱发来了一封电子邮件。她说所有那些录像都在明尼苏达州的某个地方备了份。她还说只要我愿意，她就会将它们交给警方，或者她也可以把它们发送给我。随后我便意识到了一件事：鉴于在墨西哥这里发生的事情，对詹妮弗和托姆来说，或许活着比死了还更糟。"

"他们现在在哪儿？"朱斯蒂娜问道。

"请转告辛西娅，我不希望那些录像被公之于众，也不希望她把它们发送给我。"艾德丽塔平静地说，"我不打算站出来指控哈洛夫妇。倘若你们或哈洛夫妇，或者其他任何人试图跟踪我，那么我父亲和叔叔一定不会放过詹妮弗和托姆的。"

这时朱斯蒂娜听到了一阵模糊的哭声，于是她将视线从艾德丽塔身上移开，试图寻找哭声的来源。

"听吧，"艾德丽塔说，"这就是他们发出的声音。"

"他们在那个新挖出来的墓穴里。"杰克说完便循声走了过去。

朱斯蒂娜跟着他朝前走了几步，随即回头看向那座陵墓的顶部，发现艾德丽塔已经不在那里了。紧接着她又四下查看了一番，这才意识到罗伯托和另外两个男孩也不见了踪影，可是她甚至没有听到他们发出任何动静。

朱斯蒂娜和杰克迅速用他们的手电筒照亮了墓穴里面，只见坐在墓穴底部的一男一女都赤裸着身子，浑身污秽不堪。他们的眼睛都被布条蒙了起来，双手被绳索捆缚着。尽管他们浑身布满了污垢，朱斯蒂娜仍能看出他们的皮肤上有好些溃烂的伤口。待一切都真相大白之后，她才知道原来那是一小块圆形烙铁在他们身上反复烧灼所留下的痕迹。

女人的脸上有四处溃烂的伤口，而且整张脸肿胀得相当厉害，以至于朱斯蒂娜一时间竟没能认出她就是当今世上最迷人、最有名的女演员。

手电筒发出的光令詹妮弗·哈洛略微向后退缩了一点，她一面啜泣，一面紧靠着她的丈夫，而后者脸上的情形看起来比妻子还更加糟糕。

"哈洛先生，哈洛夫人，"朱斯蒂娜以尽可能平静的语气开口说道，"现在你们已经安全了。我是朱斯蒂娜·史密斯。"

"我们都是来自国际私人侦探公司的侦探。"杰克说完便跳进了墓穴，然后脱掉自己的外套，将其覆盖在詹妮弗身上。他开始着手取掉蒙住两人眼睛的布条，继而解开了捆缚着他们的绳索，"我们是来这儿带你们回家的。"

听到这话，两名演员都大哭起来。

朱斯蒂娜用自己的手机拨通了科尔多瓦的电话，让他安排一名飞行员将国际私人侦探公司的喷气式飞机从曼萨尼约飞到瓜达拉哈拉来，并且在瓜达拉哈拉雇用一名愿意跟随他们一起飞往洛杉矶且言行谨慎的医生。随后，她通知莫琳将这里的情况告知给辛西娅·梅恩斯、戴维·桑德斯、卡米拉·布朗森和特里·格拉夫。

"人们知道我们失踪的消息了吗？"当哈洛夫妇被带出墓穴之后，詹妮弗气息微弱地问道，"我指的是我们的影迷。"

"这已经成了全球性的特大新闻，哈洛夫人。"杰克回答道。

詹妮弗的眼睛直直地盯着前方，如同雕塑一般。托姆开口说道:"现在人们会怎么看我们呢,我是说待他们看出我们受到了怎样的对待之后?"

"说实话,我不知道该如何回答你的问题,哈洛先生。"朱斯蒂娜说,"恐怕你和你的妻子得设法自己找出这个问题的答案了。"

尾 声

## 第一二八章

11月15日下午,我和朱斯蒂娜坐在一间小酒吧里,这儿离伯班克的华纳兄弟电影公司制片厂很近。我们一边喝着啤酒,一边观看着由波比·纽顿播报的关于哈洛夫妇失踪案的详情。不过,这整个故事都是由卡米拉·布朗森胡编乱造出来的,她称詹妮弗和托姆被一名对他们如痴似狂、精神不大正常的影迷囚禁在了位于图森市南部的索诺兰沙漠中的一个地堡里,后来他们又从那儿大胆逃亡,历尽艰辛才回到了洛杉矶。

"刚刚你们听到的是关于这起恶性事件的独家最新报道。"波比·纽顿说,"虽然我们还没有看到詹妮弗和托姆出现在公众面前,但联邦调查局已向我们保证他们的探员已经开始搜捕那名尚不知姓名的疯子了。接下来,你们最好的朋友波比·纽顿将在推特网上持续推送关于哈洛夫妇一案的最新动向,敬请关注。"

"报道中丝毫没有提及国际私人侦探公司在本案中的参与。"朱斯蒂娜说,并一口气喝完了她的啤酒。

"这正好符合我们的期望。"我从高脚凳上下来,往桌上放了一笔慷慨的小费,"我们本就是洛杉矶最了不起的忍者。"

"你觉得他们想跟我们谈些什么?"

"我猜他们已经想好了一整套公关方案。"我说。

我们开着朱斯蒂娜的车来到了华纳兄弟电影公司制片厂门口,辛西娅·梅恩斯已经在这里等着我们了。自打我们从墨西哥回来后,跟她通过好几次电话,不过这还是我们回来后头一次跟她见面。

"你和他们聊过了吗?"朱斯蒂娜问道。

"还没有呢。"哈洛夫妇的前助理回答道,"我也是刚刚被戴维·桑德斯召集到这儿来的,跟你们一样。"

我们一起走向哈洛–奎恩电影制片公司的办公平房,首先看到的是站在门外迎接我们的卡米拉·布朗森,"谢谢你们能过来。"

"我们无论如何也不会缺席的。"我说。

这位公关代表的神情变得极为冷漠,甚至没朝辛西娅·梅恩斯点一下头,立即就转身朝门内走去了。她领着我们进到了特里·格拉夫的办公室里,只见戴维·桑德斯正伫立在一扇窗户边,詹妮弗和托姆则坐在一张会议桌旁。这对明星夫妻刚一抵达洛杉矶就接受了紧急整形手术,此时他们的脸上仍然还缠着厚厚的绷带,不过各自那双在荧幕上广为人知的迷人双眸依旧魅力十足。两位伤员挨个儿打量着我们,詹妮弗有些含糊不清地开口说道:"你好,辛西娅。"

她的前私人助理迅速予以回应:"要不是考虑到艾德丽塔的意愿,我真恨不得立马就将那些录像公之于众。"

"你想都别想。"桑德斯嗓音低沉,怒喝回去,"无论是过去还是现在,那些录像带都是私人财产,它们记录的是成年人双方自愿进行的合法行为。"

"双方都是自愿的吗?"辛西娅喊道。

特里·格拉夫转身关上了办公室的门,打圆场道:"大家能不能都冷静一点?我们可以探讨一下彼此的意见分歧,然后再找到一个双赢的解决方案,这样行吗?"

说实话,此时我真想让这制片人吃我一记重拳,不过我尽力保持平静,说道:"你有什么想法,特里?"

# 第一二九章

哈洛-奎恩电影制片公司的首席制片人让自己迅速进入了聊天模式。

"杰克、朱斯蒂娜,"特里·格拉夫竭力在自己的语气中表现出了真诚意味,"接下来这些话本来应该由詹妮弗和托姆亲自告诉你们的,可是他们的整形外科医生建议他们目前得尽量少说话。"

朱斯蒂娜转头瞥向那对明星夫妻,并和他们对视了几秒钟。她从后者的眼里看到了内心的痛苦和惧怕,可是这并没有改变她对这对夫妇的看法,丝毫也没有。

特里·格拉夫继续往下说:"詹妮弗和托姆,连同我们哈洛-奎恩电影制片公司的全体成员,永远都会因你们二位以及国际私人侦探公司的其他员工勇敢地将哈洛夫妇带回我们及他们的孩子们身边而心怀感激的。"

朱斯蒂娜一言不发地听他讲完了这些话。在哈洛夫妇被解救后的起初四个小时里,包括他们被带回洛杉矶的飞行途中,托姆·哈洛和詹妮弗·哈洛都丝毫不曾提及孩子们。当然,他们大可为自己辩解,称这是由于他们服用了大量的止痛药使然,抑或其他原因。

可是他们竟然连一次都没有提到跟孩子们有关的任何事情,这?

戴维·桑德斯接过了制片人的话头,"我们都很感激你们在整个调查过程中所表现出的谨慎态度,以及你们就发生在墨西哥的事情上遵守了为客户保密的承诺。"

"同时,也感谢你们就那件事发生的原因为我们保密。"卡米拉·布朗森补充道,说完她紧张兮兮地看了托姆和詹妮弗一眼,后者正低头细细打量着会议桌表面的木纹。

"是的，没错。"特里·格拉夫清了清嗓子说道，"不过最重要的是哈洛夫妇已经平安地回来了，接下来他们将会很快完成他们的杰作。而且，他们和我们都想向你们表达最诚挚的谢意。"

格拉夫伸手递给杰克一个信封。杰克接过信封，打开后看了看，然后让朱斯蒂娜也看到了那张五百万美元的支票。

"我们相信这笔钱应该足够让你们为贵公司参与到此次救援行动的同仁们发放奖金了。"桑德斯说。

"的确如此，"杰克赞同道，"不过我们国际私人侦探公司不会因为将作恶之人从其应得的报应中解救出来，就欣然收取从援救饥饿孤儿的善款中搜刮而来的报酬。"

# 第一三〇章

整间办公室顿时陷入了沉寂，而且我敢发誓我甚至听到了詹妮弗·哈洛和托姆·哈洛的怦怦心跳声。

"你这话是什么意思？"卡米拉·布朗森嚷道，声音尖细刺耳。

"我的意思是，我们绝不容许这件事如同以往那些典型的好莱坞丑闻一样被遮掩过去。"我说，"至少这一次，我们要亲眼看到正义得以伸张。"

桑德斯的脸几乎变成了紫色，"你和你的国际私人侦探公司有法律义务要……"

"不，戴维，我们没有。"我平静地说，"自从被你们解雇之后，我们便不再承担你打算提及的法律义务了。至于说我们在墨西哥所做的那些事情，纯粹是为我们自己而做的。所以，我们可以自行决定接下来要做什么。"

"如果你们揭发了他们所做的事情,你们……你们也得不到什么好处!"卡米拉·布朗森气急败坏地说。

"你们将会毁掉一切。"特里·格拉夫说,"你们会毁掉他们的演艺生涯、他们的孩子们、那些可怜的孤儿,还有其余无数相关人员。"

"我们知道这一点。"朱斯蒂娜回答道。

"而且我们还知道司法并不总是公正的。"我说。

这时只听得一个模糊的声音说道:"你们究竟是什么意思?"这是我们来到这间办公室后第一次听到托姆·哈洛开口说话。

"我们想说的是,哈洛先生,我们不会向警方或联邦调查局揭露你们那违反道德的秘密生活。"

此话激起了满屋子的长吁短叹声。

"不过我们有一些特别的交换条件,"我说,"而且这些条件毫无商量余地可言。"

"是什么样的条件?"詹妮弗·哈洛问道。

辛西娅·梅恩斯说:"第一,哈洛夫妇将来不得以任何方式对艾德丽塔·戈麦斯实施打击报复。"

"我们同意。"托姆·哈洛说。

"第二,哈洛夫妇及哈洛-奎恩电影制片公司得将电影《西贡瀑布》总收入的百分之六十签字转让给爱心助力基金会。"我说。

"总收入的百分之六十!"桑德斯喊道,"你们疯了吗?"

詹妮弗·哈洛嘴里发出类似喘息的声音,而她的丈夫则开始不住地摇头。朱斯蒂娜开口说道:"事实上,我们相当理智。我们不会揭露你们将非营利组织所募集的捐款欺骗性地用于个人及公司的行径,那么作为回报,你们就得令孤儿募捐金额增长十倍。"

"可是哈洛夫妇已经将他们毕生的积蓄都用在了《西贡瀑布》的制作上。"特里·格拉夫抗议道。

"你把这话留着说给那些会在乎这个的人听吧。"我说,"反正这就是我们的第二个条件。你们要么选择接受它,要么选择承受相应的后果。"

# 第一三一章

整个房间又变得鸦雀无声了,之后卡米拉·布朗森开口打破了沉寂,"其实我们也可以借此机会打出对你们有利的一张牌,詹妮弗、托姆。我们可以在《西贡瀑布》上映前一个月宣布重新拟定的利益分配协议。这样一来,公众定会将你们视为圣人一般大加赞誉。"

听了这话,詹妮弗·哈洛先点了点头,随后托姆·哈洛也点头默认。

"这倒不失为一个聪明的举动。"我说,"我们的第三个条件是对爱心助力基金会实施财务控制。该基金会的募捐筹款所得金额——包括从中划拨出来作为捐赠基金的那一部分在内——将被移交给一名独立于哈洛-奎恩电影制片公司的受托人,此人将以公正、合理的方式对其进行管理。我们选定的受托人是辛西娅·梅恩斯。"

所有人的目光都齐刷刷地集中在了哈洛夫妇的前私人助理身上,后者开口说道:"我想我接下来要做的事情可不少呢。"

桑德斯看起来像是想要争辩一番,不过嘴上却说:"我们同意这个条件。还有其他条件吗?"

"是的,还有最后一个。"朱斯蒂娜说,她的目光转向了托姆·哈洛,"哈洛夫妇将资助安妮塔·芳塔娜、玛瑞亚·托罗和雅辛塔·费利斯获得美国国籍。同时,哈洛夫妇还要支付给芳塔娜女士三百万美元……"

"什么?!"桑德斯咆哮道。

"没错,是三百万美元。"朱斯蒂娜坚定地说,"并且保证芳塔娜女士得以不受任何限制地接近她的儿子米格尔,还有玛利亚和金妮。至于厨师和女佣,她们将每人获得一百万美元。"

最后这项交换条件着实令哈洛管理团队有些猝不及防。

"等等,"卡米拉·布朗森说,"米格尔是安妮塔的……"

"我们同意。"詹妮弗·哈洛抢白道。

"与你们合作真是愉快极了。"我说,随即我站起身来,将特里·格拉夫先前递给我的那张支票塞进了衣兜里,"一旦梅恩斯女士向我确认你们从孤儿募捐款中挪用的钱全都得以偿还回来之后,我会将这笔钱用于支持公益事业。"

## 第一三二章

"事情进展得比预期还要顺利。"朱斯蒂娜如是说道。我们刚刚回到她的车里,正准备前往公司。

"没错。"我觉得我们就像惩恶扬善的英雄一般。

"哈洛夫妇将来仍然无法摆脱因果报应,"朱斯蒂娜说,"善有善报,恶有恶报。"

"那么我倒是期望他们的报应可以来得略微晚一些,好让他们有时间先把手头的重要事务处理妥当。"我说道,随即转头瞥了她一眼,"你现在看起来很开心呢。"

"是吗?"朱斯蒂娜说,"唔,我想大概是这样吧。"

"我曾一度觉得你的表现有些反常,我还以为你病了呢。"

我看出朱斯蒂娜在开口说话前先犹豫了片刻,"或许我是病了,不过现在情况正在慢慢好转。"

接下来她便一心一意地开着车,没再和我说什么了,我猜她大概就希望这么静静地待着。一路上我一直在看窗外的景色,我们驶过了迪士尼乐园和环球影城,然后依次沿着巴勒姆大道和穆赫兰大道行驶。我思忖着,在洛杉矶这样一个地方,凡事都很难知道真相是什么,人们各自选择自己认为合理的故事版本,不自觉地将其当做真相来相信。

"你想找个地方和我一起再喝上几杯吗?"当朱斯蒂娜把车停在国际私人侦探公司的办公楼门口时,我这样问她。

"现在不行,因为我已经跟医生预约好了。"朱斯蒂娜回答道。

我关切地凝视着她,"你还好吗?"

"差不多了。"她说。

"如果你想和我谈谈……"

"我知道。"她打断了我。

我下车后目送着朱斯蒂娜驱车渐渐远去,突然觉得一阵倦意袭来,一时间很想给自己放个假。

"请问你是杰克·摩根吗?"

"是的。"我循声转过身来,看见一个健壮结实的光头男人正朝我走来,他还将一只手朝外衣口袋里塞去。

我脑子里有个声音在尖叫,枪!妈的!卡麦又雇用了另一个人来……

"你被法庭传唤了。"光头男人将一叠法庭文件压在我的胸口上。

待我伸手接过那些文件之后,他便转身走开了。我看了看法庭的传票,提交人是全美最有名的刑事辩护律师事务所之一,内容是——我被传唤在汤米·摩根接受审讯时出庭作证。

## 第一三三章

汤米毫不耽延地想让我掺和进他的案子当中。虽然他出庭受审的日子还有至少四个月之久，可他和他那昂贵的律师团队——无疑是由卡麦·多西亚张罗而来的——却已经打定主意要将我推上证人席了。

就在我快要进入办公楼的时候，却因为过度沮丧而决定继续在外面走一走。此刻我不愿去想跟我哥哥、跟卡麦·多西亚或跟那个雇凶谋害我的人有关的任何事情，我也不愿去回想跟哈洛一家有关的事情。我甚至不愿去想德尔里奥——事实上，他已经在今天早上被送往了一家采用更积极疗法的康复中心。

我只想独自走一走，直到自己的头脑变得更加清醒为止。之后我大概会为自己找一些乐子，好让身心得到舒缓。于是我开始沿着日落大道漫步。在洛杉矶这样的城市，一个男人没有开车，却漫无目的地在街上走着，这实在是不可多见的古怪一幕。

我的手机突然响了起来。我停下脚步，闭上了双眼，在心里暗暗祈祷这通电话不是诸如谢尔曼·威尔克森——是他发现了"格布"一案中首批遇害者的尸体——那样的客户打来并告诉我必须立马前去处理某些紧急情况的。

待我睁开眼睛之后，却发现手机屏幕上显示的是一个我并不认识的号码。

我接通了电话，"我是杰克·摩根。"

"我在想既然彩排已经结束了，那么我们的正戏是不是应该登场了，杰克？"电话那头传来了吉恩·斯科特·埃文斯的声音。

我不由得会心一笑,"你真是这么想的吗?"

"当然了,"她说,"的确如此。"

"现在你在哪儿?"

"在我家,"她说,"我是昨天回来的。"

"你今天晚上有什么安排?"

"这正是我打电话给你的原因呀。我觉得你或许能为我做一些安排,杰克。"

我笑得更开了。我把手中那叠法庭文件塞入了衣兜,感慨自己的运气的确不错,紧接着说道:"你过一个小时来我家吧。我现在就回去沐浴更衣,然后我会带你外出享用一顿一流的晚餐,再喝上一瓶好酒,接下来……唔,就这样。"

"要来一场盛大的首映礼吗?"她打趣道。

"没错,接下来将有好戏上场。"

"噢,那我可要坐在第一排座位上观看演出哦。"


## 第一三四章

朱斯蒂娜一路朝北行驶在太平洋海岸高速公路上。夕阳已经西沉,她也刚刚结束了与心理诊疗师埃伦·海耶斯的会面。自打她从墨西哥回来之后,海耶斯已经为她诊疗过五次了。目前她的情况比从前有所改善,但仍尚未痊愈。在海耶斯的辅导下,她开始重新审视自己在瓜达拉哈拉的监狱中的遭遇,以及跟哈洛一家有关的事情——尤其是在她和杰克对那对明星夫妇施加压力之后。

不过朱斯蒂娜仍然不确定自己应该如何以及在哪里跟保罗谈话。自从她开始觉得害怕遇到保罗之后,就再也没有去过太平洋混合健身房。诊疗师建议她应该找一个两人都常去的地点来一场直截了当的谈话,比如星巴克咖啡馆。

她应该按诊疗师所说的去做吗?

我想我还需要知道男人们通常对这类事情持有何种观点,朱斯蒂娜想道。她越来越清楚地认识到,自己应该去征询一下杰克的意见,随即她发现自己竟正下意识地将车开往杰克的家所在的方向。

我要把我的情况告诉他,她暗暗下定了决心,我要把一切都告诉他,然后再咨询他的意见。

几分钟后,就在朱斯蒂娜差点儿就要把车驶进杰克家的车道时,却看到那里已经停着两辆陌生的车了。其实她一点也不为此感到诧异,除了偏好极品米德尔顿爱尔兰威士忌和高性能跑车之外,杰克几乎没什么别的不良嗜好。

他总是在不断买卖高性能跑车的过程中自得其乐。

朱斯蒂娜把车驶回街边停下,本想先打个电话给杰克,可她又转念一想,杰克应该不会因为自己直接上前敲门而不高兴的,他不是说过我可以在任何时候找他聊天的么?

杰克的房子就在海岸边,一道高高的树篱将来自高速公路的喧扰声阻隔在了前院之外。朱斯蒂娜已经下车走到了树篱尽头的车道入口,她突然听到了房子前门被打开的声音,紧接着又是一阵脚步声和一个女人的笑声。

随即杰克的声音也传了过来,"我向上帝发誓!"

女人说:"你可真是令我爱不释手啊,杰克·摩根,你太风趣了。"

朱斯蒂娜觉得这声音似曾相识,讲话的女人是澳大利亚人吗?

"我认为我再没见过比你还更聪明、更风趣或更漂亮的女人了。"杰克回敬道。

朱斯蒂娜忍不住透过树篱中的缝隙看向了院子里面,只见吉恩·斯科特·埃文斯坐进了一辆黑色奔驰跑车的副驾驶座位。这一幕着实令朱斯蒂娜黯然神伤。

朱斯蒂娜的心顿时沉到了谷底，她突然意识到目前自己竟处于一种全然孤独的境地。杰克在和吉恩·斯科特·埃文斯约会吗？他们是从什么时候开始拍拖的？关于自己和杰克在一起时的种种回忆，此时全都涌上了她的心头，令她几近窒息。

"难道我不性感吗？"吉恩问道，随即"砰"的一声关上了奔驰车的车门。

"噢，那是当然的，而且你还把'性感'这个词所包含的意味演绎到了登峰造极的地步。"杰克坐进驾驶座，关上车门发动了引擎。

就在杰克坐进车里的前一刻，朱斯蒂娜清楚地看到了他的脸。他看起来非常开心，整张脸都洋溢着喜悦之情，而这样的表情可不常出现在他脸上。

朱斯蒂娜转过身去，匆匆沿着人行道走开了，这时那辆黑色奔驰车倒退着驶出了车道，转而朝南边驶去。朱斯蒂娜站在自己的车旁边，看着他们离开。奔驰车的尾灯很快就淹没在了洛杉矶的车流当中。

朱斯蒂娜长久地伫立在原地，茫然地注视着眼前的车流。她在心里告诉自己，对杰克来说，能和新的爱慕对象约会，这绝对是好事，尽管这令她意识到自己仍对杰克难以忘情。可是，她也无法不去期盼自己和杰克终有一天能够再续前缘。你已经做过好多比这艰难得多的事情，坚强的女孩。

朱斯蒂娜抬手抹掉了脸上的泪水，她觉得自己似乎变得更为坚强了，她相信将来没有什么重担是自己的双肩所不能承受的。

## 听巴山夜雨　品渝州书香
## 壹PAGE最新外版图书

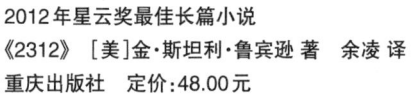

**2012年星云奖最佳长篇小说**
《2312》　[美]金·斯坦利·鲁宾逊 著　余凌 译
重庆出版社　定价:48.00元

　　内容简介:距今300年后的太阳系各行星,早已除却荒凉与肃杀,成为拥有高度文明的人类定居点。在量子计算机的辅助下,各行星城市已极度智能化,个人生活也与"酷立方"——一种高度集成的微型量子计算机——紧密相连,或佩戴于手腕,或植于皮下;搭乘由小行星改造而成的"特拉瑞"可在各行星间自由来往。然而,一次针对水星"终结者"城的突然袭击却打破了昔日的宁静。与此同时,金星上的秘密组织正在进行智能机器人工程,并密谋对金星发动类似袭击,以达到加速金星自转的目的。来自水星的斯婉、土星的瓦赫拉姆和星际调查局的热奈特调查官决心找出幕后黑手……

**第42届土星奖最佳科幻剧集原著**
《黑松镇》　[美]布莱克·克劳奇 著　曾雅雯 译
重庆出版社　定价:96.00元(全三册)

　　内容简介:美国特勤局特工伊桑,奉命来到黑松镇寻找失踪的两名特工。他发现小镇并不大:维多利亚风格的建筑物,整齐划一的街道,和睦相处的邻里,这里的一切显得完美无缺,但他却无法和外界取得任何联系……

**作为律师,我唯一不能保密的是:你告诉我你要在将来某个时间犯罪**
《最后的不在场证明》　[美]大卫·埃利斯 著　曾雅雯 译
重庆出版社　定价:48.00元

　　詹姆斯是一个略显古怪的家伙,过着离群索居的生活。因为担心自己将成为警方眼中的"城北连环杀手",而他没法提供任何一起案件的不在场证明,便委托律师詹森为自己辩护。詹森对此并没有想得太多,但很快就在调查中发现:在这些连环谋杀案中被陷害的对象并非詹姆斯,而是詹森自己!

　　詹森没法在不违背律师誓言的条件下阻止这名连环杀手的杀戮行动,并证明自己的清白,他必须亲自去查明有关连环杀手詹姆斯的真相,以及自己为何会被对方陷害的原因……